目次

文春文庫

# 兇　弾

## 禿鷹V

逢坂剛

文藝春秋

兇弾
きょうだん

禿鷹 V
はげたか

兇弾　禿鷹V・登場人物リスト

禿富鷹秋　神宮署生活安全特捜班員・警部補。死後警視に二階級特進
小檜山信介　同副署長・警視・生活安全特捜班長
岩動寿満子　同生活安全課長付主査・警部
御子柴繁　同生活安全特捜班員・警部補
嵯峨俊太郎　同生活安全特捜班員・警部補
三苫利三　同生活安全特捜班員・巡査部長
松国輝彦　警察庁長官官房特別監察官・警視正
朝妻勝義　同警備企画課・参事官・警視正
熊代彰三　渋六興業会長。元敷島組組長

水間英人　同常務・総務部長
野田憲次　同常務・営業部長
大森マヤ　バー〈みはる〉のママ
禿富司津子　禿富鷹秋の未亡人
諸橋真利子　元敷島組幹部・諸橋征四郎の未亡人
ボニータ　マスダ（南米マフィア）の元幹部・故ホルヘ飛鳥野の愛人
笠原龍太　伊納総業の専務
山路啓伍　フリーライター
大沼早苗　東都ヘラルド新聞社社会部の記者

# プロローグ

　次長は言った。

「このリポートは、わたしがしばらく預かる」

　意外なほど厳しい口調に、不安を覚える。

「預かる、とはどういう意味ですか」

　聞き返すと、次長の頰の筋がうねった。

「この一件をきみから引き継ぎ、わたしが処理するということだ」

　リポートを提出してから、なしのつぶてのまま三か月近くがたった。業を煮やして、ここ数日くどく催促したあげくの返事が、預かるの一言とは。

　腹の底に、熱い鉛の塊ができる。

「それだけの結論を出されるのに、三か月近くもかかったのですか」

　次長の表情は、動かなかった。

「わたしも、この件だけに関わっていられるほど、暇ではない。処理すべき案件は、山ほどあるからな」

一呼吸入れ、追及する。

「ではこの一件を、どう処理なさるおつもりですか」

「それは、任せてもらう」

説明する気はない、というように唇を引き結んだ。

納得がいかない。

「そのようにおっしゃられましても、二つ返事でお任せするわけにはいきません。そのリポートのもとになった、神宮署の裏帳簿のコピーを巡って、多くの血が流れているのです」

次長の眉が、ぴくりと動く。

「あの事件は、決着がついたはずだ。三人の暴力団員が死んで、彼らと銃で撃ち合った刑事が一人、殉職した。ただそれだけの、単純な事件にすぎない」

「それは、表向きのことです。その後ろに、はるかに重大な問題がひそんでいます。そのリポートを読んでいただければ、一目瞭然だと思いますが」

次長は思い出したように、添付した裏帳簿のコピーの束に重ねられた、リポートの上に手を置いた。

「確かに、この問題は重大だ。少なくとも、きみ一人が扱うには重大すぎるし、あまりに微妙すぎる。わたしが預かって、しかるべく処理するのが適当、と判断した」

「ですから、どのように処理するおつもりなのかを、お尋ねしているのです」

「きみに、それを説明する必要はないし、その義務もない。このコピーを、わたしに預けることに異存がある、とでもいうのかね」

急に威圧的な口調になる。

この男が、こういうものの言い方をしたときは、危険が迫った兆しと考えてよい。

しかし、引き下がるわけにはいかない。

「ご所存をうかがわないうちは、お引き渡しいたしかねます。そのコピーは、神宮署の乱れた綱紀《こうき》を粛正《しゅくせい》するのに、不可欠の証拠物なのです」

次長の頬が、またぴくりとした。

「乱れた綱紀とは、少し言いすぎではないかね。こうした裏帳簿の作成は、かつてどこの警察署でも、やっていたことだ」

「そこが、問題なのです」

「言われなくても、分かっている。だからこそ、警察庁は〈会計の監査に関する規則〉を策定して、会計経理の適正を期するようになったのだ。不法な裏金作りをやめるよう、全国的に指導を続けてきたし、現にその実効も上がりつつある。現場の捜査員に対しては、すでに捜査諸雑費制度を導入して、事前に経費を支給するようにした。むろん、承知しているだろうがね」

「捜査諸雑費制度の金額など、ほんの雀の涙にすぎません。情報提供者に、月に一度食事か酒をおごっただけで、吹っ飛ぶでしょう。このままでは、いずれまた裏金作りがやり方を変えて、しかも以前よりはるかに巧みな方法で、再開されるに違いありません」

「警察予算が十分な額に達すれば、そういう心配はなくなるはずだ」

「適正予算を獲得するためにも、そうした不正が横行する実態を明らかにして、襟を正す姿勢を見せる必要があります。腐った膿《うみ》は、全部出さなければなりません。警察庁は、問題の裏帳簿の存在をみずから公表して、神宮署の関係者に厳重な処分をくだすべきです。世論の厳しい審判を受けなければ、真の改革は実現できないと思います」

次長は落ち着きを失い、煙草を取り出した。

会議室は禁煙のはずだが、そんなことはまるで忘れたというように、せかせかと火をつける。

煙を吐《は》いて言った。

「道警に始まる不祥事が、ようやく記憶から消えようとしているこの時期に、こちらから新たな火種を提供する必要が、どこにあるのかね。まして、お膝元の警視庁管内での不祥事となれば、マスコミは大喜びで飛びつくだろう。あまりにも、タイミングが悪すぎるよ」

「かつては、裏金作りの実態を暴露する者は、ほぼ退職警察官に限られていました。しかし、今では現職の警察官が進んで、内部告発するようになったのです。ここまできた以上、警察庁みずからがこの犯罪を摘発し、処罰するという姿勢を見せなければ、国民の納得は得られません」

「その考え方には、賛成できないね」

頑固に言い張る次長を、思い切って睨みつける。

「すると、この件に関しては公表もしなければ、関係者の処分もいっさい行なわない、とおっしゃるのですか」

次長は、目をそらさなかった。

「処分するとしても、わざわざ裏金作りの事実を天下に触れ回る必要が、どこにあるのかね。処分は、外部にそれと悟られぬように、時間をかけて少しずつ行なうのが上策、というものだ。それが分からぬ、きみでもあるまい」

「そういう姑息なやり方は、かならず外へ漏れるものです。隠蔽工作がばれて叩かれるより、公表していさぎよく批判を受ける方が、まだしもではないでしょうか」

「本件が、外へ漏れることはない。このコピーがわたしの手元に残り、きみが口を閉じているかぎりはな」

無力感に襲われ、言葉を失う。

この次長にして、やはり臭いものには蓋をする口だった、とは。自分の見込み違いに、あらためて腹が立つ。

黙っていると、次長は子供に道理を言い聞かせるように、続けた。

「きみは、キャリアでも準キャリアでもない、ただの私立大学卒のノンキャリアだ。にもかかわらず、四十代で警視正にまで昇り詰めた。しかも、キャリア組が幅をきかせる警察庁で、長官官房に属する特別監察官の椅子の一つを、手に入れたのだ。それが、異例中の異例であることは、承知しているだろうね」

　何が言いたいのだろう。

「そのために努力もし、実績も上げてきたつもりです」

　そう応じると、次長は物分かりのよさそうな笑みを浮かべた。

「もちろん、それがあってこそだ。しかし、その陰にいろいろな上司の引きもあり、部下に恵まれたという事情も、あったはずだ」

　少し、居心地が悪くなる。

「何がおっしゃりたいのでしょうか」

「警察という組織は、そうした警察官同士の堅い結束で成り立っている、と言いたいのだ。同僚や上司、部下が一致協力して、組織を守るために働く。そのためには、個人の価値観を殺さねばならぬことも、しばしばある。きみには間違っても、獅子身中《しししんちゅう》の虫になってもらいたくない」

「監察官は、ときとして獅子身中の虫にならなければならない、と思います。いや、監察官は常に獅子身中の虫であるべきだ、と考えます」

　次長の顔が、また引き締まる。

「きみは、身内の恥を好んで天下にさらすことに、どんな意味があると思うのかね」

「わたしたち警察官の使命は、社会正義を実現することだと思います。その警察官が、内部で行なわれた不正をひた隠しにして、本来の使命をまっとうできるとお考えですか。不祥事を起こしたなら、それを公表して世論の厳しい批判を受ける。それでこそ、犯罪者を捕らえて厳正に処罰するという、社会正義の理念がまっとうされるのです。そのルールを、警察みずから破るとすれば、この世に正義はなくなるでしょう」

半分むだと思いつつ、もう一度自説を繰り返す。

次長は、唇を皮肉っぽく歪めた。

「ごりっぱな意見だが、きみの考え方は杓子定規《しゃくしじょうぎ》にすぎる。警察官の多くは、清く正しく働いているのだ。その士気に影響するようなことを、われわれ幹部がやっていいと思うのかね」

「おっしゃるとおり、大多数の警察官は一般市民のために、日夜懸命に働いています。その士気を挫《くじ》くのは、むしろ陰で彼らに裏金作りを強要したりする、幹部の方ではないでしょうか」

こちらの指摘に、次長はちょっとたじろいだ。

思い直したように、反撃してくる。

「きみは五反田署にいたころ、裏金作りに荷担《かたん》しなかったのかね」

予想していた質問だ。

「しました。一介の巡査のころは、架空の領収書作りを命じられても、拒否する手立てがありませんでした。警察では、たとえ年が自分より下であろうと、上司の命令は絶対ですから」

「それなら、自分が命令する立場になってからは、どうしたのかね。裏金作りに、手を染めなかったのか」

「自分では、いっさいタッチしませんでした。ただし、ほかの管理職が部下に指示するのを、見て見ぬふりをしていたわけですから、荷担したことに変わりはありません」

次長は、満足そうにうなずいた。

「そう、それだ。どんな物事にも、裏と表がある。ときには、見て見ぬふりをすることも、必要なのだ。組織を守るための、必要悪と考えればいい」

「それを見逃すと、腐ったリンゴがどんどん他のリンゴを蚕食《さんしょく》して、箱全体を腐らせてしまいます。わたし自身、その件でどのような処分を受けるにせよ、覚悟ができています。どうか、お手元のリポートをもとに、神宮署の不正を徹底糾明し、警察庁の名において、国民に謝罪してください」

次長は、小さく首を振った。

「なぜきみは、そんなに神宮署を糾弾することに、熱心なのかね」

「神宮署だけの問題ではありません。これをきっかけに、警視庁管内のほかの署からもさらに、新たな裏金作りの報告が上がるでしょう。わたしは、それを期待しているのです」

次長は目をむいた。

「きみは警視庁の、というより日本の警察組織そのものを、破壊するつもりかね」

「再建のための破壊です」

次長は、じっとこちらの顔を見つめ、重おもしく言った。

「これ以上話しても、むだなようだな。もう一度言うが、このリポートとコピーは、わたしが預かる。もし異存があるなら、しかるべき手続きをとってから、申し出てくれ」

それは、辞表を出せということだろう、と判断する。

そのことは、とうに考えた。しかし、警察をやめたあとで世論に訴えるのと、警察庁に在籍のまま告発するのとでは、天と地ほどの差がある。

返事をせずにいると、次長は異存がないと判断したのか、書類を手元に引き寄せた。

「念のため聞くが、きみはこのコピーのコピーを、取っていないだろうね。もし取ったのなら、それもわたしに引き渡してもらうよ」

「取っていません。手に入れたのは、その一部だけです」

それは、嘘ではない。

次長は、探るような目で見つめてきたが、それ以上は追及しなかった。

「リポートの控えは、取っているだろうね」

「もちろん、取ってあります。わたしが作成したものですから」

「リポートだけでは、なんの証拠にもならんぞ。このコピーがついていなければな」

残念だが、そのとおりだ。

この男を信頼した自分が、今では途方もない愚か者だったことに気づく。

次長は、上体を乗り出した。

「ついでに、もう一つ聞いておく。このコピーをきみに手渡したのは、元神宮署の禿富《とくとみ》警部補と考えていいだろうね」

「それに関しては、お答えを控えさせていただきます。ついでに、禿富は死後二階級特進して、警視になりました」

次長は、さげすむような笑みを浮かべ、ゆっくりと椅子を立った。

「禿富警視かね。笑わせるじゃないか。ろくでもない悪徳デカが、警視さまとはな」

「もっとひどい警察官が、警視どころか警視正、警視長に昇進しています」

次長は、ドアへ向かおうとした足を止め、向き直った。

「だれのことを言っているのかね」

「別に、だれとは言いません。それより、そのコピーを綱紀粛正に役立てていただくように、もう一度お願いします」

「警察組織を守るために、活用することだけは約束しよう」

言質《げんち》を取られまいとする、慎重な返事だ。

「わたしの方針と、一致していないご返事のようですから、こちらも考えを変える必要がありそうですね」

次長は探るような目で、じっとこちらを見つめた。

「早まった考えを起こして、これまでの輝かしいキャリアを棒に振らぬように、忠告しておく。きみの行動に対しては、常に周囲の目が光っていることを、覚えておくように」

それは、露骨な脅し文句だった。

しかし、このあからさまな不正の事実に目をつぶり、何もなかったかのように口をぬぐうことは、とうていできない相談だ。それは、これまでの自分の人生を否定することであり、正義を実現すべき警察官の使命をも、否定することにつながる。

そして何より、この一件をうやむやにしてしまうことは、ハゲタカに対する裏切りになる。ハゲタカは、文字どおり自分の体を犠牲にして、この裏帳簿のコピーを死守した。その上で、それを同僚の御子柴繁《みこしばしげる》の手にゆだね、自分のもとに届けさせたのだった。

ハゲタカが、なぜ恩も義理もない自分のために、命を投げ出して働く気になったのか、今となっては知るすべもない。そのように説得したのは事実だが、百パーセント言われたとおりに働いてくれるとは、期待していなかった。寿命が尽きる前に、一つくらいこの世に功徳《くどく》を施そうと考えた、などとは思いたくない。ハゲタカは、そんな甘い男ではなかった。

あのとき御子柴は、おそらくハゲタカの遺志を継ぐつもりで、こう言った。

このコピーをもとに、神宮署を粛正してほしい。もしそうしない場合は、手元に残したもう一組のコピーを、マスコミに流すと。

息を整え、きっぱりと言う。

「少なくともわたしは、天に恥じるようなことのないように、身を処するつもりです」

それを聞くと、次長は厳しい顔をして唇を引き結び、会議室を出て行った。

# 第一章

## 1

御子柴繁は、受話器を取った。

「はい、神宮署。生活安全特捜班です」

「御子柴警部補は、ご在席ですか」

声が遠い。

「わたしですが」

少し間があいた。

「何も言わずに、はいかいいえで答えてください。いいですか」

どこかで聞いたような声だ。

「はあ」

御子柴は、さりげなく周囲を見回した。

生活安全特捜班は、生活安全課のフロアの片隅を衝立《ついたて》で仕切っただけの、狭い場所に押し込められている。班長を兼任する、副署長の警視小檜山信介《こひやましんすけ》の席は、そこにはない。

席にいるのは、御子柴とコンビを組む警部補の嵯峨《さが》俊太郎《しゅんたろう》と、部長刑事の角田寛《つのだひろし》だけだった。

電話の声が言う。

「わたしは、警察庁の松国《まつくに》です。ご無沙汰しています。その節は、失礼しました」

それを聞いて、受話器を持ち直す。

聞いた覚えがあるはずだ。相手は警察庁長官官房の特別監察官、松国輝彦《てるひこ》警視正だった。

「はい、どうも」

ほかに言いようがなく、間の抜けた返事をした。

松国は、いっこうに気にしない様子で、てきぱきと続ける。

「ちょっと、ご相談したいことがありましてね。すみませんが、これから携帯電話の番号を言いますから、三十分後にかけ直していただけませんか」

「はい」

少し緊張して、今度はきちんと返事をする。

「番号は、メモをとらずにそらで覚えて、そちらのケータイに登録してください。いいですか」

「はい」

松国は番号を言い、通話を切った。

御子柴は、頭の中でその番号を繰り返し復唱し、携帯電話を取り出して登録した。

向かいにすわる嵯峨が、読んでいた週刊誌から顔を上げ、声をかけてくる。

「事件ですか」

「いや、娘からです。署では話しにくいから、電話しないように言ってあるんだが」

弁解がましく言い、不自然に聞こえたに違いない電話のやり取りを、それとなくごまかす。

「何か、トラブルですか」

御子柴は、おおげさに手を振った。

「いや、全然。今夜は、女房が友だちとコンサートに行くから、外で食事をしてくるようにことづかった、という話ですよ」

すらすらと嘘が出る。

嵯峨は、すぐに興味を失ったようにうなずき、週刊誌に目をもどした。

御子柴は、席を立った。

「ちょっと、銀行まで行ってきます。何かあったら、ケータイに連絡をください」

「分かりました」

そう言って、軽く手を振る。

嵯峨は、準キャリアなので普通の大卒より昇進が早く、すでに御子柴と同じ警部補になっていた。まだ二十代の後半で、御子柴より十七、八歳若い。

秃富鷹秋《たかあき》が死んだあと、御子柴は新たに嵯峨とコンビを組まされた。

嵯峨は、それまで生活安全課長付の主査で、特捜班の実質的なリーダーを務める、岩動寿満子《いするぎすまこ》警部の相方だったが、小檜山の指示で組み替えになったのだ。

寿満子には、新たに三苫利三《みとまとしぞう》という部長刑事が、振り当てられていた。

三苫は背こそ低いが、方面本部の柔道代表になったこともある、元暴力団担当の猛者《もさ》だった。ただし酒癖が悪く、どの課もてあましていたことから、生活安全特捜班へ流されたのだ。

それが、寿満子と組んでからあきれるほど人が変わり、酒を飲んでも暴れなくなった。寿満子に、すっかり心服したようだった。

神宮署を出ると、御子柴は明治通りを渋谷駅の方へ三分ほど歩き、銀行に立ち寄った。五万円おろし、並びのかび臭いにおいのする喫茶店にはいって、コーヒーを飲んだ。この店は禁煙ではなく、携帯電話の使用も自由なので、けっこう混んでいる。そのかわり、煙がもうもうとして空気が悪く、客たちの話し声がうるさくて落ち着かない。

御子柴は、奥の二人用の小さなテーブルを見つけ、そこにすわった。一杯五百円のコーヒーを頼む。

スポーツ新聞を読んでいるうちに、すぐに松国と約束した三十分がたった。登録した、松国の番号に接続する。

電話に出ると、松国はこちらの騒音に気づいたらしく、少し声を高くして言った。

「ずいぶん、にぎやかなところですね」

「ええ。これだけうるさいと、だれも人の話を聞いてませんから」

松国は、小さく笑った。

しかし、すぐにまじめな口調にもどる。

「さっきも言いましたが、ちょっと御子柴さんに相談があるんです。今夜あたり、時間を作っていただけませんか」

「相談ごとですか」

「そうです」

それ以上は、言おうとしない。

かりにも、警察庁の特別監察官を務める警視正が、警察署の一介の警部補に相談がある、という。人が聞いたら、何ごとかと思うだろう。

「もしかして、ハゲタカがらみの一件ですか」

聞き返すと、少し間があいた。

「そうです。あのとき、わたしはあなたに一か月ほど時間がほしい、と申し上げた。ご記憶ですか」

「ええ、覚えていますよ。しかし、一か月どころかもう三か月近くもたってしまった」

「分かっています。言い訳はしません。相談というのは、そのことと関係があります。詳しい話は、お目にかかってからします」

御子柴は、冷えたコーヒーを一口飲んだ。

「分かりました。場所と時間を、指定してください」

「東京メトロ千代田線の、湯島駅から歩いて四、五分のところに、〈ぼてふり〉という小料理屋があります。そこに九時で、どうでしょう」

「湯島ですか。あの辺には、土地鑑がないんですがね」

「わたしもですよ。だからお互いに、知った顔に会わずにすむ。〈ぼてふり〉は、一年ほど前に大学の同期会の二次会で、たまたま一度はいっただけの店です。電話番号をお教えしますから、自分で探して来てください」

松国が番号を言い、御子柴はそれをまた登録した。

署にもどると、嵯峨がジャケットに腕を通しながら、廊下へ出て来たところだった。

「お出かけですか」

御子柴の問いに、嵯峨は足を止めた。

「ええ。円山病院から、通報がありましてね。だれかが、病院の裏庭に産業廃棄物の詰まった袋を、投棄したらしいんですよ」

「産業廃棄物」

「というか、医療廃棄物ですね。使用ずみの注射器とか、汚れた包帯やガーゼの詰まったビニール袋が、投げ込まれていたそうです」

円山町にある円山病院は、年配の父親と息子が院長と副院長を務める、外科の個人病院だ。深夜の救急をいやがらず、一般人もヤクザ者も分け隔てなく診るので、街の評判は抜群によい。渋谷で刃傷沙汰が起きると、怪我人はおおむね円山病院にかつぎ込まれる。

「だれがやったんですか」

「分かりません。ゆうべのうちに、投げ込まれたらしいんです。植え込みの陰になっていて、ついさっきまで気がつかなかった、と言ってました。看護婦、じゃなかった、看護師が二時間ほど前に、見つけたそうです」

医療廃棄物は、バイオハザードのマークがついたケースに入れて、しかるべき専門業者に処理を委託しなければならない。ビニール袋に入れて、他人の敷地内に勝手に遺棄する行為は、いやがらせというより犯罪行為だ。

「内部の者のしわざ、とは考えられませんか」

「それを調べていたので、届け出るのが遅くなったと言ってました。結局、遺棄された医療器具はどれも、円山病院では使用していないものだ、と判明したそうです」

「保健所には、連絡しましたか」

「しました。それと、角田さんと塚谷《つかたに》さんがさっそく現場に、先行しています」

塚谷良行《よしゆき》は、相方の角田より一回りほど若い、三十代後半の部長刑事だ。

嵯峨が、ためらいながら言う。

「手が足りないといけないので、ぼくも行ってみようと思うんです。御子柴さんも、同行されますか」

「分かりました。同行しましょう」

御子柴はそのまま回れ右をして、嵯峨と一緒に出口へ向かった。

## 2

ボニータはたばこに火をつけ、隣に横たわる笠原龍太《かさはらりゆうた》の口に、くわえさせた。

笠原は、吸い込んだ煙を天井に向けて、盛大に吐き出した。

たばこを、自分の口にもどすボニータを見ながら、ほとほと感心したように言う。

「おまえは、まったくいい女だな、ボニータ。プロポーションは完璧だし、あそこの具合も最高だ。それが、ここんとこ男っ気なしだったなんて、とても信じられねえよ」

「男と女は、相性よね。あたしだって、だれに対しても感度がいいわけじゃないの。なんていうか、肌が合わないと全然だめ。あんたとは、それがぴったりなのよね」

ボニータは、ベッドのテクニックにも自信があるが、嘘をつくのもうまい。

笠原や、笠原が所属する組織のことは、十分に下調べをした。

笠原は、新宿を縄張りにする古手の暴力団、伊納《いのう》総業の幹部だ。

何年か前に南米の犯罪組織、マスダ（マフィア・スダメリカナ＝南米マフィア）がこの街へ進出してくるまで、伊納総業は対抗組織の河東組とともに、新宿を牛耳っていた。マスダは、進出するに当たってまず河東組と手を結び、強引に伊納総業を蹴落とした。

伊納総業と河東組は、それまでもたまに縄張りを巡って、衝突することがあった。しかし、互いに折り合いをつけながら、うまくやってきたのだ。

ところが、マスダと組んでから河東組は仁義を忘れたごとく、荒っぽいやり方で縄張りを広げにかかった。気がついたときには、伊納総業の縄張りは新宿の東側の、神楽坂周辺に押し込められていた。

それからほどなく、マスダは本性を現し始めた。

河東組の幹部を次つぎに粛清《しゅくせい》し、最後には縄張りを乗っ取ってしまった。むしろ、相手にされなくなった伊納総業の方が、新宿区のはずれで生き残った。河東組は新宿を追われ、結局解散するはめになった。

むろんボニータは、そうした抗争に直接関わったわけではないが、マスダの幹部ホルへ飛鳥野《あすかの》の愛人だったころは、けっこう羽振りのいい暮らしをしていた。

ところが、飛鳥野をはじめホセ石崎、寺川勇吉といった主立った幹部が、まるごとハゲタカに殺されたとたん、マスダは見る影もなく凋落《ちょうらく》した。

しかも、皮肉なことに飛鳥野のかたきとして、恨み骨髄《こつずい》に達していたハゲタカまでが、あっけなく死んでしまった。とたんにボニータは、怒りの持って行きどころがなくなり、しばらくは悶々としたものだ。

しかし、ここへきて事情が変わった。

従来、現場の指揮をいっさい石崎に任せ、一度も表面に出なかったマスダの日本支部長、リカルド宮井が突然新宿に、姿を現した。宮井は、連れて来たルイス梶本という男に命じて、残ったマスダの構成員の中から使えそうな者を選び、組織の立て直しに取りかかった。ただし、性急にマスダを再浮上させるのではなく、あくまでも水面下での工作に徹した。

梶本は宮井の側近らしく、マスダの中では死んだ石崎、寺川よりもランクが上で、スブヘフェ（部長補佐）と呼ばれている。

梶本は神楽坂へ出向いて、伊納総業の会長伊納大樹と手打ちを行ない、連携を申し出た。

マスダが支配する、新宿区内の主な風俗営業店を伊納総業に任せ、運転資金を提供する。

伊納総業は、売上の中から一定の比率でマスダに、上納金を支払う。

ただしマスダは、現場のことにいっさい口を出さない、という。

還暦を過ぎたこともあり、伊納会長はすっかり弱気になったようだ。本来なら、石崎ら幹部が死んでマスダの屋台骨が揺らいだとき、縄張り奪還に立ち上がってもよかったのに、そうはしなかった。もはや、自分の組織にはそれだけの力がない、と見切りをつけたらしい。

むろん、伊納もマスダの連携の申し出の裏に、何か下心があることは察したはずだ。

　しかし、もう一度新宿の華やかな盛り場へもどって、街を思うように仕切りたいという気持ちには、勝てなかったのだろう。おそらく、そのまま伊納総業がマスダに吸収されるのを見越し、そうなったらなったでしかたがない、と割り切る覚悟ができたと思われる。

　そうした事情から、伊納はそれほど考える様子もなく、宮井の申し出を受け入れた。マスダは、石崎らが死んで二か月とたたないうちに、新宿の表舞台から姿を消した。マスダの本部が置かれた、新宿御苑の近くにあるボゴタビルの建物は、伊納総業にそっくり貸与されて、イノウビルと名前を変えた。

　隠れみのになっていた、貿易会社〈ボゴタ・エンタプライズ〉は〈南亜通商〉と改称し、ビルのワンフロアに残った。そのため、外見上はマスダの勢力が衰えて地下へもぐり、伊納総業が盛り返してきたようにみえる。

　伊納総業の幹部の中には、マスダの操り人形になるのはいやだ、と言い張る者もいなくはなかった。隣に寝ている笠原も、その一人だった。

　笠原は、伊納総業の幹部のうちでもっとも手ごわい男、といわれていた。かっとなると、何をしでかすか分からない怖さがあり、伊納ももてあますことが多いと聞いた。

　神楽坂に引っ込んでからも、笠原はしばしば歌舞伎町のマスダの縄張りに顔を出し、むちゃをしたらしい。それでも無事なところをみると、腕もそこそこに立つのだろう。

　ただし、笠原には女にからきしいくじがない、という弱みがあった。そのために、ボニータは宮井から笠原の懐柔役《かいじゅう》を、おおせつかったのだった。

一月そこその短い期間で、ボニータは笠原をきちんと懐柔した。というより、笠原をほぼ意のままに、操縦できるようになった。

男相手なら、笠原はだれにでも気後れせずに、立ち向かっていく。ところが、惚れた女となるとあっけないほど、簡単に言いなりになってしまう。

ボニータの、並はずれた肉体とテクニックをもってすれば、そんな笠原を骨抜きにするのは、造作もないことだった。

笠原は、ボニータのとりこになるとともに、なしくずしにマスダの傀儡《かいらい》組織の中に、組み込まれてしまった。

ボニータは、壁の時計を見た。そろそろ時間だ。

たばこをもみ消し、ベッドから床に脚を振り下ろす。

「もう行かなくちゃ」

笠原は驚いた顔で、半身を起こした。

「行くって、どこへ。まだ、宵の口じゃねえか」

ボニータは、濃い胸毛におおわれた笠原の上体を、見下ろした。これで、腹さえ出ていなければ、まだ見られるのだが、と思う。四十代半ばにしては、カロリーのとりすぎだ。

「行かなきゃいけないところがあるの」

「だから、どこへ行くんだよ」

「参宮橋」

「参宮橋って、明治神宮の脇のか」

「そうよ。小田急線の参宮橋駅から、代々木公園の方へしばらくくだると、右側のマンションの一階に〈オリンピア〉という、小さな会員制クラブがあるの。そこへ行くのよ」

「何しによ」

「あたしをこけにした男に、挨拶しに行くの」

笠原の眉が、きっとなる。

「こけにした、とはどういう意味だ」

「あんたには、言いたくないわ。きっと、気を悪くするから」

笠原は体を起こし、ボニータと並んですわった。

「どこの、なんて野郎だ」

「関係ないでしょ。あんたに会う前の話なんだから」

「いつの話だろうと、おまえに関係のあることなら、おれにも関係がある」

ボニータは、ためらうふりをした。

「でも、相手が悪すぎるわ。なんといっても、渋六の大物だしね」

「渋六って、あの渋六興業か」

笠原は目を光らせ、ボニータの顔をのぞき込んだ。

「そうよ。マスダの宿敵、といってもいい相手だわ。マスダの渋谷進出を、あらゆる汚い手を使って阻止した、憎い連中よ。ほうっておいたら、せっかくマスダと伊納総業が手を組んで、一緒に立て直そうとがんばっている新宿に、向こうから進出して来るかもしれないわ」

笠原の表情が、たちまち険悪になる。

「その野郎が、おまえにちょっかいを出した、というわけか」

「まあ、そんなとこね。だから、挨拶に行くのよ」

「挨拶って、どんな挨拶だ」

「それは、向こうへ行ってから決めるわ。悪いけど、車で送ってくれる」

「おう、いいとも。それでなくたって、おれは一緒に行くつもりだ」

計算どおり、話に乗ってきた。

ボニータは、内心ほくそえんでベッドを立ち、パンティをはいた。長い脚を、わざと笠原の目にさらして、ジーンズを身につける。笠原が身支度をしながら、こちらの体に視線を這わせるのを意識して、ますますいい気分になった。

これなら、うまくいきそうだ。

笠原の運転する車で、神楽坂のマンションを出た。

参宮橋へ向かう。まだ、午後八時を少し回ったところで、道路はけっこう込んでいる。

ボニータは、ハンドバッグからレースの手袋を取り出し、さりげなくはめた。いかにもおしゃれ用、という感じのフリルのついた手袋だ。

運転しながら、笠原は相手にどう挨拶するつもりだ、としつこく聞いた。

ボニータは、言を左右にしてさんざんじらしたあと、最後に根負けしたという思い入れで、バッグの中から果物ナイフを取り出した。

「こいつで、思い知らせてやるのよ」

手袋をしたのは、指紋をつけないためだ。

ナイフを、ちらりと横目で見た笠原の顔が、さすがに引き締まる。

「本気か」

「冗談で、人を刺せると思うの」

笠原は首を振り、さも感心したように言った。

「よほど、恨みがあるようだな」

「ほんとは、ハゲタカをやっつけたかったんだけど、やる前に死んじゃったからね。ハゲタカのことは、知ってるでしょう」

「ああ、噂だけはな。マスダの幹部と撃ち合って、くたばったデカだろう」

新聞やテレビの報道では、確かにそうなっていた。

しかしボニータは、それを頭から信じたわけではない。真相は分からないが、裏に何かあるという気がした。

「ハゲタカは死んだけど、あいつとつるんでマスダをつぶした渋六のやつらも、あたしにはかたきみたいなものなの。よく言うでしょ、坊主が嫌いなら、袈裟《けさ》まで嫌いとか」

うろ覚えのたとえを口にすると、笠原はさもおかしそうに笑った。

「笑ってる場合じゃないわよ。あたしはまじめなんだから」

わざと怒ってみせると、笠原はあわてて笑いを引っ込めた。

「しかし、渋六の幹部をおまえ一人で刺そうなんて、むちゃが過ぎるぜ。おれも、かなりむちゃをやるが、おまえも負けてねえな」

「こんなのは、むちゃのうちにはいらないわよ」

「そうは思えねえな。なんだったら、若いのを三、四人呼び寄せようか」

「だいじょうぶだったら。今日の相手は、用心棒を連れ歩かないやつなの。車を運転するチンピラが、一人ついてるだけ。〈オリンピア〉を出たら、まっすぐマンションに帰るはずよ。そいつが、マンションの近くで車をおりたら、やるつもり」

「チンピラといっても、相手は男だろうが。チャカかドスを、持ってるかもしれねえ。おまえの手にゃあ、負えねえよ。返り討ちにあうのが、関の山だぜ」

「たとえ返り討ちにあっても、やらなきゃならないときがあるのよ」

精いっぱい格好をつけて言うと、笠原はまた横目でちらりとボニータを見た。

「いい度胸をしてるじゃねえか」

「度胸じゃなくて、メンツの問題だわ」

見栄を張るうちに、だんだんその気になってくるから不思議だ。

笠原は苦笑した。

「おまえ、三世のわりに坊主がどうの、メンツがこうのと、日本語が達者だな。意味が分かってんのか」

「分かってるわよ」

ぷいと、ふくれてみせる。

少し黙ってから、笠原がまた口を開いた。

「どっちにしても、渋六の縄張りの中でやるのは、やばいだろう。なんとか、こっちのシマへ引っ張り出せねえのか」

「縄張りの中にいるからこそ、相手も油断するのよ。止めてもむだだからね。あんたは黙って、運転すればいいの」

強い口調で言い、笠原の様子をうかがう。

車は、JR千駄ケ谷駅の脇から明治通りを越え、明治神宮に沿った道にはいった。そのまま、道路沿いにぐるりと左へ回って行くと、参宮橋に出る。

笠原が言った。

「おまえ、運転できるか」

「ええ。どうして」

「〈オリンピア〉に着いたら、運転を替われ。おれが、落とし前をつけてやる」

思ったとおり、食いついてきた。

「あんたには関係ないって、そう言ったじゃないの。そいつとあたしの、問題なんだから」

「いや、おまえだけじゃねえ。渋六の幹部が相手なら、おれにも大いに関係がある。マスダの敵は、おれにとっても敵だ。そうだろう」

「それはそうだけど」

わざと、気乗りのしない返事をする。

笠原は、言い募《つの》った。

「そいつをやれば、マスダも少しはおれを見直すだろう。引き立てよう、という気になるかもしれねえ。しかしそれも、いっときのことよ。おれはマスダの下で、いつまでも使い走りをするのは、まっぴらごめんだ。対抗する気はねえが、いずれはマスダから一本立ちして、伊納総業の跡目をつぐ」

笠原はしゃべりまくり、自分にそのとおりだと言い聞かせるように、大きくうなずいた。

「そんなこと、できるの」

「やってみせるさ。そのときは、おまえもマスダに見切りをつけて、おれのシマにはいるんだ。文句はねえだろうな」

まだ、付き合って日も浅いというのに、すっかりアマンテ（情婦）扱いだ。

「まあ、そうなったときには、ついて行ってもいいわよ」

調子を合わせたものの、ボニータはそれが決して実現しないことを、よく承知している。マスダは、それほど甘くない。

笠原が、もう一度うなずく。

「よし、決まった。おれに任しておけ」

〈オリンピア〉の周辺には、十台ほどの車が駐車していた。会合が終わり、出席者が出て来るのを待つ車だろう。

笠原は、入り口が見通せるところに駐車すると、ボニータに言った。

「運転を交替しろ。それから、そのナイフをよこせ」

## 3

湯島に着いたときは、すでに午後九時五分前になっていた。

道筋は電話で確認してあり、さして分かりにくい場所ではない。それでも、〈ぼてふり〉を探し当てたときは、約束の時間を少し過ぎてしまった。

粋な造りの格子戸をはいると、右側に長いカウンターが伸びており、左側に衝立でいくつかに仕切られた、細長い小上がりがある。

そのとっつきの座卓から、松国輝彦が顔を起こした。

「どうも、お待たせしました」

御子柴繁は挨拶して、松国の向かいに上がり込んだ。

「ご無沙汰しました。急にお呼び立てして、すみません」

そう言って、松国も頭を下げる。

警察庁の幹部なのに、御子柴のような下の者に対しても、礼儀を忘れない男だ。御子柴と同じく、四十代半ばと思われる年で警視正にのぼり、しかもノンキャリアで特別監察官、というところがすごい。相当の切れ者、と考えなければならない。

松国が、用意してあった御子柴のグラスに、ビールを注ぐ。

「お仕事の方は、だいじょうぶですか」

御子柴は恐縮しながら、その問いに応じた。

「だいじょうぶです。夕方、管内の個人病院に医療廃棄物が投棄される、という事件が発生しましてね。その処理で、少しばたばたしたくらいです」

松国が、眼鏡を指で押し上げる。

「ほう。病院に、医療廃棄物ね。だれのしわざですか」

「分かりません。どこかの処理業者が、その病院に何か含むところがあるかして、いやがらせをしたんじゃないか、と思います」

御子柴は、注文を取りに来た女の子に、ふろふき大根と肉ジャガを頼んだ。

衝立を隔てた隣から、酔ったサラリーマン風の男たちのだみ声が、容赦なく飛び込んでくる。普通なら、文句の一つも言ってやるところだが、今はむしろ話を聞かれる心配がなく、都合がよかった。

松国のグラスに、ビールを注ぎ返す。

「その後、なんの動きもないものですから、松国さんがあの一件を握りつぶしたのか、と思いました。遅くとも一、二か月のうちには公式発表がある、と期待していたので」

御子柴が言うと、松国は目を伏せた。

「それについては、一言もありません。わたしは、あの裏帳簿のコピーをもとに、神宮署の裏金作りについて、綿密なリポートを作成しました。それをコピーと一緒に、マスコミに公表するという含みで、上層部のある人物に提出したのです。かりにXとしておきますが、彼ならわたしの考えを理解してもらえる、という確信があった。警察庁の内部でも、もっともリベラルな人物の一人、と評価されていたのでね。Xは、その事実を公表することが妥当かどうか、長官や国家公安委員長と検討すると言って、コピーとリポートを預かりました。ところが、それきりその件は海の底にでも沈められたように、凍結されてしまった」

ビールを一口飲み、話を続ける。

「わたしは、あなたとの約束を気にしながらも、およそ三か月じっと待ちました。しかし、とうとうしびれを切らして、十日ほど前その件がどうなっているのか、Xに尋ねてみた。あなたも、わたし同様しびれを切らしているに違いない、と分かっていたからです。放置すれば、あなたがお手元にあるもう一組のコピーを、マスコミへ横流しする恐れがある。わたしとしても、それだけは避けたかった。正式の手続きをへて、警察庁から発表すべきだと思ったのです」

またビールを飲む。喉が渇いているようだ。

御子柴は、先を促した。

「それで、X氏の返事は」

「最初催促したときは、まだ結論が出ないので一両日待ってくれ、ということでした。二日待ちましたが、やはりなんの反応もなかった。それから、わたしは毎日のようにXの部屋に押しかけて、返事を迫りました。あなたの筋から、いつマスコミに情報が流れるか分からない、という不安が強まったこともあります。今思えば、なぜあなたがそうしなかったのか、むしろ不思議なくらいだった」

御子柴は、黙ってビールを飲んだ。

松国は、御子柴に何も言う気がないのを察したらしく、話を続けた。

「そして二日前、ようやくXがわたしを会議室に呼び出して、結論を告げました。この一件を、わたしの手から召し上げて自分の預かりにする、というのです。どう処理するかは、自分に任せてもらいたい、とのことだった」

「それは、この一件を公表するつもりがない、つまり握りつぶす、ということですか」

松国は、気の進まぬ面持ちで、うなずいた。

「残念ながら、そう判断せざるをえなかった」

御子柴は、とっておきの微笑を浮かべた。

「そうなることは、最初から見えていたんじゃありませんか」

松国の顔が、きっと引き締まる。

「いや、それはなかった。わたしはXを信頼していたし、わたしよりもXを通して正式に発表した方が、インパクトが強い。また、組織の上からもそうするのが筋だ、と思ったんです」

「松国さんは、やはり警察の組織からはみ出す気がない、ということですね」

松国は、あいまいなしぐさで肩をすくめ、弁解がましく言った。

「警察の組織を守ることも、特別監察官の重要な仕事の一つなのですよ」

「というより、それがすべてでしょう。警察は、社会正義の実現を錦の御旗に掲げていますが、その前にみずからの組織を守らなければならない。X氏だけでなく、松国さんご自身もそういう意識に、染まっている。だからこそ、上司に相談して筋を通そうとした。違いますか」

所詮、松国も警察という特殊な組織に身を置く、警察官僚の一人であることに変わりはない。警察内部の不正を暴くにしても、せめてその失点を最小限に食い止めよう、と図るのは当然のことだ。非公式に、マスコミに対して暴露情報を流されたり、御子柴自身の手で内部告発されたりすれば、大きな痛手をこうむることになる。それよりは、警察庁から自発的に公表するかたちをとることで、世論の風当たりをいくらかでもそらしたい、というのが本音だろう。

衝立の向こうで、大きな笑い声がはじける。

松国は軽く眉をひそめ、ビールを飲んだ。

息を吐きながら言う。

「あなたの言うとおりかもしれない。わたしはXを、買いかぶっていた」

「わたしは、X氏がだれかなどという穿鑿《せんさく》をする気は、毛頭ありません。長官だろうとだれだろうと、警察庁の幹部なら反応はみな同じです。そして、残念ながら松国さんもその一人、というわけです」

松国はビールを飲み干し、ゆっくりと首を振った。

「いや、それは違います。今日お呼び立てしたのは、そうでないことを証明するため、といってもよい」

「と、おっしゃいますと」

御子柴の問いに、松国は居住まいを正した。

「あなたのお手元にある、もう一部のコピーを引き渡してほしいんです」

御子柴はすぐには返事をせず、ビールを一口飲んだ。

松国が、そう言い出すであろうことは、予想していた。

とぼけて聞き返す。

「なぜですか」

松国は、熱心な口調で応じた。

「わたしは、あなたからいただいたコピーを、孫コピーしないままXに渡してしまった。あまりにも危険な資料なので、複写を取るのは控えた方がいい、と判断したからです」

ふろふき大根と肉ジャガが、運ばれてくる。

女の子がいなくなると、松国は言葉を継いだ。

「わたしのコピーが召し上げられた以上、頼りはあなたの手元にあるもう一部のコピーだけ、ということになる。それを提供してくだされば、今度は上層部を通さずにわたし自身の手で、マスコミに公表するつもりです」

御子柴は、ふろふき大根に伸ばしかけた、箸の手を止めた。

「そんなことが、できますか」

「できるかどうかというより、やらなければならない」

松国はきっぱりと言い、うなずいてみせた。

箸を置く。

「つまり、現職の警察庁幹部による内部告発を敢行する、ということですか」

松国の喉が、うねるように動いた。

「そうです」

「それが、どういう結果になるか、お分かりですか」

「むろん、分かっています。内部告発をしたあと、針のむしろにすわって勤務を続ける気は、毛頭ない。時期をみて、退職するつもりです」

「天くだり先は、ありませんよ」

松国は苦笑した。

「まあ、ないでしょうね」

御子柴は、あらためてふろふき大根を口に入れ、ビールと一緒に飲みくだした。

おもむろに言う。

「残念ですが、コピーをお渡しするわけにはいきません」

松国は、意外なことを聞くという顔つきで、問い返した。

「なぜですか。神宮署の不正を暴くことが、禿富君の遺志だったはずですよ。それとも、御子柴さんは彼の遺志を継ぐつもりがない、とおっしゃるんですか」

その質問には、答えたくなかった。

「わたしは一度、松国さんにそのチャンスを与えました。二度は、だめです」

松国の顔がこわばる。

気を静めるように、ゆっくりと自分のグラスに、ビールを注いだ。

注ぎ終わると、口をつけずに言う。

「もしかして、わたしを信用できないんですか」

「いえ、松国さんは信用できるおかただ、と思います。少なくとも、警察官僚の中ではね。人を信じない、あの禿富さんでさえ信用したくらいですから、疑う気はありません」

「それなら、もう一度チャンスをくれてもいいでしょう。もちろん、コピーのコピーでもかまいませんよ。ある程度、鮮明にとれていればね」

「あのコピーは、この世に一部しか存在しないからこそ、値打ちがあるんです。もう一部コピーを取れば、値打ちが半分に下がるどころか、まったく価値がなくなる。松国さんが、もとのコピーを公表してしまうと、残ったコピーはただの紙屑です」

御子柴が話しているあいだに、松国の目が徐々に険しくなる。

松国は、強い口調で言った。

「まさか、あなたはあのコピーをだれかに、売りつける気じゃないでしょうね」

「そのつもりはありません。少なくとも、今のところはね」

「それじゃ、あれをどうしようというんですか」

松国の詰問に、御子柴は少し間をおいて答えた。

「別に、どうもしませんよ。あれはいわば、わたしが警察官の職をまっとうするための、保険なんです。わたしの身に、何か予測できない事態が起きたときに、あれが役に立ちます。実のところ、今の神宮署では何が起きるか、予断を許さぬ状況ですからね」

松国は、あっけにとられた顔をしたが、すぐに目をさげすむように光らせて、御子柴を見た。

「あなたは、あの貴重な証拠物を自分一人の利益のために、死蔵するつもりですか」

「いけませんか。確かに、あなたがた警察庁の幹部は、日本の警察組織を守るという、重大な責務を負っておられる。同じように、わたしにはわたし自身とわたしの家族を守る、大きな責任があります。どちらが大切かは、自明の理でしょう」

松国は、あきれたと言わぬばかりに首を振って、ビールを一息に飲み干した。

それから、上体を乗り出す。

「あのコピーは、保険になりませんよ。むしろ、爆弾を抱えることになる。禿富君が、あれを守ろうとして死んだことを、忘れてはいけない」

「彼は、あのコピーを守るために死んだのではない、と理解しています」

禿富鷹秋が、なんのために死んだかは自分にも分からないし、だれにも分からないだろう。

松国は、辛抱強い口調で続けた。

「あなたが、あのコピーを持っていることを知られたら、命を狙われますよ。爆弾が爆発しないうちに、わたしに引き渡した方がりこうだ。わたしがかならず、あれを役に立ててみせる」

「むだでしょう。いっときそれで騒がれたとしても、半年もすればみんな忘れてしまう。また、以前のようにせっせと裏金作りが始まることは、目に見えています」

「あなたは、命が惜しくないんですか。あなたに万一のことがあったら、守るべきあなたの家族にも危険が及ぶし、家庭が崩壊してしまいますよ」

「わたしが、コピーをもう一部持っていることを知る人間は、あなたのほかにいないはずです。もしだれかに知れたら、それはあなたが漏らしたことになります。そのときは、わたしにも覚悟がある」

御子柴は言い切り、松国の顔をじっと見た。

松国は、少しのあいだ御子柴の目を見返していたが、やがて肩を落として言った。

「それでは、どうあってもコピーは引き渡さない、と」

「あいにくですが」

御子柴にも、意地がある。

とはいえ、松国の目をふと不吉な色がよぎったような気がして、ひやりとした。

4

会合が終わったらしく、〈オリンピア〉から黒服の男たちが三々五々、通りに出て来た。

それぞれ、待機していた車の列に散らばり、運転手のあけたドアから乗り込む。

笠原龍太が、あわてたように言う。

「おい、どの車だ」

「真ん中あたりの、白いベンツよ」

エンジンをかけながら、ボニータは短く言った。

笠原は口をつぐみ、その車に乗り込んだ男を確認するように、首を伸ばした。しかし、ほかの車が邪魔で見えないらしく、いらだたしげに舌を鳴らした。どのみち笠原は、標的の顔を知らないのだ。

　車が次つぎに、スタートしていく。

　白いベンツが走り出すのを待って、ボニータも車を発進させた。

　すぐ後ろにつけたが、ベンツのウインドーはスモーク・ガラスになっており、中が見えない。笠原の車は濃いグレイの、右ハンドルのＢＭＷだ。路面に吸いつくような走りで、乗り心地はよい。

　ただ、やたらにたばこくさいのが、気になる。ボニータもたばこを吸うが、こびりついたヤニのにおいだけは、許せなかった。自分勝手だと分かっていても、がまんがならないのだ。

　窓を細めにあけ、風を入れる。

　横目で助手席を見ると、笠原は果物ナイフの刃に指先を滑らせ、切れ味を試していた。

　不満げに言う。

「こんなやわなナイフじゃ、すぐに折れちまうぞ。よほどうまく、あばらとあばらのあいだに突っ込まねえと、こっちが手をケガしちまう。これじゃ、腹を刺すしかねえな。どっちみち、おまえにゃ無理な仕事だが」

「体当たりしてでも、仕留めるつもりだったわ」

　口だけなら、なんとでも言える。

「ほんとに、やっちまってもいいのか。やつのマンションは、渋六の縄張りの中だろう」

ボニータは少し考え、さりげなく応じた。

「一思いにやった方が、後腐れがなくていいわ。生かしておくと、ろくなことにならないし」

笠原は、顎《あご》を引いた。

「やるのはいいが、相手が渋六の幹部となりゃあ、おおごとだ。一応、マスダの元締めに相談してからの方が、よくはねえか」

「この仕返しは、もともとあたし個人の問題だって、そう言ったでしょう。びびったのなら、運転を交替してよ。あたしが、自分でやるから」

ボニータが、わざととげのある言い方をすると、笠原は肩を揺すった。

「だれがびびるもんか。おれも、中途半端は嫌いだ。やる以上は、きっちりと落とし前をつけてやる。おまえのためにもなり、マスダのためにもなるとすりゃあ、やり甲斐があるってものよ」

その口調は、虚勢を張っているだけのように、聞こえなくもなかった。

しかしそれは、無理もないだろう。

笠原自身、自分が手にかける相手のことを何も知らず、恨みを抱いているわけでもない。惚れた女の手前、いいところを見せようと乗り出し、そこへ火に油を注ぐように、あれこれと焚きつけられたものだから、引っ込みがつかなくなったのだ。

うまくいった、とボニータは内心ほくそえんだ。

むろん、伊納総業の専務に収まるくらいの男だから、笠原も決してばかではないだろう。しかし、どんな賢明な男でも女がからんでくると、目がくらむことがある。ボニータにとっては、そこがつけめだった。その手に乗らなかったのは、ハゲタカくらいのものだ。

ハゲタカのことを思い出すと、今でもはらわたが煮え繰り返る。

あの、肉体も精神も鋼鉄でできたような男には、何をやっても歯が立たなかった。だから、ホセ石崎たちと撃ち合って死んだ、という話を聞いてもしばらくは信じられなかった。今でも、どこかそのあたりの暗がりから、ぬっと不気味な姿を現すのではないか、という不安がある。

「おい、次の角を曲がったぞ」

笠原の声に、われに返った。

あわててブレーキを踏み、ベンツが曲がった角を左に折れる。いつの間にか、山手通りの富ケ谷の信号を、越えていた。まだ五分ほどしか、走っていない。

「この近くなのか、やつのマンションは」

笠原が、緊張した声で聞く。

「ええ、もうすぐよ」

「人目はどうだ。まだ、時間が早いぜ」

「この先に、今道路工事中の箇所があって、右へ曲がる迂回路の標識が、出ているの。

マンションは、進入禁止の道を三十メートルほどはいったあたりだから、きっとその迂回路を右折したところで、車をおりるはずよ。夜間は工事をしていないし、人通りはほとんどないと思うわ」

ボニータが言うと、笠原は驚いたように口をすぼめた。

「よく調べたな」

「当たり前よ。どじを踏みたくないもの」

ボニータはヘッドライトを消し、ベンツのテールライトを頼りに、追尾した。

やがて、迂回路の標識が出た十字路に差しかかり、案の定ベンツはそこを右折した。車の停まる気配がする。

ボニータも、すばやくブレーキを踏んで停車し、エンジンを切った。十字路には明かりがついているが、その先は目指すマンションの入り口付近まで、街灯がない。

「よし。おまえも来い。適当に一芝居打って、相手の足を止めるんだ」

「分かった」

ボニータは運転席から、笠原は助手席から同時にドアをあけ、外に出た。

右手の道から、車をおりた運転手と標的の男が、姿を現す。運転手は用心のため、ボスをマンションの入り口まで、送るつもりだろう。

人の気配を感じたらしく、運転手が二人の方を見た。

ボニータは、すばやく笠原の腕に取りすがった。二人連れが、歩きながらじゃれ合っている風を装い、嬌声《きょうせい》を上げてみせる。

運転手は目をそらし、先に立って標識の脇をすり抜けると、マンションへ向かった。

十字路を越えて、そのあとを追う。ボニータは、街灯の光が届かなくなるのを見計らい、笠原の腕を振り払った。

「やめてよ、こんなところで」

わざと、甘ったるい鼻声で言い捨て、小走りに駆け出す。

前を行く二人が、その足音に気づいて道の端へよけようと、歩調を緩めた。ボニータは二人を追い越し、地面を蹴るようにして足を止めた。

振り向きざま、運転手に後ろ回し蹴りを食らわせる。スニーカーをはいた足の甲が、まともに側頭部に決まった。

運転手は声も上げずに、その場に昏倒した。

「な、何をしやがる」

標的の男が怒声を発したときには、笠原はそのすぐ背後に迫っていた。

男の肩口をつかみ、ぐいと自分の方へ向き直らせるが早いか、右手に握ったナイフを下から上へ、腹に向けて突っ込む。ボニータはその勢いに、自分が刺されたようなショックを受け、そこに立ち尽くした。

笠原は、刺した刃先で念入りに腹をえぐり立てると、相手のスーツの裾で血糊をふき取りながら、ナイフを抜いた。血しぶきは、飛ばなかった。

男がうめきながら、地面へ倒れ込む。

笠原はそれを見て、ボニータに顎をしゃくった。

「行くぞ」

ナイフを持ったまま、足速に引き返して行く。

ボニータはわれに返り、急にがくがくし始めた膝を励ましながら、笠原のあとを追った。幸い人通りがなく、だれかに見られた様子もない。

車にもどると、笠原はさっさと助手席に乗り込んだ。まだ、ナイフを握ったままでいるところをみると、運転する気はないようだった。

ボニータはしかたなく、運転席に回ってドアをあけた。

エンジンをかけ、ハンドブレーキをはずす。さすがに、足が震えてアクセルを強く踏みすぎ、車を急発進させてしまった。もう少しで、迂回路の看板にぶつかりそうになり、あわててハンドルを切る。右の道へ頭を突っ込んで、すぐ先に停まっていたベンツの横をすり抜け、猛スピードでその場を離れる。

「どうして、ナイフを捨てないの」

ボニータがとがめると、笠原はナイフをかざした。

「殺しはおおむね、凶器から足がつく。見つからねえように、遠くで処分するのがりこうだ」

そううそぶいて、ボニータの顔をのぞき込む。

「それより、だれかに見られなかっただろうな」

「あの運転手も、片付けるべきだったかもね。あたしたちのことを、ちらっと見たし」

そのことが、唯一の不安材料だった。

やる前は考えもしなかったが、終わってみれば運転手はただ一人の証人、ということになる。暗かったから、細かい人相までは見えなかったにせよ、相手が男女の二人連れであることは、分かったはずだ。

警察はともかく、渋六興業の連中はその女がボニータではないか、と疑いを抱く恐れがある。

しかし、今さらびくびくしても、始まらない。こっちには、強い味方がついている。

笠原が、思い出したように言う。

「おまえ、あの運転手を一蹴りで倒したな。あんなわざを持ってたとは、知らなかったぜ」

「あたしの国では、女はみんな自分を守るわざを持ってるのよ。日本と違って、南米はどこも治安が悪いから」

「ふうん、そんなものかね」

笠原は、いくらか釈然としない口調で言ったが、すぐに話題を変えた。

「それにしてもあいつ、手ごたえのねえ野郎だったぜ。おれがやられる立場だったら、腹をえぐってきた腕を抱え込んで、絶対に離さねえとこだがな」

「そんなことより、そのナイフをなんとかしなさいよ。いつまで握っていたら、気がすむの」

ボニータがとがめると、笠原は足元をのぞいた。

「どこかに、コンビニの袋か何かねえか。車が汚れるといけねえ」

そのとき、突然だれかが言った。

「これを使いなよ」

後部座席から聞こえた声に、笠原もボニータも驚いて振り向く。

その拍子にハンドルを取られて、車が左側の空き地に突っ込みそうになり、ボニータはとっさに急ブレーキを踏んだ。

ダッシュボードに手をつき、つんのめった体を危うく支えた笠原は、すぐに振り向いて怒声を放った。

「なんだ、てめえは」

ボニータも、首をねじって後部座席をのぞいた。

ウインドー越しに差し込む、遠い街灯の光に浮かんだ顔を見て、しんそこ驚く。

後部座席にすわっていたのは、神宮署生活安全特捜班の刑事、岩動寿満子だった。

ボニータは、ぽかんとして寿満子の顔を見た。

よりによって、寿満子がこんなところに姿を現すとは、思ってもみなかった。いつの間に、もぐり込んだのだろう。

寿満子は、白いビニールの袋を助手席に投げ、顎をしゃくった。

「ナイフを、その中に入れるんだ」

「てめえは」

鼻孔を広げ、もう一度どなろうとする笠原の鼻先に、寿満子が身分証明書をかざす。

「神宮署、生活安全特捜班の、岩動だ。こっちの拳銃が、シート越しにあんたを狙ってるよ。変な考えを起こすと、土手っ腹に穴があくからね」

それを聞くと、笠原はあっけにとられて体の動きを止め、しげしげと身分証明書を見た。

「じ、神宮署だと」

「そうさ。マスダの生き残りが、渋六の幹部を狙ってるという情報が流れて、神宮署は大忙《おおいそが》しだよ。どうやら、ガセネタじゃなかったようだね」

笠原の喉が、ぐびりと動く。

「お、おれは、マスダじゃねえ」

「おう、そうか。すると、さしずめ伊納総業のちんぴらだね。名前はなんていうんだ」

寿満子の、男のような口のきき方に度肝を抜かれた体《てい》で、笠原はすなおに応じた。

「笠原龍太だ。伊納総業の専務だ」

寿満子は、なんの感情も顔に表さず、ボニータに目を向ける。

「あんたは」

「ヒサコ。ヒサコ・ロペス」

正直に、本名を答える。

それから、哀れっぽい声で続けた。

「あたしは、何もしてないわよ。ただ、この人について来ただけなんだから」

「てめえ」

笠原が、鬼のような顔で文句を言いかけるのを、寿満子が制する。

「内輪もめしてるんじゃないよ。早く、その袋にナイフを入れて、こっちへよこすんだ」

ボニータは、寿満子が何を考えているのか、分からなかった。

笠原は、少しのあいだためらっていたが、結局逆らってもむだだとあきらめたのか、ビニールの袋を取って、ナイフを投げ込んだ。それを、後部座席に差し出す。

寿満子は袋を受け取り、ボニータに言った。

「あんたも同罪だよ。あたしは、全部見てたんだからね」

また、不安な気分になる。

笠原を罠にかけたつもりだが、自分も寿満子に罠をかけられたのかもしれない、という気がした。しかし、パトカーがやって来る気配はないし、寿満子が相棒を連れている様子もない。

笠原も、いくらか不審を抱いたらしく、寿満子に聞いた。

「おれたちを、どうするつもりだ」

「この際、傷害か殺人の罪で現行犯逮捕してもいいんだが、少し猶予《ゆうよ》してやろう」

笠原の目を、とまどいの色がよぎる。

「猶予とは、どういう意味だ」

「あんたたちに、貸しを作るのさ。いずれこっちに、あんたたちに頼みたいことができたとき、借りを返してもらうんだ。覚えておきな」

「いつ返すんだ」

「あしたかもしれないし、五年先かもしれない。そのときがきたら、ちゃんと言うよ」

「やばい仕事はごめんだぜ」

笠原が言うと、寿満子ははじけるように笑い出した。

「人を殺しておいて、やばい仕事は勘弁してくれ、もないものだ」

「あの野郎だって、まだ死んだかどうか分からねえぞ。救急車を呼んで、確かめたらどうだ」

ボニータは、笠原が急に弱気なことを言い出したので、内心あきれた。

寿満子が応じる。

「ほっとけば、ちゃんと死ぬよ。そうなったら、傷害致死でも殺人でもたいした違いはないさ」

後部座席のドアをあける気配がした。

「あんたたちはこのまま、まっすぐ帰るんだ。くれぐれも、妙な考えを起こすんじゃないよ。こっちは、笠原龍太の指紋がついた凶器を、保管してるんだ。それを覚えておきな」

寿満子は車をおり、勢いよくドアを閉じた。

ボニータは、リヤウインドーの中を遠ざかって行く、寿満子の大きな体を見送った。手に持ったビニール袋が、やけに白く目を射る。

笠原も、同じように寿満子の後ろ姿を目で追いながら、思い出したように毒づいた。

「くそ、なんてアマだ。あいつ、ほんとに神宮署のデカなのか」

「そうらしいわね。神宮署に、岩動という名のこわもての女刑事がいることは、前から耳にしていたわ」

笠原が、猜疑心《さいぎしん》のこもった目で、見つめてくる。

「あいつ、まるでおれたちが来るのを、待ち伏せしていたみたいじゃねえか。おまえ、まさかこのおれを、はめたんじゃあるめえな」

ボニータはぎくりとして、笠原を睨み返した。

「冗談はやめてよ。あいつ、あたしも同罪だって、そう言ったじゃないの。マスダが、渋六の連中を狙ってるとかいう噂を聞いて、張り込んでいたに違いないわ」

「くそ、だれがそんな噂を、流しやがったんだ」

そんな噂など、流れていない。

新宿の街なかで、いきなり寿満子から職務質問を受け、ハンドバッグを探られたあげく、中から覚醒剤が見つかったときは、さすがのボニータも呆然とした。

そんなものを、隠し持った覚えはなかった。

すぐに、でっち上げだと悟ったが、抗弁しようにもできなかった。もし、マンションを家宅捜索されたら、実際にもっと多量の覚醒剤が出てくるからだ。

寿満子は、ボニータの素性を承知の上で、罠にかけたに違いない。

ボニータは、協力しなければ刑務所へぶち込むと脅され、言われたとおりにすると約束した。それが、笠原をけしかけて殺人の罪をきせるという、先刻の茶番劇になったのだ。マスダも、いずれは笠原を始末するつもりでいたから、別に良心は痛まなかった。

この日〈オリンピア〉で、暴力団関係者の会合があるという情報は、寿満子から与えられたものだった。道路工事中のため、例の十字路に迂回路の標識が出ていることも、寿満子が教えてくれた。ボニータはただ、笠原を焚きつけて渋六興業の大物を一人始末する、お膳立てをすればよかったのだ。

それにしても、寿満子がどこに潜んでいるのか知らなかったし、まして二人が外へ出ているあいだに、車にもぐり込むなどとは考えもしなかった。実際に肝をつぶしたので、笠原も二人が裏でつながっていた、とは思わなかっただろう。

笠原が、肘をこづいてくる。

「さっきはなんだ。あたしはただついて来ただけだなどと、よくもぬかしやがったな。おれ一人のせいにしようなんて、ちょいと虫がよすぎるぞ」

「だって、怖かったんだから、しかたないじゃない。それに、あたしからあんたについて来てって、頼んだわけじゃないし」

逆ねじを食わせると、笠原は口をつぐんだ。

しかし、すぐに額の汗をぬぐいながら、不安そうに言う。

「岩動のやつ、おれたちじゃなく、おれたちに何をやらせる気だろうな」

おれたちじゃなく、あんたによ、と思いながらボニータは、返事をした。

「心配しても、始まらないわ。人を一人殺したんだから、それよりひどいことは何もないわよ」

寿満子も、同じようなことを言っていた。

どちらにしても、寿満子が笠原に何をさせるつもりでいるのか、まるで見当がつかなかった。

# 第二章

## 5

煙突から、煙が一筋立ちのぼる。

これまでこの煙を、何度見送ったことだろうか。

水間英人《ひでと》はため息をつき、隣に立つ野田憲次《けんじ》を見た。

「やり切れんなあ、この煙ってやつは」

野田もうなずく。

「まったくだ。まあ、自分の煙を見ずにすむのが、せめてもの慰めさ」

代々幡《よよはた》斎場は、立て込んでいた。

毎日、これほどたくさんの人間が死ぬのかと、水間は不思議な気持ちになる。人は死んでしまえば、小さな骨壺に納まった少量の遺骨と化して、もとの土に還る。それが何千回、何万回と繰り返されながら、人間の営みは少しも休まずに続いていく。

珍しく無常観にとらわれ、水間は自分で苦笑した。

骨を拾う段になると、それまで気丈に振る舞っていた熊代《くましろ》留美子が、急に取り乱した。

手放しで泣き出し、立っていられなくなる。

水間と野田は、両脇から留美子の体を支えて、なんとか骨を拾わせた。

熊代彰三の葬儀は、世田谷区宮坂にある熊代家の菩提寺、詳伝寺で行なわれた。社長の谷岡俊樹をはじめ、渋六興業の社員全員が役割を分担して、式を取り仕切った。関東一円の、古いヤクザ組織の幹部たちが、こぞって式に参列した。

長いあいだ、熊代と渋谷の縄張りを争った元渋六興業の社長、碓氷嘉久造《うすいかくぞう》はしばらく前に心不全で、先に逝ってしまった。もし生きていたら、よきライバルだった男の野辺の送りに、這ってでも顔を出しただろう。

ちなみに、熊代が組長を務めていた元敷島組の幹部で、渋六興業に吸収合併されたとき組を離れた者も、何人かは顔を見せた。しかし、そのおりマスダに身を売った者は、一人も現れなかった。

やくざがらみの葬儀で、近年これほど人が集まったのは珍しく、所轄署は隣接する目黒区の警察署の応援を得て、多数の警察官を式場周辺に配備した。水間と野田は、あらかじめ社員に近隣の住宅を一軒ずつ回らせ、挨拶をさせておいた。そのせいもあってか、会葬中のトラブルや騒ぎはいっさいなく、住民からの苦情も出なかった。

所轄署の警備担当からは、何かトラブルが発生したら葬儀を中止させる、と事前に警告されていた。しかし、何ごともなく式が終わったために、警察はかえって拍子抜けしたようだった。

熊代は二日前、参宮橋にある会員制クラブ〈オリンピア〉で、年に一度のテキ屋と香具師《やし》の懇親会に招かれ、出席した。暴力団とは一線を画する、伝統的な組織の集まりだった。

それが終わったあと、熊代は渋六興業の海野《うんの》修一が運転するベンツに乗り、富ケ谷の自宅マンションへ向かった。

たまたま、マンションに通じる道路が工事中のため、海野は近くの路地に車を停めた。熊代を送り届けようと、一緒に通行止めの道をマンションの方へ歩き出したとき、後ろから男女の二人連れがやって来た。女が、じゃれ合って駆け出した気配を感じ、海野と熊代はなんの気なしに、端に寄って道を譲った。

すると、女は追い越しざまにいきなり海野の側頭部へ、回し蹴りを食らわせた。海野は、その一撃で脳震盪《のうしんとう》を起こし、気を失ってしまった。

意識を取りもどしたとき、熊代はすでに刃物で腹部をえぐられ、道路に倒れ伏していた。まだかすかに息があり、男に刺されたとつぶやいた。

海野が呼んだ救急車で、慶応病院へ運ばれる途中熊代は呼吸が止まり、そのまま死んだ。死因は、出血多量。

意識を失う直前、熊代は海野に留美子を頼む、と言い遺した。留美子は、長年連れ添った熊代の妻だった。

そうしたいきさつを、水間はあとになって海野から聞かされたのだ。

焼き場から、骨壺を抱いて富ケ谷の自宅へもどる留美子を、水間と野田が送って行くことになった。

そのとき、諸橋真利子《もろはしまりこ》も同行すると申し出て、四人一緒に車に乗った。真利子は、もと敷島組で熊代の代貸を務めた、諸橋征四郎の未亡人だ。

真利子が助手席に着き、水間と野田が真ん中に留美子を挟むかたちで、後部座席にすわった。真ん中は上席ではないが、そうしてほしいという留美子のたっての願いで、そのようになったのだ。水間と野田に、両脇から支えてもらいたいという気持ちが、無意識に表れたのだろう。

運転手は、海野が務めた。

海野は、自分が付き添いながら熊代を死なせたことで、目も当てられぬほど落ち込んでいた。たった二日のあいだに、首でも吊《つ》るのではないかと心配になるくらい、やつれてしまった。

頭に蹴りを入れてきたのが、女だったと告げるときも蚊の鳴くような声で、みずからの不甲斐なさを責める一方だった。しかも、白いブラウスにジーンズをはいた女、とだけしか覚えていない。熊代を刺した男についても、二人をいい仲のカップルとばかり思ったので、顔をよく見なかったという。

海野は、渋六興業の社員ではあるがヤクザではなく、ただの運転手にすぎない。むろん、用心棒が務まるような腕はないし、その度胸もない。それを知っているだけに、留美子は海野を責めようとしないどころか、むしろなぐさめる側に回ったほどだ。

そのため、かたちだけでも海野を叱責する立場にある水間も、きついことを言えなかった。熊代に護衛をつけなかったのは、自分の責任だという思いが強かったこともある。

それにしても、熊代がだれかに襲われる危険があるとは、水間も野田も考えていなかった。

熊代は、先に死んだ碓氷と並んで古い世代のヤクザの、数少ない生き残りの一人だった。敷島組が消滅した時点で、熊代は事実上ヤクザの世界から引退し、悠々自適の生活を送っていた。渋六興業の会長という肩書は、社長の谷岡も一目置いているといった意味合いの、単なる名誉職にすぎない。たとえ熊代を失っても、渋六興業が実質的な打撃を受けることは、ほとんどない。

そんな甘い観測があったからこそ、熊代に護衛をつけることもしなかったのだ。

しかし、実際に熊代を失った今となってみれば、その存在の大きさがひしひしと感じられてくる。

ことに水間は、以前谷岡の不興を買って破門されようとしたとき、熊代の取りなしで助けられたことがある。敷島組を、渋六興業に吸収合併させた張本人の自分を、熊代がかばってくれるとは夢にも思わなかったので、あのときは胸が熱くなるほどうれしかった。

それだけに、熊代を殺されたことに対する怒りは、自分でも驚くほど大きかった。殺した相手が憎いばかりでなく、それを許した自分の甘さが恨めしかった。骨を拾いながら、このかたきはかならず取る、と心に誓った。

しかし、マンションへもどってふたたび焼香したあと、意外な展開になった。目を泣き腫らしながらも、留美子があらたまってこう切り出したのだ。

「あんたたちに、ここで言っておくことがあるわ。熊代の遺言だと思って、よく聞いて」

水間も野田も、そして真利子も、居住まいを正して留美子を見た。

留美子は、背筋を伸ばして言った。

「それはね、熊代を手にかけたのがどこのだれにせよ、かたきを討とうなどという考えは捨ててほしい、ということなの」

水間は耳を疑い、口を開こうとした。

それを目で制し、留美子が話を続ける。

「熊代は、敷島組を渋六に預けた段階で、ヤクザから足を洗ったわ。まあ、形だけかもしれないけれど、気持ちの上ではそのつもりだった。だから、かたきを討つとか恨みをはらすとか、そういうことはやめてほしいの」

たまらず、水間は割り込んだ。

「しかし、まだだれにやられたか分からない段階ですし、相手によっては黙ってるわけにいきませんぜ」

野田も口を出す。

「水間の言うとおりです。もしマスダのしわざなら、ほうっておけませんよ」

留美子は、二人を交互に見た。

「マスダは、ハゲタカに幹部を殺されたために、壊滅したはずよ。今さら、渋六に報復する力なんか、ありゃしないわ。それに、あんたたち幹部を血祭りに上げるならともかく、熊代を殺してなんになる、というの。渋六にとっては、痛くもかゆくもないじゃないの」

肯定も否定もできずに、二人とも口をつぐんだ。

真利子が言う。

「姐さん。かたき討ちをやめろ、というのはあんまりです。熊代の親分さんには、こちらのお二人もわたし自身も、大きな恩があります。相手が、マスダであろうとだれであろうと、このけじめはしっかりつけなくては、筋が立ちません」

留美子は、小さく首を振った。

「真利子。あんたも、いいかげんにこの世界から、身を引きなさいよ。諸橋も死んだし、ハゲタカも死んでしまった。あんたは、〈サルトリウス〉のママでいるだけで、十分じゃないの」

「いいえ。わたしは、水間さんと野田さんが渋谷のシマを預かるかぎり、微力ながらお二人のお手伝いをするつもりです。たとえ姐さんのお言葉でも、こればかりは引き下がるわけにいきません」

水間は驚いて、野田と顔を見合わせた。

ハゲタカこと、禿富鷹秋が死んでから半分腑抜《ふぬ》けていた真利子が、これほど自分の考えをはっきり表明したのは、ひさしぶりのことだった。

何か言い返そうとして、留美子はふと口を閉じた。

唐突に、話を変える。

「それにしても、だれが七十をいくつも過ぎたじいさんを、刺したりするんだろうねえ。ほっといたって、そう長生きするわけでもないのにさ」

自嘲《じちょう》めいた口ぶりだった。

黙っているわけにもいかず、しかたなく水間は口を開いた。

「何も取られてませんから、行きずりのタタキでないことは確かです。通り魔ってこともない。はっきりと、会長を狙った犯行だ。だとしたら、マスダくらいしか、考えられんでしょう」

「そうかしら。熊代も、若いころはずいぶんむちゃをした口だから、どこで恨みを買ったかしれやしないわ。その、意趣返しをしたがっていたやつらも、二人や三人じゃないと思うわよ」

「そんなやつがいるなら、とっくにやってますよ。今、この時期に会長に手を出したということは、渋六に対して挑んできたってことです。マスダでないとしたら、その後釜として新宿へもどって来た、伊納総業のやつらかもしれん」

野田がそばから言う。

「今の伊納総業に、おれたち渋六に立ち向かう力はないし、理由もないぞ。新宿で、もう一度勢力を盛り返すのに、手一杯だろう」

真利子が、喪服の襟《えり》に指を走らせながら、口を挟んだ。

「水間さん。海野が見たという、白いブラウスとジーンズの女に、心当たりはないんですか。追い越しざま、海野を回し蹴り一発で倒したとしたら、ただの無邪気なＯＬじゃないわよね」

水間はためらった。

一人だけ、心当たりのある女がいる。

以前上目黒のホテルで、禿富と示し合わせて人質にしたことのある、ボニータという女だった。ボニータはマスダの身内で、中南米で生まれ育った日系人三世らしく、日本語をかなり達者に話す。禿富によれば、カンフーらしき格闘技を身につけている、とのことだった。しかもあのとき、ボニータはジーンズをはいていた。条件としては、ぴたり当てはまる。

しかし、海野は相手の服装以外に何も覚えておらず、どんな女だったかも分からない、と面目なげに繰り返すばかりだった。

水間は言った。

「マスダに、ボニータと呼ばれる女がいます。以前、禿富のだんなと仕事をしたときに、ちょっと関わった女でね。格闘技の心得がある、とだんなは言ってました。まあ、だんなには通用しなかったようだが」

真利子が、首をかしげる。

「でも会長を刺したのは、二人連れの男の方でしょう。マスダに、それだけの腕と度胸のある男が、残っていたかしら」

留美子は顔をしかめ、手を振った。

「もういいから、やめて。犯人探しは、警察に任せましょう。あんたたちが勝手に動いたら、つかまるものもつかまらなくなるわ」

「神宮署は、本気で会長殺しの犯人を探すほど、お人好しじゃありませんよ。まあ、当てにできるのは御子柴警部補くらいですが、彼一人じゃ何もできませんしね」

御子柴繁は、禿富が生前コンビを組んでいた、生活安全特捜班の刑事だ。

「神宮署にだって、殺しの捜査をする刑事がいるでしょう。警視庁から、応援もあるだろうし」

野田が、さめた顔で首を振る。

「神宮署からみれば、会長はただの引退した老ヤクザの一人、というだけのことです。警視庁の応援を仰ぐどころか、まじめに捜査する気もないでしょう。へたをすると、渋六内部の犯行じゃないかなどと、難癖をつけるかもしれません」

留美子は、あきれたように顎を引いた。

「あんたたちも、いいかげん神宮署に愛想をつかしたようね。ハゲタカがいたころとは、だいぶ様子が違うじゃないの」

水間は野田と視線を見交わし、留美子に目をもどした。

「自分たちは、禿富のだんなを頼りにしていただけで、神宮署なんか屁とも思っていませんでした。だんながいなくなったとたん、神宮署の連中は渋六に対してやけに態度が甘くなり、うるさいことを言わなくなった。岩動警部の方針というより、神宮署全体の方針のようです」

実のところ岩動寿満子は、〈サルトリウス〉での銃撃戦が片付いたあと、奇妙な沈黙を保っている。あれから、表立って渋六興業を締めつける振る舞いには、いっさい及んでいない。

あの銃撃戦で、マスダのホセ石崎、寺川勇吉、川野辺明、そして禿富鷹秋の四人が死んだ。

神宮署の、裏金の存在を立証する裏帳簿のコピーを巡って、すさまじい争いになったのだ。禿富は、寿満子が盾《たて》にした真利子まで一緒に撃とうとして、水間の銃弾を食らった。そして、執拗にコピーのありかを聞き出そうとする寿満子に、一言も漏らさぬまま死んでいった。

その寿満子の肩を撃ち抜き、死にかけていた禿富に最後の一発を浴びせて、とどめを刺したのは真利子だった。

なぜ撃った、と問いかける水間に、真利子はこう答えたものだ。

「あれ以上、苦しませたくなかったから。禿富は、わたしに撃ってほしかったのよ」

今思えば、あのときの禿富の気持ちも真利子の気持ちも、分かるような気がする。

いずれにせよ、銃撃戦の真の背景を知る人間は、生き残った寿満子と水間、真利子の三人しかいない。事件は、禿富とマスダの三人が撃ち合って、共倒れになったという筋書きで処理され、真相は闇に葬られた。めんどうを避けたい渋六興業と、裏帳簿問題を表沙汰にしたくない神宮署の利害関係が、たまたま一致したのだった。

それによって、渋六と神宮署は互いに相手の弱みを握ったことになり、そのバランスが微妙に保たれたまま、推移している状態だ。

留美子が、きっぱりと言う。

「とにかく熊代のかたき討ちは、わたしが許しませんからね。渋六興業としても、あんたたち個人としても、よ。何もしないって、わたしと死んだ熊代に、約束してちょうだい」

野田も真利子も、そして水間も、黙って頭を下げるしかなかった。

## 6

大森マヤが、カウンターにショットグラスを置き、ウイスキーを注ぐ。

水間英人は、その香りを鼻孔いっぱいに吸い込み、一口含んでみた。芳醇な味が広がり、気分が落ち着くのが分かる。

「うん、うまい。国産のウイスキーも、もうスコッチに負けないな」

「そうですね。わたしもときどき飲みますけど、ブランデーみたいですよね」

「十八年ものでこの味だとすれば、二十五年とか三十五年ものは、どんな味がするのかな」

マヤは、意外そうな顔をした。

「飲んだことないんですか」

「ない。だいたい、普通の店には置いてないからな。ここだって、十八年ものを飲む客なんか、ほかにいないだろう」

マヤは笑った。

「そうですね。水間さんと、野田さんくらいかしら。それから、亡くなった禿富さんもたまに見えて、お飲みになりました」

禿富鷹秋の名前が出て、水間はと胸をつかれた。

「そうか、だんなもか」

禿富が死んで、もう三か月を越えた。

引導を渡したのは、確かに諸橋真利子だったかもしれないが、実質的に水間の銃弾を食らった時点で、禿富は死んでいたのだ。

同じ死ぬにしても、岩動寿満子に撃たれて死んだのではないことが、せめてもの救いだった。いや、寿満子の手にかけさせたくないために、自分も真利子もあえて禿富を撃ったのだ、と思いたい。

禿富は、わたしに撃ってほしかったのよ。

そう言ってのけた真利子の言葉が、今さらのように胸に響いてくる。

水間の顔色を見て、マヤが軽く頭を下げた。

「すみません。禿富さんの話なんか、持ち出して」

水間はグラスを掲げ、酒を口にほうり込んだ。胃の腑が、かっと熱くなる。

一息ついて言った。

「いいんだ。おれには、禿富のだんなが死んだという実感が、まったくわかなくてね。今にもそこの扉をあけて、無愛想な鼻面を突き出すんじゃないか、という気がするのさ。そうなったとしても、おれは少しも驚かないな」

マヤがうなずく。

「わたしもです。禿富さんは、まだこの街のどこかにひっそりと、生きてるのかもしれないわ」

「そうだな。あのだんなが死ぬなんて、考えられないことだしな」

現金なもので、自分が致命傷を与えたことなどどこ吹く風と、そんな言葉がごく自然に出てくる。

すでに午前零時を過ぎ、〈みはる〉にはほかに客がいなかった。

この店へ来るとき、水間は野田と一緒のことが多いのだが、野田は夕方から遊戯場買収の仕事にからんで、横浜へ行ったきりだった。

マヤが水間のグラスに、新しいウイスキーを注ぐ。

水間をちらりと見て、独り言のように言った。

「そういえば、熊代会長を刺した犯人は、だれなのかしら」

「さあな。相手も理由も、よく分からないんだ。通りすがりじゃないにしても、やり方が行き当たりばったりすぎる。会長だけやって、一緒にいた海野を始末しなかったのは、おそまつもいいところさ。目撃者を残すわけだからな。たまたま、海野が相手をよく見ていなかったから、助かったようなものの」

話し終わらないうちに、胸ポケットに入れた携帯電話が、着信を告げた。

液晶表示を見ると、噂をすれば影とでもいった感じで、海野修一の名が躍っていた。

今夜海野は、もう一人の社員と渋六興業の事務所で、宿直に当たっているはずだ。

「どうした」

「こんな遅くに、すみません。実は、たった今事務所に、妙な電話がはいったものですから」

「妙な電話。だれからだ」

「たぶん中年の男だと思いますが、だれとも名乗らないんです。それに、公衆電話からかけてきたので、番号表示も出ませんでしたし」

「用件は」

水間が聞くと、海野はちょっと言いよどんだ。

「会長が刺された、例の一件なんです。その男は、自分は会長が刺されるところを見た、と言いました」

水間は、携帯電話を握り締めた。

「ほんとか。どこで見てたんだ」

「近くにいたそうですが、どこかは言いませんでした。ただ、白いシャツかブラウスを着て、濃いブルーのジーンズをはいた女が、前を歩いていた若い男、つまりわたしに回し蹴りを食らわせて、その直後にずんぐりした髪の短い男が、わたしの後ろにいた連れの老人、つまり会長を刺すのを見た、というんです」

少し考える。

「しかし、それくらいのことは新聞でも報道されたから、実際に見た証拠にはならないぞ」

「男女の二人連れは、刺したあとでもと来た道を駆けもどり、近くに停めてあった車に乗って、逃げたそうです」

それは初耳だ。

水間は急《せ》き込んで、聞き返した。

「どんな車だ」

「ダークグレイか黒の、たぶんBMWだろうと言ってました。右ハンドルで、女が運転して逃げた、と」

「ナンバーは」

「見えなかったそうです。ただ、遠い街灯の明かりではっきりしませんが、女は日本人じゃないようだった、と言ってました」

「日本人じゃない、だと」

心臓のあたりが、ずきんとする。

「はい。顔の輪郭、胸や尻の張り具合、脚の長さなどからして、日本人には見えなかったと」

背筋を、何かが這いのぼった。

「その電話、どこのだれがかけてきたのか、ヒントになるようなことを言わなかったか」

「言いませんでした。わたしも、だいぶしつこく聞いたんですが。ただ、会長が殺されたことを残念がっている、という口ぶりでした。会長に、恩義のある男かもしれません」

「それだったら、見たときすぐに助けを呼ぶとか、警察に通報するとか、手を貸してくれてもよかったのに」

水間が言うと、海野はためらいがちに応じた。

「何か、関わり合いになりたくない事情がある、という雰囲気でした」

「だったら、なんで今ごろ、それも警察じゃなくてうちの事務所に、タレ込んできたんだ」

「それも聞こうと思ったんですが、相手は話すだけ話して電話を切ってしまいました。巻き添えになるのが、よほどいやだったようです」

水間は、一人でうなずいた。

「分かった。この話は、ほかのやつにするな」

「そばにいたので、新関《にいぜき》には話してしまいましたが」

新関信治は、海野と一緒に宿直に当たっている男だ。

「新関にも、他言無用と言っておけ。ご苦労だった」

水間は通話を切り、携帯電話をしまった。

マヤが、目にあからさまな興味の色を浮かべて、身を乗り出す。

「何か、通報があったんですか」

「うん」

海野には口止めをしたが、マヤには今のやり取りを細かく、話して聞かせた。マヤは口が堅いし、けっこう頭が働くのだ。

聞き終わると、マヤは小首をかしげた。

「その電話の人の話を聞くと、なんだか高いところから見ていた、という感じがしますね。四人の位置関係とか、車の色や種類のこととか」

そう言われれば、そんな気もする。

「なるほど。すると、現場近くのマンションのベランダか窓から、犯行を見ていた可能性があるな。もしかすると、会長と同じマンションかもしれない」

「警察じゃなくて、わざわざ渋六の事務所に電話するなんて、どういうことかしら」

「見たことを黙っていられなくて、といっても警察と関わるのはいやだから、うちへ知らせてきたんだろう。渋六も、海野の名前も新聞に出たし、電話番号は調べれば分かるからな」

「渋六か会長に、恩義でもある人かも」

水間は、ウイスキーを口に含んだ。

「まあ、通報してきたのがだれかというのは、この際あまり重要なことじゃない。問題は、通報の中身だ。話を聞くかぎりでは、信憑性《しんぴょうせい》が高いように思える」

「そうですね。それより、水間さんはその犯人と目される男女に、心当たりがあるんですか。あるいは、車にとか」

マヤの質問に、ちょっとためらう。

「いや、ちょっと思い当たらないが、明日にでも探りを入れてみよう」

「会長をあんな目にあわされて、黙っているわけにはいきませんよね」

水間は、マヤを見返した。

「会長殺しの一件は、警察に任せることになってるんだ。かたき討ちをするとか、そういう噂が流れると困る。気をつけてくれ」

マヤは瞬《まばた》きして、顎を引いた。

「神宮署が、まじめに捜査してくれる、と思いますか」

「そうしてくれるように、おれからも働きかけるつもりだ。いいか、かたき討ちをするなどという話は、ご法度《はっと》だぞ」

マヤは、少し納得のいかない顔をしたが、軽く肩をすくめた。

「分かりました。その話は、しないことにします」

「よし。今夜は、もう店を閉めろ。これは、車代だ」

そう言って、水間はカウンターに一万円札を置き、アタシェケースを手に〈みはる〉を出た。すぐに携帯電話を取り出し、歩きながら短縮番号をプッシュする。

コール音が長ながと鳴ったが、留守番電話サービスにつながる気配はない。そのまま、辛抱強く鳴らし続けると、ようやく相手が出た。

「もしもし」

それだけで、御子柴繁はあまり機嫌がよくない、と察しがつく。

「こんな時間にすみません。大至急、お知らせしたいことがありましてね。今、どちらですか」

「明治神宮前の駅に向かってます。家に帰るところです」

いつものように、口ぶりはいかにもていねいだが、ぶっきらぼうな返事だ。

御子柴の家は、確か東京メトロ千代田線の町屋にある、と聞いている。神宮署に近い、明治神宮前駅と同じ沿線だから、通うのは便利だろう。

「すみませんが、三十分ほど時間を割いてもらえませんか。今〈みはる〉の前にいます。十五分もあれば、そのあたりへ行けますから」

「終電に乗り遅れちまう。あしたじゃまずいですか」

「早ければ早いほどいいんです」

御子柴はためらった。

「いつも言ってるけど、署の近くでは会いたくないな」

どうやら、会う気にはなったようだ。

「それじゃ、四谷三丁目の〈ファイアハウス〉で、落ち合いましょう。今夜のタクシー代は、自分が持ちます」

御子柴と会うときに、よく使うバーの名を告げた。

「分かりました。先に行ってます」

御子柴はあっさり応じ、電話を切った。

水間は携帯電話をしまい、道玄坂へ出てタクシーを拾った。

そのバーは、四谷三丁目の交差点に建つ消防署の、はす向かいに位置するビルの五階にある。カウンターで現金を払い、酒やつまみを受け取ってテーブルまで運ぶ、アイリッシュパブ風のバーだった。外国人客も多く、にぎやかな上に邪魔がはいらないので、使い勝手がいい。

御子柴は、狭いベランダにある唯一の屋外テーブル席で、エールらしきものを飲んでいた。

水間はギネスを買い、ベランダに出た。

板張りの床にアタシェケースを置き、ストゥールによじのぼる。

「すみませんね、こんな夜遅くに」

御子柴は、軽く肩をすくめるようなしぐさをした。

「いつもなら、とうに家に帰ってる時間ですよ。今日は、たまたま捜査書類を書いていて、遅くなっただけでね」

例によって、型崩れした古いグレイのスーツを着込み、そこだけ目を引く派手なネクタイをしている。フェラガモかダンヒルか、いずれにしてもブランドものに違いない。一点豪華主義、といえば聞こえはいいが、服との差がありすぎる。とにかく、妙な趣味ではある。

グラスを合わせたあと、水間はさっそく切り出した。

「実はお願いかたがた、ご相談したいことがありましてね」

すると、御子柴は空いた左手を立てて、話をさえぎった。

グラスに口をつけ、ゆっくりと言う。

「その前に、今月分のリテイナー（顧問料）をいただきましょう」

水間は憮然とした。

「今日は月末でしょう。明日以降にしてください」

「もう、午前零時を過ぎた。今月ですよ、すでに。そこに、現ナマがはいってるんでしょう」

御子柴は、床に置かれたアタシェケースに、うなずいてみせた。

水間はしぶしぶ、アタシェケースに手を伸ばした。

そこには、その夜〈アルファ友の会〉の会費名義で集めた、管内の風営店のみかじめ料が百万円ほど、はいっている。〈アルファ〉は、DVDやCDや書籍を貸すレンタルショップで、会費を払えば利用料金がただになる上に、店でトラブルが発生したときは渋六興業が解決するから、名目だけのみかじめ料ではない。ランクは、店の売上規模によって一万円から十万円どまりで、みかじめ料と呼ぶのも恥ずかしい金額だが、小遣いや雑費程度にはなる。

アタシェケースの蓋を小さくあけ、十万円入りの茶封筒を三つ取り出す。

蓋を閉じ、アタシェケースを床にもどしてから、開いた御子柴の手の上に封筒を置いた。

禿富が死んだあと、御子柴がその後釜にすわるかたちで、渋六興業の相談役に収まった。

禿富は金を受け取るだけで、むしろこちらに迷惑をかけることの方が多かったが、御子柴はきちんと神宮署の動きを知らせるなど、相応の役割を果たしてくれる。

御子柴が、封筒の載った手を引っ込めないので、水間は言った。

「早くしまってください。だれが見てるか、分かりませんよ」

「タクシー代は、別でしょうが」

けろりとして言う御子柴に、水間は首を振って封筒の上に、一万円札を足した。

見た目は、うだつの上がらぬ中年の刑事にすぎないが、そのしたたかな根性は禿富も顔負け、というところだ。

7

御子柴繁は、〈グロリアハイツ神楽坂〉を見渡す路上の、車の中にいた。

嵯峨俊太郎と二人で、マンションの出入り口の見張りを始めてから、すでに一時間半になる。東京メトロ神楽坂駅に近い、新宿区横寺町の一角だった。

ボニータことヒサコ・ロペスは、JR新大久保駅に近いワンルーム・マンションに、一人で住んでいた。御子柴と嵯峨は、そこからタクシーに乗ったボニータを尾行して、ここまでやって来たのだ。

御子柴は、三日前の夜遅く水間に呼び出され、熊代彰三殺しの犯人らしき男女に関して、情報の提供を受けた。

現場にいた男女のうち、女はボニータと名乗るマスダの関係者に違いない、というのだ。水間によれば、その夜目撃者と称する男から渋六興業の事務所に、匿名《とくめい》のタレ込みがあったらしい。電話を受けたのは、熊代と一緒にいた海野修一だった。

その男の話では、現場にはずんぐりした髪の短い男と、外国人らしい女の二人連れがいた。女が、回し蹴りで海野を昏倒《こんとう》させたあと、男が熊代を刺した。そのあと、二人は近くに停めてあった、黒か濃いグレイのＢＭＷに乗り込んで、現場を立ち去ったというのだ。

報告を受けた水間は、熊代を刺した男には心当たりがなかったが、女の方にはぴんとくるものがあった。その女は、行方不明になったままのマスダの元幹部、ホルヘ飛鳥野の愛人だったボニータに違いない、というのだ。

ボニータは、中南米生まれの日系人と思われる女で、しかも格闘技の心得がある。海野が、やられる前にちらりと目にした服装も、目撃者の証言と一致している。水間は、そう力説した。

さらに、タレ込んできた男に心当たりはないが、目撃証言を聞くかぎりでは現場を見下ろせる場所、つまり熊代と同じマンションか近くの別の建物の、上階から見ていたのではないかというのが、水間の意見だった。

いずれにせよ目撃者は、警察と関わり合いになりたくない事情があり、かといって口を閉ざしたままでいることもできず、渋六興業へタレ込んだらしい。

水間としては、タレ込んだのがだれかを突きとめるより、その内容が信頼できる貴重なものであり、しかも緊急を要するという判断から、御子柴にご注進に及んだとのことだった。

「自分たちに、熊代会長のかたき討ちをする気は、ありません。なんとか警察の手で、犯人を挙げてほしいんです」

水間はそう言って、話を結んだ。

実のところ、熊代殺しの捜査は神宮署の刑事課強行犯捜査係が担当し、さらに暴力犯捜査係も協力している。本部からの応援はなく、特に捜査本部も設置されていない。いずれにせよ、生活安全特捜班の御子柴や嵯峨が、表立って捜査に加わる余地はなかった。

とはいえ御子柴も、捜査班の連中からそれとなく話を聞き、状況だけは把握していた。

生前、一度も口をきいた覚えはないが、熊代が昔気質《かたぎ》のヤクザの生き残りで、人望もあったという話は、しばしば耳にした。敷島組の組長を務めていたのに、熊代はみずから渋六興業との吸収合併を受け入れ、名ばかりの会長職に収まったらしい。渋谷の街を、なりふりかまわぬマスダの侵略から守るための、やむをえぬ選択だったといわれている。

しかし、事実上引退したに等しい熊代を亡きものにして、得をする者がいるかどうかを考えると、首をかしげざるをえない。渋六興業にすれば、会長を殺されても多少メンツがつぶれるだけで、実害を受けることはほとんどないからだ。

そうした背景もあり、捜査班の犯人捜索の意気もあまり上がらない、というのが実情だった。

御子柴に話をした翌日には、水間はさっそくボニータの素性を洗ったらしく、ヒサコ・ロペスという本名と現住所を、知らせてきた。その日から、御子柴は嵯峨とともに新大久保へ車を回して、ボニータのマンションを見張り始めた。

むろん、生活安全特捜班の班長を兼任する副署長の小檜山信介にも、キャップを務める生活安全課長付主査の岩動寿満子にも、そのことを知らせていない。御子柴は嵯峨と口裏を合わせ、管内の医療廃棄物の実態を調査するという名目で、署の車を借り出した。ちょうど、管内の円山病院で不法投棄事件があったばかりだから、それが格好の口実になった。

そしてこの日、ボニータは初めて何か意味ありげな外出をした、という次第だった。

運転席から、嵯峨がいささかうんざりしたように、声をかけてくる。

「しかし、かりにボニータが現場にいたとしても、肝腎の目撃者が名乗り出ないんじゃ、逮捕できないでしょう」

「任意で引っ張ればいいんです。どうせ、叩けばほこりの出る体だ。つつき回すうちに、きっとぼろを出しますよ」

「引っ張るといっても、わたしたちは熊代殺しの捜査班じゃない。そもそも、医療廃棄物の不法投棄の調査ということで、署の車を借り出してるわけだし」

御子柴は、歌舞伎役者のように整った嵯峨の横顔を、ちらりと見た。気が小さいのか、それとも別の理由があるのか、測りかねる。

「今の特捜班に移る前、わたしが強行犯捜査係にいたことは、知ってるでしょう。熊代殺しの捜査班は、そのころの同僚ばかりです。いくらでも、融通がききますよ」

御子柴の返事に、嵯峨は口をつぐんだ。

しばらく、沈黙が続く。マンションの出入り口に、動きはない。

やがて嵯峨が、ぽつりと言った。

「岩動警部は、なぜわたしを御子柴さんと、組ませたんですかね」

ほんとうにいぶかしく思っているのか、それとも単にとぼけているだけなのか、これまた測りかねた。

「それは、こっちが聞きたいくらいですよ」

「もしかして、わたしを御子柴さんのお目付役にするためだ、と思っておられませんか。御子柴さんは、禿富警部補と組んでましたしね」

「それを言うなら、禿富警視ですよ」

御子柴が指摘すると、嵯峨は笑った。

「死後二階級特進したからって、本物の警視になるわけじゃないでしょう」

御子柴は、黙っていた。

嵯峨が続ける。

「岩動警部は、御子柴さんを禿富さんのお仲間だった、と思ってますよ。だから、禿富さんが死んだあとも、御子柴さんから目を離さないように、わたしを組ませたんです」

「自分で認めるんですか」

嵯峨は、小さく肩をすくめた。

「そう解釈するしかないでしょう」

「あなたは、肚《はら》の読めない人ですね、嵯峨さん。岩動警部の、言いなりになっているようにも見えるし、警部をどこかで裏切っているようにも見える。どっちがほんとうなんですか」

「わたしはただ、自分の職務を果たしているだけですよ」

返事になっていない。

「岩動警部は、秃富警部補から」

御子柴は言葉を切り、あらためて言い直した。

「秃富さんから、神宮署の裏帳簿のありかを聞き出そうとして、失敗しました。秃富さんは、口をつぐんだまま、死んでしまった。岩動警部は、わたしがそのありかを知ってるんじゃないかと思って、あなたに探らせるつもりなのかもしれない」

「ありかをご存じなんですか」

単刀直入に聞いてくる。

御子柴はそれには答えず、自分の話を続けた。

「もう一つ。いつだったか、秃富さんはあなたを警察庁の特別監察官、松国警視正の回し者ではないか、と指摘しましたよね」

そのとき御子柴は、一緒にいたのだった。

嵯峨は御子柴を見て、口元に薄笑いを浮かべた。

「わたしが、禿富さんと岩動警部をそれぞれ焚《た》きつけて、お互いの敵意をあおってるんじゃないか、という話でしょう」

「そう、そういう話だった。実際に松国警視正は、そんな指示を出したんですか」

「そんな指示は、受けていませんよ」

きっぱりと言う。

御子柴は、含み笑いをした。

「つまり、お二人のあいだに接触があったことは、間違いないわけだ。そういえば以前、警察庁の特別監察官室がある、六階だか七階だかのエレベーターホールで、すれ違いましたよね」

禿富鷹秋が死んで、ほどなくのころだ。

「接触があっても、不思議はないでしょう。わたしは、神宮署へ来るまで五反田署に在籍して、松国警視正と一緒だったことがあるんです。だからたまに、挨拶に行くくらいはしますよ。御子柴さんこそあのとき、警視正にどんなご用があったんですか。まさか、特別監察官室を見学しに行った、というわけでもないでしょう」

御子柴は、少し考えた。

嵯峨は岩動寿満子の手先なのか、それとも松国輝彦の回し者なのか。あるいは、その両方なのか、どちらでもないのか。まったく、底の知れない男だ。

結論の出ぬまま、口を開く。

「わたしが、かりに松国警視正に会いに行ったとしても、あなたに用件を明かす筋合いはない。警視正から、直接聞いたらどうですか」

そのとき、〈グロリアハイツ神楽坂〉のガラスドアが開き、ボニータが出て来た。

ピンクのブラウスの裾を、へそのあたりできゅっと結び、膝下までの臙脂《えんじ》のパンツをはいている。ブラウスの胸は、ほとんど結び目のあたりまで切れ込んでおり、いやでも人目を引いた。少し茶がかった、黒い髪を後ろにまとめてヘアクリップで留め、真っ赤な口紅を塗っている。

しかしそれ以外は、ほとんど化粧っ気がない。

ボニータのあとから、髪を短くスポーツ刈りにカットした、中年の男が姿を現した。

ずんぐりした体に、裾の長いクリーム色のジャケットを着込み、だぶだぶのレンガ色のスラックスをはいている。見るからに、ヤクザらしい男だ。

嵯峨が、それまでとは打って変わった厳しい目で、御子柴を見た。

「出て来ましたよ。あの男、何者ですかね」

「これから、分かるでしょう」

御子柴が応じると、嵯峨は黙ってシートベルトを締め直した。

ボニータと連れの男は、横手にある機械式らしい駐車場のスペースにはいり、一度姿が見えなくなった。ほどなくエンジン音が聞こえ、ゆっくりと車が出て来る。

濃いグレイのＢＭＷだ。

嵯峨が、緊張した口調で言う。

「ＢＭＷですよ。色も型も、目撃証言どおりだ。男の外見も、一致しますね」

御子柴もうなずき、ナンバーを手帳に控えた。

「なんとか、車を停めさせる口実を作れると、いいんだが」

嵯峨が、エンジンをかける。

「とりあえず、あとをつけましょう。何か、きっかけをつかめるかもしれません」

男が運転するＢＭＷは、駐車場を出て二人の乗る車に背を向け、神楽坂の表通りへ向かった。通りに出ると、時間帯で方向が逆転する一方通行を、左に折れる。さらに、少し先をまた左に曲がり、大久保通りをしばらく走った。

牛込中央通りの坂を、外堀通りに向かってくだり始めたとき、御子柴はＢＭＷのリヤウインドー越しに、男が携帯電話を耳に当ててるのを見た。

とっさに言う。

「今だ。前の車を、追い越してください。急ブレーキをかけて、強引に停めさせるんだ」

「ここでですか。むちゃですよ」

驚く嵯峨にかまわず、御子柴はさらに続けて言った。

「むちゃは承知だ。サイレンを鳴らさずに、やってください」

嵯峨は、肚を決めたように俄然《がぜん》スピードを上げると、対向車の有無を確かめるそぶりも見せずに、ぐいとハンドルを右へ切った。

ＢＭＷの右横に出るなり、猛烈な勢いで追い越す。対向車がタイヤを鳴らし、二人の乗った車をかろうじて避けた。罵声《ばせい》が飛ぶ。

嵯峨は、ＢＭＷの前に強引に割り込み、いきなりブレーキを踏んだ。

御子柴も、さすがにその運転ぶりに冷や汗をかき、ダッシュボードに両手を突っ張った。

背後に急ブレーキの音がして、車体にわずかながらショックが加わる。停まり切れずに、軽く追突したようだ。

嵯峨が、サイドブレーキを引いてシートベルトをはずし、運転席のドアをあける。御子柴も、助手席から車をおりた。

ＢＭＷから、男が鬼のような形相で、飛び出してくる。

「このやろう、どういうつもりだ」

わめきながら、嵯峨に突進して来た。

嵯峨は、開いたドアの後ろにくるりと回り込み、男に人差し指を突きつけた。

「追突したのは、そっちだぞ。前方不注意だ」

「うるせえ、とんでもねえ運転しやがってよ。どうしてくれるんだよ、おれの車を」

御子柴は、助手席からボニータがおりてくるのを、じっと見た。

ボニータも、怒りのあまり鼻孔をふくらませて、男の後ろに回る。

すごい見幕で、食ってかかった。

「悪いのはそっちでしょ。こんなとこで、追い越しをかけるなんて、どうかしてるわよ」

その間にも、後続車がうるさくクラクションを鳴らしながら、そばをすり抜けて行く。

男は、そうした車の列にも罵声を浴びせ、嵯峨の方に向き直った。もどかしげに、唇の端から泡を吹きながら、顎を突き出す。

「追い越した上に、いきなり急ブレーキなんかかけやがって、気でも狂ったのか」

そうわめいて、嵯峨が盾にしている運転席のドアを、勢いよく蹴りつけた。

嵯峨ははでによろめき、アスファルトの上に尻餅をついた。

御子柴は嵯峨を助け起こし、仁王立ちになった男の手に握られた携帯電話に、うなずいてみせた。

「あなたは今、運転しながらケータイを使っていましたね。規則違反ですよ」

男は、御子柴のていねいな口調にとまどいの色を見せたが、あわてて携帯電話をポケットに突っ込んだ。

「それがどうしたってんだよ」

嵯峨が、内ポケットから警察手帳を取り出し、開いて見せる。

「神宮警察署の嵯峨です」

男の顔が、さっとこわばった。

「け、警察だと」

嵯峨はうなずいて、警察手帳を男の鼻先に突きつけ、無愛想に言った。

「運転中の携帯電話使用、前方不注意による追突、それに警察官に対する暴行容疑で、事情聴取をします。任意同行していただきます」

男は音を立てずに、喉をごくりと動かした。

ボニータも、あっけにとられた顔で嵯峨と御子柴を、交互に見比べる。

御子柴は横から、男に声をかけた。

「お名前は」

男は顎を引き、毒気を抜かれたように肩を落とすと、御子柴を見た。

「カサハラです」

「カサハラ、なんですか」

「リュウタ」

そう答えたあと、また憤然として口を開く。

「こんなやり方って、あるんですかね。いくら警察でもよ」

御子柴は、それを無視した。

「カサハラリュウタは、どんな字を書くんですか。それと、勤務先は。社員証でも名刺でも、なんでもいいから身元の分かるものを、見せてください」

事務的に続けると、男はいかにもしぶしぶと名刺入れを取り出し、一枚抜いてよこした。

笠原龍太。伊納総業専務取締役、とある。

脇から、名刺をのぞき込んだ嵯峨が、男をじろりと見て言う。

「伊納総業というと、新宿を根城にする暴力団ですね」

「暴力団じゃねえよ」

反射的に応じてから、笠原龍太は急に口調を改め、ばつが悪そうに続けた。

「ええと、暴力団じゃなくて、ちゃんとした法人組織の、会社です」

御子柴は、ボニータに目を向けた。

「あなたのお名前は」

少しためらったものの、ボニータはさっきの勢いもどこへやら、素直に応じた。

「ヒサコ・ロペス。この人とは、単なる友だちっていうだけで、別になんでもないんです」

笠原が、不満げに頰をふくらませて、ボニータを睨みつける。

ボニータは、知らぬ顔をしていた。

御子柴は、笠原に言った。

「自分の車にもどってください。こちらの女性と嵯峨警部補を乗せて、わたしの車のあとについて来てもらいます」

笠原は、猜疑心のこもった目で、御子柴を見返した。

「任意同行ってのは、別に無理に同行しなくても、いいんですよね。任意だから」

「ええ、それはあなたの自由です。ただし、拒否された場合はこちらも逮捕状を取って、連行することになります。れっきとした、道交法違反ですからね。車のナンバーも、ちゃんと控えてあります」

御子柴の言葉に、笠原はむすっとして口を引き結んだが、あきらめたように言った。

「どこへ行くんですか」

「ついて来れば分かりますよ」

笠原は、仏頂面のまま自分の車にもどり、運転席にすわった。

ボニータも、そのあとを追って助手席に収まり、嵯峨は後部シートに腰を落ち着けた。

それを確認して、御子柴は署の車の運転席に乗り込み、発進させた。

後ろから、笠原のＢＭＷがのろのろと、ついて来る。

## 8

御子柴繁は、片手で携帯電話を操作した。

三回目のコール音で、河井健次郎が出てくる。

「なんの用だ。酒の誘いなら、今夜はだめだぞ」

液晶表示で、相手が分かったらしい。

「酒じゃない。緊急の相談がある。今どこだ」

「署だ。借金の相談は、だめだぞ」

だめだぞ、は河井の口癖なのだ。

河井は、神宮署刑事課の強行犯捜査係長で、御子柴と同期の警部補だった。熊代彰三殺しの捜査は、刑事課長代理の警部椎野洸一が責任者だが、実質的には河井が現場を仕切っている。

「まじめに聞いてくれ。実は、たった今熊代殺しの容疑者を二人、別件で押さえた。事情聴取するのに、署へ向かっているところだ」

「なんだと。担当違いのおまえが、どうして熊代事件に首を突っ込むんだ」

「さる筋から、情報提供があってね。熊代がやられたとき、現場にいた男女を見たという目撃者が、タレ込んできたのさ。その証言に、ぴったり当てはまるカップルを見つけて、身柄を押さえた。それを、あんたに引き渡したい」

御子柴は、渋六興業の水間英人から聞いた目撃者の証言と、そこから水間が割り出した容疑者の情報を、そのまま河井に伝えた。

話を聞き終わると、河井はため息をついた。

「渋六のやつの話を、真に受けていいのか。どっちにしても、水間の話は単なる伝聞証言の、そのまた伝聞証言じゃないか。そんなのを理由に引っ張ったら、あとで問題になるのがおちだ」

「まあ、最後まで聞いてくれ。捕捉した笠原龍太は、新宿を根城にする伊納総業という、古い暴力団の幹部だ。女は、ヒサコ・ロペスという日本語の達者な日系人で、通称はボニータ。見たところ、笠原の愛人か何かだろう」

続けて笠原龍太、ボニータの二人を拘束するにいたったいきさつを、手短に説明する。

河井は、またため息をついた。

「おいおい。それもまた、違法すれすれじゃないか。任意同行の理由にもならんぞ」

「向こうが同意したんだから、かまわんじゃないか」

「そもそも、伊納総業はもう落ち目のはずだし、熊代をやる理由なんかないだろう」

「それが、そうでもないんだ。例のマスダが地下へもぐったあと、伊納総業はまた新宿の盛り場へもどって、勢力を盛り返しつつある。それに、マスダと裏でつながっている、という可能性も否定できない。だとすれば、渋六の会長たる熊代彰三を狙う理由が、まったくないとはいえないわけさ。笠原を叩けば、きっと何かほこりが出る。あんたに預けるから、一つ叩いてみてくれないか」

「しかし、現場にいるのを見たというやつの話を聞いた、という話をまた聞きしたなどという話は、どだい証拠能力ゼロだ。預かれないな、そんな容疑者は」

「とりあえず、事件当夜のアリバイを聞き出すところから、始めてみたらどうだ。むろん、笠原とボニータから、別々に話を聞くのさ。たとえ口裏を合わせようとしても、きっとどこかでぼろを出す。そこから裏を取っていけば、きっと別の証拠が現れるはずだ」

「その、もともとの証言をしたという目撃者を、特定できないのか」

「相手は匿名で、しかも公衆電話からかけてきたという話だから、無理だな。まあ、最終的には現場付近のマンションを、しらみつぶしに当たらなきゃならんだろうが、それはあんたたちの仕事だ」

河井は唸《うな》った。

「そいつらを連れて来たって、こっちの借りにはならんぞ。それどころか、かえって迷惑なくらいだ。だめだめ」

「貸しになんか、するつもりはない。いいか、任意同行の趣旨は運転中の携帯電話使用、前方不注意による追突事故、それに警察官に対する暴行の容疑だ。一晩くらい、留める理由にはなるだろう」

「そこから、いきなり熊代事件に話を持っていくのは、いくらなんでも無理があるぞ」

「現場を見た、という目撃者が現れた、とかまをかけてみろ。目撃者が見た犯人と、二人の人相風体がそっくりだと言われれば、間違いなく動揺するはずだ」

「そもそも、その匿名のタレ込み情報は、信頼できるのか」

御子柴は、少しためらった。

水間の言うことは信頼できるが、渋六興業にタレ込んできたという何者かについては、なんとも判断できない。

「百パーセントとは言い切れないが、女の服装に関するかぎりは熊代の運転手の、海野修一の証言と一致している。場合によっては、匿名電話のタレ込みを海野自身の証言にしてしまう、という手もあるだろう」

河井が、咳払いをする。

「正気か、おまえ。そんな汚い手を使って、もしばれたら命取りだぞ。だめだ、だめだ」

「かまをかけるだけなら、別に問題はない。自供を取って、あとで証拠を押さえればいい」

河井は、また唸った。

「おまえ、生安の特捜班へ飛ばされてから、ずいぶんむちゃになったな」

「そうでなきゃ、やっていけないのさ。いいか、あと十五分か二十分で、署に着く。二人を、別々に調べなきゃならんから、取調室が二部屋いる。確保しておいてくれ」

「分かった、分かった。しかし、皮切りはおまえにやってもらうぞ。こっちは、ちんぷんかんぷんだからな」

御子柴は、黙って通話を切った。

運転中、自分もおおっぴらに携帯電話を使用したことで、つい苦笑してしまう。

確かに、吹きだまりの生活安全特捜班に移ってから、考え方が変わった。

昇進の道を断たれてみれば、禿富鷹秋のような勝手気ままな生き方がまぶしく、うらやましく映るのは当然のなりゆきだった、と思う。キャリアとノンキャリアの差を、それまではそういうものだと深く考えもしなかったが、今は違った。出世のスピードにせよ、裏金をほしいままに乱費する傲慢さにせよ、キャリアの特権には腹が立つ一方だ。

二十分後、御子柴の運転する車は後ろに笠原の車を従えて、神宮署の駐車場に滑り込んだ。

御子柴は、追突でへこんだ後部バンパーの傷を、デジタルカメラで撮影しておくように、嵯峨に指示した。それから、笠原とボニータを引き連れて、署の建物にはいった。

一階ホールの受付で、河井が待ち構えていた。

年は御子柴と同じ四十六歳、指が黄色く染まるほどのヘビースモーカーで、細長い顔から上目遣いに人を見る癖がある。

河井は、ことさらこわもての表情をこしらえ、御子柴にうなずいた。

「ご苦労さん。二階に、部屋を用意してある」

笠原とボニータは、すでに話が通じているのが分かったらしく、不安げに目を見交わした。

二階に上がり、廊下の突き当たりにＡＢＣと三つ並ぶ取調室に、二人を連れて行く。

ＡとＣのドアの前に、それぞれ立ち会いの若い刑事が一人ずつ、事情がよく分からないという様子で、待機していた。

河井が、Ａ取調室に笠原を入れ、Ｃにボニータを入れる。

御子柴は、廊下に残って一度ドアを閉じ、河井に言った。

「とりあえず、笠原の方から取りかかる。ボニータの方は、待たせておこう。いらいらして不安が募《つの》れば、ぼろを出しやすくなるからな」

河井が、上目遣いに御子柴を見る。

け」

「何をする気か知らんが、おれは責任を持たんぞ」

「もし二人がホンボシだったら、あんたの手柄になるんだ。やりとりを、よく聞いておけ」

御子柴が言うと、河井はあいまいにうなずいた。

A取調室にはいる。

窓の近くに、白いテーブルを挟んで、二つの折り畳み椅子。隅の方に、半分くらいの大きさの木の机と、肘掛けのない丸椅子。若い刑事が、そこにすわる。

御子柴は、白いテーブルに着いた笠原の向かいに、腰を下ろした。河井は、笠原の斜め後ろの壁にもたれ、威圧感を与えるように咳払いをする。

御子柴が何か言う前に、笠原が先に口を開いた。

「ええと、運転中の携帯電話使用は、そのとおり認めますし、罰金も払います。追突したのは、そちらにも落ち度があると思うけど、修理代は持ちます。それと、車のドアを蹴飛ばしたはずみに、刑事さんを転がしたことは、いくえにもお詫びします。おれも、弁護士を呼ぶようなまねはしたくないし、それで手打ちにしてもらえませんか」

道みち考えてきたのか、すらすらと述べ立てる。

さっきとは別人のように、気味が悪いほどしおらしい態度に出たのは、警察と角《つの》を突き合わせても得にならない、という計算が働いたからだろう。

御子柴は応じた。

「そういうことなら、道交法違反も暴行容疑も大目に見ましょう。そのかわり、二つ三つ質問に答えていただけませんか」

笠原は、警察官にていねいな口をきかれたことがないのか、どうも調子が狂うという顔で肩を動かした。

「ええ。なんでも聞いてください」

御子柴は笠原を見つめ、単刀直入に聞いた。

「ちょうど一週間前の今日、水曜日の午後六時から十時のあいだに、どこでだれと何をしていたか、思い出してくれませんか」

笠原の目を、ちらりと動揺の色がよぎるのを、御子柴は見逃さなかった。

「それって今日のことと、どんな関係があるんですか」

笠原の反問に、厳しい表情で応じる。

「何も関係ありません。別件でお尋ねするだけです」

笠原は、わけが分からないという顔をしながら、しぶしぶ答えた。

「神楽坂の自宅マンションで、ボニータと一緒にいましたよ。ボニータというのは、さっきのヒサコ・ロペスのことですが」

「ほう、彼女とね。ずっとですか」

「ええ、ずっと。午後六時どころか、昼過ぎから翌朝まで一緒でした」

御子柴は、椅子の背にゆっくりと体を預け、腕組みをした。

「記憶力がいいですね。普通、一週間前の水曜日と言われただけで、その日自分が何をしていたか、すぐに思い出せる人はめったにいませんよ。何月何日かも、確かめずにね」

笠原はたじろぎ、一度すわり直した。

「水曜日はいつも、ボニータがおれのマンションへやって来て、一晩泊まって行くんですよ。だから、曜日だけで分かるんです」

笠原の背後で、壁にもたれた河井がたばこをくわえ、ライターで火をつける。

そのかすかな音にも、笠原はわずかながらぎくりとしたような、神経質な反応を見せた。

「たばこはどうですか」

御子柴が聞くと、笠原はほっとしたように、うなずいた。

河井が、たばこを抜いて笠原にくわえさせ、火をつけてやる。

笠原は、それを深ぶかと吸い込んで、ゆっくりと煙を吐いた。

御子柴は、話をもどした。

「その日の夜九時過ぎですが、神宮署管内の富ケ谷一丁目の住宅街で、ある老人が刺し殺されましてね。渋六興業の会長職を務めていた、熊代彰三という男ですが」

笠原は天井に目を向け、あいまいにうなずいた。

「ああ、あの事件ね。翌朝、新聞で見て知りましたよ。元敷島組の、組長でしょう」

「そうです。葬儀には、古いヤクザ連中がたくさんやって来て、焼香しました。まあ、伊納総業からは社長以下、だれも姿を見せませんでしたがね」

笠原は、もじもじした。

「おれんとこは、敷島とも渋六とも付き合いがなかったから、遠慮したんですよ」

「しかし、渋六がマスダを叩いてくれたおかげで、伊納総業は新宿の縄張りを回復できた。そうじゃないんですか」

御子柴の指摘に、笠原は落ち着きのない様子でたばこをふかし、煙を吐き散らした。

「どっちにしても、熊代がやられようとやられまいと、おれには関係ない話ですよ」

「そうかな。実は、熊代と一緒にいた海野という運転手が、襲われたときのことをよく覚えていてね。海野によると、白いブラウスにブルージーンズをはいた女に、回し蹴りを食らって昏倒した。その女は、見たところラテン系の顔をした混血の女性で、もう一人ずんぐりした髪の短い男と二人連れだった、という話です」

笠原の喉が動く。

「新聞には、女の服装が載っていただけで、ラテン系だとか混血だとかいう話は、出てませんでしたよ。連れの男については、何も書かれていなかった」

「ずいぶん熱心に、読んだようですね」

御子柴の皮肉に、笠原はたばこを灰皿にかざして、乱暴に灰をはたき落とした。

「一応、業界の話なんでね」

業界という言葉に、つい苦笑してしまう。

「新聞が詳しい事実を伝えなかったのは、わたしらの捜査に支障をきたさないように、公表を控えてもらったからですよ。海野の証言と照らし合わせれば、容疑者の外見があなたたちとぴたり一致することは、明らかなように思えるんですがね」

御子柴が見つめると、笠原はずんぐりした体を細長く見せたいというように、背筋をまっすぐに伸ばした。

「おれみたいなメタボタイプは、今どき掃いて捨てるほどいますよ。それに、ラテン系の混血の女だって、近ごろは珍しくもなんともないでしょう」

「しかし、その二人連れの組み合わせとなると、話は別だ」

笠原は、せわしなげに瞬きした。

「だいたい、あんな暗いところで相手がどんなやつだったか、見分けられるわけがない」

御子柴は、人差し指を立てた。

「あんな暗いところ、とは」

笠原は、ばか正直に〈しまった〉という顔をして、たばこを灰皿に押しつぶした。

「夜だってことだから、暗いに決まってるでしょうが」

そう言ったものの、声が上ずっている。

そのとき、御子柴のスーツのポケットで、バイブが震えた。御子柴は、一時保留にしようと携帯電話を取り出し、なんとなく液晶表示を見た。

そこに表示されたのは、禿富鷹秋の名前だった。

一瞬、ぎくりとする。死んだ秃富が、電話してくるわけがない。

御子柴は、反射的に立ち上がり、河井を見た。

「ちょっと、替わってくれ」

あたふたと廊下へ出て、通話ボタンを押す。

「もしもし」

呼びかけたが、すぐには返事がない。

秃富が、霊界からかけてきたのではないかと疑い、背筋が冷たくなる。

少し遅れて、低い女の声が聞こえた。

「御子柴さんでいらっしゃいますか」

息をつき、唇をなめて、聞き返す。

「そうです。どちらさまですか」

「秃富鷹秋の家内の、秃富司津子《しづこ》です。突然お電話して、申し訳ございません」

どっと冷や汗が出る。

予想もしない相手だった。なぜか知らないが、秃富の妻が死んだ夫の遺した携帯電話から、かけてきたらしい。

「その節は、失礼しました。お変わりありませんか」

秃富司津子とは、あとにも先にも秃富の葬儀のおりに、一度会ったきりだ。

「はい、ありがとうございます。実は、ちょっとお話をうかがいたいことがございまして、お電話させていただきました。急で申し訳ありませんが、今夜にでもお時間をいただけないでしょうか」

御子柴は、携帯電話を持ち直した。

司津子の声は低かったが、別におどおどしたところもなければ、恐縮している様子もない。かといって、押しつけがましいわけでもない。

ただ、言われたとおりにしなければ、そのままではすまさぬという感じの、ある種の気迫が漂っていた。

御子柴は、反射的に腕時計を見た。午後五時前だった。

用件も聞かずに、受け入れる。

「かまいませんよ。何時ごろ、どこでお目にかかりますか。できれば、渋谷界隈は避けた方がいい、と思いますが」

少し間があく。

「JR四ツ谷駅から、歩いて五分ほどのところに〈マヌエル〉という、ポルトガル料理店があります。場所は」

言いかける司津子を、御子柴はさえぎった。

「ああ、その店なら前に高校の同期生の集まりで、一度行ったことがあります。場所も覚えています」

「それは、ようございました。では、午後七時ということで、いかがでしょうか。わたくしの方で、予約しておきますが」

御子柴は少しためらったが、結局承知して通話を切った。

笠原とボニータの件も気になったが、禿富の妻からの急な呼び出しはそれ以上に、御子柴の好奇心を掻き立てた。

9

御子柴繁は、六時二十分に神宮署を出た。

笠原龍太もボニータも、熊代彰三が殺された日は午後から翌朝まで、ずっと一緒にいたと言い張った。ベッドインしたり、DVDで映画を見たり、ボニータの作った料理を食べたりと、二人の証言に食い違いはなかった。料理の種類も、餃子と春巻きに麻婆豆腐と、一致している。

しかし、その程度のレベルで口裏を合わせるのは、さほどむずかしいことではない。

そもそも、その間二人が一歩も外へ出なかったことを、客観的に証明する第三者がいない。そこに、二人を署に引き留めておく、わずかな口実があった。

河井健次郎にあとを託し、タクシーを拾って四ツ谷へ向かう。

ポルトガル料理店〈マヌエル〉は、四ツ谷駅から少し半蔵門の方へ歩き、左へ曲がってしばらく歩いた、住宅街の中にある。町名でいえば、千代田区六番町になる。

国旗を飾った入り口から、階段を地下におりて店にはいった。

店内の装飾は、これがポルトガル風だと言われればそうかと思うが、実はイタリア風もスペイン風も、区別がつかない。

店の女の子が、広い店内のいちばん奥のテーブルに、案内してくれる。

そこにすわっていた女が、ゆっくりと立ち上がった。

店の雰囲気と、あまりにも場違いな和服姿だったので、御子柴は一瞬ひるんだ。

禿富司津子が、頭を下げる。

「禿富の葬儀のおりは、わざわざご会葬いただきまして、ありがとう存じました。それに、生前は禿富が何かとご迷惑をおかけしたようで、心からお詫び申しあげます」

あまりにていねいな挨拶に、御子柴は口ごもった。

「いや、どういたしまして」

ちぐはぐな返事をして、向かいの席に腰をおろす。

「また今夜は、急にこのようなところへお呼び立ていたしまして、申し訳ございません」

すわってから、司津子がまた頭を下げる。

「それくらいで、けっこうですよ、奥さん。堅苦しい挨拶は、抜きにしてください。慣れていませんのでね」

御子柴は生ビールを、司津子はポートワインを注文した。

おしぼりを使ってから、気分をほぐすために言う。

「さっきは、ちょっと驚きました。ご主人が実は生きていて、わたしに連絡してこられたんじゃないかと、一瞬焦りましたよ」

司津子は表情を変えず、わずかに目元で笑った。

「すみません。禿富が残したものは、全部処分せずに取ってございます。ことに、携帯電話は禿富の人脈の記録ですから、捨てられませんの」

口のきき方が、妙に古風に聞こえる。

今どき、こんな話し方をする女がいるとは、思わなかった。大昔の映画に出てくる、深窓の令嬢のような語り口だ。

飲み物がくる。

御子柴は、料理の選択を司津子に任せた。司津子が、メニューを目と指で追いながら、女の子にてきぱきと注文するのを、それとなく観察する。

葬儀のとき、禿富家の親族はみごとに喪主の司津子一人で、ほかにはだれもいなかった。

そもそも、禿富に妻がいることすら知らなかったから、驚きも人一倍だった。御子柴ばかりでなく、参列者のほとんどが禿富を独身だ、と思っていた節がある。渋六興業の水間英人、野田憲次、それに諸橋真利子らも、度肝を抜かれたようだった。参列者で知っていたのは、おそらく副署長の小檜山信介くらいではなかったか、と思う。

それにしても、見れば見るほど美しい女だ。

葬儀のときから、気がつくたびに見とれていたのだが、今こうして当人を目の前にすると美しさも格別で、年に似ず胸がときめくほどだった。秃富のような男に、こんな美女が連れ添っていたとは、信じられない。

もっとも、最後の挨拶で二人が別居中だったらしいことが分かり、なんとなく納得した覚えがある。秃富と、一日でも一緒に暮らせる女がいるとは、信じられなかったからだ。

とはいえ、司津子が秃富となぜ別居したかより先に、なぜ結婚したかを知りたい気がする。

ほどなく、料理が出てきた。

にんにくのにおいがする、エビの炒めもの。チーズの香り豊かな、クレープの包み揚げ。赤ピーマンに、ツナを詰めたもの。豆のはいったサラダ。野菜のスープなど。

司津子が、なかなか話を切り出さないので、御子柴は少し場をもてあました。

「ご主人とは、そう長くコンビを組んだわけではないので、プライベートなことを話す余裕はありませんでした。実のところ、結婚して奥さんがおられることも、葬儀まで知らなかったくらいです」

正直に言うと、司津子はじっと見つめてきた。

「秃富は、いつも独身のように振る舞うのが、好きでした。むしろ、自分には妻がいるという事実を、忘れたがっていたようです。いつも、自分の思いどおりに事を進めたがるたちで、縛られるのを極端に嫌いました。わたしたちが一緒に暮らしたのは、結婚当初の半年間だけでした。あとの十年間は、別々に暮らしていました」

御子柴は、司津子から視線をはずすことができず、胸苦しくなった。

秃富の年から考えて、司津子は三十代の前半から半ばくらいと思われるが、白磁のような肌は二十代といっても、十分通用するだろう。一重まぶたの、どちらかといえば昔風の美女で、背丈も百六十センチあるかなしかだ。ほとんど、手を入れたあとの見られない、きりりとした眉。鼻梁《びりょう》が長く、耳の形もよい。顎の線がなだらかで、確かに和服がよく似合う。

御子柴は、スープを飲むふりをして、やっと目を伏せた。

「わたしは、これからまた署へもどらなければなりません。お差し支えなければ、用件にはいっていただけませんか」

このままよもやま話を続けたら、時間がたつのを忘れてしまいそうだ。

司津子は、スプーンを置いた。

背筋を伸ばし、きっぱりした口調で言う。

「それでは、手短に申し上げます。御子柴さんは、秃富が存命のあいだに何かを預けられたり、託されたりなさいませんでしたか」

前置きなしの質問に、一瞬答えに窮する。

「何か、とおっしゃいますと」

聞き返したものの、御子柴はそれが単なる時間稼ぎだと見破られたことを、司津子の目の色から悟った。

司津子が、にこりともせずに言う。

「それは、その何かが何であるかを承知している、という意味でございますわね」

御子柴は圧迫感を覚え、スープを一口飲んだ。

思った以上に手ごわい女だ、という気がしてくる。

「別に、どういう意味もありませんよ」

ためしに、もう一度とぼけてみせる。

司津子は、唇の端に見えるか見えないかくらいの、かすかな笑みを浮かべた。

「それでは、申し上げます。禿富は生前、御子柴さんに神宮署の裏帳簿のコピーを預けた、と申しておりました。それをわたしに、引き渡していただきたいのです」

御子柴は驚き、司津子を見返した。

「別居しておられたんじゃないんですか」

「別々に暮らしておりましたが、まったく没交渉だったわけではございません。ことに禿富は、何か身に危険の差し迫る恐れがあるときは、かならず保険をかける人でした。それとも、自分の妻に何も言い残さずに黙って死んだ、とお思いでございますか」

御子柴は感心して、思わず二度、三度とうなずいてしまった。

言われるまでもなく、禿富はそういう男だ。コピーを御子柴に託しただけでなく、その事実を司津子にも伝えていたことは、十分にありうる。

「なぜご主人は、奥さんのあなたにではなく、このわたしにそうした極秘文書を預けた、と思われますか」

御子柴が聞き返すと、司津子の目が一瞬狡猾《こうかつ》に光った。

「やはり、御子柴さんに預けたのですね」

見透かしたように言われて、少しいやな気分になる。

「ええ、預かりました」

御子柴の返事に、司津子は少し肩の力を緩めた。

「やはり。禿富は、わたしに危険が及ぶのを避けるために、御子柴さんに預けたのでしょう」

それに間違いない、と言わぬばかりの自信に満ちた口調だ。

司津子は少し体を乗り出し、続けて言った。

「それを、お引き渡しいただけますわね」

いやとは言わせぬ、という強い口調だった。

御子柴は、軽く頭を下げた。

「あいにくですが、お引き渡しすることはできません」

それを聞いても、司津子の表情は時計の針が動いたほどにも、変わらなかった。

「なぜでございますか」

エビの炒めものを、口に入れる。

「もう、わたしの手元にないからです。ご主人に生前、自分に万一のことがあった場合は届けてほしい、と言われた人物に引き渡してしまいました」

「それは、どなたでございますか」

御子柴はもったいをつけ、今度はクレープの包み揚げを口に運んだ。

おもむろに答える。

「警察庁長官官房の特別監察官、松国輝彦警視正です」

司津子の表情は、動かなかった。

「松国警視正。そのかたのお名前は、聞いたことがございます」

「ご主人は松国警視正に、その裏帳簿を公表してもらいたかったはずですが、どうもその望みは絶たれたようです。というのは、警視正からそれを預かった警察庁の幹部が、足元にスキャンダルが及ぶのを恐れて、握りつぶしたらしいのです」

司津子の目に、突然残忍な光が宿ったような気がして、御子柴はひやりとした。

司津子が、口調を変えずに言う。

「御子柴さんは、そのコピーをおとりになって、手元に残されなかったのですか」

「残しませんでした。松国警視正を、信頼していましたからね」

それは嘘だが、たとえ嘘だとばれることがあっても、いっこうに差し支えない。

司津子は、小さくうなずいた。

「松国警視正が、そのままたコピーをとっておられるということも、ありえますわね」

「さあ、どうでしょうか」

コピーのコピーはとらなかった、と松国輝彦は言っていた。

それはたぶん、ほんとうだろう。だからこそ松国は、御子柴にもう一つのコピーを渡してほしい、と頼んできたのだ。

唐突に、司津子が席を立つ。

「今夜は急にお呼び立てして、ほんとうに申し訳ございませんでした。お忙しそうですので、これで失礼させていただきます。ごちそうさまでございました」

そう言い残すなり、そそくさとテーブルを離れて行った。

御子柴は、半分腰を上げたぶざまな格好で、その後ろ姿を見送った。あっけにとられて、挨拶をする暇もなかった。

そもそも、ごちそうさま、とはどういうことだ。呼び出したのは、司津子の方ではないか。勘定は司津子が持つか、悪くても割り勘が普通だろう。

御子柴は首を振り、すわり直した。

禿富が禿富なら、その妻も妻だ。

頭にきて、残った料理に手をつけようとしたとき、携帯電話が震えた。液晶表示を見ると、嵯峨俊太郎だった。

口元をおおい、電話に出る。

「どうしました」

「どうもこうもありません。すぐに署へ、もどっていただけませんか」

無愛想な口調に、御子柴もつい声をとがらせた。

「だから、どうしたと聞いてるんですよ」

しかし、返事がない。

すでに、通話は切れていた。

二十分後。

御子柴が神宮署にもどると、生活安全特捜班の席に嵯峨の姿は見えなかった。

牛乳を片手に、サンドイッチを食べていた部長刑事の三苫利三が、親指を立てて言った。

「A取（A取調室）に行ってください。嵯峨警部補が待ってます」

A取調室は、御子柴と河井健次郎が笠原龍太から、事情聴取していた部屋だ。

御子柴は廊下を急ぎ、目指すドアを開いた。

白いテーブルの、手前の椅子にすわった嵯峨が顔を振り向かせ、瞳を回してみせる。

その向かいの椅子にふんぞり返り、巨体で椅子をぎしぎしいわせているのは、岩動寿満子だった。

寿満子の前の灰皿は、たばこの吸い殻であふれている。

寿満子は、吠えるように言った。

「河井警部補から、全部話は聞いたよ。担当でもないのに、熊代殺しによけいな口出しをするとは、いったいどういうつもりだ」

のっけから、喧嘩腰の口調だ。

御子柴は、部屋の隅から椅子を引いてきて、腰を下ろした。

「よけいな口出し、とは心外ですね。管内で発生した重大事件については、署員全員が協力して捜査に当たる、それが原則でしょう。わたしはただ、熊代事件担当の河井警部補に情報を提供して、参考人の事情聴取を促しただけです」

寿満子は、御子柴が口答えするとは思わなかったのか、軽く顎《あご》を引いた。

「参考人だって。笑わせるんじゃないよ。ろくな根拠もないのに、一般市民を署へ引っ張ったあげく、容疑者扱いで尋問したんだろう。マスコミに知れたら、ただじゃすまないよ。分かってるのか」

相変わらず、すさまじい迫力だ。

しかし御子柴は、柳に風と受け流した。

「暴力団の幹部とその愛人は、一般市民とは違うと思うんですがね」

「ヤクザもサラリーマンも、貧乏人も金持ちも、法律上の地位は平等だ。あんたはここんとこ、医療廃棄物の不法投棄を調査するという名目で、署の面パト（覆面パトカー）を借り出したね。ところが実際には、あいまいな伝聞情報をもとに別件の、それも担当外の事件の張り込みを、やっていた。しかも、わざと笠原の車を追突させるように仕向けて、署の車に傷をつけた。言い訳できるのか」

寿満子の唇の端に、泡が浮くのが見える。

「追突事故は、つねに追突した側の前方不注意が原因で、あっちに非があります」

「それも、場合によりけりだよ。どうして、勝手なまねをしたんだ」

御子柴は、すわり直した。

「不法投棄よりも、殺しの方が重大な犯罪ですからね。一般市民から、何かしら情報提供があった場合は、その真偽を確認するのが警察の務めでしょう」

「情報提供者は、渋六の水間だそうじゃないか。あいつが一般市民とは、あきれるね」

それを聞いて、御子柴は笑みを浮かべた。

「笠原龍太が一般市民なら、水間は模範市民というべきでしょうね」

寿満子は何も言わず、たばこに火をつけた。

煙を吐き、嵯峨に目を移す。

「あんたもあんただ。なぜ御子柴の言いなりになって、勝手な張り込みに付き合ったのさ」

「パートナーとは、行動をともにするのが原則ですから」

嵯峨はしれっとして言い、爪の甘皮をむくしぐさをした。

寿満子は、火花が散りそうな怒りのこもった目で、嵯峨を睨みつけた。

唇をなめ、御子柴に目をもどす。

「今度だけは、大目にみてやる。もう一度勝手なまねをしたら、二人とも営倉行きだよ」

御子柴は肩をすくめた。

「とうに、営倉にはいったつもりですがね。生活安全特捜班のあとじゃ、もう行くところがないでしょう」

寿満子が、たばこを吸い殻の山に突き立て、ゆっくりと立ち上がる。

「へらず口を叩いてるがいいさ。そのうち、泣きをみるからね」

そのまま、戸口へ向かう寿満子の背中に、御子柴は声をかけた。

「笠原とボニータは、どうしましたか」

寿満子は振り向いた。

「釈放したよ。アリバイがあるのに、容疑者扱いもできないだろう」

釈放した、だと。

御子柴は、唇の裏を噛み締めた。

「アリバイといっても、二人以外に証人はいないんですよ」

「それじゃその時間に、二人がマンション以外のどこかにいるのを見た、という証人を探しておいでよ」

寿満子は取調室を出て、ドアを音高く閉じた。

嵯峨が息をつき、肩を大きく回す。

「こうなることは、最初から分かってましたよ。この程度ですんで、よかったくらいです」

御子柴はそれを、半分上の空で聞いていた。

寿満子が、なぜそうも簡単に笠原とボニータを釈放したのか、不思議に思う。

# 第三章

## 10

戸口に吊《っ》るした鈴が、軽い音を立てて鳴った。

客がはいって来る気配に、大森マヤは反射的に声をかけた。

「いらっしゃいませ」

同時に、相手の顔を見て、少し緊張する。

それは、嵯峨俊太郎とコンビを組む神宮署の刑事、御子柴繁だった。例によって、肩の落ちたよれよれのスーツに、派手なペイズリのネクタイを締めている。

御子柴は、入り口に近いストゥールにすわった、二人連れの客の背後をすり抜けて、いちばん奥のカウンターに、腰を落ち着けた。

おしぼりを差し出すと、御子柴は丹念に顔と手をふいて、マヤに返した。

「角ハイね」

御子柴が言い、はい、とマヤは返事をした。

最近、そんな言い方をする客はめったにいないが、角瓶ウイスキーのハイボール、という意味だ。

御子柴が、ここ〈みはる〉に顔を出したのは、これで確か四回目だと思う。

初めて来たのは、いつのことだったか。

あのときは確か、一人で飲んでいた禿富鷹秋に御子柴が電話をよこし、あとからやって来たのだった。禿富に御子柴警部補だ、と引き合わされた。だれにでも横柄な禿富が、御子柴に対しては妙にていねいな口をきいたので、ひどく意外に思った覚えがある。

禿富が死んでから、しばらくして御子柴は嵯峨と一緒に飲みに現れ、二人がパートナーになったことを告げた。

マヤは、刑事同士の組み合わせがどうやって決まるのか、よく知らない。

御子柴と禿富も、ほとんど水と油のコンビのように思えたが、御子柴に嵯峨という組み合わせも、妙にしっくりしないものがある。ベテランと若手で、釣り合いが取れているようにも見えるが、二人のやり取りを聞いているとどこか表面的で、よそよそしい感じがする。

それから一か月ほどして、また二人でやって来た。それが三回目だった。御子柴はもっぱら、角ハイばかり飲んでいた。

そのあと、とんとご無沙汰したきりだったから、御子柴が今夜一人で顔を出したのは、ちょっとした驚きだった。

いったい、どういう風の吹き回しだろうか。何か、目的があるのか。それともただ、ふらりと立ち寄っただけなのだろうか。

「お待ちどおさま」

カウンターに、グラスとお通しの小皿を置く。

御子柴は、マヤに乾杯するようなしぐさをして、一口飲んだ。

見るからに、風采《ふうさい》の上がらない男だ。警察官になるために、最低どれほどの身長が必要なのか知らないが、たぶんぎりぎりの背丈だろう。犯人を逮捕するとき、格闘になったらどうするのかと、不安になるほど貧相な体つきをしている。御子柴も柔道や剣道、逮捕術などの訓練をしているはずだが、とてもその素養があるようには見えない。

二人連れの客が、ビールのお代わりを注文したので、マヤは御子柴の前を離れた。

御子柴は、もともとあまりしゃべらない男なので、相手をするのが気詰まりだったから、少しほっとした。

二人連れは、常連というほどではないが、月に一度くらい顔を見せる、なじみ客だった。ともに四十歳前後で、なんとなく耳にはいってくる雑談から、幼なじみだろうと見当をつけている。ただ、互いに利害関係のない業界の人間らしく、仕事の話はめったにしない。あきもせず、学生のころ付き合ったとかいう、女友だちの話ばかりしている。

会話にはいり切れず、しかたなく御子柴の前にもどった。

「パートナーのかたは、どうなさったんですか」

ほかの客がいるところで、嵯峨の名前や肩書を口にするわけにいかず、マヤはそういう聞き方をした。

御子柴は、グラスを両手で包むように持っていたが、目だけ上げて応じた。

「今夜は、七時ごろには会社を出た。珍しく、早かった」

会社というのは、神宮署のことだろう。

「お仕事が暇なのは、いいことじゃないですか」

それだけ、事件や犯罪が少ない、ということだ。

「ふだんは、何もなくてもさっさと引き上げられないのが、わたしらの仕事でね。まあ、彼は若いし、たまには羽を伸ばしたって、ばちは当たらんだろう。ともかく今日は、ハナキンだしね」

ハナキンという古臭い表現に、もう少しで吹き出しそうになる。

「そうですね。でも、羽を伸ばすのもむずかしいですよね、そちらのお仕事って」

「まあね」

そこで会話が途切れ、マヤは手持ち無沙汰になった。

相手が、水間英人や野田憲次だったら、一杯飲めと勧めてくれるところだ。しかし御子柴は、そのあたりに気が回るタイプではない。

ためしに、言ってみる。

「わたしも、いただいていいですか。もちろん、自分のボトルですけど」

御子柴は、虚をつかれたように瞬きして、猫背の体を起こした。

「ああ、いいよ。わたしにつけておいてくれ」

「いえ、いいんです。自分用のボトルがあるんです、ほんとに」

「遠慮しなくていい」

マヤは、頭を下げた。

「すみません。催促したみたいで」

「いいんだ。ついでにボトルを一本、入れてもらおうかな。角でいいから」

「あの、うちはボトルキープ、してないんです。すみません」

「あ、そう。珍しいね、こういう店で」

「常連さんが多いので、キープしてくれとよく言われるんですけど、ボトルをたくさん置く余裕がなくて。キープするお客さんを、選ぶわけにもいきませんしね」

マヤは水割りを作って、御子柴に掲げてみせた。

「いただきます」

御子柴も、それに合わせてグラスを上げ、さりげなく言った。

「ところでわたしの相方は、一人でもここに来るのかね」

緊張する。

「いいえ。見えるときは、いつもどなたかとご一緒ですね」

少なくとも、それは嘘ではない。

「そうか。まあ、この店はうちのライバルがやってるようなものだから、一人じゃ来にくいだろうね」

御子柴も、ほかの客の耳を意識してか、うまく話をぼかす。

「そうですね。亡くなったお友だちのかたが、ときどきお一人で見えたくらいかしら」

マヤが、暗に禿富のことを言ったとき、二人連れが勘定を頼んだ。

すでに、午前零時を回っている。

二人が出て行くのを見計らって、ドアの外に〈支度中〉の札をかけた。

カウンターの中にもどると、御子柴がいくらかくつろいだ様子で、口を開いた。

「このあいだの、熊代彰三の葬儀は、ずいぶん盛大だったたね。引退したヤクザが死んで、あんなに人が集まるとは思わなかった。よほど、人望があったんだろうな。もちろん、その方面で、という意味だが」

「そうらしいですね」

「あんたも、手伝いに出たのかね」

「いいえ。わたしは、堅気ですから」

マヤも水間に、受付くらいやらせてほしいと頼んだのだが、堅気の人間にそんなことはさせられない、と言って断られたのだ。

逆に聞き返す。

「御子柴さんは、葬儀に出られたんですか」

御子柴は苦笑した。

「まさか。警察官の身で、焼香はできないよ。警備の連中に紛れて、会葬者の顔触れを眺めただけさ」

「犯人がお葬式に来る、と思われたとか」

「そこまでは考えなかったが、何かヒントがつかめるかもしれない、と思ってね」

「参考になること、ありましたか」

「いや、別に。それにしても、あんな老ヤクザを殺して得をする人間が、どこにいるのかねえ。通り魔とも思えんし」

マヤは、水間英人が海野修一からかかった電話で、目撃者の通報があったと知らされたのを、思い出した。

「御子柴さんは、あの事件を担当してらっしゃるんですか」

「いや。部署が違うから、直接はしてない」

否定したあと、御子柴は続けた。

「熊代がやられたことで、渋六はいきり立ってるだろう。実害はないにしても、組織の看板ともいうべき会長を、手にかけられたんだ。ほうっておいたら、メンツに関わるからな。自分たちでホシを突きとめて、かたきを討とうとするかもしれん」

「水間常務は、全部警察に任せるつもりだ、とおっしゃってます。かたき討ちをする気は、ないようですよ」

マヤは、水間から釘を刺されたとおりに、そう言った。

御子柴が、含み笑いをする。

「表立って、かたき討ちをするとは言わないだろう、さすがに」

「その後、捜査の進展はないんですか。新聞には、何も出ていませんけど」

マヤが聞き返すと、御子柴の眉間にしわが寄った。

「残念ながら、あまり進展してないね」

「だれか、目撃者はいないんですか。まだ、それほど遅い時間じゃなかったはずですし、見ていた人がいてもおかしくないのに」

水を向けてみたが、御子柴の表情は変わらなかった。

「いたとしても、関わり合いになりたくなくて、名乗り出ないいんだろう」

水間が、あの一件を警察に届けていないのか、それとも直接の担当でない御子柴が、知らないだけなのか。

マヤは、腕時計を見た。

「すみません。そろそろ、看板にしたいんですけど。お勘定は、ツケにしておきますから」

神宮署の刑事には、催促なしのツケにしておくように、水間から言われている。

しかし、御子柴と嵯峨がそのとおりにしたことは、一度もない。

御子柴が、財布を取り出す。

「ツケは嫌いでね。いつもニコニコ現金払いが、モットーなんだ」

また古い常套句《じょうとうく》を言い、一万円札を一枚置いた。

財布を開き、釣り銭を出そうとすると、御子柴はそれを押しとどめた。

「釣りはいい。そのかわり、ちょっと頼みがあるんだ」

マヤは手を止め、御子柴を見返した。

「なんですか」

「まあ、それをしまいなさい」

促されて、しかたなく財布を閉じる。

御子柴は体をかしげ、足元から何か取り上げた。

カウンターにそっと載せられたのは、アルミかジュラルミン製らしい小型のアタシェケースだった。そんなものを持っていたとは、今の今まで気がつかなかった。

「これをしばらく、預かってほしいんだよ」

マヤは、御子柴の顔とアタシェケースを、交互に見比べた。

「でも、預かる場所なんて、ありませんよ。まさか、自分の家に持って帰るわけにも、いきませんし」

「いや、この店のカウンターの下の、隅っこの方にでも置いといてくれれば、それでいいんだ」

マヤは警戒して、聞き返した。

「これって、お仕事関係のものですか」

「いや、ただの私物さ。別に、たいしたものがはいってるわけじゃないが、女房なんかに見られるとまずいんでね」

そう言って、不器用に目をつぶってみせる。

「どちらにしても、ひとさまのものをお預かりするのは、気が重いですから。勘弁していただけませんか」

マヤはそう言って、頭を下げた。

すると、御子柴は右手を立てて、拝むようなしぐさをした。

「そこをなんとか、今度来るときまで頼む」

「でも、御子柴さんはめったにお見えにならないし、困ります」

「今度は、すぐに来る。ほんの一週間、いや、四、五日でいいんだ。頼む」

もう一度拝まれたが、マヤは矛先をそらした。

「刑事さんなら、ほかにいくらでも預けるところが、あるじゃないですか。よりによって、わたしなんかに預けなくても」

「ここは、署から遠からず近からず、地の利がいいんだ。それに、あんたのことは禿富さんから聞いて、よく知ってる。口の堅い、信用できる女の子だってね」

マヤは、首を振った。

「禿富さんが、そんなことおっしゃったとは、信じられませんね。それに、三十近い女をつかまえて、女の子はやめてくださいよ」

「わたしから見れば、二十歳も三十歳も一緒なんだよ。とにかく、禿富さんはあんたのことを、やけにほめていた。めったにないことだから、よく覚えてるんだ」

マヤは苦笑したが、たとえ嘘でもそんな風に言われると、悪い気はしなかった。

水割りを口に含み、少しのあいだ考える。

しぶしぶ言った。

「それじゃ、一週間だけ。来週の金曜の、閉店時間までに取りに来ていただく、ということでお預かりします」

御子柴の顔が、明るくなる。

「そうか。いや、ありがたい」

そう言って、カウンターに頭がつくほど低く、頭を下げた。

「もし、金曜の夜が過ぎてもお見えにならないときは、翌日署へお返しに上がりますから」

土曜日だろうと、かならず返しに行く。

御子柴は、顔を上げた。

「ありがとう。間違いなく、取りに来るよ」

「きっとですよ」

「分かった」

御子柴はうなずき、ふと思いついたように続けた。

「そうだ。何かの都合で、もしわたしが取りに来られなくなったときには、このアタシェケースを嵯峨警部補に、引き渡してくれないかな」

面食らう。

「取りに来られなくなったときって、どういうことですか」

御子柴は、わざとらしい笑みを浮かべた。

「人間、急病になったり交通事故にあったり、何が起こるか分からんだろう。そういうときは、わたしが自分でここへ電話して、嵯峨警部補に引き渡すように言うから、そうしてくれればいいんだ。彼が適当に、処分してくれると思う」

マヤは、御子柴が何を考えているのか分からず、当惑した。

御子柴が、ストゥールをおりる。

ポケットから何か取り出し、カウンターに置いた。

「そのときは嵯峨警部補に、こいつも一緒に渡してほしい。手提げ金庫にでも、入れておいてくれないか」

見ると、それは小さなキーだった。

「これ、このアタシェのキーですか」

「うん。こいつは、今どきの暗証番号でロックする、しゃれたアタシェじゃないんだ。それはスペアだから、よろしく」

御子柴は、そう言ってドアをあけ、振り向いて続けた。

「じゃあ、頼んだよ。引き受けてくれて、助かった」

## 11

井の頭通りと、荒玉水道道路が交差する信号で、タクシーを捨てる。

大森マヤは通りを渡り、水道道路にはいった。

この道は昭和の初め、多摩川と荒川を結ぶ水道管を敷設する計画があって、その上に作られた直線道路だと聞いた。結局荒川までは届かず、環状七号線と青梅街道の交差点付近までで、終わったらしい。

地図を見ると、上を走る道路は全長八キロほどにも達する長い道で、しかも定規で引いたようにまっすぐなのだ。幹線でもないのに、これほどの長さを持つ一直線の道路は、少なくとも都内ではほかにないだろう、と思う。

マヤは、ときどき車が追い越して行くだけの一方通行を、しばらく歩いた。

目的のマンションまで、交差点から徒歩で五分ほどかかるのだが、タクシーを入り口に乗りつけるのは、さすがに抵抗がある。

マンションは〈ドミシール永福〉といい、京王井の頭線の永福町駅から歩いて、十分足らずの距離だった。五階建ての、こぢんまりしたマンションだ。

腕時計を見ると、午前一時近い。しかし、店を閉めてから来るので、しかたがない。

入り口付近で、あたりを見回す。気にすることはないと思いつつ、そうせずにはいられなかった。やはり、多少の後ろめたさがあるのだ。

ホールにはいる。

ガラスのドアの脇に、数字パネルのついたディスプレイがあった。指で部屋の番号をたどり、最後に呼び出しボタンを押す。

インタフォンの返事はなかったが、部屋のモニターにマヤの映像が映し出されたらしく、ガラスのドアが音もなく開いた。

エレベーターに乗り、四階に上がる。

チャイムが鳴ってから、少しのあいだ待たされた。ドアスコープで、確認する気配がする。思ったより、慎重な性格なのだ。

チェーンをはずす音がして、ドアが開いた。

嵯峨俊太郎が、照れたような笑みを浮かべる。

「悪いね、こんな時間に呼びつけて」

いつもこんな時間なのに、毎度同じことを言う。

半畳ほどの狭い玄関にはいり、施錠してチェーンをかけた。

向き直る間もなく、背後から嵯峨の長い腕が回ってきて、乳房を鷲《わし》づかみにされる。

それだけで、マヤは腰の芯がじんとしびれるのを感じ、ため息をついた。

いけない。嵯峨の息遣いや手ざわりに、すぐ体が反応するようになってしまった。

いや、こういう仲になる前から、嵯峨のことを考えるだけで、動悸《どうき》が速まったものだ。

そう、火吹き竹で火を焚きつけたように、体が熱くなるのだった。それがいやで、最初は頭から追い払うのに、苦労した。

たっぷりとキスを交わしたあと、マヤは嵯峨に支えられるようにして、リビングルームにはいった。ともすれば、長い脚がもつれそうになるほど、気持ちが高ぶった。

ソファの上に、重なって倒れる。嵯峨の、着痩せする引き締まった体の筋肉が、シャツ越しに肌を刺激してきて、マヤはつい声を漏らした。

しかし、嵯峨はすぐに何ごともなかったように体を起こし、明るい声で言った。

「コーヒーでもいれようか」

マヤはのろのろと起き上がり、身繕《みづくろ》いをしながら応じた。

「ええ。うんと濃いのをね」

コーヒーの準備をする、嵯峨の後ろ姿をぼんやりと目で追いながら、ここ半年ばかりのことに思いを巡らす。

考えてみると、嵯峨と初めてベッドをともにしたのは、妄想に抗し切れずに自分で自分を慰めた、すぐあとのことだった。

〈みはる〉の裏手のマンション、〈ビラ円山〉にある渋六興業のアジトに、泊まった夜の出来事だ。バスルームにいて、まだ快感の余韻が抜け切らぬうちに、前触れなしにやって来た嵯峨が、突然ブザーを鳴らしたのだった。

そのおりのことを思い出すと、今でもどうしようもなく動悸が高まる。

とはいえ、それが一晩だけの情事に終わらず、こうしてあとを引くようなことになるとは、あのときは考えもしなかった。

嵯峨は、一人では決して〈みはる〉に、立ち寄らなかった。たまに来るときは、かならず御子柴か、岩動寿満子が一緒だった。寿満子は、御子柴や嵯峨より一階級上の警部で、二人の上司に当たる。

寿満子は、来るたびにマヤに見せつけるように、並んですわる嵯峨の手を握ったり、肩にもたれたりする。あの、男のようにいかつい寿満子の、そうした露骨なやり口を目にするのは、反吐《へど》が出るほどいやだった。

嵯峨は嵯峨で、それを歓迎する様子こそ見せないにせよ、ひどく迷惑だという顔もしない。

嵯峨に言わせると、そうした寿満子の人もなげな振る舞いは、嵯峨に惚れることはまかりならぬという、マヤに対する警告なのだそうだ。警告にしろ牽制《けんせい》にしろ、その行為が見苦しいことには、変わりがない。

そうした話は、最初の夜にベッドの中でしたきり、一度も蒸し返していない。

気にしている、と受け取られるのは、プライドが許さなかった。まして、寿満子に嫉妬しているなどと思われたら、とても耐えられない。

とはいえ、糸瓜《へちま》のようにしれっとしている嵯峨に、いらだちを覚えるのも事実だった。

どちらにしても、今や寿満子の話題は二人のあいだでタブー、という雰囲気になっていた。

コーヒーが運ばれてくる。

嵯峨は、ゆったりしたベージュのチノパンに、ブルーの縞のシャツを着ている。家でくつろぐときも、だらしのない格好をしないところが、いかにもしゃれ者らしいと思う。

コーヒーを一口飲んで、嵯峨は言った。

「警察官は、付き合う女性にも制限があってね。まあ、それ以前に付き合う機会そのものが、めったにないんだけど」

マヤも、カップに口をつける。

「やはり、職場結婚が多いの」

「率からいえばね。しかし、女性警察官の数なんてたかが知れてるし、一般職員を入れたって、全体の一割にも満たないだろう。キャリアの連中は、いろいろな筋から話を持ち込まれるから、さほど苦労しないらしいがね」

「嵯峨さんだって、準キャリアじゃないの」

嵯峨は以前、国家公務員試験のⅡ種に合格した、と言った。むろん、Ⅰ種合格のキャリアほどではないが、ノンキャリアよりは出世が早い、と聞いている。

「どちらにしても、相手を見つけるのはたいへんなんだ。事件がらみで知り合っても、それ以上親しくなるわけにいかないし。事件関係者は、とにかくご法度なんだ」

マヤは少し、意地悪な気持ちになった。

「わたしみたいな、水商売の女性なんかも、論外でしょう」

嵯峨は、軽く肩をすくめるようなしぐさをした。

「まあ、署のトップに知られたら、即刻別れるように言われるだろうね」

あきれるほど、のほほんとした口調だ。

自虐的な気持ちになる。

「とうに知られてるんじゃないの」

「かもしれないね。臭いなと思ったら、本部の警務部とか公安部とかの暇な刑事に、調べさせるらしいよ。同じ署の人間だと、ばれちゃうからね」

「お店に一人で来ないのも、怪しまれないためなのよね」

嵯峨は笑った。

「まあ、そんなとこかな」

まったく、悪びれるところがない。

「でも、自分のマンションに女を引っ張り込むなんて、むしろ危険じゃないの。見張られていたら、一発でばれちゃうでしょう」

「かといって、〈みはる〉の裏のマンションを使うわけにも、いかないだろう」

水間英人からは、必要があればいつでも寝泊まりしていい、と〈ビラ円山〉のキーを渡されている。しかし、嵯峨との密会にあのマンションを使うのは、いくらなんでも気が引ける。

コーヒーを飲み、口調を変えて言った。

「だったら、わたしのマンションでもいいのよ。アパートに、毛の生えたようなものだけど」

マヤは、田園都市線の桜新町に住んでいる。

「女性の部屋に入りびたるのは、あまりかっこよくないからなあ」

「わたしがここに入りびたるのは、かっこよくないわけ」

ややこしい言い方をして、自分で笑ってしまった。

「マヤさんさえよければ、ぼくは全然かまわないよ」

「マヤって呼んで」

嵯峨は、瞬きした。

「どうしたの、急に」

「だって、いつまでたっても、他人行儀なんだもの。さんづけで呼ばれると、いかにもわたしの方が年上だなって、つい意識しちゃうし。確かに嵯峨さんは、わたしより年下なんだけど」

マヤは頬がほてり、目を伏せた。

いい年をして、中学生のような気分になる。

「マヤさんだって、ぼくのことを嵯峨さんて呼ぶじゃないか。おあいこだよ」

そう指摘されて、ぐっと詰まった。

一呼吸おき、思い切って言う。

「それじゃ、わたしはあなたのことを俊さんって呼ぶから、あなたもわたしをマヤって呼んで」

嵯峨はコーヒーを飲み干し、まじめな顔で言った。

「マヤ」

「俊さん」

マヤもそう応じながら、急に切なくなってソファから飛ぶように立ち、嵯峨にむしゃぶりついた。

「おっとっと」

嵯峨はおどけた声を出し、マヤの体を楽々と受け止めた。

嵯峨のシャツを、チノパンから勢いよく引っ張り出し、素肌に指先をすべらせる。その、引き締まったなめらかな手ざわりが、大好きだった。

嵯峨も、マヤのTシャツの後ろから手を入れ、器用にブラジャーのホックをはずす。

嵯峨の指先が乳首に触れ、マヤは鋭い錐《きり》で喉元を突かれたように、思わず声を出した。

熱い息が、耳元にかかる。

「相変わらず、感じやすいね」

そう言われただけで、体の奥で何かがはじけ飛ぶ感触があり、マヤは背をのけぞらした。

汗まみれのシーツも、今は心地よく感じられる。

嵯峨とは、これまで肌を合わせたどの男よりも、体の相性がいいようだ。嵯峨も、同じように感じてくれたらいいのに、と願う。相性は、テクニックのうまいへたとか、持続力とかの問題ではない。おそらく、愛情の問題でもないだろう。

ともかく、互いに好意を抱いていることは確かだ、と思う。

ただし、まだ真剣に愛し合うまでにはいたらない、という気がする。周囲の状況が、そうなるのを妨げている面もある。

神宮署と渋六興業は、よくも悪くも利害が複雑にからむ関係にあり、全面的に気を許し合う仲ではない。そもそも、警察とヤクザが組織ぐるみで癒着することはありえず、互いの動向を監視し合うのが普通だ。

マヤにしても、渋六興業のために役立つ情報を聞き漏らすまいと、嵯峨の言葉の端ばしにまで耳をそばだてる。一方、こちら側の情報は極力口にしないように、細心の注意を払う。それを別に、悪いこととは思わない。嵯峨にしても、考えることは同じだろう。

体が冷えてくると、急に確かめてみたくなった。

マヤは、嵯峨の裸の胸に、指を走らせた。

「岩動警部は、わたしたちのことに、気がついているかな」

「もちろんさ」

嵯峨が言下に答えたので、マヤは驚いて指を止めた。

「どうして、そう思うの。あの人の前で、それらしいしぐさや目配せをしたことなんて、一度もないよ」

「彼女は、見た目以上に勘が鋭いんだ。一緒に、〈みはる〉に行ったときの様子から、そんな気がする」

「そんなに何度も、来てないじゃないの」

嵯峨は少し、間をおいた。

「それはともかく、行くたびに彼女がぼくの手を握ったり、肩を押しつけてきたりするのはなぜか、前に話したことがあるよね」

突然その話が出たので、マヤは緊張した。

「ええ。あれは、あなたを好きになってはいけないという、わたしへの警告でしょう」

「それを見ていて、なんともないの」

今さらのような問いかけに、むらむらと怒りが込み上げる。

「なんともないわけ、ないじゃない。いつも、頭から氷のバケツをかぶせてやろうか、と思ってるわよ」

嵯峨は、くすりと笑った。

「ともかく、あれは彼女がぼくに好意を持ってるとか、特別の感情を抱いてるとかってことじゃないんだ。きみに警告すると同時に、あれによってぼくやきみがどんな反応を示すか、見ているのさ」

マヤは、嵯峨の顔を見直した。

「わたし、自分の気持ちをそのまま顔に出すほど、子供じゃないわ」

「そう。彼女が、ぼくの手を握ろうと肩にしなだれかかろうと、きみは眉一つ動かさないな。だけど、ふつう女性はそういう場面に出くわすと、男の方が自分の彼氏であってもなくても、無意識にいやな顔をするものさ。あるいは、見て見なかったようなふりをして、ごまかす。でなければ、あらまあお安くないこととか、ひやかしてその場を取り繕う。きみの反応は、そのどれでもない。彼女は、そういうところをひそかに観察している、と思うんだ」

考えもしなかったことを言われ、ちょっとショックを受ける。

## 12

「それで、彼女はそうしたわたしの反応を、というか無反応をどう解釈している、と思うの」

大森マヤが聞き返すと、嵯峨俊太郎はすぐに応じた。

「きみがぼくにほの字だな、と解釈しただろうね」

しゃあしゃあとした答えに、むきになって反論する。

「それじゃ、あなたが手を握られて平然としているのは、どう解釈するのかしら」

「ぼくはきみに気がないんだなって、そう解釈するさ」

マヤはあきれて、嵯峨に背を向けた。

「自分に都合のいいことばっかり」

「彼女には、そう思わせておいた方が、ぼくたちのためなんだ。ぼくは別に、きみから渋六の情報を仕入れようなんて、これっぽっちも思ってない。だけど逆に、うちの会社が渋六に何か仕掛ける気配がしたら、ぼくはきみに知らせるつもりでいる」

と胸をつかれる。

「どうして」

「どうして、と言われてもね。なんとなく、渋六の連中って、憎めないんだよなあ。暴力団にしちゃ、礼節を守ってるし。おかしな言い方だけどさ」

「渋六は暴力団じゃないわ、ヤクザはヤクザだけど。少なくとも、水間常務と野田常務は、違うと思うわ」

「とにかく、覚醒剤や大麻を中学生に売りつけたり、堅気の人たちに迷惑をかけたりさえしなければ、こっちに文句はない。神宮署と渋六は、ある意味では持ちつ持たれつ、だからね」

それで、思い出した。

「そういえば、熊代会長が殺された事件の捜査は、あまり進展していないみたいね。それほどの難事件、とは思えないけど」

嵯峨が応じるまでに、少し間があく。

「確かに、あまり進展してないね。だれかに、そう聞いたの」

ためらったものの、結局マヤは答えた。

「先週の金曜日に、御子柴さんがお店に来て、そんな話が出たのよ」

「ふうん、御子柴警部補がね」

嵯峨は、さして興味もなさそうに言ったが、少し声音が変わったようだった。

「めったに、というか一人で見えたのは、初めてだったわ。来るときは、いつもあなたと一緒だし。秃富さんが亡くなる前、一度だけ二人がお店で落ち合ったことは、あるけどね」

「一人で〈みはる〉へ飲みに行くなんて、どういう風の吹き回しだろうな」

「ただ、お酒を飲みに来たわけじゃないのよ」

つい、口が滑ってしまい、ひやりとする。

嵯峨は、少し不安になるほど間をあけて、さりげなく聞き返した。

「まさか、マヤを口説きに来たわけじゃないよな」

その冗談は、むしろ場違いに聞こえた。

マヤは、シーツを握り締めた。

ここで口を閉ざしてしまったら、何か気を持たせるような雰囲気になる。

考えてみると、御子柴は預けたアタシェケースについて、だれにも言うなと口止めはしなかった。しかも、自分が取りに来られないときには、それを嵯峨に引き渡してほしいとまで、付け加えたではないか。

だとすれば、当の嵯峨にそのことを話しても、かまわないだろう。

勝手にそう決めると、マヤは口を開いた。

「御子柴さんは、わたしに預かってほしいものがあって、立ち寄ったのよ」

「ふうん。何を預かってほしかったの」

たいして興味はないが、聞くだけ聞いてみるか、といった口調だ。

「アタシェケース。アルミだか、ジュラルミンだかの」

「アタシェケースね。それで、預かったのか」

「ええ。お店の隅に、置いたままだけど」

「中に、何がはいってるんだ」

その質問は、すでにマヤが中を見たことを前提条件とした、誘導尋問に違いなかった。

いつだったか水間英人から、刑事はしばしばそういう聞き方をしてくるので、気をつけるようにと警告されたことがある。

やはり嵯峨も、刑事なのだ。しかも、無関心のように聞こえる口調とは裏腹に、そのアタシェケースに強い興味を抱いていることが、なんとなく感じられた。

「あけてないから、分からないわ。たぶん、鍵がかかってると思うし」

御子柴から、スペアキーも一緒に預かっていることは、言わなかった。

「いつまで預かってくれ、と言われたの」

「一週間。それ以上は、預かれないもの。期限を過ぎたら、署へお返しに上がりますって、そう言ってやったわ。つまりあさって、金曜日の閉店時間までに取りに来なかったら、ほんとうにそうするつもりよ」

嵯峨は、しばらく黙っていた。

「だいじなものだ、と言ってたか」

「たいしたものじゃないけど、奥さんなんかには見られたくないものだとか、そんなことを言ってたわ」

「どっちにしても、その種のものを人に預けるときには、よっぽど気心が知れているか、信用のおける相手を選ぶのが、普通だよな。彼は、きみと店で何度か顔を合わせただけだし、そこまで信用するほどきみのことを知っている、とも思えないけど」

いかにも、御子柴が自分よりもマヤを選んだのは心外だ、という口ぶりだった。

「禿富さんから生前、わたしが口の堅い信用できる女だと聞いた、と御子柴さんは言ったわ。ほんとうかどうか、知らないけど」

「あの禿富さんが、そんな風に言ったということ自体、信じられないな」

嵯峨にとってはそうだろうが、マヤにすればかちんとくるせりふだった。

店に来たとき、禿富は水間からマヤが口の堅い女だと聞いた、と言ったことがある。

しかもそれを、素直に信じている様子だった。したがって、そのことを同じように御子柴に告げたとしても、別に不思議はないと思う。

マヤは言った。

「禿富さんは、あなたが初めて〈ビラ円山〉に押しかけて来た夜、あなたを見張っていたらしいわ。お店に来たとき、そのことをまともに指摘されたの。三時間もかけて、トランプをしていただけだなどという言い訳は、通用しないぞって」

「ほんとか。なんのために」

さすがに驚いたらしく、嵯峨は言葉を途切らせた。

これまで、その話をしたことはなかったから、当然だろう。

「彼に言わせると、あなたはわたしから渋六の情報を引き出すために、わたしのベッドにもぐり込んだんですって」

嵯峨は急いで言った。

「そうじゃないことは、きみにも分かったはずだぞ」

「まあね」

「しかし、彼はなんのためにぼくのことを、見張っていたのかな」

「さあ」

「どんなことを話したの、彼に」

「別に、何も。あの晩、あなたと話したのはプライベートなことだけで、渋六とか神宮署の話はしなかった、と言っておいたわ」

「口が堅いね」

「だから禿富さんも、そう思ったんでしょう」

嵯峨は、一本取られたというように、含み笑いをした。

あのとき禿富は、嵯峨について平気で人を裏切る男だとか、忠実なのは自分自身に対してだけだとか、厳しいことを言った。そのあげく、マヤも気をつけた方がいい、と警告しさえした。

実のところ、その一言が今でも喉に刺さった小骨のように、気になっているのだ。

禿富は、嵯峨がだれかの密命を受けているかもしれない、というようなことも言った。

マヤには、ほかにもまだ嵯峨に報告していないことが、いくつかある。これからも、するつもりはない。なぜかは分からないが、禿富と自分のあいだにしか残されていない秘密を、だいじにしたかった。

嵯峨が、気を取り直したように言う。

「なんだか、話が別の方にいっちゃったね。要するにきみは、御子柴警部補からそのアタシエケースを、預かったわけだ」

話がもとにもどり、マヤは息をついた。

「そう。何度も、預かれませんと言って断ったんだけど、強引に押し切られちゃったの。喜んで預かったわけじゃないわ」

「それは、分かってるさ」

「きっと、だいじなものよね。それを、どうしてわたしなんかに預ける気になったのか、全然分からないわ。あなたが言うとおり、御子柴さんはわたしをそこまで信用するほど、知ってるわけじゃないし」

嵯峨が何も言わないので、マヤは不安になって続けた。

「もしかして、御子柴さんがわたしたちのことに気づいている、ということはないでしょうね。それで、わたしに預けることにした、とか」

「いや、それはないよ。だいいち、気づいていたらなおさらきみには預けない、と思うな」

「でも、もし自分が取りに来られないようなことになったら、嵯峨警部補に引き渡してほしいって、そう言ったのよ」

嵯峨が隣で、身じろぎする。

「ぼくにと、そう言ったのか」

「ええ。だから、あなたには話してもだいじょうぶ、と思ったわけ」

嵯峨は、しばらく黙ったままでいたが、やがて少し緊張した声で言った。

「マヤに、お願いがあるんだけどな」

「なあに」

「そのアタシェケースを、ぼくに引き渡してくれないかな」

「いいわよ。御子柴さんが、取りに来られなくなったらね」

「いや、そうじゃなくて、今すぐに」

あまりに性急な要求に、ちょっととまどう。

「急にそんな、無理を言わないでよ。いくらなんでも、今すぐは渡せないわ。だって、念を押されたんだもの。取りに来られないときは自分でそう言うから、そのときにあなたに引き渡してくれって」

嵯峨は、咳払いをした。

「分かってないようだね。取りに行けないとき、というのは彼に不測の事故が発生した場合のことを、想定してるんだ。それはおそらく、最悪の事態を意味するものだ、と思っていい」

「最悪の事態って」

「彼が、自分できみにそう告げることができない事態、ということさ」

マヤは冷や汗をかき、手のひらをシーツにこすりつけた。

「それって、彼が死んだとき、という意味」

「はっきり言えば、そのとおりだ。死んでないにしても、どこか人けのないところに放置されるとか、監禁されるとかしている可能性が高い」

「どうして、そう言えるの」

嵯峨は、ちょっと詰まった。

「つまり、アタシェケースの中身がそういう事態を招く、危険な性質のものなんだ」

「いったい、何がはいっているのよ」

「それは、ぼくの口からは言えない。とにかく、非常にだいじなものだってことは、確かだね」

「だれにとって、だいじなの」

「神宮署というか、警察全体にとって、だな」

「だったら、御子柴さんはわたしなんかに預けずに、神宮署に保管しておけばいいじゃないの」

「彼は、判断を誤ったんだ。とにかく早く回収しないと、取り返しがつかないことになる。もし、それをきみが持っていると知れたら、きみ自身が危ない目にあうかもしれないぞ」

嵯峨の声に、切迫したものが加わった。

「話が、よく見えないわ。いったい、だれが御子柴さんやわたしを、危ない目にあわせるのよ」

マヤが問い詰めると、嵯峨は一瞬たじろいだ。

「それじゃ、正直に言うよ。御子柴警部補は、本来外部に出しちゃいけない警察内部の極秘資料を、こっそり盗み出したんだ。きみに預けたアタシェの中には、その資料がはいってるに違いない。それが公になったら、彼は確実に懲戒免職を食らう。そうさせないためにも、なんとか回収しなきゃならないんだ」

マヤは体を回し、嵯峨を見た。

「どうして御子柴さんは、そんな大それたことをしたの」

嵯峨は、天井を見つめたままだった。

「きっと、魔が差したんだろう。手遅れにならないうちに、協力してくれないかな」

マヤは、唇を引き締めた。

嵯峨の言うことに、納得がいかない。

かりに御子柴が、警察の内部資料を盗み出したのだとしても、懲戒免職にはなるかもしれないが、命まで取られることはないだろう。まして、事情を知らずにそれを預かった自分の身に、危険が迫るはずはないと思う。

あるいは嵯峨も、なんとかこちらに協力させようとして、おおげさに言っただけなのか。

「よく分からないわ、あなたの言うことが。盗んだ事実がはっきりしているのなら、御子柴さんを査問にかけるか何かして、隠し場所を白状させればいいじゃないの。それこそ、懲戒免職にすると言って圧力をかければ、しゃべるに違いないわ」

「いや、はっきりした証拠はないんだ。あるなら、とうにきみが言うように署内で尋問して、聞き出すよ。こういう状況では、現物を探し出して当人に突きつけるしか、方法がないんだ。だからこそ、きみの協力が必要なのさ」

嵯峨の口調が、ますます切迫してくる。

おそらく最初は、マヤが一も二もなく協力してくれる、と高をくくっていたのだろう。マヤは、アタシェケースのことをうっかり漏らした、自分の不用意さを悔やんだ。それにしても、こういう展開になろうとは思わなかった。

考えを巡らし、妥協点を探る。

「それじゃ、こうしましょうよ。金曜の夜、閉店時間までに御子柴さんが取りに来なかったら、その場でアタシェをあなたに引き渡すことにするわ。翌日、署に返しに行くと言ったけど、取りに来ない御子柴さんが、悪いんだから。これが、ぎりぎりの譲歩よ」

嵯峨は、無言のまましばらく考えていたが、ようやく口を開いた。

「分かった。それでいいよ」

そう言って、また口をつぐむ。

それほど簡単に、嵯峨が引き下がるとは思わなかったので、マヤはちょっと拍子抜けがした。いつもなら、嵯峨はもう一度マヤを求めてくるのだが、さすがにその夜はそうしなかった。

## 13

金曜日の夜。

その夜、大森マヤは店をあけたときから、落ち着かなかった。

前夜、御子柴繁は姿を現さず、約束は今夜かぎりになってしまった。もし、午前零時になっても取りに来ないときは、預かりものを嵯峨俊太郎に、引き渡さなければならない。

御子柴にはなんの義理もないし、嵯峨があれだけ中身を手に入れたがっているなら、それでいいような気もする。しかし、マヤはなんとなくそうするのが、いやだった。今夜のうちに、御子柴にアタシェケースを、取りに来てもらいたかった。

口止めされなかったにせよ、つい気を許して嵯峨にそのことを漏らしたのが、今では心に重くのしかかっていた。もし時間内に現れたら、喜んで御子柴にアタシェケースを返し、めんどうから逃れることができる。

ふだんなら、週末の金曜日はわりと込み合うのだが、その日に限って店は閑散としていた。多くても、せいぜい客が三人肩を並べればいい方で、それもけっこう短い間隔で入れ替わるため、いっこうにカウンターが埋まらない。

しかも、めったに来ない客ばかりだから、あまり話がはずまない。どの客も、陰々《いんいん》滅々《めつめつ》と酒を飲むタイプの男たちで、相手をしていても楽しくない。

十時を回っても、御子柴は姿を現さなかった。

神宮署へ電話して、今夜で期限が切れることを、思い出させてやろうか。

しかし、なんとなくもう署にはいない、という気がする。携帯電話の番号は、聞いていない。預かったときに、聞いておけばよかった。

そんなことを考えるうちに、十一時を回ったところで最後の客が引き上げ、早ばやと店がからになってしまった。このまま客が途絶え、午前零時までに御子柴がやって来るというのが、いちばん望ましい展開だ。いっそ、〈支度中〉の札を出そうか、と思う。

戸口の鈴が鳴り、マヤはぎくりとした。
見ると、顔をのぞかせたのは渋六興業の、野田憲次だった。

「いらっしゃいませ」

挨拶したものの、ちょっと喉が詰まる。

野田は、総務部長の水間英人と同じ常務で、営業部長を務めている。夜は、地元のクラブ〈サルトリウス〉か、恵比寿の〈ブーローニュ〉にいることが多い。〈みはる〉には、来るとしてもほとんどが水間と一緒で、一人で顔を出すことはめったにない。

野田はドアをしめ、入り口に近いカウンターの席に、すわり込んだ。

おしぼりを使いながら言う。

「変わったことはないか」

「はい、別に。水間さんは、ご一緒じゃないんですか」

「お互いに、忙しくてね。近ごろはなかなか、一緒に飲む時間がないんだ」

大学の経営学部を出たという野田は、ソープランドやキャバクラを含む風俗営業、パチンコ店やゲームセンター等の遊戯場の運営、管理を主な仕事にしている。

総務担当の水間は、債権回収にからむ紛争処理や、示談の仲介などそれ以外の種々の雑用を、一手に引き受ける。

マヤは、柄に合った仕事の割り振りだ、と思っている。

グラスに氷を入れ、十八年もののウイスキーを注いで、さらに同量の水を加えた。水間もそうだが、野田もそれが好きなのだ。

一口飲んで言う。

「うまいな。もう、スコッチの時代じゃないな」

マヤは笑った。

「このあいだ見えたとき、水間さんも同じようなことを、おっしゃってました」

野田が、眉根を寄せる。

「ああ、うちの事務所に匿名の男が電話をよこして、会長殺しを目撃したと言ってきた夜だな」

「ええ。海野さんが、電話を受けたそうですね」

「うん、あとでそう聞いた。その情報は神宮署に伝わったはずだが、捜査は相変わらず進展してないようだ」

野田の言い方は、いくらか歯切れが悪い。

マヤはちらり、と腕時計を見た。

午前零時にはまだ間があるが、今御子柴に来られてもかえって困る。

御子柴にしても、野田のいる前でアタシェケースを回収するのは、気が進まないだろう。

話を続ける。

「目撃した人は、犯人らしい二人組の男女の様子を、かなり具体的に伝えてきたんでしょう。水間さんから、そう聞きましたけど」

「そういう話だが、警察はどうも積極的に動かないようだ。あまり、あてにはできないな。おれたちの手で、探し出すしかないかもしれん」

「でも、水間さんは会長のかたきを討つ気はないような、そんな口ぶりでした。警察に任せるつもりだって、そうおっしゃってました」

野田は、軽く肩をすくめた。

「まあ、そういうことになってるがね。ただ、手をこまねいているわけにも、いかんだろう」

奥歯にものの挟まったような言い方だ。

野田にしろ水間にしろ、珍しく煮え切らない態度だと思う。

たとえ名誉職とはいえ、会長の肩書を持つ幹部を殺されたら、黙っていないのがヤクザの世界ではないのか。いくら、法人組織に衣替えしたからといって、そういう仁義を忘れたとは思えない。

何か、事情があるような気がする。

しばらく、当たりさわりのない話をしていると、また戸口の鈴が鳴った。

一瞬、御子柴が来たのかと思って、マヤはひやりとした。

しかし、そうではなかった。

はいって来たのは、嵯峨俊太郎だった。

今夜、嵯峨が営業時間内にやって来るとは、予想もしていなかった。来るとしても、事前に電話をよこしてから、あるいは期限の午前零時を回ってから、と思っていたのだ。

嵯峨を見て、野田はストゥールをおり、頭を下げた。

「お疲れさまです。いつもお世話になっています」

まるで、大口の預金者に対する銀行員のような、丁重な挨拶だった。

「どうも」

嵯峨は軽くうなずき、愛想のよい笑顔を返した。こちらはまるで、気心の知れたキャディに声をかける、プロゴルファーといった趣だ。

いずれにしても、外見や態度物腰から二人が警察官とヤクザだとは、だれも思わないだろう。

「おれは、これで引き上げる。ごちそうさん」

野田がマヤに言うと、嵯峨はさも驚いたように、眉を上げた。

「急がなくても、いいじゃないですか」

言葉ほどには、気持ちがこもっていない口調だ。

野田は、笑みを浮かべた。

「次のお客さんが来たら、引き上げようと思っていたところでしてね」

そう言って、カウンターに一万円札を置き、マヤにうなずきかける。

「こちらに、一杯差し上げてくれ」

「どうも」

嵯峨は、屈託のない口調で応じ、脇をすり抜ける野田に向かって、軽く敬礼した。

野田が振り向き、思い出したように言う。

「熊代会長の事件、よろしくお願いします。ホシが挙がらないと、会長も浮かばれませんから」

嵯峨は、頭を搔いた。

「担当に、よく言っておきます」

野田が出て行くと、嵯峨はそのまま十秒ほど立ったまま待ち、ドアの内側にかけてある〈支度中〉の札を、取り上げた。

マヤは、ドアをあけようとする嵯峨に、声をかけた。

「それ、出さないでくれませんか。まだ、閉店時間じゃないので」

嵯峨が、きょとんとした顔で、マヤを見返る。

「どうして。午前零時まで、もう三十分を切ったぜ。どうせ、だれも来やしないさ」

「御子柴さんが、見えるかもしれないわ」

嵯峨は瞬きしたが、何も言わずにおとなしくドアをしめ、札を内側の釘にかけ直した。

今まで、野田がすわっていたストゥールに腰を落ち着け、手早くおしぼりを使う。

「ビールをもらおうかな」

マヤはビールをあけ、グラスに注いだ。

「彼から何か、連絡あったかい」

「いいえ」

嵯峨は、ビールを一息で飲み干し、カウンターにとんと置いた。

マヤは上の空で、グラスを満たした。

「来るつもりなら、遅くとも昨日の夜までには来てる、と思うな」

その押しつけがましい口調に、マヤも負けずに言い返した。

「どっちにしても、約束は約束だから」

「そうだね。きみも飲んだら」

そう言って、嵯峨はマヤが差し出したグラスに、ビールを注いだ。

乾杯する。

なんとなく、足元が定まらない気分だった。

かりに、こうしているところへ御子柴がやって来たら、どういうことになるのだろう。

嵯峨のいる前で、御子柴は預けたアタシェケースを返すように、言い出すだろうか。

もし、中身が嵯峨の指摘するとおりのものなら、そういう危険は冒さないような気がする。おそらく、ちょっと一杯飲みに立ち寄ったふりをして、適当に引き上げるに違いない。

その場合、御子柴は約束どおり店に現れたわけだから、アタシェケースを嵯峨に渡すわけにいかない。

しかし、嵯峨がそれで納得するかどうか、分からなかった。

「どうしたんだい。顔色が悪いよ」

嵯峨はそう言って、マヤのグラスにビールを注ぎ足した。

「ちょっと、疲れたみたい。マヤのおとといもゆうべも、遅かったから」

「おとといは分かるけど、ゆうべはどうしたの」

嵯峨の口調は、どうしても知りたいという風ではなく、おざなりな感じだった。

「お友だちと、朝まで飲んでしまったの」

「差しでかい」

「ええ」

「マヤと飲み明かしたとすれば、その女性も相当強いね」

マヤはビールを飲み、ふうと息を吐き出した。

「女友だちとは、言ってません」

それを聞くと、嵯峨はくすくすと笑った。

「失敬、失敬。きみに、ボーイフレンドがたくさんいることは、理解できるよ」

その屈託のなさが、むしろしゃくにさわる。

「俊さんにも、たくさんいるんでしょう。制服を着た、ガールフレンドが」

しばらく、そんな他愛のない話をしていると、急にどこかで電子音が鳴り始めた。

嵯峨はジャケットの袖をずらし、腕時計のボタンを押して音を止めた。

「ほら、もう午前零時だ。閉店しないと、営業停止にするぞ」

マヤも時間を確かめ、うなずいた。

「それじゃ、すみませんけど〈支度中〉の札を、外にかけてくださらない」

嵯峨はストゥールをおり、札を取ろうとドアに手を伸ばした。

そのとたん、ドアが外から引きあけられ、鈴が軽やかに鳴った。

マヤは、そこに御子柴繁の顔を見て、ひどく狼狽した。

「いらっしゃいませ」

反射的に言った声が、もう少しで裏返りそうになる。

御子柴も、戸口に立つ嵯峨を見て一瞬頬をこわばらせたが、すぐに笑みを浮かべた。

「こりゃどうも。今夜は、とうに引き上げたと思ってましたが、奇遇ですな」

いつものことだが、相変わらず年下の嵯峨に対して、ていねいな口をきく。

御子柴が現れたので、嵯峨は当てがはずれてがっくりしたはずだが、そんなことはおくびにも出さなかった。

「署を出てから、こんなところでばったり巡り合うなんて、やはり奇遇というべきでしょうね。御子柴さんこそ、もう帰宅されたとばかり思ったのに、驚きましたよ。珍しいじゃないですか、ここへお一人で見えるなんて」

マヤは、とってつけたような二人の挨拶に、内心苦笑した。

御子柴が、ネクタイの結び目に手をやり、軽く顎を回す。

「ちょっと、やぼ用がありましてね」

嵯峨は、ストゥールにもどった。

御子柴は、自分で〈支度中〉の札を手に取ると、腕を伸ばしてドアの外にかけた。

「すみません」

マヤは礼を言い、おしぼりの用意をした。

ドアを閉じた御子柴が、嵯峨と並んでカウンターにすわる。

「やぼ用って、ママにですか」

嵯峨が聞くと、御子柴はおしぼりを受け取りながら、そっけなく応じた。

「いや、この近くに、ちょっと」

嵯峨はそれ以上追及せず、ビールを取り上げた。

「どうですか、一杯」

「いや、ビールはけっこう。いつものやつね」

あとの言葉は、マヤに言ったのだった。

マヤは角ハイを作り、御子柴の前に置いた。

御子柴は、それをいきなり半分ほど、飲んでしまった。

嵯峨が、取ってつけたように言う。

「ついさっきまで、ここに渋六の野田さんがいたんですけどね」

さんづけで呼んだので、マヤはちょっと驚いた。

「ここは渋六系列の店だから、別に不思議はないでしょう」

御子柴の返事は、そっけないというほどではないにせよ、あまり愛想がよくない。

嵯峨は、話の接《つ》ぎ穂《ほ》を失った様子で、ビールを一口飲んだ。

口調を変えて言う。

「熊代殺しの一件を、よろしく頼むと言われましたよ」

「あ、そう。まあ、気持ちは分かりますがね。渋六にしたら、顔をつぶされたわけだから。しかし、今の状況じゃあね」

「わたしたちが、せっかく引っ張って来たカサハラとボニータを、岩動警部はなぜあんなにあっさりと、釈放しちゃったんでしょうね」

マヤは、ぎくりとした。

しかし、ことさら興味のない顔でおしぼりを下げ、カウンターの下に投げ込んだ。

御子柴が、わざとらしく咳払いをする。

「こういうところで、仕事の話はやめましょうや」

「いいじゃないですか。渋六の連中も、捜査の進展を知りたがってるでしょうし、ママの口から伝わる分には不都合はない、と思いますが」

嵯峨が、あっけらかんと言ってのけたので、マヤはなんとなく気分を悪くした。

二人のそばを離れ、グラスを洗い始める。

カサハラ、ボニータがだれかは知らないが、渋六の事務所に目撃情報が寄せられたという、犯人らしい二人組の男女だ、という気がした。

今の嵯峨の口ぶりでは、御子柴と一緒にせっかく署へ連行した二人組を、岩動寿満子がなぜか釈放してしまった、という風に聞こえる。

もしそうなら、これはやはり水間か野田に知らせるべき、重要な情報だろう。

嵯峨はそれを承知で、というよりむしろそう仕向けるために、わざと口をすべらしたように思える。たとえ、嵯峨に何か狙いがあるのだとしても、ほうっておくわけにはいかない。

少しのあいだ黙っていた御子柴が、おもむろに口を開く。

「捜査情報を外に漏らすのは、規則違反ですよ」

「わたしたちも、けっこう規則違反をしてるじゃないですか。二人を引っ張るために、ずいぶん強引な芝居をしましたよね」

話の中身は見えないが、かなりきわどいところをかすめている、という気がした。

御子柴が、唐突に声をかけてくる。

「お勘定をしてくれ」

マヤは顔だけ上げた。

「五百円いただきます」

御子柴は、小銭入れから五百円玉を取り出し、カウンターに置いた。

そのまま、ストゥールをおりようとする御子柴に、マヤは声をかけた。

「すみません。あれを、お返ししないと」

御子柴は体の動きを止め、おもしろくなさそうにマヤを見た。

「ああ、あれね。悪いけど、あと一週間延ばしてくれないか」

「困ります。この一週間だけ、という約束ですし」

マヤは返事を待たずに、隅の床に立ててあったアタシェケースを取り上げ、カウンターの上に置いた。

御子柴が、ちらりと嵯峨を見る。

嵯峨は、おおげさにのけぞった。

「こんなもの、ママに預けてたんですか」

14

御子柴繁は、ばつの悪そうな薄笑いを浮かべた。

「家にも署にも、置いておけないものでね」

嵯峨俊太郎も、笑い返す。

「この店なら預けておける、というのはどんな品物ですかね」

大森マヤは、嵯峨の目が笑っていないのを、横顔から見てとった。

「私物ですよ。ひとさまには、あまり見せられないたぐいの」

御子柴が答え、嵯峨は目を光らした。

「へえ。差し支えなければ、見せてもらえませんか」

臆面もなく言う嵯峨に、マヤは居心地が悪くなった。

御子柴は、辛抱強く笑みを消さない。

「だから、見せられないたぐいのものだと、そう言ったでしょうが」

アタシェケースの取っ手をつかむ。

嵯峨はすばやく、その手を押さえた。

その無遠慮な動きに、御子柴もさすがに気分を害した面持ちで、嵯峨を見返した。

「いくらパートナー同士でも、プライバシーはお互いに尊重しましょうや」

感情を抑えているが、口調が少し厳しくなる。

しかし、嵯峨は引かなかった。

「署を退出するとき、拳銃や捜査関連資料はもちろん、文房具等の備品にいたるまで、持ち出し厳禁になっています。ご存じでしょう」

「知ってますよ。警察は、あなたより長いからね。しかし、これはそういったものじゃなく、私物なんです。あなたに、とやかく言われる覚えはありませんよ」

マヤは、はらはらした。

最初から、そぐわないコンビだとは思っていたのが、ここへきてとうとうほころびが出た、という感じだ。

万一のときは、このアタシェケースを嵯峨に渡すように、と御子柴があえて名指ししたのは、なぜだろうか。今の様子を見ても、二人がそれほど信頼し合う仲とは思えず、納得がいかなかった。

嵯峨が言う。

「もし、御子柴さんが規則に違反する物品を持ち出したら、パートナーたるわたしの責任も問われます。念のため、中を見せていただけませんか」

「そんなことを要求する権利は、あなたにはないはずですがね」

御子柴は、ていねいな口調を崩さずに言い、アタシェケースを取り上げようとした。

嵯峨はしかし、御子柴の腕から手を離さなかった。

「わたしになければ、その権利がある人を呼びましょうか。たとえば、岩動警部でも」

岩動寿満子の名前が出ると、御子柴の視線がわずかに揺れた。

取っ手を離し、腕を引く。嵯峨も、その腕から手を離した。

御子柴は、小さく首を振った。

「そんなに、中を見たいですか」

「ええ、ぜひとも」

嵯峨の目が、プレゼントを待ち兼ねる子供のように、きらきらと輝く。

御子柴は、いかにも気を持たせる風情で、アタシェケースの蓋をとん、と叩いた。

「あなたが期待するようなものは、何もはいっていませんよ」

嵯峨も、負けてはいない。

「わたしが何を期待している、と思っておられるんですか」

マヤは、二人のあいだに飛び交う言葉のバトルに、生唾をのんだ。

御子柴は、つかの間何かを考えている風だったが、やおらマヤに手を差し出した。

「キーをくれないか」

とっさに、なんのことか分からなかったが、すぐに預かったスペアキーのことだ、と思い当たる。

御子柴は続けて、押しかぶせるように言った。

「預けたでしょう、このアタシエの、スペアキーを」

嵯峨が、無表情な目を向けてくる。

嵯峨には、キーも一緒に預かったことを、告げていない。そうと知れば、すぐにも中を調べてみたい、と言い出すに違いないからだ。

嵯峨の目に、黙っていたことを責める色合いはなかったが、それだけにマヤは気まずい思いをした。嵯峨も内心では、おもしろくなかったはずだ。

マヤは、手提げ金庫からキーを取り出し、御子柴に渡した。

御子柴が、それを嵯峨にかざして見せる。

「あけたければ、あなたが自分であければいい。ただし、その場合はわれわれの信頼関係に、なにがしかのひびがはいることは、避けられませんよ」

嵯峨は、その意味を考えるように首をかしげたが、すぐに屈託のない顔で応じた。

「あるいは、これまで以上に信頼関係が強まるかも」

御子柴の手から、キーをつまみ取る。

二か所のロックを解錠して、無造作に蓋を開いた。その蓋にさえぎられて、マヤの立っているところからは、中が見えなかった。

嵯峨が、五センチほどの厚みを持つ週刊誌大の、茶封筒を取り出す。ガムテープで、十文字に留めてあった。中身は、本か紙の束のようなものらしい、と見当がつく。

嵯峨は、ちょっと重さを計るようなしぐさをしたあと、ガムテープをていねいにはがした。

マヤは、テープの屑を取り上げて、屑籠に捨てた。

嵯峨が、茶封筒を逆さにして振ると、四つ折りにした新聞紙の束が、どさどさと出てきた。そのあいだから、薄い小さなプラスチックのケースがこぼれ、カウンターの下に落ちる。

マヤは、あわててそれを拾い上げた。

何げなく見ると、それはＣＤだかＤＶＤだかのディスクで、真っ白な表面に『いけない人妻』と、赤いインクで印字してある。

嵯峨が、新聞紙をほぐした。

重なった束のあいだに、同じようなケースが十枚ほど、包まれていた。

マヤは、拾ったケースをそこへもどしながら、『わたしはおませな女高生』『いや！そんなこと・・・して！』といった、ほかのタイトルをすばやく読み取った。

「これは、なんですか」

嵯峨が、途方に暮れたような顔で、御子柴に聞く。

「見たとおりの、裏もののDVDですよ。無修整の」

御子柴の返事に、嵯峨はプラスチックのケースをざっとあらためたため、頭を掻いた。

「なぜこんなものを、持ってるんですか」

嵯峨によれば、アタシェケースの中には警察の内部資料が、はいっているはずだった。

しかし、それがこうした裏もののDVDだとは、とうてい思えない。

いずれにせよ、その力ない口調からそれらのDVDが、少なくとも嵯峨の期待したものでないことは、すぐに分かった。

御子柴が、いかにもしかたがないという顔つきで、両手を広げる。

「管内の、〈アルファ〉一号店の裏口の近くに、捨ててあったんです」

マヤは、カウンターにちらばったDVDを、もう一度見直した。

DVDやCD、書籍を扱う〈アルファ〉は、渋六興業直営のレンタルショップで、最近は店舗を三号店まで、増やしている。

嵯峨は人差し指で、頬を掻いた。

「捨てあった、とはどういうことかな。〈アルファ〉の店員が捨てた、ということですか」

「それは、分かりません。捨てるところを、見てないのでね」

「〈アルファ〉は、裏もののDVDを扱ってるんですかね」

　嵯峨はそう言いながら、マヤに目を向けた。

　マヤは、そんなことを知るわけがない、という思い入れで肩をすくめた。

　渋六興業は、縄張りの中にある風俗営業店やバー、クラブを〈アルファ友の会〉に入会させ、毎月規模に応じて会費を徴収する。そのかわり、会員は〈アルファ〉から好きなものを、いくらでも借りられる。

　もっとも、会員が借りる点数は微々たるものだから、かたちばかりのものにすぎない。要するに、それがみかじめ料がわりになるのだった。おおっぴらに、みかじめ料を集められないご時世だから、そういう手口が考え出される。〈みはる〉も、月に二万円ずつ会費を払っているが、水間英人や野田憲次は飲みに来るたびに五千円、一万円と置いて行く。実質的には、みかじめ料など払っていないようなものだ。

　御子柴が、口を開く。

「今は、どの店でもこっそり扱ってるらしいが、〈アルファ〉の場合は分かりません。証拠がないのでね。十日ほど前、たまたま〈アルファ〉一号店に立ち寄ったとき、そんな話が出たんですよ。抜き打ちの手入れで、万が一にも裏ものビデオやDVDが出てきたら、即刻営業停止にする。もし隠してるのなら、今のうちにどこかへ捨てちまった方がいいぞ、と店長に教育的指導をしてやりましてね」

「なぜわたしに、声をかけてくれなかったんですか。副署長から、単独の捜査は極力避けるように、と言われてますよね」

「別に、捜査に行ったわけじゃない。単なる視察です」

嵯峨は、肩を揺すった。

「それから、どうしました」

「ええと、インスタントコーヒーを一杯ごちそうになって、引き上げました。警察関係者に、表から出られるとまずいと店長が言うので、裏口から出たんです。そうしたら、すぐ横手のゴミバケツの蓋の上に、このＤＶＤが積んであったというわけです」

「ふうん。まるで、お土産がわりに持って行ってくれ、と言わぬばかりですね。とにかく、押収品を報告もせずに勝手に持ち出すのは、規則違反じゃありませんか」

嵯峨が、皮肉っぽい口調で指摘したが、御子柴に動じる気配はない。

「これは、押収品じゃない。念のため言っておきますが、遺失物でもない。廃棄物ですよ。ゴミバケツの上に、置いてあったんだから。したがって、占有離脱物横領罪にも、該当しません」

「ゴミ捨て場から拾ったものでも、占有離脱物横領罪や窃盗罪に問われるケースが、ないわけじゃありませんよ。少なくとも、御子柴さんの私物と認めることは、できませんね」

「見解の相違ですな」

御子柴はうそぶき、耳の後ろを掻いた。

嵯峨が、なおも追及する。

「思うに、御子柴さんがコーヒーを飲んでいるあいだに、店長が店員にそこへ置かせたんでしょう。しかも、すぐ目に留まるように裏口から出てくれ、と頼んだわけです。出来レースじゃないですか」

御子柴は手を伸ばし、半分残った角ハイのグラスを取り上げて、ゆっくりと飲み干した。

「店長を逮捕して、店を営業停止にしろ、とでも」

「少なくとも、事情聴取くらいはすべきでしょうね」

「店の裏に捨ててあったから、その店が捨てたとは限りませんよ。そんな情況証拠だけで、引っ張るわけにはいかない」

「しかし、このあいだはずいぶん強引なやり方で、カサハラたちを引っ張りましたよね」

嵯峨が言うと、御子柴は眉根を寄せた。

「こういうところで、仕事の話はやめようと言ったはずです」

嵯峨は思慮深い顔になり、御子柴の顔をじっと見つめた。

「御子柴さんは、渋六のために何かと配慮したり、便宜を図ったりしてませんか。それとも、ぼくの考えすぎですかね」

「考えすぎですよ」

御子柴は、そう断定した。

嵯峨は、泡のなくなったビールに口をつけ、アタシェケースに顎をしゃくった。

「ところで、この、御子柴さんが言うところの廃棄物を、なぜここに預けたんですか」

御子柴の口元に、夢見るような笑みが浮かぶ。

「拾ったものの、持て余しちゃってね。署にも置いておけないし、家にも持って帰れない。しかし、何かのときに役立つかもしれないと思うと、つい捨てかねちまったんですよ。今後、どこかのレンタルショップを手入れするときにでも、補強用の証拠としてまぎれ込ませるとか、ね」

マヤは、内心あきれた。

それはつまり、でっち上げるということではないか。

嵯峨は表情を変えず、もう一度顎をしゃくった。

「それじゃ、これをそっくりわたしがいただいて行っても、かまいませんかね」

御子柴は、くっくっと笑った。

「そうしたければ、どうぞ。わたしは、所有権を放棄します」

「つまりこれは、占有離脱物になったわけですね」

「そう。アタシェごと、お持ちなさい。こういうものは、わたしよりあなたたちのような若い人に、役立つでしょうからね」

あなたたち、という言葉にマヤはわけもなく動悸が速まり、下を向いた。

御子柴が、二人のことを意識して言ったとは思えないが、妙に気になる。

嵯峨が一人で、裏ビデオを鑑賞するところを想像すると、頰がほてった。一緒に見られたら、と思うとなおさらどきどきする。

嵯峨は、DVDをアタシェケースに投げ込み、蓋を閉じた。

「これで、めでたしめでたし、ですね。信頼関係にも、ひびがはいらなかったし」

ぬけぬけという嵯峨に、御子柴は苦笑で応じた。

真顔にもどり、唐突に言う。

「ところで、嵯峨さん。あなたは、この中に何がはいっている、と思ったのかな。というか、何がはいっていればいい、と思ったんですか」

マヤは、嵯峨の頰がこわばるのを、初めて目にした。

ようやく、丁々発止のやり取りの意味が、分かったような気がした。

# 第四章

## 15

耳を聾《ろう》せんばかりの音響が、服を通して体に響く。

赤や白や青の光が、ストロボのようにせわしく点滅しながら、店内を駆け巡る。

それに合わせて、けばけばしいドレスを着た若い女たちが、フロアで身をくねらせて踊る。いい年をした男たちが、何人かそこに混じって不器用に、体を揺すっている。

朝妻勝義《あさづまかつよし》は、その狂乱にいささか辟易《へきえき》しながら、妙な心地よさを覚えた。

この店に自分の身元、つまり警察庁警備企画課の参事官だと知る者は、だれもいない。

そのためにこそ、わざわざ東京メトロと東武伊勢崎線を乗り継いで、都心を遠くはずれた足立区の梅島まで、やって来たのだ。

身分証明書をはじめ、身元の分かるものは霞ヶ関駅のコインロッカーに、すべて預けてきた。ロッカーのキーは、スーツの襟の隠しポケットにしまってある。むろんスーツにも、ネームははいっていない。身につけてきたのは、二十万円の現金だけだ。

ふだんは黒縁の眼鏡をかけているが、こういうひそやかな遊びをするときは、コンタクトレンズに替えてくる。

黒縁の眼鏡は、顔の一部としてまわりの人の記憶に、強く刻みつけられているはずだ。それだけに、はずせばがらりと顔の印象が変わるから、顔見知りと出会ってもすぐに朝妻だとは、見分けがつかないだろう。

ここ〈サティロス〉を教えてくれたのは、亀戸の秘密クラブで知り合った中年の男だった。パイロットだ、と称していた。そのクラブは、コスチュームプレイを好む男たちのたまり場で、店の奥に隠し部屋があった。

自称パイロットは、そこでスチュワデスの制服を着た女とプレイするのが、好みだと言った。

朝妻は、パイロットならいつもスチュワデスと一緒だし、誘いに乗る相手はいくらでもいるだろう、とからかった。すると相手は、身近にいるスチュワデスには興味がないのだ、と応じた。変わった男もいるものだ、とあきれた。

少なくとも、朝妻は女性警察官の制服を着た女と遊びたい、とは思わない。パイロットというのは、もしかすると嘘なのかもしれない。

その男が、もっとおもしろい店があると教えてくれたのが、〈サティロス〉だった。

サドとかマゾとかスカトロジーとか、なんでもありの秘密クラブらしい。もっとも、ここはカウンターとフロアしかない店で、いろいろな趣味の男女が入れかわり立ちかわり、飲んだり踊ったりするだけだ、という。その中で意気投合した男と女、あるいは男同士や女同士が、近くのラブホテルへ場所を移して、プレイするシステムなのだそうだ。

自称パイロットは、その店に忍んで来る見知らぬ女たちの中から、嗅覚で本物のスチュワデスを探し出し、裸にひんむいてさんざんに打ちのめすのが楽しみだ、とうそぶいた。

そこにはスチュワデスどころか、アメリカでMBAを取ったキャリアウーマン、女医、女弁護士など、高学歴の女性が出入りするという。ときには、テレビに顔を出すアナウンサー、キャスター、タレントなども来るらしい。

朝妻が来たのは、この日で二度目だった。

最初のときは、外科が専門だという女医に、お医者さんごっこをしよう、と持ちかけられた。近くのラブホテルに行ったのだが、相手にメスで皮膚を切ってくれと言われて腰が引け、そのまま逃げて来た。サドやマゾに、まったく興味がないと言ったら嘘になるが、血を見るのは気が進まなかった。

キャリアの警察官として、スキャンダルを引き起こすような軽率な行動は、慎まなければならない。ひとつ間違えば、出世の道が閉ざされる。そのことは、重々承知している。

とはいえ、早ばやと小学生のころに芽生えた、性に対するあくなき関心は成人しても、衰えることがなかった。いや、日に日に増長した。それを、この日までだれにも悟られずにきたのは、慎重の上にも慎重を期したおかげだった。しかも、自分の秘密の趣味を隠せば隠すほど、目的を達成したときの喜びが、大きくなる。

もっとも、一度だけ橋から足を踏みはずしそうな、危ないことがあった。以前、警視庁の記者クラブに詰めていた、東都ヘラルド新聞社の女性記者、大沼早苗とのいきさつだ。

早苗は、新聞記者にしておくのがもったいないほどの、細面《ほそおもて》の美女だった。しかも、頭の回転がいい。

朝妻は、相手が美女というだけでなく、打てば響くような才媛となると、じっとしていられないたちだ。肉体の魅力よりも先に、中からにじみ出てくる知性や才気、品格といったものに、ただならぬ性欲を感じてしまう。体だけがよくて、頭がからっぽな女に出会うと猛烈に腹が立ち、本気で叩きのめしたくなるほどだ。

早苗はその点、美しさに加えて知性も才気も十分に備わり、朝妻の好みにぴったり合った。そういう女を組み敷き、思うさま凌辱《りょうじょく》する場面を想像すると、頭が溶鉱炉のように熱くなる。

朝妻は、カウンターに片肘をついてグラスを取り上げ、ブランデーを口に含んだ。

今のところは、好みの女が見つからない。踊りが終わって、少しまわりの空気が落ち着いたら、じっくり品定めをしよう。

ふと視線を感じて、カウンターの端に目を向ける。

すると、踊りにも加わらずグラスを傾けていた女が、朝妻を見てかすかに笑った。

マスカラの濃い、中肉中背の女だった。年は分からないが、頰の丸いぽっちゃり型の女で、自分の好みとはほど遠い。

朝妻は、女が笑いかけるのを無視して、そっぽを向いた。

考えをもどす。

あれは、警察官による不祥事が相次いだために、国家公安委員長の委嘱《いしょく》で〈警察革新評議会〉が設置された、二年か三年あとのことだった。

早苗が、捜査一課管理官の立場にあった朝妻に、内々にインタビューさせてもらえないか、と申し入れてきた。評議会が策定した〈警察革新への提言〉が、現場でどれほどの効果を上げているか、聞かせてほしいというのだ。

朝妻は、あくまでオフレコだからという含みで、西麻布のイタリア料理店を選び、早苗を連れて行った。

当時問題になっていたのは、外部協力者に払う捜査用報償費をほかへ転用するため、現場の警察官に架空の領収書を書かせて、裏金をプールする習慣だった。

そうした裏金作りは、全国どこの警察署でもごく当然のように、行なわれていた。それも、昨日今日始まったわけではなく、おそらく何十年も続いているはずだ。

そうやってプールされた裏金は、一応の名目とされる現場の警察官の慰労や、事件解決の打ち上げに使われることは、ほとんどない。大半が、警察幹部の異動時の餞別や冠婚葬祭費、新築祝いなどに費消された。

長年にわたって、警察の裏の予算を支えてきたこのシステムも、最後には現場の警察官の内部告発によって、とうとう暴かれることになった。たまりにたまった、キャリアを含む警察上層部への、ノンキャリアの不満がついに爆発した、ということだ。

北から南まで、あちこちの警察署の下級警察官や、場合によっては幹部警察官のOBから、裏金作りの実態を告発する声が、燎原《りょうげん》の火のごとく広がった。

しかし、それも朝妻の目からみれば何を今さら、ということになる。

このシステムによって、目に見えぬ恩恵をこうむった現場の警察官も、たくさんいるではないか。

裏金は、警察活動と組織運営を円滑化し、外圧を排除するために不可欠の要素、人体でいえば白血球のようなものだ。不測の事態に備え、つねにプールしておかねばならぬ、重要な兵糧《ひょうろう》だった。

むろん早苗に対して、そのような話をするわけにはいかない。

全国の都道府県警察で、捜査用報償費の支出が激減していることを説明し、いわゆる裏金作りが行なわれなくなった事実を、アピールした。実際、五年のあいだに青森や群馬、高知、大分は八割以上、岐阜と徳島は九割以上も支出が減少している。

ただし、それによって外部協力者も相対的に減ったこと、現場の捜査員の個人負担が増えたことも、忘れずに付け加えた。

むろん、それは表向きのことにすぎず、実際にはどの警察署も別の方法を編み出して、少しずつ裏金作りを再開しつつある。

インタビューは、その辺で適当に切り上げた。

朝妻は、早苗にしたたかにワインを飲ませて、口説きにかかった。

今後、定例の記者会見とは別に、何かと役に立つ情報を流してやる、などと便宜供与を約束しさえした。それが、世にいうセクハラやパワハラだとの意識は、ほとんどなかった。

なぜなら、早苗はまんざらでもなさそうに応じていたし、現にそのあとホテルに行くことにも、同意した。

その後も朝妻は、早苗と一度だけ密会した。

警察内部の、さして重要でもない情報と引き換えに、濃密な時間を過ごした。早苗は、潜在的にマゾの好みがあるらしく、朝妻の中にあるサド的な要素を引き出す、楽しみな可能性を秘めていた。

朝妻は、早苗を気に入った。

ところが、好事魔多しとでもいうか、とんでもない展開が待ち構えていた。

朝妻は、それを思い出して少し落ち込み、ブランデーを飲み干した。

バーテンに合図して、お代わりを頼む。ショータイムはまだ終わらず、延々と踊りが続いている。静かになるまで、何もできそうにない。

ブランデーを一口飲み、また考えごとにもどる。

それからほどなく、渋谷で暴力団の抗争にからむ殺人事件が発生し、朝妻は捜査一課の管理官として、神宮署の捜査本部に赴くことになった。

そのおり、あろうことか当該事件の重要参考人として、署の生活安全特捜班に所属する禿富鷹秋の名が、浮かび上がった。

朝妻は、捜査本部が置かれた当の署の刑事から、事情聴取をする気詰まりな役を、務めることになった。

面と向かってみると、禿富はとても一筋縄ではいかない、悪徳刑事だった。

相手の、傲慢きわまる態度に業を煮やした朝妻が、キャリアの肩書をかさに圧力をかけると、禿富はにわかに反撃に転じた。

どうやってかぎつけたのか、禿富は朝妻が大沼早苗と密会した事実をつかんでおり、それをネタに逆ねじを食わせてきたのだ。

事情聴取には、神宮署と本部捜査一課の刑事が一人ずつ、立ち会っていた。そこで、禿富がにわかに牙をむいたため、はなはだ気まずい状況になった。

朝妻は、やむなくその刑事たちに席をはずさせ、禿富と差しで話し合うことにした。

二人きりになって、朝妻はあれやこれやと弁明に努めたが、禿富はほとんど関心を示さずに、聞いていた。禿富の方から、何をどうしてくれといった要求は、いっさい行なわれなかった。

話し合いは平行線をたどり、なんの結論も出ないまま終わった。

ただ、禿富に容易ならぬ弱みを握られた、という事実だけが残った。

問題の殺人事件は、いっこうに進展しなかった。やがて捜査本部は縮小され、あげくの果ては解散されて、今や迷宮入りしそうな状況にある。

殺されたのは、今はすでに消滅した暴力団敷島組の幹部で、諸橋征四郎という男だった。

対抗組織は渋六興業だが、諸橋殺しはおそらく渋谷への進出を狙う、新宿のマスダのしわざだろう、と目星がついていた。しかし、具体的な証拠は何もないし、その後マスダも主立った幹部が死に、地下へもぐってしまった。

すでに、警視庁から警察庁へ上がった朝妻にすれば、今さら犯人がつかまったところで、なんの手柄にもならない。

それより何より、ほっとしたのはあの目障りな禿富が、マスダの幹部との撃ち合いで、あっさり死んだことだった。これで、早苗との密会をネタに脅しをかける者は、だれもいなくなった。頭の上から、重しが取れた気分だった。

ほかに、事情聴取に同席した二人の刑事がいるが、こちらも一応手を打っておいた。

その一人、本部捜査一課の巡査部長石鍋哲雄には頃合いをみて、それとなく警部補昇進の便宜を図ってやった。そのことは、当人も認識しているはずだ。

もう一人、神宮署の警部補御子柴繁については逆に、署内の吹きだまりの生活安全特捜班へ、異動させた。暗に、出方によってはもっと僻地《へきち》へ飛ばすぞ、という脅しをかけたのだ。

それが功を奏したのか、御子柴に目立つ動きはない。当分は、だいじょうぶだろう。

ただ一つだけ、不安材料が残っている。

神宮署の、裏金作りの証拠となる裏帳簿のコピーを、禿富が手に入れたことだ。しかも、禿富はそれをどこに保管したか、明らかにしないまま死んでしまった。

そのコピーが、いつの間にか警察庁長官官房の特別監察官、松国輝彦の手に渡っていた。禿富は、自分が死んだ場合それが松国のもとに届けられるよう、あらかじめ手を打っていたに違いない。

あのコピーが公にされたら、ひとまず沈静化した裏金問題が蒸し返されて、またどうなことになる。まして、お膝もとの警視庁管内から不祥事を出したとなると、マスコミが黙っていない。考えるだけでも、冷や汗が出てくる。

幸いにして、コピーを公表すべきだと主張する松国の提案は、警察庁の次長浪川憲正《なみかわのりまさ》の賢明な判断により、瀬戸際でしりぞけられた。

浪川は、松国から預かったコピーを返さず、闇へ葬ったはずだ。かりに、松国がマスコミに内部告発しようとしても、物証がなければ相手にされない。

浪川は、朝妻にとって中学、高校、大学の先輩でもあり、頼りになる存在だ。

その浪川にしてみれば、神宮署の不祥事を握りつぶしたことで、警察組織のほころびを未然に防いだ、というところだろう。

同時に、それによって朝妻自身も救われたことは、自分がいちばんよく知っている。裏帳簿を克明に分析すれば、裏金の一部が朝妻個人に流れていたことが、明らかになってしまう。

いや、もっと言えば、警察庁そのものを揺るがす事実の漏洩《ろうえい》も、避けられなかったはずだ。浪川が、松国の必死の公表要請をしりぞけたのは、それを阻止するためだったといってもよい。

もしこの事実が公になったら、警察組織そのものの存亡を問われる、一大スキャンダルに発展する。

しかし、これで安心とは言い切れない。

秃富の意を受けて、松国にそのコピーを届けるか、届くように手配した人物が、どこかにいるはずだ。その人物が、手元にもう一部孫コピーを取り置かなかった、という保証はない。

それを突きとめ、もし孫コピーがあるなら取りもどして、禍根《かこん》を断たなければならない。

秃富と接触のあった人物を、全員漏れなく把握することは、不可能に近い。

とりあえずは、神宮署で同じ特捜班に所属していた、同僚の刑事たちがいる。

その中で、秃富と多少とも親しかったといえるのは、相方を務めていた御子柴くらいだろう。しかし、一匹狼だったあの秃富が、後事を託すほど御子柴を信頼していた、とは思えない。

岩動寿満子によれば、嵯峨俊太郎も腹の中の読めぬ男で、寿満子の指示とはいいながらも、禿富と接触があったという。

朝妻には判断がつかないし、嵯峨の動向は寿満子に任せておいて、間違いあるまい。

もう一人、禿富には別居していた妻がいると聞いたが、これは除外してよさそうだ。あの禿富が、たとえ戸籍上の妻とはいえ別れた女に、そのようなだいじなものを預ける、とは思えない。

どちらにしても、まったく方法がないわけではない。

いざとなったら、裏から手を回して松国を締め上げ、だれから裏帳簿を手に入れたかを、吐かせればいいのだ。

ふと香水のにおいを嗅いで、朝妻はわれに返った。

いつの間にか、ショータイムが過ぎて踊りが終わり、うるさい音楽もやんでいた。物《もの》憂《う》い会話や、グラスの触れる乾いた音がひびき、フロアに落ち着きがもどる。

カウンターの隣に、香水の主が割り込んでいた。

ついさっき、端の方から笑いかけてきた、丸ぽちゃの女だった。黒のサテンのドレスを身につけ、首に紫色の薄手のショールを巻いている。

女はにっと笑い、くぐもった声で言った。

「わたし、サクラ。あなたは」

女の丸い頰が、さらに丸くなる。

気が乗らなかったが、返事をしないのはルール違反だ。

「ハゲタカ」

とっさにそう応じると、サクラはまた笑った。

「金融関係の人ね」

それならそれでいい。

「まあ、そうだ。きみは、映画関係かな」

「そんなところね。一杯ごちそうしてくださる」

一杯だけなら、さしつかえない。

「いいよ。何を飲むかね」

「レッドアイ」

ビールのトマトジュース割りだ。

朝妻は、バーテンにそれを作らせて、乾杯した。

サクラはグラスに口をつけ、唇をちろりとなめた。まるで、銀狐の巣に迷い込んだ、狸のように見える。場違いもいいところだ。朝妻は、笑いを嚙み殺すのに、苦労した。

サクラが言う。

「それであなたは、どういうご趣味なの」

「女を逆さに吊るして、バスタブにつけるのが趣味なんだ」

サクラは、まわりの人間が振り向くほど、突拍子もない声で笑い出した。

朝妻は、さすがに人の視線を浴びるのがいやで、フロアに背を向けた。このばか女め、と腹の中で毒づく。

サクラが、体を寄せてくる。

「偶然ね。わたしも、逆さに吊るされてバスタブにつけられるのが、大好きなのよ」

どうやら、相手はだれでもいいらしい。このご面相では、無理もあるまい。

「残念だね。ついこのあいだ、バスタブに長くつけすぎて、死なせた女がいるんだ。後味がよくないから、それ以来やめることにしたのさ」

サクラは、狸のような瞳をくるり、と回した。

「わたしは平気。肺活量が大きいから」

「しかし、三十分も息を止めておくのは、無理だろう」

朝妻が応じると、サクラは一瞬唇を引き締めた。

ふっと息をついて言う。

「それって、冗談でしょ」

真顔だった。

朝妻は、笑いを返した。

「試してみるかね」

サクラは、朝妻の目を見つめたままグラスを傾け、レッドアイを飲み干した。

それから、静かに言った。

「もう一杯、ごちそうしてくださる」

二杯目をおごったら、遊び相手になってもいいという、合意の印になる。

朝妻は、肩をすくめた。

「やめておこう。人殺しは、もうたくさんだからね」

サクラは、グラスの底に残ったレッドアイを、音を立ててすすった。

「でしょうね。わたしが、あなたの好みでないことは、最初から分かってたもの」

苦笑する。

「だったら、なんで声をかけてきたのかね」

サクラは、つと顔を寄せた。

「お相手は、わたしじゃないのよ。あなた好みの女性を、紹介してあげるわ」

朝妻は、サクラの顔を見直した。

「どんな好みか、分かってるのか」

「どんな好みの男でも、かならず気に入る女性よ。一度抱いたら、忘れられなくなるわ」

「そんないい女が、どこにいるんだ」

「この近くで、待機してるわ。でも、お安くないわよ」

「ほう。いくらだね」

「その女性に、十万。わたしに、謝礼として五万」

朝妻は、口笛を吹くしぐさをした。

「そいつはちょっと、高すぎやしないか。不見転《みずてん》で買うにはね」

「それだけの価値はあるわ。二度目からは、わたしの謝礼は必要なくなるけど、彼女に二十万払ってもらう」

思わず、目をむく。

「二度目からは、いくらか安くなるのが普通だろう」

「高くなっても、払わずにはいられないほどのお相手、ということよ」

朝妻は黙り込み、ブランデーに口をつけた。

にわかに、興味がわいてくる。それほどの女が、ほんとうにいるのだろうか。

なんとなく、はなから吹っかけてくるサクラのやり方に、信用できそうなものを感じた。だますつもりなら、もっと安い話から始めるだろう。

懐には、二十万円ある。十五万円払っても、まだ五万円が残る。どっちみちこの金は、神宮署の裏金から出たものだから、惜しくはない。

朝妻は、ブランデーを飲み干した。

「よし。話に乗ってみるか」

## 16

白雪姫に出てくる、城のようなラブホテルだった。

東京都のはずれの、しかも荒川に面した河川敷のすぐ手前に、このような建物が建っていること自体、信じられなかった。〈サティロス〉を出てタクシーを拾い、ほんの五分かそこら走っただけだ。付近には街灯も少なく、利用客がいるとは思えない場所だった。

それでも、建物の裏側に城の尖塔を模した、駐車タワーらしきものがそびえている。おそらく遠方から、人目を忍んで利用しに来る客が少なくない、ということだろう。

サクラは、垂れたショールを首に巻きつけ、先に立ってアーチの門をくぐった。門灯はひどく暗く、遠目にはだれがはいったか分からない、微妙な明るさだ。

朝妻は、あたりを気にすることもなく、サクラのあとを追った。

ガラスで目隠しされたフロントに、サクラは低く〈三〇二号〉と一声かけて、朝妻をエレベーターホールに導いた。話が通っているらしい。

薄暗い廊下も、古城の雰囲気を出した造りになっており、かなり金をかけたことが分かる。明るいところでみれば、張りぼての安物かもしれないが、それなりの効果は出ている。

三〇二号室の前まで来ると、サクラは小さなバッグからキーを取り出し、鍵穴に差し込んだ。半畳ほどの踏み込みに、細身の黒いブーツがくたりと折れた形で、脱ぎ捨ててある。

「お連れしました」

サクラが、二メートルほど奥に控えたドアに、声をかける。それまでとは打って変わった、緊張した口調だった。

返事を待たずに、サクラはさっさとドアに近づき、ノブを押しあけた。

あとに続こうとして、朝妻は思わず立ちすくんだ。いきなり、オレンジ色の光にどっと全身を包まれ、たじたじとなったのだ。

五メートル四方ほどの部屋が、オレンジ色に染まっている。すべてが、間接照明だった。サイドボード、テーブル、ソファ、冷蔵庫等の調度品もまた、オレンジ色のものばかりだ。テレビをはじめ、映像機器は一つも見当たらない。

部屋の中央に広げられた、大きなオレンジ色のマットレスの上に、奇怪なものが横たわっている。それは一瞬、まるで足をもがれた黒蜘蛛のような、おぞましい姿に見えた。

しかし、蜘蛛ではなかった。

ぴったりした黒の衣装に包まれた、一個の人間だった。

腰のくびれ具合からして、女であることに間違いない。いくらか痩せ気味だが、生唾をのみたくなるほど均整のとれた体で、脚もすばらしく長い。

ただ、顔が見えない。

フェンシングで使うような、面部が細かい網目になったマスクを、頭からすっぽりとかぶっているせいだ。

サクラが、なおも緊張した口調で言う。

「この殿方はハゲタカ、と名乗っていらっしゃいます」

「ハゲタカ」

マスクの内側から、くぐもった声が漏れる。当惑したような様子だった。

サクラは続けた。

「いかがでしょう。お気に入っていただけましたか」

それは朝妻にではなく、マスクの女に向けられた問いだった。

朝妻は、割ってはいった。

「質問する相手を、間違ってないかね。金を払うのは、こっちだぞ」

サクラが、朝妻を見上げる。

「もう、幕は上がっていますよ、ハゲタカさん」

黒ずくめの女が、口を開く。

「よろしゅうございますよ、サクラさん。とても、気に入りました」

ぞっとするほど低く、ていねいな物言いだった。

サクラは、上目遣いに朝妻を見た。

「お金をいただきましょうか」

そう言って、無遠慮に手を差し出す。

「顔を見ないうちは、払えないね。気に入れば、ちゃんと払うさ」

自分のせりふも、すでに始まったショーの一部のような気がして、朝妻は妙に興奮した。

「顔を見ないでも、この体を見れば十分だと思いますけど」

「こっちは、生まれつきの面食いでね。ときどき、プロポーションは抜群にいいのに、鬼瓦のような顔をした女がいる。そういう手合いは、ごめんなんだ」

サクラが、女を見る。

「ハゲタカさんは、わがままなかたのようですね。どうなさいますか。今のうちでしたら、お帰り願うこともできますけど」

「いいえ、かまいません」

黒ずくめの女は、あっさり上体を起こして、首の後ろに手を回した。ジッパーを上げる音がして、マスクがすぽりとはずされる。

短髪の、オレンジ色に染まった顔が、そこに現れた。

朝妻は、息をのんだ。

これほどの美女を見たのは、久しぶりだった。

いや、初めてといっていいかもしれない。大沼早苗など、問題ではなかった。

オレンジ色の光の下でも、地肌が白いことは容易に想像がつく。美しく弧を描いた眉の下に、ほとんど漆黒に見える、濃いアイシャドー。アーモンドのような形をした目に、くっきりと描かれた唇。その口は小さく、筋の通った細い鼻とよくマッチしている。

「お気に召しましたか」

女が言い、朝妻は息をついた。

「あ。ああ、気に入りました」

つい、ていねいな口調になる。

そばから、サクラが肘をつついてきた。

「だから、言ったでしょう」

改めて、手を差し出す。

朝妻は、その手にタクシーの中で分けておいた、十五枚の一万円札を載せた。サクラは数えもせず、それを小さなバッグにしまい込んだ。

「それでは、朝までどうぞ、ごゆっくり。ただし、体が持てばですけど」

サクラはそう言い残し、そそくさと部屋を出て行った。

外のドアが、閉じる音がする。

朝妻が、内鍵をロックしようと行きかけると、後ろから女が言った。

「その必要はありません。自動ロックになっています」

朝妻は向き直り、マスクをかぶり直そうとする女に、注文をつけた。

「マスクは、はずしたままにしておいてくれると、うれしいんだけど」

女はそれにかまわず、手早くジッパーを下ろした。

「最初は、このままでお願いします」

最初は、とはどういう意味だろう。

しかし朝妻は、それ以上注文をつけるのをやめた。

女は、まるでタールの溜め池にでも落ちたように、全身真っ黒だった。目が慣れてくると、体を包んでいるのは黒い鞣革《なめしがわ》だ、と分かる。喉元から下腹部まで、ジッパーの筋が見えた。そんなものがあるかどうか知らないが、革のダイビングスーツといったところだ。

腕には、肘まである長い革手袋。足には、踏み込みに置いてあったのより、さらに細身のブーツをはいている。マスクも、網の面部をのぞけば、革製のようだ。あるいは、皮革フェチなのかもしれない。

気持ちを落ち着けるために、朝妻はサイドボードの扉を開いた。

封を切っていない、スコッチウイスキーのボトルが、何本か収まっている。その中からラフロイグを選び、グラスに二つ注いだ。

しかし、女はマスクをしているために飲めない、と気づく。

まず、一つ目のグラスを、一気に飲み干す。かっと喉が焼けた。

もう一つのグラスを持って、女の方に向き直る。

「きみのことは、なんと呼べばいいかな」

マスクの下の、美しい顔を思い出しながら問いかけたが、つい声が上ずってしまった。

「ヒミコ、と呼んでください」

「ヒミコね。ふさわしい名前かもしれないな」

ウイスキーをすすり、ソファに腰を下ろす。

ヒミコは、マットレスに上を向いて横たわり、手術の前に麻酔をかけられた患者のように、じっとしていた。頭の天辺から爪先まで、全身真っ黒な姿が異様といえば異様だが、妙に気をそそられもする。

朝妻は言った。

「ヒミコにふさわしく、女王さまになりたいのかね。それとも、こっちをご主人さまと呼ぶような、そんな趣味かな」

「最初は、あなたさまが、ご主人さま」

また最初は、だ。

どうやら、マゾとサドの両刀遣《づか》いらしい。もしかすると両方試して、こちらの趣味を探るつもりかもしれない。

朝妻は、厳密にはどちらの趣味も持ち合わせていないが、まったく関心がないわけではない。こういう美女が相手なら、どんなことでも試してやる。

ヒミコは、マットレスの下に手を差し入れると、何か取り出した。

「これをお使いください」

腰を上げて、それを受け取る。グラスを置き、丹念に調べた。

太さ三センチ、長さ二十センチほどの柄から、十数本の長細いしなやかな革紐が房のように垂れた、黒い鞭《むち》だった。ただ単に、あまり腰のない革紐を束ねただけのもので、実際に家畜を追い立てる鞭とは、まったく趣が違う。革紐に、芯でもはいっていればしゃきっとするが、そういう手ごたえもない。頼りなく、だらりと垂れたままだ。

女が、無感動に言う。

「それでわたしを、好きなだけ叩いてくださいませ、ご主人さま」

しかし、この鞭でいくら叩いても、ごきぶり一匹殺せないだろう。

朝妻は、これも遊びのうちと割り切って、しばらく様子を見ることにする。

ウイスキーをくいと飲み干して、上着を脱ぎ捨てた。ネクタイとワイシャツもはぎ取り、ランニングシャツ一枚になる。

鞭を持って、ヒミコのそばに立った。

マスクの網目に隠れて、顔がよく見えない。

「こんなもので叩いても、あまり効き目がなさそうに思えるがね」

ためしに言うと、ヒミコはかすれた声で応じた。

「効き目が出るまで、何度でも強く打ってくださいませ」

朝妻は、額の汗をぬぐった。

ブランデーとウイスキーのせいで、体の芯がほてってくるのが分かる。

よし、そこまで言うなら、打ってやろう。

鞭を振り上げ、ヒミコの平らな腹のあたりを目がけて、振り下ろした。

ばしり、というよりぱしゃり、といった方がいいような、頼りない音が部屋に響く。

そのとたん、ヒミコは体の上に象の足が落ちてきた、と言わぬばかりの大きな悲鳴を上げて、体を海老のように折り曲げた。

朝妻は、一瞬驚いて打ち下ろした鞭の革紐を、しごいてみた。

やはり柔らかい手ざわりで、とてもそれほど大きな衝撃を与えられるもの、とは思えない。ヒミコは単に、芝居をしているにすぎないのだ。

そうと分かると、急にやる気が出てきた。

朝妻は息もつかさず、ヒミコを打ち続けた。

打たれるたびに、ヒミコは体をよじって悲鳴を漏らし、マットレスの上でのたうち回る。そのさまは、真っ黒な芋虫が美しい蝶に脱皮しようとして、死に物狂いにもがく姿を連想させた。

いつの間にか、下腹部がはち切れそうになっている。

それを意識すると、朝妻はますます猛《たけ》り立って、鞭を振るった。鞭そのものが、下腹部に力強く血を送り込むための、ポンプのような気がしてくる。

やがて息が切れ、右腕がしびれ始めた。

朝妻は打つのをやめ、冷蔵庫にもたれた。

扉を開いて、ミネラルウォーターを取り出す。蓋をはずして、そのまま口飲みした。

ソファにどかり、と体を投げ出す。

ヒミコはマットレスの上で、黒いダンゴムシのように丸まったまま、荒い息を吐いている。

突然明かりが消え、部屋が真っ暗になった。朝妻はぎくりとして、鞭の柄を握り締めた。

しかし、それもわずか三秒ほどのことで、天井からスポットライトが降ってきて、ヒミコを照らし出した。これも、演出の一つらしい。

ヒミコは、丸めていた体をまっすぐに伸ばし、マットレスに仰向けに横たわった。右手が喉元に上がり、少しずつ下がっていく。ジッパーを下ろしているのだ。

その動きにつれて、黒い革に包まれた白い豊かな上半身が、鋭い刃に切り裂かれるような具合に、姿を現し始めた。朝妻はそれを、ヒミコの頭の側から眺めるかたちになった。

思わず、生唾をのむ。

おそらく、ヒミコの肌は真っ白に違いないが、今や朝妻の鞭をまんべんなく食らったせいか、全体にほんのりと桜色に染まっていた。スポットライトは白色光だから、断じて照明のせいではない。

束になった鞭の意味が、初めて分かったような気がした。

一本の鞭で打てば、たとえ革のスーツの上からでも、跡が筋になって残る恐れがある。それを避けるために、柔らかい房の鞭にしたのだろう。網のマスクも、鞭が顔に当たるのを防ぐ目的が、あったのだ。

ヒミコは、ジッパーを下腹部の付け根まで一杯に、引き下ろした。スーツの下には、何もつけていない。開き切ったジッパーの端に、スーツと同じ漆黒の草むらがのぞき、みだらな翳《かげ》りをこしらえている。

ヒミコは、マスクをかぶったまま背をのけぞらせ、両手でぐいと革の割れ目を開いた。

午後八時半。

授業が終わり、御子柴美鈴はほかの生徒たちについて、教室を出た。

四明塾の授業は、昼間通っている高校よりもずっとレベルが高く、ついて行くのがやっとだった。

この塾は、理工系の大学受験を目指す高校生、浪人生を対象とした、高レベルの進学塾だ。中でも、医学部への進学率が高いことで、よく知られている。ここで、上位五パーセントにはいらないことには、とても国立大学の医学部は望めない。

廊下を出口へ向かったとき、教員室の前にいた事務局長の園山逸子が、美鈴に手を振った。

「御子柴さん、ちょっと」

そう言って、そばに立つグレイのジャケットの男に、美鈴を示す。

そばに行くと、逸子は眉をひそめて美鈴を見た。

「こちら、神宮署の下川さんとおっしゃる刑事さんなんだけど、御子柴さんにご用がおありなんですって」

美鈴はとまどい、下川と呼ばれた男を見た。

あまり人相のよくない、がっちりした体つきの男だ。刑事というよりは、ヤクザのように見える。

ともかく、神宮署は父親が勤務する警察署だから、この男は同僚ということになる。

下川は、ポケットから黒い手帳を取り出し、ぱらりと開いて見せた。

「わたしは、お父さんの御子柴警部補と同じ特捜班の、下川といいます」

写真入りの警察手帳で、確かに警視庁神宮署と書いてある。写真は、本物よりもっと人相が悪かった。

テレビに出てくる、かっこいい刑事とはほど遠いイメージだが、現実はこんなものなのだろう。父親にしても、似たりよったりだ。

美鈴はしおらしく、頭を下げた。

「御子柴美鈴です。父がいつも、お世話になっています」

下川が、軽く手を振る。

「いや、こちらこそ。それより、突然でびっくりするかもしれませんが、お父さんがついさっき署のトイレで、倒れられましてね」

美鈴は驚いて、下川を見上げた。

「父がですか」

下川と一緒に、逸子もうなずく。

「そうです。心臓発作を起こしたらしくてね。署の近くの、神宮心臓クリニックという病院に運び込んで、目下治療してるところなんです。これから、わたしと一緒に病院まで、来てもらえませんか。お母さんにはもう連絡ずみだから、自宅から病院へ向かっているはずです」

下川は一息にしゃべり、美鈴の顔をじっと見た。

不安に胸を締めつけられる。

「あの、どんな具合なんですか」

「まだ、分かりません。ただ、医者がとりあえずご家族を呼んでほしい、と言ってるのでね。お父さんは、前にも心臓をやられたことがありますか」

美鈴は、少し考えた。

「ええと、ないと思います。何年か前に、胃潰瘍《いかいよう》の手術をしたことは、ありますけど」

下川はうなずいて、安心させるような笑みを浮かべた。

「それじゃ、だいじょうぶだ。医者も念のため、というつもりでしょう。どっちみち、一晩か二晩は入院することになるだろうし、病院へ行けばそのあたりもはっきりします」

逸子が、そばから割り込む。

「そういうわけだから、すぐに刑事さんと一緒に行きなさい。何も心配することはないわ」

「分かりました。失礼します」

美鈴は逸子に頭を下げ、下川について出口へ向かった。

不安が、しだいに大きくなる。

もし、父親に万一のことがあったら、医学部進学どころではない。この四明塾すら、かよえなくなる。母親のパートだけでは、とても学費を捻り出す余裕はないだろう。

塾を出て、JR大塚駅の方に向かう。下川は、肩で風を切るように、速足で歩いた。

美鈴は週に三日、通学している町屋の都立高校が引けたあと、町屋駅から東京メトロとJRを乗り継ぎ、大塚の四明塾にやって来る。塾のある日は、同じ町屋にある自宅へもどるのが、午後九時ごろになる。

それから、遅い夕食をとって予習復習を終えると、寝るのは午前一時を過ぎてしまう。けっこうきついが、国立大学の医学部へ進学しようと思えば、それくらいの努力は最低限必要だった。

しかし、父親が元気でいてくれればこそ、四明塾にかようこともできるのだ。たとえ死なないにせよ、父親が寝たきりにでもなったら、医者への道は閉ざされてしまう。その意味でも、父親には無事でいてほしかった。

広い通りに出ると、下川は歩道の際に停まっていた黒い車に近づき、後部ドアをあけた。

「先に乗りなさい」

美鈴は、言われたとおり後部座席に乗り込んで、奥へ体を滑らせた。

あとから乗った下川が、ドアをしめて運転席に声をかける。

「それじゃ、神宮心臓クリニックまで、飛ばしてくれ」

「分かりました」

その返事は、女の声だった。制服は着ていないが、女性警察官らしい。

下川が、仕切りのボックスを倒して蓋を開き、栄養ドリンクの瓶を二本取り出した。手早く蓋をあけて、一本を美鈴に手渡す。

「ちょっと苦いけど、こういうときには気分が落ち着くから、飲んだらいいよ」

そう言うと、自分のドリンクを一息に飲み干した。

それにつられた感じで、美鈴も蓋を取って瓶に口をつける。確かに、考えていたよりも苦い味がしたが、言われたとおりに飲み干した。

その様子を、下川がじっと見ているのに気づいて、ちょっといやな気がする。

## 17

御子柴繁は、疲れ切って神宮署を出た。

岩動寿満子から、生活安全特捜班が保管する捜査書類を、事件の種別に従って分類整理する、めんどうな仕事をおおせつかったのだ。

それは、もとはといえば寿満子の相方を務める、巡査部長の三苫利三の仕事だった。

しかし三苫は、特捜班に飛ばされるまで暴力団担当だったこともあり、事務能力にいちじるしく欠けている。寿満子に、手伝ってやれと言われれば、断るわけにいかない。

三苫はもともと酒癖が悪く、何かにつけて暴力を振るいたがるたちで、しばしば渋六興業や敷島組の構成員と、もめごとを起こしたものだった。

その三苫も、御子柴が特捜班に異動させられたときには、だいぶおとなしくなっていた。

それが、決定的に寿満子の従順な飼い犬と化したのは、二人がコンビを組んでからだった。

三苫は、相方の寿満子に対してヤクザの親分子分に近い、ほとんど主従のスタンスをとっている。眉をひそめる向きもあったが、酒を飲んでもからんだり暴れたりしなくなったのは、まわりの者にとってありがたいことだった。

ただし、腕力で事を処理してきたつけが回ったのか、ごくあたりまえの聞き込みや事情聴取が苦手で、とことん要領が悪い。

したがって、通常は内勤に回されることが多いのだが、事務処理がまた輪をかけて不得手、とくる。今度のような仕事も、御子柴ならせいぜい一週間で片付くところを、一か月やってまだ終わらないありさまだ。

三苫は、ときどきかかる携帯電話の応対をしながら、不器用なりに熱心に仕事を続けた。

午後十時になると、御子柴に先に引き上げてもらっていいです、と自分から言った。御子柴としては、あとで寿満子に何を言われるか分からないので、先に帰りたくはなかった。しかし、退屈な仕事にあきあきしていた矢先でもあり、三苦の勧めに甘えることにしたのだ。

神宮前の交差点を、地下鉄の駅があるJR原宿駅の方へ曲がろうとしたとき、背後から声をかけられた。

「御子柴さん」

振り向くと、一瞬三苦が追って来たのかと思ったほど、よく似たいかつい体つきの男が、手を上げた。

御子柴は緊張した。

その男は、先ごろ熊代彰三事件の重要参考人として、署へ引っ張った笠原龍太だった。

「先日はどうも」

笠原は、卑屈とも見える愛想笑いを浮かべて、ひょいと頭を下げた。

「何か用ですか」

御子柴がていねいに聞き返すと、笠原は急に気分を害したように、ため息をついた。

「何か用かはねえでしょう、御子柴さん。ひとことくらい、挨拶があってもいいんじゃないですか。おれとボニータを、誤認逮捕したくせによ」

文句を言うために、呼び止めたのか。

「逮捕したわけじゃない。任意の同行、と言ったはずですよ」

「どっちにしたって、誤認は誤認でしょうが」

少しむっとする。

「証拠不十分、というだけだ。まだ、容疑が晴れたわけじゃない。ボニータと二人、お互いのアリバイを主張し合うだけで、第三者の証言がないんだからね」

「だれだって、女とやるときゃあ二人きりでしょうが。アリバイを作るために、いちいち他人をそばにおいてやれ、とでも言うんですか」

だんだん腹が立ってくる。

「証拠が上がったら、今度こそ逮捕してやる。覚悟しておくんだな」

軽く脅しをかけると、笠原は妙に自信ありげな笑みを浮かべた。

「今度誤認逮捕したら、そっちこそ懲戒免職でしょうが」

うんざりする。

「言いたいことは、それだけか。用がなけりゃ、もう行くぞ」

御子柴が歩き出そうとすると、笠原は手を伸ばして肘をつかんだ。

「待ってください」

御子柴は、引き止められた肘を見下ろし、それから笠原に目を向けた。

「どういうつもりだ」

少しきつい声で言うと、笠原は薄笑いを浮かべて、手を離した。

「ちょっと、付き合ってもらいたいんですがね」

「そんな時間はないな。もう、帰るところでね」

「おれの話を聞いたら、とても帰る気にゃなりませんよ」

その押しつけがましい口調に、御子柴は笠原を睨みつけた。

「どういう意味だ、それは」

聞き返すと、笠原は少しのあいだ御子柴を見つめてから、派手なチェックのジャケットのポケットに、右手を突っ込んだ。

カードのようなものを取り出し、御子柴の手に押しつける。

御子柴は、それを歩道に面したブティックの、ショーウインドーの明かりにかざした。

どきりとする。

それは、地元の都立高校にかよう娘の美鈴の、学生証だった。写真がついているから、間違いない。

なぜ、こんなものを笠原が持っているのか、と一瞬頭が混乱する。

いやな予感が胸に広がり、軽いめまいを覚えた。

動揺を押し隠し、笠原に目をもどす。

「これは、娘の学生証だ。どこで拾ったのかね」

笠原は、様子を探るように御子柴を見つめ、低い声で言った。

「こんなものを、偶然拾うわけがないでしょうが。そいつは、今お嬢さんをこっちに預かってます、という証拠ですよ」

御子柴は、奇異《きい》の目を向けてくる通行人を避け、歩道の際の暗がりに移動した。膝が震えるのが、自分でも分かる。

笠原も、一緒について来た。

御子柴は向き直り、声を抑えて言った。

「預かってる、とはどういうことだ。娘はこの時間、予備校に行ってるはずだぞ」

「知ってますよ。ついさっき、お嬢さんが月水金の放課後にかよってる、大塚の予備校までお迎えに行きました。御子柴警部補の同僚、という触れ込みでね。お嬢さんに、御子柴さんが急病で倒れたと嘘をついて、おれの車に乗せました。薬で眠らせて、ある場所へ運んだわけです」

御子柴は、唇の裏を嚙んだ。

どういうつもりか知らないが、美鈴の日常行動まで調べていたとなると、はったりではないようだ。どうやら、ほんとうに美鈴の身柄を拘束したらしい。

怒りと不安に、目がくらみそうになったが、ここでパニックを起こしたらだめだ、と自分に言い聞かせる。

息を吐いて言った。

「それはつまり、拉致《らち》したということか」

笠原は、拉致という言葉に気おされたように、瞬きした。

「むずかしく言えば、そういうことになりますね。平たく言うと、誘拐になるのかな」

御子柴は目をそらさず、じっと笠原を見つめた。

「あんたが、そこまでばかとは思わなかったよ。未成年者の略取誘拐《りやくしゆ》が、どれほど重い罪にあたるか、知らないのか。まして、かどわかしたのが警察官の娘となると、ただじゃすまないぞ」

笠原は、手の甲で口元をぬぐった。

そこで初めて、街明かりに浮かぶ笠原のいかつい顔が、汗にまみれていることに気づく。笠原は笠原で、相当緊張しているのだ。

笠原は、かすれた声で言った。

「そんなことは、百も承知ですよ。おれはただ、お嬢さんと引き換えに取引したいだけなんだ」

「取引。熊代殺しを見逃してくれ、とでも言うのか」

笠原の顔が、わずかに歪む。

「おれは熊代を殺したなんて、認めるつもりはありませんよ。決めつけないでもらいたいね」

「ほかに、取引の材料があるのか」

「熊代の一件は、この際関係ねえんだ。取引したいのは、別のものなんです」

「だったら、さっさと言ってみろ」

笠原は、さりげなくあたりを見回してから、早口で言った。

「御子柴さんが、神宮署から持ち出したマル秘の資料を、引き渡してもらえませんか」

御子柴は今度こそ驚き、すぐには返事ができなかった。

まさか、あの裏帳簿の一件がこの男の口から出るとは、予想もしていなかった。

御子柴の顔色を見たらしく、笠原は急いで付け加えた。

「そいつさえ渡してくれたら、お嬢さんはすぐにもお返ししますから」

御子柴は怒りを抑え、ゆっくりと言った。

「娘は今、どこにいる。手出しをしてないだろうな」

笠原は、身を守ろうとするように手を上げ、御子柴を押しとどめるしぐさをした。

「手なんか出すわけないでしょう。居場所は言えないけど、指一本触れてませんよ。こっちも、お嬢さんをどうこうする気は、まったくないんです。こうして、面をさらして掛け合いに来たくらいだから、分かってもらえると思いますがね」

それも一理ある。

御子柴は、息をついた。

「ケータイで、娘に電話してみる。いいだろうな」

笠原は、肩をすくめるようなしぐさをした。

「そうしたければ、どうぞ。もうそろそろ、目を覚ますころでしょう」

御子柴は携帯電話を取り出し、着信履歴から美鈴の番号にかけた。

「もしもし」

出てきた女の声に、御子柴は浮き立った。

「美鈴か。お父さんだ」

わずかに、間があく。

「お嬢さんは、電話に出られないわ。今はね」

御子柴は、肩を落とした。

その声には、聞き覚えがあった。ボニータに違いなかった。

「娘に万が一のことがあったら、ただじゃおかんぞ」

「何もしないわよ、セニョール。そちらが、取引に応じさえすればね」

ボニータは言い、そのまま通話を切った。

御子柴は力なく、携帯電話をしまった。

笠原が、顔をのぞき込んでくる。

「これで、納得がいったでしょう。さっそく、取引にはいりましょうか」

御子柴は、唇をなめた。

「マル秘の資料なんかに、心当たりはないと言ったらどうする」

ためしにぶつけてみると、笠原は小ずるい笑みを浮かべた。

「むだなことですよ、御子柴さん。とぼけたり、取引に応じなかったりしたときは、お嬢さんの無事は保証できない。おれは気が進まないけど、よくない結果になるでしょうね」

それで、裏が読めたような気がした。

御子柴は、強がりながらもどこかおどおどした、笠原の目を見据えた。

「あんた、この一件をだれかに頼まれたな。自分で仕組んだわけじゃないだろう」

笠原は、わずかにたじろいだが、目をそらしはしなかった。

「おれ一人の考えですよ。まあ、お嬢さんのめんどうをみるのに、ボニータの手を借りてますけどね」

それは、今の電話で分かった。

「マル秘の資料のことを、あんたが知ってるはずがない。マル秘というくらいだから、知ってるのはごく限られた人間だ。だれに頼まれた」

笠原の口元に、卑屈な笑みが浮かぶ。

「だれかに頼まれたにしても、言うわけにはいきませんね。さあ、返事は二つに一つだ。おれにとっちゃ、どっちでもいいことさ。おれに、この仕事を頼んだかもしれないだれかさんと、御子柴さんのあいだの問題だからね」

御子柴は、笠原の襟をつかんで揺さぶりたくなったが、むだなことだとあきらめた。

この男を脅しても、なんの解決にもならないだろう。それ以前に、自分より相手の方がずっと体格がいいので、脅しにもなるまい。

笠原は、御子柴の腹の中を見抜いたように、猫なで声で続けた。

「そうと決まったら、一緒にその資料を取りに行きましょうや。ついていかないと、またそいつのコピーを取るんじゃないかと、心配なんでね」

こんな汚い手口で、あの裏帳簿を手に入れようとするのは、いったいだれだろう。

思い当たるのは、当面一人しかいない。裏帳簿のコピーを一部、御子柴が隠し持っていることを知るのは、警察庁の特別監察官松国輝彦だけだ。

松国は、預かったコピーを上司に取り上げられ、神宮署の不正を糾弾する機会を失った。

そのため、今度はみずからマスコミに内部告発すると言って、御子柴が手元に残した孫コピーを引き渡すように、要求してきた。

御子柴は、それを断った。そのコピーは、いざというときに自分を守る保険にする、と決めていた。

いずれにせよ、御子柴のコピーをほしがる者がいるとすれば、まず思いつくのは松国だ。

とはいえ、松国がこのような卑劣な手段に訴えるとは、ちょっと考えにくい。

もし、そのような孫コピーが存在すると知れば、神宮署長や副署長、岩動寿満子や警察庁の朝妻勝義も、死に物狂いで手に入れようとするだろう。

もしかして、その連中にかぎつけられた、という可能性があるだろうか。

笠原が、考えを巡らしている御子柴の顔をのぞき込み、しびれを切らしたように言う。

「え、どうなんです、御子柴さん。肚を決めてくれませんか」

御子柴は、手を上げた。

「まあ待て。もう少し、時間がほしい。三分でいい。気持ちを整理させてくれ」

「考える余地はない、と思いますがね」

そう言ったものの、笠原はそれきり口をつぐんだ。

通りすがりの男女が、こちらをうさん臭げに見る。通行人の目には、道端でひそひそ話をする二人の中年男が、奇異なものに映るに違いない。

御子柴は、胃から喉元へせり上がる熱い塊を、必死に飲み込んだ。

つい先日、〈みはる〉の大森マヤにアタシェケースを預け、何が起こるかショートジャブを入れてみた。

一週間後にそれを取りに行くと、まるで偶然のように嵯峨俊太郎が、一人で飲んでいたのだ。

あれは、偶然などではない。マヤが、嵯峨と個人的交渉があることは、薄うす察しがついていた。アタシェケースのことも、マヤの口から嵯峨に伝わったに違いないし、実はそれを確かめるのが、狙いでもあったのだ。

嵯峨は、そのアタシェケースに異常な関心を示し、礼を失するほどの強引さで中身を見せるよう、御子柴に迫った。あのとき、嵯峨が期待していたのは間違いなく、裏帳簿のコピーだったはずだ。

アタシェケースの中から、同じ裏でも裏もののＤＶＤが出てきたときは、あてがはずれて愕然としたに違いない。もっとも、それをほとんど顔色に出さなかったのは、なかなかの役者だ。

嵯峨が、松国と陰でつながりがあることは、禿富も指摘していた。

御子柴自身、松国にコピーを届けに警察庁へ行ったとき、嵯峨と同じフロアのエレベーターホールで、すれ違った覚えがある。嵯峨が、松国の意を受けて行動していることは、明らかだ。寿満子に取り入ったのも、それをカムフラージュするためだろう。

だとすれば、嵯峨が例のコピーを探し回るのは松国の指示、とみてよい。

とはいえ、嵯峨がよりによって笠原を手先に使い、こんな具合に御子柴に圧力をかけてくるとは、これまた考えにくい。

いったい笠原は、だれの指示で動いているのか。

笠原が、うんざりしたように言った。

「そろそろ時間ですぜ、御子柴さん。お嬢さんの帰宅がこれ以上遅くなると、奥さんが心配するんじゃありませんか」

それは分かっている。

妻の悦子は心配性で、中学生のころ美鈴が友だちと高尾山に行き、帰りが遅くなっただけで交番に相談した、という前歴がある。

あれは、御子柴に連絡がつかなかったせいもあるが、刑事の妻としてはいかがなものか、という振る舞いだった。あとで、御子柴が交番へ出向いて事情を説明したが、あのときは冷や汗をかいた。

御子柴は言った。

「だれに頼まれたか、教えてくれたら引き渡そうじゃないか」

せめてもの駆け引きだったが、笠原はその手は食わぬというように、首を振った。

「そちらさんは、条件をつけられる立場じゃないでしょう。いいかげんに、肚を決めたらどうですか」

「それじゃ、明日の朝引き渡すということで、どうだ。今すぐ娘を返してくれたら、かならず約束は守るから」

笠原が、また首を振る。

「往生際が悪いね、御子柴さん。娘さんより、資料をもらうのが先ですよ。それに、くどいようだが、朝までにもう一部コピーを取らないとは、限らんでしょう。おれが一緒について行く、という線は譲れませんね」

最後の頼みの綱も切れ、御子柴はため息をついた。

「分かったよ、引き渡してやる。ただし、あんたについて来てもらっちゃ、困るんだ。あんたと一緒には、はいれない場所なんでね」

「そんな手には、乗らないよ。どうでも、ついて行きますぜ」

頑固に言い張る笠原を、御子柴はさえぎった。

「嘘じゃない。心配なら、ここで待っててくれてもいい。十分もあれば、もどって来る。十分なら、とてもコピーなんか取る余裕はないから、安心だろう」

笠原は、疑わしげに御子柴を見返し、ちらりと腕時計に目をくれた。

「分かりました。御子柴さんを、信用しましょう。ただし、娘さんの安全無事がかかってるってことを、忘れんでくださいよ」

それから、こくんとうなずいて、続ける。

「それじゃ、ここで待ってます。今、十時二十八分だから、余裕をみて十時四十分まで、待ちましょう。一分でも遅れたら、おれはここからいなくなりますよ。それが何を意味するか、分かってますね」

「分かってるよ」

御子柴はそう言い残して、くるりときびすを返した。

背中を見送る、笠原の視線を痛いほど感じたが、気にしなかった。怒りと不安と無念さで、はらわたが煮え繰り返る思いだったが、どうしようもなかった。

ふと、嵯峨と二人で署へ連行した笠原とボニータを、なぜ寿満子があれほどあっさりと釈放したのか、あらためて疑惑の念が頭をもたげてきた。

笠原と寿満子のあいだに、何か交渉があるのではないか。

かりに、寿満子が御子柴のコピーのことを嗅ぎつけたら、どうするだろう。

直接、御子柴を恫喝《どうかつ》して返却を迫るということは、おそらくあるまい。それをすれば、みずから墓穴を掘ることになる。

もし、寿満子が笠原を自由に操れる立場にあるなら、こうした汚い仕事をかわりにやらせることも、大いにありうる。少なくとも、嵯峨が笠原に命じてやらせたと考えるよりは、よほど説得力がある。

御子柴は、明治通りの車道におりて、左右を見渡した。

車が途切れるのを待ち、向かいにある神宮署の玄関に向かって、小走りに駆け出す。

警察官みずから、信号のない大通りを堂々と渡るおかしさに、つい苦笑した。

署にはいると、御子柴はそのまま階段を使って、地下一階におりた。三苫は、まだ特捜班のフロアに残って、例の仕事を続けているはずだが、顔を合わせたくない。

そのまま、資料保管室に直行した。

部外者がはいれないように、署員は識別カードを持たされている。御子柴は、カードをスリットに差し込み、ドアを開いた。

明かりをつけ、〈昭和〉のブロックに行く。

解決ずみの捜査資料がはいった、いくつかの保管ボックスの中から、目当てのものを引き出した。蓋をあけ、上の方に重なった書類を取りのけて、真ん中辺に突っ込んだプラスチックのケースを、慎重に取り出す。その中に、デパートの包装紙でくるんだ、裏帳簿のコピーがはいっているのだ。

たとえ何ページかでも、コピーのコピーを取っておこうか、という考えが頭をかすめる。

しかし、ただでさえややこしい記号や符号が多いので、すべてをコピーしなければ分析もできない。一部分だけで、裏金作りの全貌を明らかにするのは不可能だ、とあきらめる。

ボックスをもとにもどし、御子柴は資料保管室を出た。

孫コピーを取ったとき、そこに隠すと決めたのだ。

保管資料の廃棄期限がくるまで、保管室以上に安全な隠し場所はない。だいいち、神宮署の中に保管しておけば、外部に持ち出したことにならないという、奇妙な論理も成り立つ。

せっかく手中にした切り札を、むざむざ笠原に引き渡すのは不本意だが、美鈴のことを考えれば、やむをえない。相手がだれにしろ、そこまでやるとは予想していなかった、自分に責任がある。

美鈴には、かわいそうなことをした。さぞかし、心細い思いをしていることだろう。

しかし、美鈴のことを考えると怒りに頭が混乱して、へまをする恐れがある。ここはひとつ、相手の思惑どおりに事を進めさせ、どうするかはあとで考えよう。

署を出て、また通りを渡る。

交差点にもどると、笠原が待ち兼ねたように腕時計を見た。

「十一分だ。時間内でしたね。どこに置いてあったんですか」

「神宮署の、署長室の金庫の中さ」

御子柴が応じると、笠原は目をぱちくりさせた。

からかわれたと分かったらしく、むすっとして手を出す。

「そいつを、もらいましょう」

「まだ、だめだ。娘を解放してもらおう。今、どこにいる」

「ここから、車で十分くらいのとこですよ」

「それじゃボニータに、ここへ連れて来させろ。そうしたら、引き換えに渡す」

笠原が、首を振る。

「だめですね、それは。娘の顔を見て、気が変わらないという保証は、ありませんからね」

なかなか、用心深い男だ。

御子柴は、少し考えた。

「どこでもいいから、とにかく解放してくれ。娘の安全が確認できたら、こいつを引き渡す」

笠原は、御子柴が持つプラスチックのケースに、うなずいてみせた。

「そいつが本物だ、という証拠は」

御子柴は、二人のそばを通り過ぎて行く人びとに、顎をしゃくった。

「こんな人通りの多いところで、マル秘の資料を広げられるか。あんたに、この取引をやらせたやつが見れば、すぐに本物と分かるさ。もし偽物だったら、また娘をかどわかせばいいだろう」

笠原は、にやりとした。

「確かに、それも理屈ですね」

御子柴は、ことさら薄笑いを浮かべて、笠原を見つめた。

「一つだけ、知恵をさずけてやろう。そのコピーを、だれに引き渡すつもりか知らないが、渡す前にもう一部コピーを取って、手元に置いておくのさ。あんたのような立場の人間には、何かのときにきっと役に立つぞ。こっちも、娘さえ人質になっていなかったら、絶対に渡さない資料だからな。ちっとは、りこうに立ち回ることだ」

笠原は、喉をごくりと鳴らした。

御子柴の言ったことを、しばし考えている様子だったが、やがてそれを振り払うように、胸を張った。

「おれは、そんなものに興味ないね」

自信なさそうな口調で言い、あたふたと携帯電話を取り出す。

「それよりボニータに、とりあえずお嬢さんを解放するよう、指示しなきゃな」

御子柴は、急いで言った。

「娘に、確かに解放されて安全な状態になったら、わたしの携帯に電話するように伝えてくれ。電話で安全が確認できしだい、このコピーを引き渡す」

笠原は、ボニータに美鈴を解放しろと命じるとともに、御子柴が言ったことをちゃんと伝えるように、くどく念を押した。

電話が終わるのを待って、御子柴は交差点をJR原宿駅の方に曲がり、地下鉄のおり口のそばに行った。笠原も、あとをついて来る。

十分後、御子柴の手の中で、携帯電話が鳴った。

着信表示を見ると、美鈴からだった。

「お父さんだ。美鈴か」

「うん。一人になったよ」

ほっとする。

「そうか。今、どこだ」

「渋谷の、道玄坂の上の方。女の人と一緒に、変なホテルに閉じこもってたの」

「怪我はないか」

「うん、だいじょうぶ。これって、どういうことなの」

「あとで、説明する。とにかく、こっちへ来なさい」

「こっちって、どこ」

当惑した口調だが、とくにこわがったり脅えたりする気配は、感じられない。美鈴自身、いったい自分に何が起きたのか、見当もつかないのだろう。

「明治通りと、表参道の交差点だ。そこで待ってるから、タクシーに乗って来なさい。

運転手に言えば、場所は分かるはずだ」

「分かった。迷ったら、また電話するね」

話している途中で、笠原が御子柴の抱えているケースに、手を伸ばしてきた。

御子柴は、一瞬ケースを引きもどそうとしたが、思いとどまった。

ここで約束を破れば、自分一人のことではすまなくなる。美鈴を、この先ずっと守り通すことは、不可能だ。

コピーさえ手にはいれば、向こうも美鈴に用はないだろう。

「気をつけて来るんだぞ」

そう言って、電話を切る。

そのときすでに、笠原は御子柴から取り上げたケースを小わきに抱え、表参道を原宿駅の方へ駆け出していた。

## 18

笠原龍太は、表参道をまっしぐらに駆け抜け、神宮橋の交差点でやっと足を止めた。

途中、何人か通行人を突き飛ばした気もするが、知ったことではない。

御子柴繁があとを追って来る、と思ったわけではなかった。ただ、走るうちに何かに追い立てられるような、えもいわれぬ恐怖に衝き動かされたのだ。

笠原は振り向き、だれも追って来ないことを確かめた。

走ったせいばかりではなく、緊張と不安がないまぜになり、体中に冷や汗が噴き出している。なんといっても、現職の警察官の娘を拉致して人質にし、当の警察官に取引を持ちかけたのだ。失敗したら、ただではすまなかった。

しかし、それも殺人罪で裁かれるよりはまし、と考えなければならない。

なにしろ、例の熊代彰三殺しの現場を、岩動寿満子に押さえられている。逮捕されないためには、言われたとおりにするしかない。あのとき寿満子が、いずれ借りは返してもらうと言ったのは、こういうことだったのだ。

こうなったら、寿満子と心中するしかない。

寿満子は、こっちの急所をつかんでいるかもしれないが、こっちも向こうの弱みを握ったことになる。偽の警察手帳まで用意して、同僚の警察官の娘を誘拐させたわけだから、ばれたら寿満子も無事ではすまないはずだ。

笠原は、五輪橋と呼ばれる山手線の跨線橋《こせんきょう》を渡り、左へ折れた。その先は、細くなった歩道を塞《ふさ》ぐほどの幅で、歩道橋の階段が上へ延びている。

そこをのぼりながら、携帯電話を取り出した。

寿満子に指定された、レンタル携帯電話の番号を、プッシュする。

歩道橋をのぼり切ったところで、相手が出た。

笠原は、あたりにだれもいないのを確かめ、足を止めた。

「笠原です」

「今どこ」

相変わらず、横柄な口ぶりだ。

「代々木公園の脇です」

「状況はどうなの」

「というか、もう手に入れました」

喜ぶかと思いきや、むしろ間があく。

「ずいぶん、早いじゃないか。どこまで取りに行ったのさ」

猜疑心のこもった口調だった。まったく、食えない女だ。

「おれは、ついて行かなかったんです。御子柴警部補に、おれと一緒だとはいれない場所だし、十分以内にもどるからついて来るな、と言われましてね」

「言われたとおりにしたのか」

声が怒気を含んでいる。

笠原は、あわてて言った。

「ですけど、警部補はちゃんと目当てのものと一緒に、十一分でもどって来たんですよ。ためしに、どこに隠してあったのか聞いたら、神宮署の署長室の金庫の中だ、と言いました。冗談だと思ったけど、実際神宮署の方へ引き返したとこをみると、ほんとに署内に隠してあったのかもしれませんよ。確かに、あそこはおれと一緒じゃ、はいりにくいとこだし」

「紙くずをつかまされたんじゃないだろうね」

「分かりません。中を見るな、と言ったのは警部じゃないですか」

笠原が反論すると、寿満子はちょっと黙ったあと、話を変えた。

「娘は、返してやったのか」

「ええ。今ごろは神宮前の交差点で、涙のご対面ってとこでしょう」

「よし。それじゃ、三十分後に回収したものを、持っておいで。〈アドニス〉で待ってるわ」

その店は、寿満子とこの一件について打ち合わせた、新宿三丁目のオカマバーだった。

腕時計を、遠い街灯の明かりにすかしてみると、午後十一時十分前を指している。

「分かりました。この時間なら、十一時十五分ごろには、着くと思います」

電話を切ったとたん、さっき別れ際に言った御子柴の言葉が、耳によみがえる。

渡す前に、コピーを取っておくんだ。何かのときに、きっと役に立つぞ。

そういう意味のことを言った。

ふと、そうしてみようかという考えが浮かんだが、あわてて打ち消す。

コピーは遅くとも、三十分後に寿満子に引き渡さなければならないし、これ以上のめんどうはごめんだ。

歩道橋を渡ろうと、体の向きを変えようとしたとき、背後で人影が動いた。

はっとしたときには、もう遅かった。

首筋に、クレーンでも倒れてきたような強い衝撃を受け、笠原は歩道橋の上にくずおれた。

そのまま、意識を失う。


だれかが、肩を揺すっている。

笠原は意識を取りもどし、何が起きたか思い出そうとした。頬に冷たい路面が当たる。

「だいじょうぶですか」

声をかけられ、あわてて頭を起こす。

とたんに、首筋がじんとしびれて目がくらみ、笠原は歯を食いしばった。めまいをこらえ、ごろりと仰向けになる。

そばに、男がしゃがんでいる。ジョギングの最中らしい、髪の薄くなったトレーナー姿の中年男だ。

笠原は唇をなめた。

「ああ、だいじょうぶです。すみません」

礼を言って、そろそろと上体を起こす。手元を探り、ついであたりを見回したが、プラスチックのケースは、どこにもなかった。

「くそ」

笠原はののしり、歩道橋の手摺りにすがって、立ち上がった。男が後ろから、体を支えてくれる。

怒りと混乱と苦痛で、頭が割れそうだった。

「だいじょうぶですか」

「ええ、なんとか」

それどころではなかったが、かろうじて平静を装った。

男が、顔をのぞき込んでくる。

「ほんとに、だいじょうぶですか」

そのしつこさに、笠原は顔をそむけた。

「ほんとに、だいじょうぶです」

そう言いながら、首筋にそっとさわってみる。

少し腫れているような気がしたが、血は出ていない。だれかが、砂の詰まった革サックか何かで、首筋をどやしつけたに違いない。それで、脳震盪を起こしたのだ。

殴られる直前、ちらりと人影が目の隅をかすめたが、顔は見えなかった。覚えているのは、自分より背が高かった、ということだけだ。

腕時計を見ると、十一時になるところだった。気を失っていたのは、ほんのわずかな時間だと分かる。

男が言った。

「わたしが、この歩道橋に向かって走って来るとき、上から階段を駆けおりて来た男がいましたけど、あいつにやられたんじゃありませんか」

笠原は、あらためて男を見た。

「ええ、たぶんそいつです。どんなやつか、顔を見ましたか」

「いや、暗かったので、よく見えませんでした。足の動きや身のこなしからすると、たぶんまだ若い男でしょう。背丈はわたしより、少し高かったと思います」

男は、百六十八センチの笠原よりいくらか高く、百七十センチはありそうだ。

それよりさらに高いとすれば、襲った相手は少なくとも御子柴ではない。御子柴は、笠原自身よりも小柄だった。

「そいつは、手に何か持ってませんでしたか」

「四角い、白っぽいケースのようなものを、持ってましたね。もしかして、取られたんですか」

くそ、と今度は口に出さずに、腹の中でののしる。

「いきなり、頭を殴られたんです。気がついたら、ケースを取られていた。その男、どっちの方へ逃げたかな」

「歩道橋の下に、車が停まってましてね。それに乗って逃げたようです」

車。

どう考えても、ただのかっぱらいではない。その若い男は、車であとをつけて来たのだ。例の交差点での、御子柴と笠原のやりとりをどこか近くで、見張っていたに違いない。いったい、だれだろう。

「どんな車でしたかね。車種とか、ナンバーは」

ためしに尋ねると、男は首をかしげた。

「さあ、そこまではね。黒い車だったけど、車種は分かりません。ナンバーなんか、見る余裕はなかったし」

「そうでしょうね」

笠原は、肩を落とした。

「警察に届けた方が、いいんじゃありませんか」

「ええ、そうします」

「なんでしたら、わたしもご一緒しましょうか」

親切で言ったのだろうが、笠原にはただのおせっかいに聞こえた。

「いや、一人でだいじょうぶです。とにかく、ありがとうございました」

腹の中で自分に毒づきながら、表面は殊勝な口調で男に礼を言う。

「それじゃ、おだいじに」

男はそう言い残して、反対側の階段を渋谷の方に駆けおりて行き、そのまま走り去った。

笠原は手摺りにもたれ、暗い空を見上げた。

寿満子に、なんと言い訳したらいいのか。

いずれにしろ、これで御子柴から回収したものに用のある人間が、寿満子だけではないことが分かった。

寿満子の、怒り狂う様子を思い描くと、体に震えがくる。

しかし、このまま逃げるわけにはいかない。弱みを握られている以上、逃げおおせるものではないからだ。

笠原は毒づきながら、歩道橋の階段をおりた。

# 第五章

## 19

「この、どじ野郎」

どなり声とともに、岩動寿満子の拳が飛んできた。

笠原龍太は、それをまともに鼻で受けて、椅子ごと後ろへ投げ出された。

その一撃で目の中に火花が散り、自分が床に仰向けに倒れたことに気づくまでに、少し時間がかかった。まるで、顔にパワーショベルを叩きつけられたような衝撃に、一瞬意識が遠くなりかける。顔全体に激痛が走り、ほとんど息ができなかった。

椅子の脚が鳴る。

頭の上から、寿満子の声が降ってきた。

「この、能なしが。後ろから殴られて、ブツを奪われました、だと。それでも、一人前のヤクザか」

屈辱のあまり、がまんの糸が切れそうになる。

どじを踏んだのは事実だが、そこまでののしられるいわれはない。

脅した相手の御子柴繁は、神宮署のベテラン刑事だ。

現職の警察官の娘をさらい、それと引き換えに極秘書類をよこせ、と交渉すること自体が尋常《じんじょう》ではない。弱みがなければ、絶対に引き受けなかった。

おれはそれを、とにかくやってのけたのだ。いったん、目当てのものを手に入れたとなれば、だれでも気が緩む。注意力が散漫にもなるだろう。

あれは、どうしようもなかった。いわば、不可抗力だ。

そのあいだにも、寿満子の罵声《ばせい》が続く。

「子供の使いじゃあるまいし、だれにやられたか分かりません、もないものだ。あの御子柴にだって、頭もあれば足もあるんだ。そんなことも、分からないのか」

ドアの開く音がして、ボーイのおずおずした声が聞こえた。

「あの、お呼びになりましたでしょうか」

異常な気配を察して、様子を見に来たらしい。

うずくまったまま、笠原は唸り声を漏らすまいと、歯を食いしばった。

寿満子が、とがった声で言い返す。

「呼んでないよ。呼ぶまで来るんじゃない」

「は、はい。申し訳ございません」

ボーイが、腰の引けた口調で応じて、すぐにドアの閉じる音がした。

ここ、新宿三丁目にあるオカマバー、〈アドニス〉の奥の個室に通されてから、まだ五分とたっていない。

プラスチックのケースにはいった、目当ての極秘書類を一度は手に入れながら、何者かに横取りされたと報告したとたんに、この始末だ。

笠原は床に膝をつき、椅子によじのぼった。

ハンカチを取り出し、鼻血を押さえながら言う。

「あ、あれは、御子柴じゃねえ。もっと、でかいやつだった。顔は見えなかったけど、御子柴よりは、でかかった」

寿満子は向かいの席にすわり直し、グラスの水割りをぐいとあおった。

「このおとしまえは、どうでもつけてもらうよ。今度どじったら、ぶち込んでやるからね」

反射的に、寿満子の顔を見る。

「今度って、まだ何かやらせる気か」

テーブルの下から靴先が飛び、笠原は向こう脛《ずね》を蹴りつけられて、思わず声を上げた。

「どじ踏んだくせに、仕事した気になってるのか。ちゃんとけりをつけるまで、何度でもやらせるから、覚悟しときな」

笠原は、震える手でビールのグラスをつかみ、喉を潤した。ビールが、口の脇から上着にこぼれ落ちたが、気にしている余裕はなかった。

口元をぬぐい、思い切って言う。

「あまり調子に乗らねえ方がいいぜ、警部さん。おれが神宮署へ行って、熊代殺しを警部さんに見逃してもらった、とゲロしたらどうなると思う。そっちだって、ただじゃすまねえんだぞ。懲戒免職は免《まぬか》れねえだろう」

寿満子は目を光らせ、ゆっくりとグラスや皿をかたわらにどけると、身を乗り出した。

笠原の襟をつかみ、すごい力で引き寄せる。笠原は、それを振り放そうともがいたが、寿満子の腕はびくともしなかった。

寿満子が、鼻と鼻をつけぬばかりにして、歯のあいだから言う。

「おまえの言うことなんか、だれが信用するもんか。その気になりゃ、おまえが熊代を刺し殺すところを見た、という証人を行列ができるほど集められるんだ。甘く見るんじゃないよ」

かすかに、にんにくのにおいがした。

笠原は息を詰まらせ、かすれ声で応じた。

「証人なら、こっちにもいるぞ。あのとき、あんたがおれに取引を持ちかけるのを、ボニータが聞いてるんだ。おれのためなら、喜んで証言するだろうぜ」

寿満子が手を放し、はじけるように笑い始めたので、笠原は椅子の背に投げ出された。

急に笑うのをやめると、寿満子は目をきらきらさせて言った。

「ボニータが、おまえに有利な証言をするなどと、本気で思ってるのか。あのとき、現場にいなかったことにしてやると言ったら、ボニータはそのまま口をつぐむよ。好きこのんで、殺しの共犯になりたがる女はいないからね」

笠原はぐっと詰まり、唾《つば》をのみ込んだ。

そう指摘されると、そんな気がしないでもない。ボニータが、寿満子の言いなりになる可能性は、大いにあるだろう。とにかく、計算高い女だからだ。

血だらけのハンカチをしまい、ビールを飲み干した。

ため息とともに言う。

「今度は、何をやらせるつもりだ」

寿満子は椅子の背にもたれ、視線を揺らさずに笠原を見据えた。

「そのときになったら言うよ。ただし今度失敗したら、一生後悔することになる。よく覚えておきな」

笠原はテーブルの下で、膝がしらを握り締めた。

とんでもない女に、見込まれてしまったものだ。


朝妻勝義は、合同庁舎を出た。

霧のような雨が体に吹きつけ、思わず顔をしかめる。フロアから外を眺めたときは、雨が降っているようには見えなかったので、傘を置いて来てしまった。

霧雨とはいえ、早くも眼鏡が曇り始める。

すぐ近くにある、地下鉄の駅のおり口へ向かおうとしたとき、歩道の際の街路樹に隠れるように、傘を傾けていた人影がむくりと動き出して、行く手に立ち塞がった。

足を止めると、傘の縁がゆっくりと上がり、顔がのぞいた。

「ご無沙汰しています」

その顔を見て、朝妻は当惑した。

東都ヘラルド新聞社の社会部記者、大沼早苗だった。

これは偶然ではなく、待ち伏せされていたに違いない、と勘が働く。

「どうも」

そっけなく応じて、相手の出方をうかがった。

早苗が、利発そうな目を探るように光らせ、朝妻を見上げる。

「これからちょっと、お時間をいただけませんか」

朝妻はわざとらしく、腕時計に目をくれた。

「急に言われても、困るんだけどね」

「ケータイにお電話しても、出てくださらないでしょう。こうするしか、ほかに方法がなかったんです」

確かに、ここ三日ほどのあいだに何度か着信があったが、早苗からと分かると出るのがわずらわしく、すべて無視してきた。メールは開かず、留守電のメッセージも聞かぬまま、消去した。早苗が、立ち話をする二人を、通行人が横目で見て行くのに気づき、朝妻は歩き出した。早苗が、あとを追って来る。

地下鉄の階段をおりずに、横断歩道をまっすぐ外務省の方へ渡った。

官庁街では、どこで顔見知りに出会うか、分からない。早苗と一緒にいるところを、だれにも見られたくない。早くこの場を離れたかった。

渡り切ったところで、ちょうどやって来たタクシーに、手を上げた。

早苗が追いつくのを待ち、開いたドアに顎をしゃくる。

「乗りたまえ」

早苗は躊躇《ちゅうちょ》する様子もなく、尻から先に乗り込んだ。すらりと伸びた脚が、シートの奥に消えるのを待って、朝妻もあとに続く。

ドアが閉まり、運転手が言った。

「どちらまで」

「ええと、そうだな。四谷三丁目まで頼む。交差点のところでいい」

とっさにそう言って、朝妻はシートに身を沈めた。

ハンカチを取り出し、曇った眼鏡を丹念にふく。かけ直さずに、胸のポケットにしまった。裸眼でも、遠くのものを見ようとしないかぎり、さほど不自由することはない。

車に乗っているあいだ、早苗は一言も話しかけてこなかった。さすがに、運転手の耳を気にしたのだろう。

禿富鷹秋に、早苗との密会現場を押さえられたと知って以来、朝妻は慎重に行動するようになった。どこで、だれが見ているか、分からないからだ。

四谷三丁目で車を捨て、荒木町の飲み屋街に向かう。

入庁してほどなくのころ、何度か飲みに来たことがあるだけで、この界隈にはとんとご無沙汰している。それだけに、顔見知りに出会うこともないだろう。

路地を伝い歩きながら、朝妻は早苗に問いかけた。

「このあたりに、来たことがあるかね」

「いいえ。初めてです」

声が固い。

何か、思い詰めたような雰囲気を感じて、朝妻はいやな気がした。

歩きながら、考える。

客がたくさんいる、騒がしい店にしようか。それとも、あまり人目につかない、静かな店にしようか。どちらにも、一長一短がある。

しまいには、そこまで用心することもあるまい、と開き直った。

荒木町から、外苑東通りへ抜ける少し手前で、〈四万十川〉という小料理屋の暖簾《のれん》が、目にはいった。その昔、たまに前を通った覚えのある店だが、はいったことは一度もない。

ためしに、ガラス戸をあけてみる。

中をのぞくと、鉤《かぎ》の手になった狭いカウンターだけの、小さな店だった。七、八人で一杯の椅子の列に、肩がぶつかるほどぎっしりと客が詰まり、にぎやかに飲み食いしている。

あきらめて戸を閉めようとすると、奥から和服を着た女将らしい女が出て来て、朝妻に声をかけた。

「四人さままででしたら、奥の畳が空いておりますけど」

気がつかなかったが、奥に座敷があるらしい。

「二人だけど、いいかな」

「はい、どうぞ」

愛想のいい女将に引き入れられ、朝妻と早苗は客たちの後ろを通り抜けて、奥に通った。

座敷というより、二人でちょうどいいくらいの狭さの、小上がりだった。

生ビールと一緒に、川海老、マテ貝、ゴリ、川海苔などを注文する。店名からして、土佐の料理だろう。

すぐにビールがきたので、とりあえず乾杯した。

ジョッキを傾けながら、それとなく早苗を観察する。

しばらく会わないうちに、にわかに老けたようだ。三十四歳の自分より、二つか三つ年若のはずだが、肌の荒れが目立つ。

記者の仕事は確かにきついが、それだけではないように思える。初めて食事をしたときは、輝くばかりの美しさと生きのよさがあったのに、それがいつの間にか褪《あ》せてしまった。ほとんど、化粧をしていないせいもあるだろうが、少なからず失望した。

ふと、荒川の河川敷の異様なラブホテル、〈アルカサル〉で出会ったヒミコのことが、頭に浮かんでくる。

あれは実に、刺激的な体験だった。

ヒミコの、あの美貌と肉体の完成度のすばらしさは、筆舌に尽くしがたいものがある。造形的にも機能的にも、あれほどの女はめったにいないだろう。

朝妻は、教えられたサクラの携帯電話に連絡をとり、あれから三度もヒミコと濃密な時を過ごした。サクラは、待ち合わせのたびに別の場所で朝妻と落ち合い、その都度違ったラブホテルに案内する。そこで、ヒミコが待ち構えている、という寸法だ。

どのラブホテルも、都心からかなり離れた不便なところにあるが、部屋の仕掛けはよく似ている。おそらくどれも、同じ系列のホテルなのだろう。

早苗が、これほど急激にしぼんだように見えるのは、あるいはヒミコのせいかもしれない。

あのヒミコと引き比べたら、どの女も月夜の提灯になってしまう。あれほど、早苗の美貌と知性に引かれた自分が、別人のように思われるほどだった。

それだけヒミコの魅力、というより魔力の虜《とりこ》になった、としか考えようがない。

「どうして、電話に出てくださらないんですか」

突然早苗が口を開き、朝妻はわれに返った。

小上がりは、目隠しになった羽目板の裏側にあるので、カウンターからは見えない。そうでなくても、ほかの客たちはおしゃべりに夢中で、二人の存在を気にする様子はなかった。

ビールを一口飲んで応じる。

「わたしも本庁に上がって、何かと忙しくなったんだ。それに、特定の記者と親しくするのは、やはりまずいと思ってね」

早苗は目を伏せ、人差し指の先でテーブルの縁をこすった。

「わたしは、朝妻さんとお話ししたりお食事したりするとき、自分が記者だという意識はありませんでした」

朝妻は反射的に、早苗を見た。

その言葉の中身もさることながら、朝妻さんと肩書なしで呼ばれたことに、驚いた。

またビールを飲む。

「最初のとき、きみは記者としてわたしに取材したい、と申し入れてきたはずだぞ」

「そのとおりですが、正直に言ってそれはただの口実だったんです」

早苗は目を伏せたまま、頬にかかる短めの髪を指ですくい、耳の後ろになでつけた。

「だったら、ほんとうの目的は、なんだったんだ」

そう聞き返すと、早苗はちらりと朝妻を見た。

「女の口から、言わせるおつもりですか」

る。

朝妻は耳を疑い、箸の手を止めた。

いったいこの女は、何を言い出すのだ。頭が混乱する。

そのとき、女将が注文した料理をいくつか、運んで来た。おかげで少し、余裕ができる。

女将が下がるのを待ち、冗談めかして聞き返した。

「まさか、わたしの男っぷりに惚れたなどとは、言わないだろうね」

そのとたん、早苗がきっとなって顔を起こし、朝妻を見据えた。

「好きになっては、いけませんか。朝妻さんは、独身ですよね。女性と親しくなっても、不都合はないはずです。まして、相手が新聞記者なら」

そこで言葉を切り、唇を引き締める。

朝妻はほとんど狼狽して、ゴリの唐揚げを箸でつまみそこなった。

この女は、おれと結婚するつもりでいる、とでもいうのか。冗談ではない。

あれはおとな同士の、単なる遊びだったはずだ。しかも、たった二回にすぎない。確かに、好みの女だったことは認めるが、それ以上でも以下でもなかった。

出来心とはいえ、仕事がらみで身近にいる女に手を出したのは、いかにも軽率すぎた。秃富に脅されたおかげで、早く目が覚めたのはむしろ幸いだった。

朝妻は、厳しい口調で言った。

「何か、勘違いをしてないかね。子供でもあるまいし、一度や二度食事をしたからといって、好きとか嫌いとかいう話にはならんだろう」

「食事だけではありませんでした」

朝妻はあきれて、首を振った。

「セックスと恋愛は、別物じゃないのかね」

「でも、朝妻さんは最初のときからベッドの中で、わたしのことをすばらしい女だと、ほめてくださいました。知的で、美人で、体もいいと」

そう言いながら、早苗は今さらのように赤くなった。

朝妻は、苦笑を嚙み殺した。

「それは、愛情とは別の次元の話だろう。そもそも、ベッドの中で相手の女性を悪く言う男が、いると思うかね」

むろん、あのときは本心からほめたつもりだが、今ではそれを後悔していた。

早苗は深く息をはき、年代物のワインでもつぐように、静かに口を開いた。

「わたし、朝妻さんが初めての体験でした」

## 20

朝妻勝義は心底びっくりして、ビールを噴きそうになった。

ジョッキを置き、言い返す。

「冗談はやめてくれ。いい年をして、バージンだったとでもいうのか」

大沼早苗は、じっと朝妻を見返した。

「そのとおりです。嘘じゃありません。愛する人に捧げたいと、だいじに守ってきたんです」

その真剣なまなざしに、朝妻はむしろ恐れに近いものを感じた。

今どき、そんな古い考えの女がいるなどとは、想像したこともない。

なるほど、ベッドの中での早苗はどちらかといえば、消極的だった。さほど遊び慣れていないな、と思わせるものがあったのも事実だ。

しかし、抜群に感じやすい体をしていたし、むろん通常よくいわれる処女の証しも、認められなかった。

正直に言う。

「信じられないな。だいいち、出血もしなかったじゃないか」

「高校時代、陸上部でハードルをやっていましたから、そのころに破損したのだと思います。それに、初めてのときに出血しない女性も珍しくない、と聞きました」

破損という言葉が、なぜか場違いに聞こえる。

「こんなことは言いたくないが、あまり痛がらなかったしね」

「それは朝妻さんが、お上手だったからです」

しれっとした口調で言うので、返す言葉がなかった。

喜んでいる場合ではない。

やはり、この女はおかしい。美人には違いないし、記者としての能力も申し分ないが、どこかネジが狂っている。そうとしか思えなかった。

社会部の女性記者が、警視庁の記者クラブ詰めになるケースは、そう多くない。最初はサツ回りと称して、警視庁管内の警察署を方面本部ごとに担当し、警視庁記者クラブの手足となって働くのが、普通のコースになっている。

早苗は、そのコースを猛スピードでクリアして、警視庁へ上がってきたのだった。中堅の新聞社とはいえ、そうした異例の人事が早苗の優秀さを、物語っていた。

その女が、三十路を過ぎてバージンだ、というのだ。

朝妻は、ジョッキをあけた。

もう一杯飲みたかったが、早くこの場を退散したい気もする。

「それできみは、わたしにどうしてほしいんだ。まさか、バージンを捧げた以上は結婚してくれと、そう言うつもりじゃないだろうね」

半分やけくそで言うと、早苗の口元にかすかな笑みが浮かんだ。

「いきなり、そんな失礼なことを申し上げるつもりは、ありません。ただ、これから結婚を前提とした、まじめなお付き合いをしていただきたいんです」

同じことではないか。

そこへ、女将が残りの料理を運んで来たので、ついビールのお代わりを頼んでしまう。

早苗の箸が、ほとんど進んでいないのに気づいて、朝妻は川海老を示した。

「少しは食べたまえ」

「はい」

早苗はすなおにうなずき、川海老の唐揚げに箸をつけた。

そのあいだに、考えをまとめる。

「きみが、非常に古風な考え方の女性だということは、よく分かった。おそらく、ご両親に厳しく、育てられたんだろうね。それはそれで、まことにけっこうなことだと思う。しかし、今は時代が変わったんだ。わたしも、昨今の乱れた風俗には眉をひそめる口だが、男と女がお互いに強制されずに、おとなの関係を持つのは悪いことじゃない。まして、事前になんの口約束もしてないのに、結婚を前提にどうのこうのと言われても、挨拶に困るよ」

穏やかな口調で諭すと、早苗は箸を置いて顔を上げた。

「朝妻さんは、婚約していらっしゃるんですか。あるいは、将来を誓った女性がいらっしゃるとか」

言うことが、いちいち古めかしい。

「いや、別に決まった女性はいない」

とっさに答えたものの、それは嘘だった。

上司でもあり、中学高校大学の先輩でもある警察庁の次長、浪川憲正の娘奈美江と婚約する話が、目下進行中だった。

奈美江は、朝妻と同じ三十四歳で一度離婚歴があり、しかもあまり美人とはいえない。ただ、浪川は次期警察庁長官の最右翼に位置する男で、その一人娘をもらっておけば朝妻自身も、将来の展望が開ける。早苗などに、かまっている暇はない。むしろ、人知れずヒミコとの密会を楽しみ、ひそかな嗜好《しこう》を満足させる方が後腐れがないし、無難だという気がする。

早苗が、膝を乗り出す。

「でしたら、別に不都合はない、と思います。わたし、朝妻さんの気に入られる女性になるように、精一杯努力します」

朝妻は耳を疑い、早苗を見返した。

大学を出て、新聞社の第一線で働く優秀なキャリアウーマンが、そこまで言うとは思わなかった。

ため息をつきながら言う。

「きみにはすまないが、これ以上付き合いを続ける意志はないんだ。忙しいこともあるし、女性の新聞記者と親しくするのは、何かと誤解を招きやすいからね」

「誤解でなければ、いいんじゃないでしょうか。まじめなお付き合いなら、だれにはばかることもないと思います」

早苗は、めげる様子もなく、繰り返した。

「しかし、きみだけに警察の極秘情報を流しているように、思われかねないだろう」

「でしたら、どうしてあのときわたしを、誘惑なさったんですか」

問い詰められて、朝妻は顎を引いた。

「別に、無理やり誘ったわけじゃない。言わず語らずで、暗黙の了解があったはずだ」

「お食事だけで、そのあとラブホテルに連れて行かれるとは、思っていませんでした」

「それじゃ、ゲームセンターにでも行くつもりで、ついて来たのか」

早苗は涙目になり、唇を嚙んでうつむいた。

うんざりする。

いい年をして、まるで中学生か高校生のようだ。三十を過ぎて処女だった、というのが真実らしく思えてくる。

朝妻は、ことさら厳しい口調で言った。

「ともかく、今後きみと深く付き合うつもりはないから、電話をくれたり待ち伏せしたりするのは、やめてもらいたい。そのために、何か気持ちをみせてほしいと言うのなら、多少のことはするつもりだ」

それを聞くと、早苗の目がきらりと光った。

「手切れ金でも払う、とおっしゃるんですか」

「いや、そういう意味じゃない。お互いに、立場は対等なんだから。ただ、男として多少のことはすべきだろう、と思ってね」

早苗は、さげすむように唇の端を歪めた。

「お金で、わたしに口封じをするつもりですか」

「そんなつもりはない。だいいち、きみが何をしゃべってもだれも信じないし、きみのキャリアに傷がつくだけだ」

「そうでしょうか。わたしは、朝妻さんとの二度のことを克明に、日記に書いています」

朝妻は唾をのみ、早苗を見据えた。

「それは、どういう意味だ」

「誠意をみせてほしい、と申し上げているだけです」

「わたしは、きみに対して誠意を欠いたつもりは、少しもない。誘う前に、きみに何か口約束でもしたかね」

「体の関係を持った、ということが一つの意思表示だと思います。それなりの責任を、取ってください」

目が思い詰めている。

「いいおとな同士が、責任もくそもないだろう。子供でもできた、というなら話は別だが。おっと、嘘をついてもだめだぞ。あのとき、避妊には細心の注意を払ったからね」

早苗は、なおも少しのあいだ朝妻を見つめ、それからふっとため息をついた。

「どうしても、誠意を見せないとおっしゃるなら、わたしにも覚悟があります」

朝妻は、動揺を強がりにすり替え、鼻で笑った。

「わたしを、脅すつもりかね。きみがその気なら、こっちにも考えがあるぞ」

早苗の売り言葉に、つい買い言葉が出る。

早苗が、奇妙な笑みを浮かべる。

「どんなお考えですか」

正面切って聞かれると、かえって答えに窮した。

しかし、ここは一応警告しておいた方がいい、と判断する。

「どの新聞社のトップにも、一人や二人は親しい友人がいる。東都ヘラルドは、おもに関東を購読エリアにしているが、きみも知るとおり関西や北海道、九州にも支社がある。地方へ異動する可能性も、ゼロではないことを覚えておきたまえ」

早苗の顔が引き締まる。

「わたしを、遠いところへ飛ばすこともできる、とおっしゃるんですか。もしかして、脅してらっしゃるんですか」

「それはたった今、わたしがした質問じゃないか。きみがそのつもりなら、こっちにも考えがある、と言っただけだ」

朝妻が言うと、早苗は急にてきぱきした手つきで、ハンドバッグを開いた。財布から五千円札を取り出し、ジョッキの横に置く。

「割り勘にさせていただきます。これで足りると思いますが」

朝妻は、少し焦った。

「そんなに、あわてなくてもいい。それに、勘定はわたしが払うから」

「お互いに対等の立場、とおっしゃったでしょう。だいいち、誘ったのはわたしの方ですし」

そう言って、腰を浮かそうとする。

「まあ、待ちたまえ。一緒に出ようじゃないか」

「一緒のところを、見られない方がいいんじゃありませんか」

「嫌みを言うのは、やめてくれないか。しこりを残したくないんだ」

「しこりは、残りません。朝妻さんのお考えは、よく分かりました。わたしの勘違いというか、独りよがりだったことがはっきりして、よかったと思います」

「きみをだましたり、傷つけたりするつもりは、毛頭なかった。それだけは、分かってほしいんだ」

哀願するような口調になるのを、自分でもいやだと思いながら、そう言った。

早苗が、いかにも何かを思い出したという風情で、すわり直す。

「一つ、言い忘れました。実はある警察関係者から、内部告発したいので協力してくれないか、という申し出があったんです。わたしに対して、個人的に」

突然出た、内部告発という言葉に、ぎくりとする。

「内部告発。どういうことだ、それは」

早苗は、朝妻の反応を楽しむように見やり、そっけなく言った。

「警視庁管内の、ある警察署が記録していた裏帳簿を提供する、というのです」

朝妻は、顔色を変えまいと必死に努力したが、それがうまくいかなかったことは、早苗の表情で分かった。

早苗が続ける。

「全国各地の警察署で、裏金捻出のための偽領収証作りが横行していたことは、あちこちの内部告発によって、周知の事実になりました。でも、たまたま内部告発が行なわれなかった警察署では、まるで自分たちは無関係であるかのように、知らぬ顔をしています。もしかすると、今でもなんらかのかたちで、裏金工作が展開されているかもしれません。警視庁管内の各警察署も、その中にはいります。もし、東京二十三区内のどこかの警察署が、同様の工作を行なっていると内部告発されたら、どういうことになるでしょうか。たとえ過去のデータでも、ただではすみませんね。なんといっても、全国の警察組織を束ねる警察庁、および警視庁のお膝もとの、不祥事ですから」

全身から、冷や汗が噴き出すような気がした。

早苗が言っているのは、あの神宮署の裏帳簿のことに間違いない。

朝妻は、ことさら声を抑えて言った。

「その、内部告発をするという警察関係者とは、いったいだれのことかね」

早苗は、意地の悪い笑みを浮かべた。

「それは、申し上げられません。匿名が条件ですから」

「きみはその裏帳簿を、もう手に入れたのか」

急《せ》き込んで聞いてから、ふとわれに返る。

ばつの悪い思いをしながら、わざとらしいのを承知で続けた。

「まあ、そんなものが存在するとは、とても信じられないがね」

早苗は、ハンドバッグのストラップを、ぎゅっと握り締めた。

「まだ手に入れていませんが、近いうちに受け取ることになるでしょう」

「それを記事にするつもりか。本物かどうかも、分からないのに」

「本物か偽物か、確かめる方法はいくらでもあります。ほんとうは、記事にする前に警視正に見ていただいて、ご意見をうかがうつもりだったんですが」

朝妻は、自分が急に肩書で呼ばれたことに気づき、ちょっと引いた。

「ぜひ、そうしてくれないか。その種の極秘資料というのは、ためにする偽物が多いからね」

「本物だったら、どうしますか」

「その場合は、むろん当該警察署に徹底的な監察を入れて、責任者を厳重処分することになる」

「でも、警視正は警察庁警備企画課の参事官ですから、直接のご担当じゃありませんよね」

わずかにたじろぐ。

「そのとおりだが、特別監察官に取り次ぐことはできる」

特別監察官と聞いたとたん、早苗の目が微妙に揺れ動いたのを、朝妻は見逃さなかった。

とっさに、内部告発をたくらんでいるのは、特別監察官の松国輝彦だと直感する。

いや、それはない、と思い直した。

例の裏帳簿は浪川次長が取り上げ、もう松国の手元にはないはずだ。

それとも、やはりどこかに裏帳簿の孫コピーがあって、松国はそれを手に入れたのだろうか。

早急に、確認する必要がある。

早苗は、そっけなく言った。

「もう、警視正のお手をわずらわせることは、ありません。わたし一人の判断で、記事を書くことにします」

「待ちたまえ。裏も取らずに、無責任な記事を書いたらどういうことになるか、分かっているのか」

「書かれたら、警察の威信に傷がつきますか」

「むろんだ」

それだけではない。

朝妻個人が、神宮署から金品を受け取っていたことも、明らかになってしまう。

早苗が、あらためて腰を上げようとするのを、朝妻は手で制した。

「待ってくれ。もし、そんな裏帳簿が存在するなら、どうしてもこの目で確かめたい。記事を書く前に、見せてくれないか。そうしたら、考え直してもいい」

一度それを手にしたら、二度と早苗には渡さぬつもりだ。

早苗は、膝立ちになったままの姿勢で、朝妻を見た。

「何を考え直す、とおっしゃるんですか」

朝妻は、手を下ろした。

「きみとわたしの関係を、だ」

「ほんとうですか」

「ほんとうだ。もともと、きみのことを嫌いになって、距離をおいたわけじゃないからね」

早苗は、じっと朝妻を見つめた。

その目に、さげすみの色が広がる。

「たった今、朝妻勝義という男性の本性が、分かりました。状況によって、ころころ考えを変えるような男性は、わたしの好みではありません」

朝妻は面食らい、顎を引いた。

「しかし、ついさっき結婚を前提にしたお付き合いを、と言ったばかりじゃないか」

早苗の口元に、薄笑いが浮かぶ。

「それは、朝妻警視正の人物を見るための、方便でした。警視正は、わたしのことよりしゃいます。二度のセックスに後悔はありませんが、これからお付き合いを続ければ今度こそ、後悔することになるでしょう。失礼します」

そう言い残すなり、すっくと立ち上がった。

「まあ、待ちたまえ。まだ話は終わっていない。たとえ、そんな与太記事を書いたとしても、警視庁詰めのキャップか社会部長が、差し止めるだろう」

「うちは小さなブロック紙ですが、それほどの根性なしではありません」

それは強がりにすぎない、と朝妻は思った。

とっさに、東都ヘラルド新聞の編集局長、渡部正恒の顔を思い浮かべる。渡部は、浪川警察庁次長と若いころから付き合いがあり、今でも親しい仲と聞いている。手を回せば、なんとかなる可能性がある。

「そんなに、肩肘張ることもあるまい。もう少し飲んでいかないか」

朝妻が声をかけるのにもかまわず、早苗は小上がりをおりて向き直った。

「出世や、安定した家庭生活を犠牲にして働く、正義派の警察官もたくさんいます。わたしは、そういうまじめな警察官のためにも、裏金作りを糾弾するつもりです」

そのまま背を向け、通路を出て行く。

朝妻はどっと疲れが出て、壁にもたれかかった。

## 21

山路啓伍《やまじけいご》は、コピーを閉じて顔を上げた。

「すごいものを手に入れたな。出どころはどこだ」

低い声で言うと、大沼早苗は唇を引き締めて、きっぱりと応じる。

「それは言えません。ただ、警察内部から出たことだけは、確かです。それも、警部補とか警部クラスじゃなく、もっと上の方の現職警察官から、出たものです」

「キャリアか」

早苗は、少し残念そうに、首を振った。

「キャリアじゃありませんが、それに匹敵する優秀な警察官です」

山路は腕を組み、考えを巡らした。

長いあいだ、週刊誌や月刊誌のライターをやってきたが、これほどの極秘資料を目の当たりにするのは、めったにないことだった。しかも、下っ端ではなく国家公務員たるべき、警視正以上の現職警察官から出たとなると、ただごとではない。

どこの警察署でも、大量の偽領収証を現場の警察官に作成させ、捜査費予算から引き出した金をプールする、いわゆる裏金作りを行なっていたことは、すでに広く知られている。

しかし、ほとんどのケースが内部告発による証言にすぎず、具体的な証拠が公表されるケースは、きわめて少ない。ことに、警視庁管内の警察署ではそのような不祥事は、まず表沙汰にならなかった。

ところが、早苗が山路の目の前に突きつけたのは、それをくつがえすたいへんな資料だった。神宮警察署が行なった、偽領収証作りの手口とプールした裏金の使途を、克明に記録した裏帳簿だ。こんなものが公表されたら、警察庁は上を下への大騒ぎになる。

厚さ一・五センチほどの、A4の分厚い書類はコンピュータからの打ち出しではなく、すべて几帳面な字体で記録された、手書きの資料だった。年月日で確認すると、四年前から二年前までの三年間の帳簿、ということになる。

偽領収証作成に協力した警察官の氏名、受取人の名義にされた一般協力者の氏名。さらに、裏金から支出された警察幹部への餞別、転居祝い、新築祝い、冠婚葬祭費等の一覧表。中には、記号だけでだれに渡されたか分からぬ、使途不明金もかなりある。

「惜しまれるのは、一覧表の中にところどころ〈α〉とか〈x〉とか、裏金を提供されたと思われる対象者の名前が、記号になっていて分からないことだ。あるいはこの資料に、もう一枚その記号の説明がついていたのに、コピーを取りそこなったのかもしれないな」

山路が言うと、早苗は肩をすくめるしぐさをした。

「そこまでは、わたしにも分かりません」

山路は腕組みを解き、早苗の顔をのぞき込んだ。

「どちらにしても、こんな重大なネタをなぜ自分で書かずに、おれなんかに横流しするんだ。そこまできみに、恩を売った覚えはないぞ」

山路にとって、早苗は大学のジャーナリズム研究会の、だいぶ年次の開いた後輩に当たる。

したがって、仕事の合間に在学生の勉強会に顔を出して、指導したくらいの接触しかない。そのおり、新聞記者に向いた早苗の素質を認めて、東都ヘラルド新聞社の受験を勧めた覚えは、確かにある。

しかし、早苗は山路のコネに頼ったわけではなく、あくまで実力で入社したのだ。

早苗の表情が、厳しさを増す。

「わたしも、もとは自分で書くつもりでいたんですけど、気が変わりました」

「なぜだ」

「最初、現物を見せずに社会部長に、打診したんです。こういう裏帳簿が手にはいったときは、抜き打ちで記事を書いてもいいか、と。興味を引くために、出どころが警視正以上の現職警察官だということも、打ち明けました。部長は、念のため上層部の判断を聞いてくる、と言って返事を保留しました。そうしたら、その日のうちに取締役編集局長から呼び出しがかかり、問題の裏帳簿をすぐに入手して、提出するようにと迫られました。それで、ぴんときたんです。警察関係者が、しかるべき筋から上層部に手を回して、裏帳簿を回収しようとしているに違いない、と」

「どうして、そんなことが分かるんだ」

早苗は、少し体を引いた。

「詳しくはお話しできませんが、とにかくそう信じるべき根拠があります。それでとっさに、うちが記事にすると確約するまで、渡すことはできないと言っている、と嘘をついたんです。局長は、かならず記事にすると約束して入手しろ、と言いました。わたしは、内部告発者が要求しているのは、口約束ではなく署名入りの文書による保証だ、とさらに嘘を重ねました。すると、局長はなぜか急に腰が引けた様子で、なんとか口約束ですませられないか、と聞き返したんです。それは無理だと答えますと、今度は内部告発した警察官の名前を教えろとか、どういうルートでわたしに話が来たのかとか、いろいろ探りを入れてきました。しかたなく、記者としての仁義や守秘義務を持ち出して、なんとか追及をかわしました。わたしも、今の職場を失いたくありませんから、必死でした」

山路は、早苗のこめかみに汗が浮くのを見て、自分も手に汗をかいているのに気づいた。

「きみの話からすると、内部告発者が出ることを警察側は察知して、事前に東都ヘラルドに手を打っていた、というように聞こえるがね」

「そう解釈してくださって、けっこうです」

山路は、たばこに火をつけた。

「編集局長は、それで納得したのかね」

「ええ、とりあえずは。中身を見ずに、記事にすると保証することはできないから、とにかく現物を引き渡すように説得しろ、と言われました。わたしは、分かりましたと答えましたが、そのときにはもううちの新聞では無理だ、と見切りをつけたんです」

「それで、おれのところに持ち込んだ、というわけか」

「ええ。局長に催促されたら、相手にこの話はなかったことにしてくれと言われた、と答えるつもりです」

この日の夕方、山路は早苗から携帯電話で内密に相談があると言われ、午後九時半ごろ池袋に出て来た。

早苗の要望もあり、ときどき利用する焼き肉屋の個室にこもって、密談に及んだ。個室といっても、薄めのパネルで仕切ってあるだけなので、両隣から雑多な騒音が聞こえてくる。それだけに、ひそひそ話をするにはもってこいの環境だった。

「これを記事にしたら、それこそ編集局長賞ものだけどな」

山路が指摘すると、早苗は唇を引き締めた。

「かりに、編集局長が善意の第三者で記事にする、と決めたとしますね。それでも、神宮署や警察庁に裏取りをかければ、その時点でこちらの動きを察知されて、経営トップに圧力がかかるでしょう。朝日や毎日なら、それをはねつけられるかもしれませんが、うちあたりではとても無理です。警察庁や警視庁だけでなく、他の省庁の取材にも支障をきたす恐れがありますし、広告のスポンサー筋にも影響が出ます。どう考えても、記事にはなりません」

「百年に一度の、大スクープなんだがね」

山路が繰り返すと、早苗はますます悔しそうに、眉根を寄せた。

「それは分かっています。でも、上に握りつぶされたら、スクープになりません。だとすれば、別の手段で活字にするしか、方法がないでしょう。ただ、ほかの新聞社や新聞社系のテレビ、週刊誌には渡したくありません。山路さんなら、それ以外のいろいろなメディアに、ルートをお持ちのはずです。出版社系の週刊誌は、警視庁だけじゃなくどの官公庁の記者クラブにも、所属していませんね。その気になれば、抜き打ちの特集を組めるでしょう」

早苗に詰め寄られて、少したじろぐ。

「それは、もちろんできるがね」

早苗は、力強くうなずいた。

「でしたら、新聞社系のメディアには持ち込まないという条件で、山路さんにこの資料をお預けします。週刊ホリデーあたりなら、食いついてくるんじゃないでしょうか」

週刊ホリデーは、出版社系のメディアの中でもっとも部数が多く、影響力も大きい週刊誌だ。山路自身、仕事の七十パーセント以上を週刊ホリデーに、依存している。編集長、デスクともに山路とは長い付き合いで、気心の知れた仲だった。

早苗の言うとおり、出版社系の週刊誌は新聞やテレビと違って、事前の取材や関係者のコメントなしに、闇討ちをかけることもまれではない。事前に裏を取ろうとすると、その動きから相手に感づかれて、邪魔がはいることがあるからだ。

前触れなしに秘密を暴露し、引き続き次の号で当事者の弁解、関係者の談話や世論の反応をとる、という手法ならその心配はない。

山路は、食べ残した焼き肉を腹に収め、おしぼりで口元をぬぐった。

「わかった。預からせてもらう。ただし、この資料の出所は明らかにできないから、きみの手柄にはならんぞ」

早苗が、躊躇なくうなずく。

「分かっています。この件は、山路さんのお手柄にしていただいて、いっこうにかまいません」

「別の形で、借りを返せるかどうかも、約束できないな」

「気にしないでください。これが公表されることで、鼻を明かせる相手がいるんです。わたしには、それで十分です」

何か事情がありそうだが、それ以上は聞かないことにした。

「一つだけ教えてくれ。きみに、この資料を提供した警察内部の人間というのは、表に出る気はないのかね」

早苗は、少し考えた。

「少なくとも、今のところはないようです。でも、この資料が公になったあとは、分かりませんね」

「もし、表へ出てもいいという気になったら、真っ先におれに連絡してもらいたい」

「分かりました。引き受けていただいて、ありがとうございます。せっかくの極秘資料が、眠ってしまうところでした」

山路はビールを飲み、たばこを一口吸って言った。

「これも、何かの因縁かもしれんな」

早苗が、首をかしげる。

「因縁って、どういう意味ですか」

たばこをもう一口吸い、灰皿でもみ消す。

「神宮署には、知り合いのデカがいたんだ」

「いるんじゃなくて、過去のお話ですか」

「うん。そいつは、何か月か前に南米マフィアと撃ち合って、死んじまった」

早苗はすぐに、うなずいた。

「ああ、その事件ならずいぶん話題になったし、覚えています。なんという刑事でしたっけ」

「禿富鷹秋、という刑事だ。陰ではハゲタカ、と呼ばれていたがね」

聞き覚えのある名前だ。

「その刑事と、お知り合いだったんですか」

「そう。生活安全特捜班の警部補だったが、これがとんでもない悪徳刑事でね」

「そんな悪徳刑事と、どうしてお知り合いになったんですか」

「ハゲタカは、神宮署の前に台東区の北上野署で長いあいだ、組織犯罪対策課に所属していた。薬物事犯の担当だった。そのころ、上野周辺の暴力団にからむ麻薬密売ルートの取材で、ハゲタカのところへ話を聞きに行ったのが、知り合ったきっかけさ。なぜか、おれに興味を持ったらしくて、ときどき酒に誘われるようになった。そのあいだに、かなり極秘の捜査情報をおれに漏らして、特ダネを書かせてくれたこともある。むろんおれの方も、ときどきハゲタカに呼び出されては、手伝いをさせられたものだがね」

「どんなお手伝いですか」

山路は肩をすくめ、新しいたばこに火をつけた。

「まあ、それは想像にまかせるよ。けっこう、危ない橋を渡ったからね」

「あまり、思い出したくないみたいですね」

「そうだな。違法すれすれ、というのもあったしな」

よく覚えているのは、渋谷の暴力団渋六興業の地上げの手伝いをして、民政党の政調会長の浮気現場に押し込み、個人事務所の立ち退きを迫った一件だ。

現職の国会議員を、禿富はそのあたりのちんぴらなみに張り飛ばし、浮気の現場写真をネットに流すと脅して、無理やり立ち退き承諾書を書かせたのだった。

あのときのことを思い出すと、今でも冷や汗が出る。

早苗が、体を乗り出した。

「そのハゲタカが、神宮署に籍を置いていた悪徳刑事なら、この裏帳簿にも名前が出てくるかもしれませんね。まだ、詳しくチェックはしてませんけど」

山路は、コピーに手を置いた。

「おれも、そんな気がしてざっと一覧したが、ハゲタカの名前はなかった。おれの見落としでなければ、だがね。ただ、彼は裏金作りにはからんでない、と思う。よきにつけ悪しきにつけ、組織ぐるみの計画やら方針には、背を向ける男でね。根っからの、一匹狼だった」

早苗は体を引き、山路を見つめた。

「いずれにしても、この資料をどう料理するかは、山路さんにお任せします。ただ、ボツにしないことだけは、約束してください」

「万が一にも、記事にできない事情が発生したときは、そっくりこれをきみに返却するよ」

山路は請け合ったものの、わけもなく不安を覚えた。

## 22

今度こそ失敗は許されない、と思うとさすがに脂汗が出る。

笠原龍太は、蟻一匹見逃すまいと目を皿のように見開き、銀嶺ビルの出口を見張っていた。池袋の東口から、徒歩五分ほどのところにある、細長い飲食店ビルだ。

三十分前、女はそれらしきトートバッグを手にさげて、そのビルの一階からエレベーターに乗った。ほかの乗客に混じって、笠原も首尾よく同じ箱に乗り込んだ。

もし二人きりになったら、その場でスタンガンを使ってでも、トートバッグを奪い取るつもりだった。しかし、結局そういうチャンスはやってこず、六階まで上がってしまった。

そこは〈銀嶺苑〉という、各テーブルがパネルで個室風に仕切られた、新タイプの焼き肉屋だった。通路に面した側は、目の粗い簾《すだれ》のようなブラインドで、おおわれている。一応、プライバシーは保たれるかたちだが、中がまったく見えないわけではない。

ボーイに案内されながら、笠原は女がはいった個室に男がいるのを、しっかり確認した。

額が抜け上がり、白のTシャツにレンガ色のブルゾンを着た、小柄な男だった。その前を通り過ぎ、いちばん奥の個室に案内された笠原は、カルビクッパだけ注文した。

五分で食べ終わった。

通路をレジへ歩きながら、例の女と男が熱心に話し込む姿を確認して、勘定をすませた。

ビルを出て、出口の見える街路樹の陰で待機を始めてから、すでに四十分が経過している。

調べたところ、非常階段もエレベーターのある正面の口にしか、通じていない。そこさえ見張っていれば、逃げられる心配はなかった。

岩動寿満子から、東都へラルド新聞社に勤務する女性記者、大沼早苗を見張れと指示されたのは、二日前のことだった。正面から写した顔写真を渡され、早苗が住む中央区月島一丁目の社員寮を、教えられた。早苗は、女性では比較的数少ない社会部の記者で、しかも警視庁の記者クラブに詰めている、という。

寿満子には、早苗が例のプラスチックケースを持って、社員寮から外へ出ることがあったら、あとをつけて奪い取れ、と言われた。笠原が奪われた極秘資料が、今は早苗の手元にあるらしいと分かったが、なぜそういう巡り合わせになったかは、聞かされなかった。

笠原はその資料が、同じプラスチックケースにはいったままかどうか、疑わしい気がした。早苗が、別の袋かバッグに入れ替えることも、ありうるからだ。

どちらにしても、書類の束はかなりかさばるので、ふだん早苗が持ち歩く小型のボストンバッグには、収まらないだろうと見当をつけた。

笠原は、若い者に運転させて月島の社員寮の近くに行き、車の中から出入り口を見張った。

最初の日の午前中、笠原はボストンバッグだけ持って出た早苗を、東京メトロの月島駅まで追い、一緒に地下鉄有楽町線に乗り込んだ。しかし、桜田門で電車をおりた早苗が、警視庁の庁舎に姿を消すと、それ以上は見張りようがなくなった。結局、また地下鉄で社員寮へ引き返し、早苗の帰りを待つしかなかった。新聞記者の動きを、四六時中見張ってあとをつけるなど、プロの探偵でもむずかしいだろう。

もし、社員寮から資料らしきものを持って出たとしても、早苗に警視庁の庁舎にはいられてしまったら、手の打ちようがない。いつ、どこの出口から外へ出るか分からないし、資料を中に置いてくるかもしれない。そのときは、なんとしても社員寮から警視庁へ着くまでのあいだに、奪い取らなければならない。

ところが二日目のこの日、急な展開があった。

朝、ボストンバッグだけ持って社員寮を出た早苗が、午後八時ごろに帰宅したのだ。

前夜は、帰宅が午前零時過ぎに及んだので、新聞記者の仕事の時間帯はそんなものだろう、と思っていた。早苗の部屋は、小ぶりのマンション形式になった社員寮の、二階の西の端にあった。一度ついた部屋の明かりは、なかなか消えなかった。

こうなったら、いっそ宅配便の配送人にでもなりすまして、押し込んでやろうかと考え始めた矢先、明かりが消えた。

ほどなく、黒革のジャケットとジーンズに着替えた早苗が、外に出て来た。時間は、八時半を回るころだった。

早苗は、肩から白いポシェットを斜めがけにし、手に大きめの帆布のトートバッグを、さげていた。

寿満子の言うとおり、実際に問題の資料が早苗の手中にあるならば、トートバッグの中にはいっているに違いない、と当たりをつけた。早苗はそれを持って、どこかへ行くつもりなのだ。

笠原は若い者を車に残し、歩いて早苗をつけ始めた。

結局、駅に行くあいだも電車に乗っているあいだも、早苗を襲う機会はなかった。

早苗は、地下鉄有楽町線で乗り換えなしに、池袋に出た。

そして今、笠原はその早苗が銀嶺ビルから出て来るのを、じりじりしながら待ち構えている、という次第だった。若い者には、とりあえず車を池袋に回すように、連絡してある。

早苗が姿を現したときは、それからさらに四十分が過ぎていた。

笠原は、早苗が例のトートバッグを持っていないことに、すぐに気づいた。とっさに、ブラインド越しにちらりと目にした、あの男にバッグごと渡したのだ、と判断する。

だとすれば、これ以上早苗を追ってもむだだ。寿満子の指示は、極秘資料を取りもどすことであって、早苗をどうすることではない。あのトートバッグに、もし目当てのものがはいっていなかったときは、また一からやり直すだけだ。

笠原は、雑踏の中を駅ビルの方角に消える早苗を、じっと見送った。

そのあと、見覚えのあるレンガ色のブルゾンが出て来るまで、さらに三十分ほど待たなければならなかった。予想したとおり、男は右手に例のトートバッグを、ぶらさげていた。ほかには、何も持っていない。

男は、西武池袋線の通勤急行に乗って、大泉学園駅まで行った。

電車をおりるなり、笠原は池袋へ車を移動させていた若い者に、自分の現在地を伝えた。すぐに、この近辺に車を回すように、指示を出す。

男は北口を出て、線路沿いに少し西の方向に歩き、通りを北へ向かった。バスには乗らなかった。行く先が徒歩圏内か、それとも終バスを逃がしたかの、どちらかだろう。

そこは、花の季節になれば人出で賑わいそうな、桜並木のバス通りだった。

男は、その道を七、八分足速に歩いたあと、前田橋と表示の出た信号を、斜め左に折れた。すると、車の行き来も人通りも、急に少なくなった。

手が汗ばんでくる。

男は、前田橋と思われる小さな橋を渡り、道の右側をまっすぐ歩き続けた。

笠原は、コートの右ポケットの中でスタンガンを握り、左手で携帯電話を取り出した。若い者に、小声でもう一度現在地を伝える。車はやっと、目白通りにはいったばかりだ、という。

切ったあとも、だれかと歩きながら通話するふりをしつつ、背後を確かめた。

人影はなかった。

前に目をもどすと、百メートルほど先から近づいて来る、自転車のヘッドランプが見えた。あれをやり過ごせば、チャンスができそうだ。

笠原は、携帯電話を相手に適当に話を続けつつ、足を速めて男との距離を縮めた。

自転車とすれ違った。

もう一度、背後を確かめる。今度は、別の自転車がこっちへやって来るのが、目にはいった。笠原は腹の中で毒づき、さらに男との距離を詰めた。

男は一度振り返ったが、笠原が通話に没頭しているふりをすると、すぐに前に向き直って歩き続けた。自宅か人の家か知らないが、とにかく相手が目的地に着くまでに始末しないと、めんどうなことになる。

後ろから来た自転車が、追い越して行った。

左側に集会所らしい、コンクリート造りの建物が現れる。その先が、空き地になっていた。

笠原は、おしゃべりを続けながら男の背後に迫り、スイッチオンしたスタンガンを容赦なく、首筋に押しつけた。

男が一声上げて、くたりとアスファルトの上に、崩れ落ちる。すごい威力だ。

倒れた男の手から、トートバッグを奪って中をのぞく。見覚えのある、プラスチックのケースが、収まっていた。

きびすを返し、もと来た道をもどる。

だいぶ先に、こっちへやって来る新たな自転車を見て、笠原は集会所の向かいの道に駆け込んだ。

静かな住宅街を、やみくもに突っ走ったり曲がったりしながら、若い者に電話する。

車はちょうど、目白通りと笹目通りのぶつかる、谷原の交差点まで来たという。

「よし。目白通りの、のぼり方向の角に停めて、待ってろ。タクシーを拾って、そこまで行く」


一時間後。

笠原は、岩動寿満子に電話して新宿の〈アドニス〉へ回り、先日ぶちのめされた個室で落ち合った。

寿満子は、プラスチックケースから書類の束を取り出し、じろりと笠原を見た。

「中を見たのか」

あわてて首を振る。

「見ませんよ。ほんとです。めんどうなことは嫌いでね。見る気にもなりませんや」

寿満子は、さらに五秒ほど笠原をじっと見つめたあと、おもむろに書類に目を落とした。

分厚い束を、すばやい手つきで一ページずつ、めくっていく。

最後のページまでくると、眉根を寄せて前のページをめくり返し、またもとにもどした。

しばらく考え、刺すような目でまた笠原を見る。

「これで全部か」

「ええ。中身には、指一本触れてませんから」

「まさか、コピーなんかとらなかったろうね」

笠原は、むっとした。

「とりませんよ。大泉学園からここへ、直行して来たんだ。そんな時間が、あるわけないでしょう」

よくやった、の一言もない寿満子の無愛想な挨拶に、向かっ腹が立つ。

寿満子は、書類を束ね直してケースにしまい、あらためて言った。

「おまえに、もう一つやってもらいたいことがある」

それを聞いて、笠原は目をむいた。

「勘弁してくださいよ。おれは言われたことを、ちゃんとやったんだ。これ以上は、もうやりたくない」

寿満子は上体を乗り出し、テーブルの上で手を組んだ。スキーのグラブのように、ごつい手だった。

「いいか、よく聞くんだ。相手がヤクザのじじいとはいえ、おまえは人を一人殺してるんだよ。まあ、それだけなら七年か十年勤めれば、出て来られるかもしれないさ。だけど、そこへ麻薬取締法違反やら銃刀法違反、傷害罪、恐喝罪なんかが加わったら、十五年から二十年は覚悟しなきゃならないよ。それも、保釈なしの」

　ごくり、と唾をのむ。

「お、おれはそんなこと、やってないぞ」

　食ってかかると、寿満子は唇の端を歪めた。

「それくらい付け足すのは、あたしにとっちゃ簡単なことさ」

　笠原は、口をつぐんだ。

　極道を張って二十年以上になり、今まで刑事も含めて怖いと思った相手はいないが、この女だけは勝手が違う。底の見えない恐ろしさがある。

「すると、なにか。おれは一生、あんたの言いなりになって暮らす、ということかよ」

　開き直って聞き返すと、寿満子は打って変わって機嫌のよい笑い声を立て、人差し指を左右に振った。

「やけになるんじゃないよ、笠原。今度の仕事をクリアしたら、証拠物として押収したおまえのナイフを、返してやるさ。それなら、文句ないだろう」

　笠原は口をつぐみ、少しのあいだ考えた。

　熊代彰三を刺した直後、凶器のナイフを寿満子に召し上げられた。ナイフには、熊代の血と自分の指紋が、しっかり残っている。

　それを回収して始末すれば、熊代を殺したという直接証拠は失われ、怖いものはなくなる。アリバイ工作なら、いくらでもできるだろう。

寿満子を見返し、強い口調で言う。

「その言葉に、嘘はないだろうな」

「ないよ。ただし、次の仕事は今回よりもっと厳しいから、覚悟してかかりな」

「言ってくれ。さっさとすませようじゃねえか」

寿満子の口辺に、不敵な笑みが浮かぶ。

「そのつもりさ。今夜のうちに、やってもらうよ」

# 第六章

## 23

目が冴えて、眠れなかった。

松国輝彦は寝返りを打ち、薄暗い天井を見上げた。妻の遊佐子《ゆさこ》とは、半年ほど前から寝室を別にしている。ダブルベッドは、寝相の悪い松国には、ちょうどよい大きさだった。

遊佐子が、二階の自室に布団を敷いて独り寝を始めたのは、あの禿富鷹秋が死んでほどなくのころだ。

禿富のことを思い出すと、憎しみと畏敬の入り交じった複雑な感情が、込み上げてくる。

かつて禿富は、遊佐子を誘惑してベッドに誘い込み、隠しカメラでその痴態《ちたい》を撮影した。そればかりか、松国に対して現像した写真やネガと引き換えに、予想もしなかった取引をもちかけてきた。

当時、松国は五反田警察署警務課付の監察官として、同署生活安全課の久光《ひさみつ》章一という巡査部長を、取り調べていた。久光は、管内の賭博ゲームの店や、カジノ業者に対する便宜供与、手入れ情報の横流しで賄賂を受け取る、悪徳警官だった。

キャリアの署長は、久光に表向き依願退職のかたちをとらせ、警視庁本部にもマスコミにも事実を伏せる、という隠蔽工作を指示してきた。

しかし松国は、一件を警察庁まで報告を上げると同時に、マスコミにも発表すべきだと反論した。当時は、警察官による不祥事が続発していただけに、そうしなければ姿勢を正すことにならない、と判断したからだ。その結果、署長と意見が対立してなかなか処分が決まらず、悩んでいたのだった。

禿富が申し出た取引は、驚いたことにその久光の罪を不問に付し、一件を闇に葬れというものだった。久光が処分されたり、禿富自身が恐喝罪で告発されたりしたときは、妻の痴態が週刊誌に公表されることになる、と暗に脅しをかけてきた。

禿富が、なぜ久光を助けようとしたのかは、最後まで分からなかった。いっときは、署長の密命を受けたのではないか、と疑いもした。しかし結局、その形跡はなかった。

いやも応もなく、松国は取引に応じた。

妻の不貞は、自分が仕事にかまけて、ほったらかしにした報いだ、と分かっていた。久光の一件を、不問に付すのははなはだ不本意だったが、受け入れざるをえなかった。

それはまた、在任中の自分のキャリアに傷をつけたくない、という署長の意に沿うことでもあり、また松国自身も勤務の点数を稼ぐという、皮肉な結果にもなった。

久光の監察を打ち切り、無罪放免にしてから三日後に、松国は匿名の封書で問題の写真と、ネガを受け取った。その後、そうした写真がどこかに流れた様子はなく、秃富が約束を守ったことが分かった。

妻をなぶりものにし、さらにそれをネタに恐喝してきた秃富に対して、憎しみを抱くのは当然だ。

しかし、それをきっかけに遊佐子と一緒に過ごす時間が、自然に増えたのも確かだった。むろん遊佐子は、自分の浮気を松国に知られたことにも、松国が秃富と闇取引したことにも、気づいていない。

何食わぬ顔で抱かれる妻に、自虐的な興奮を覚えるおのれを意識して、松国は逆に新しい発見をした。

遊佐子も、その後は夜遊びをする回数が、極端に減った。見違えるほど、松国との時間をだいじにする、模範的な妻に変貌した。認めたくはないが、それを秃富効果と呼んでもいいかもしれない、とさえ思った。

感謝するとは言わないが、秃富に対して憎しみばかりではない、アンビバレントな感情を抱くのは、そのためだった。

あれからほどなく、松国は所轄署から警察庁の長官官房に引き上げられ、警視正に昇進した。さらに、少し間をおいて特別監察官の職を、拝命《すいばん》した。もしかすると、そこには久光の一件で貸しを作ったかたちの、五反田署長の推挽があったのかもしれない。

大卒ながら、ノンキャリアの一警察官にすぎない松国にとって、その人事は異例の抜擢といってよい。

もっとも松国自身は、その抜擢に見合うだけの能力が備わっている、という自負があった。それに、拝命後も十分に周囲の期待に、こたえてきたつもりだ。

ただ、ここへきて少し足元が揺らぐのを感じたのも、事実だった。

特別監察官が追求すべき正義は、結局のところ一般世論の期待する正義ではなく、警察という閉ざされた機構の中での、限定された正義なのだ。むろんそれは、頭の中では分かっていた。

しかし、実際に神宮署の裏帳簿を巡って、警察庁のトップがもみ消しを図る、などという事態に直面すると、さすがに反発を覚えずにはいられない。

そうした不正を公表すれば、一時的に警察の恥辱になるかもしれないが、それを外へ出さずに抱え込んだとき、小さな膿はあとでひどい腫瘍《しゅよう》に育ち、組織を蝕《むしば》むことになる。

この裏帳簿が外へ漏れたら、神宮署の署長、副署長以下の幹部、神宮署が所属する第三方面本部の本部長、さらには警視総監、警察庁長官まで、辞任に追い込まれるかもしれない。警察庁の次長、浪川憲正も次期長官への道を、閉ざされる恐れがある。

浪川が、松国の提言に対する回答を引き延ばし、結果的に裏帳簿を召し上げたまま、一件を海の底へ沈めてしまったのは、そのためと考えてよい。しかしそれを放置したら、いつまでたっても警察の浄化はできない。

となれば、内部告発というかたちをとってでも、この不祥事を公にしなければならない。

こんなとき、秃富鷹秋が生きていたら、いくらでも方法があったのに、と考えてしまう。

秃富は、自分の利益になることなら正邪を問わず、どんなことでもやってのける、ずぶとい男だった。善悪を超えた、あのような無軌道な男を手駒に持っていれば、どれだけ利用のしがいがあったことか。それを思うと、つくづく死なせたのが惜しくなる。

いや、今さらもう遅い。ほかの手を考えなければならない。

秃富の遺志を継いで、裏帳簿のコピーを松国に提供した御子柴繁は、もう一部孫コピーを隠し持っていた。しかし、その御子柴は松国の懇請にもかかわらず、身を守るための保険がわりだと称して、それを引き渡そうとしなかった。

そのコピーを手に入れるために、場合によっては手段を選ばぬ荒療治が必要、と肚を決めた。

だからこそ、松国はどんな手を使ってでも入手せよ、と嵯峨俊太郎に指示したのだ。

秃富亡きあとの今、手足になる男は嵯峨しかいない。

最終的に、問題の孫コピーを御子柴から召し上げるのに、嵯峨がどんな方法をとったか松国は知らないし、知りたくもない。

ともかく、そのコピーは嵯峨から松国の手元に、届けられた。

それを託する相手として、松国は東都ヘラルド新聞社の女性記者、大沼早苗に白羽の矢を立てた。

早苗は、今は警視庁の記者クラブに詰めているが、その前は第三方面本部のサツ回り担当として、五反田署にも出入りしていた。

松国は、まだ五反田署の監察官をしていたころ、早苗と接触があった。女ながら、早苗は男に負けぬ判断力、決断力を備えており、人一倍正義感の強い記者だった。美人でもあり、松国も早苗の取材には快く応じて、機密事項以外はなんでも話した。昼飯やお茶を、ともにしたこともある。むろん、節度のある接し方に終始したから、周囲に変な目で見られた覚えはない。

東都ヘラルドは、関東中心のブロック紙にすぎないが、世論への影響力は三大紙に劣らぬものがある。すっぱ抜きをさせるには、手ごろな新聞だと思われた。

そこで松国は、早苗をなじみのレストランの個室に呼び寄せ、問題の裏帳簿のコピーを示しながら、紙面で告発してほしいと要請した。

早苗は驚きと困惑を隠さず、ひとしきり裏帳簿をチェックしていたが、やがて預からせていただきます、と応じた。ただし、東都ヘラルドで扱えない状況になった場合は、別のしかるべきメディアに託してよいか、と聞かれた。

少なからず躊躇したが、結局松国は新聞系の雑誌メディアやテレビ、ラジオを避けるという条件で、オーケーを出した。それ以外の、出版社あるいは独立系のメディアなら警察筋、官公庁筋の記者クラブに加盟していないので、よけいな邪魔がはいらないと判断したのだ。

早苗に預けてから三日たったが、神宮署に関する記事は東都ヘラルド紙を含めて、どこのメディアにも掲載されていない。

あわてることはない、と自分に言い聞かせつつも松国は、いくらか焦りを感じていた。出版社系の雑誌であれ、ことが警察がらみとなると腰が引ける可能性も、ないではないからだ。明日にでも、早苗に連絡して状況を聞こう、と思う。

そのとき、突然腋《わき》の下のあたりがぶるぶると震え、ぎくりとした。

あわてて、シーツの中を探る。ベッドにはいるときはいつも、ストラップつきの携帯電話を首にかけ、マナーモードにして寝るのだ。

体を起こし、着信画面を見る。

大沼早苗からだった。

通話ボタンを押すと、早苗の緊張した声が響いた。

「松国警視正でいらっしゃいますか」

「そうだ。どうしたんだ、こんな時間に」

「すみません。緊急事態が発生したので、失礼を承知でお電話しました。今、よろしいでしょうか」

緊急事態と聞いて、急に体がしゃんとする。

「ああ、かまわん。緊急事態とは、どういうことかね。例の件か」

「はい。最初からお話ししますと、実はあの一件をうちの新聞では記事にできない、という結論に達したんです」

「どうしてだ。めったにない、特ダネのはずだぞ」

自分でも、声がとがるのが分かる。

「わたしも、特ダネという含みでトップに打診したところ、編集局長から問題のコピーをすぐに提出せよ、と迫られたんです。あまりに性急でしたので、まだ入手するにはいたっていない、と逃げを打ちました。そのときの感触では、編集局長は事前にどこかから警告を受けていて、わたしから裏帳簿を取り上げるつもりのようでした」

松国は、眉をひそめた。

「どこからの警告だ」

「おそらく、警察庁の筋です」

ひやりとする。

「どうして、そうと分かるのかね」

早苗は、一息入れて言った。

「それについては、明日にでも詳しくご報告します。問題は、その先なんです」

松国は、携帯電話を握り直した。

「続けたまえ」

「うちで記事にできない場合は、ほかのしかるべきメディアに回してもよい、ということでご了解をいただきましたね」

「次善の策として、了承したつもりだ」

早苗は、かまわず続けた。

「わたしの先輩で、週刊ホリデーを中心に仕事をしているヤマジケイゴ、というベテランのフリーライターがいます。今夜、いえ、もう昨日の夜になりますが、ヤマジ氏を池袋へ呼び出して、話をしたんです。例の裏帳簿を見せて、彼の手でなんとか記事にできないか、と打診しました。彼は、予想どおり大いに興味を示して、週刊ホリデーに特集記事を書けるだろう、と請け合ってくれました。このネタなら、編集長を説得できる、と踏んだようです」

週刊ホリデーは、そこそこの部数を誇る出版社系の週刊誌で、暴露ものに強いことで知られている。メディアとしての広がりをみれば、東都ヘラルドより影響力が大きいかもしれない。

「それで、そのヤマジという男にその場で、コピーを渡したのか」

「はい。早ければ早いほどいい、と判断したんです。渡したあとは、別々に帰りました。ところが、たった今ヤマジ氏ご本人から連絡があって、帰宅の途中だれかにスタンガンらしきもので襲われ、コピーを奪われたと言ってきたんです」

松国は、愕然とした。

「申し訳ありません」

「奪われたって、ほんとうか」

「はい。こんなことになるなんて、予想もしていませんでした。申し訳ありません」

「だれにやられたか、見当がつかないのか」

「はい。後ろから襲われたので、相手を見ていないそうです。おそらくわたしが、自宅からコピーを持ってヤマジ氏に会いに行くのを、つけていた者がいるのだと思います。それで、コピーが彼の手に渡ったのを確認して、彼を尾行したに違いありません。彼は、大泉学園の駅からだいぶ離れたマンションに、住んでいます。駅から歩いて帰ったそうですが、相手は人通りが途絶えるのを待って、スタンガンを使ったらしいんです」

松国は携帯電話を持ち替え、じっとりと汗ばんだ手をパジャマにこすりつけた。

とっさに、こういうこともあろうかと予想して、さらに一部コピーを取ったのを思い出し、ほっとする。やはり用心して、しすぎることはないのだ。

その孫コピーは、以前浪川次長にセットにして渡した、分析リポートのオリジナルと一緒に、寝室に保管してある。

あらためて言う。

「しかし、きみがあのコピーを持っていることを知る者は、わたしたちのほかにだれもいないはずだ」

返事がないので、松国は続けた。

「そのことを、だれかに話したのかね。あるいは、編集局長が」

途中で言いさすと、ようやく早苗が応じる。

「その辺の事情についても、明日お話しさせてください。長くなる恐れがありますので」

「そうか」

松国は口をつぐみ、少し考えた。

そもそも、あのコピーを自分が早苗に提供したことを、だれがどうやって突きとめたのだろうか。いや、それ以前に自分がそのコピーを手に入れたことが、なぜ外に漏れたのだろうか。

そのことを知る者は、コピーを入手して自分のもとへ届けに来た、嵯峨俊太郎しかいないはずではないか。

あるいはそのことを、だれかに嗅ぎつけられたのか。

そんな疑問に答えを出そうと思えば、確かに夜中の長電話ではまだるこしい。

松国は、口調を変えて言った。

「ところで、ヤマジは自分が襲われたことを、警察に届けたのかね」

「いいえ。怪我らしい怪我をしたわけではありませんし、問題が問題だけに届けるのは控えた、と言っていました」

「まあ、その方がいいだろうな」

「申し訳ありません。くどいようですが、こういう事態はまったく予想しなかったので、ショックを受けています。もう少し、警戒すべきでした」

早苗の声は、落ち込んでいた。

「わたしも、連中がそこまでやるとまでは、思わなかった。きみにもあらかじめ、警告しておくべきだったかもしれない」

少し間があき、早苗が聞き返す。

「連中、とおっしゃいますと」

松国は、つい口を滑らせたことを悔やんだが、すでに遅かった。

「それについては、明日会ったときに話す。場所と時間は、こちらから午前中に電話する」

電話を切ったあと、ベッドサイドの水差しからグラスに水を注ぎ、一息に飲む。

分からないことだらけだ。

例のコピーを、嵯峨がどうやって御子柴から手に入れたのか、松国は確認しなかった。

どのみち、嵯峨はかなり危ない橋を渡ったはずだから、聞かない方がいいと思ったのだ。

しかし、その事実をいつの間にか他人に知られ、さらにコピーが松国から早苗を経由して、ヤマジなるフリーライターの手に渡ったことも、突きとめられてしまった。直接的か間接的かは分からないが、そこには警察関係者の鋭い嗅覚と強い意志が、介在しているとしか思えなかった。

もう一杯飲もうと、水差しに手を伸ばしたとき、また携帯電話が震えた。

着信画面の相手方は、非通知になっている。

松国は、自分の番号を限られた相手にしか、教えていない。したがって、見ず知らずの人間がかけてくることは、基本的にないはずだ。

少しためらったが、時が時だけにほうってもおけず、松国は通話ボタンを押した。

「もしもし。夜分遅く、すみません。松国警視正ですか」

ぶっきらぼうな、男の声が流れてくる。

「そうです。そちらは」

「渋六興業の、ミズマという者です」

松国は、ベッドの上にすわり直した。

「渋六興業。暴力団の、渋六興業か」

「いや、れっきとした風俗関係の、株式会社です」

渋六興業は、渋谷界隈を根城にする法人組織の暴力団で、神宮署管内に本部がある。また、あの禿富鷹秋が癒着していたというべきか、それとも食い物にしていたというべきか、ともかく密接な関係を持った相手であることも、承知している。

しかし、ミズマという名前には、思い当たるものがない。

「こんな夜中に、なんの用だ。こっちは、あんたの名前に心当たりがない。どこで、このケータイの番号を、調べたのかね」

「それはまあ、蛇の道は蛇ですから」

じわり、と冷や汗がわく。

「用件を言え」

「手短に言います。今、あたしの手元に神宮署が作成した、裏金の帳簿があるんですがね。興味ありませんか」

松国はぎくりとして、携帯電話を握り締めた。

たった今、大沼早苗とその裏帳簿について、話をしたばかりだ。

「なんのことか、分からんね。そんなものが存在する、という話は聞いたこともないな」

とりあえずとぼけてみせると、男はとげのある声で笑った。

「それが実際に存在していて、今あたしの手元にあるんですよ。嘘じゃありません。たとえば、タイトルは神宮署捜査運営費等出納簿、となってますね」

思わず、唾をのむ。

確かに表紙には、そう書いてある。

男は続けた。

「中身も言いましょうか。一覧表になってましてね。協力者、タナカ・ケンキチ。請求署員、ミトマ・トシゾウ。領収証金額、三万円。同じくシノダ・タカシ、オオウチ・マコト、三万円。このあたりは、偽領収書による収入の部ですな。ずっとあとの方に行くと、元神宮署長カワマ・キイチロウ、新築祝い十万円。警視庁捜査二課参事官、ヨコヤマ・イノシロウ接待、七万八千五百二十円、なんてのもある。これは、支出の部でしょう」

携帯電話を持つ手が、汗で滑りそうになる。

どうやら、本物らしい。いったい、どうなっているのか。

ヤマジというフリーライターから、裏帳簿を奪い取ったのは渋六興業のミズマと名乗る、電話の相手なのだろうか。

それとも、禿富が生前もう一部裏帳簿の孫コピーを取り、それを渋六興業のミズマに託していた、とでもいうのか。その場合、コピーは少なくとも三部存在した、ということになる。

電話の向こうで、男が言った。

「どうしました、黙っちまって。興味ないんですか」

松国は、咳払いをした。

「そんなものを、どこでどうやって手に入れたんだ」

「それは、言えませんやね。情報源の秘匿ってやつでね」

急いで考えを巡らせる。

自分の手元に、予備のコピーがあることを考えれば、内部告発のやり直しは可能だ。しかし同じものが、暴力団を通じて変に外部へ流れたりすると、逆効果になる。あくまで、警察内部からの告発というかたちをとってこそ、世論の理解を得られるのだ。

松国は、肚を決めた。

「本物とは思えないが、そんなものが市中に流れているというのは、穏やかでないな。

場合によっては、引き取ってもいい。条件を言ってみたまえ」

男が、げびた笑いを漏らす。

「そうこなくちゃね。ただし、条件は会ったときに、話します」

「いつ会うのかね」

「これから、すぐにですよ」

反射的に、ベッドサイドの目覚まし時計に、目をやる。

午前三時だった。

「すぐと言っても、こんな時間では銀行もあいてないし、金は用意できないぞ」

「だれも、金がほしいなんて、言ってませんよ」

「それなら、何が望みなんだ」

「だからそれは、会って話すと言ってるでしょうが」

堂々巡りに、松国はいらいらした。

「何時に、どこで会うんだ」

「たった今ですよ。お宅の斜め前に、車を停めて待ってます。十分で着替えて、出て来てもらいましょう」

それきり、通話が切れる。

急いでベッドからおり、相手の手回しのよさに驚きながら、服を身に着けた。

二階で寝ている、遊佐子のことがちらりと頭をかすめる。

しかし、事情を説明するのがわずらわしいし、よけいな心配をさせたくないので、黙って出ることにする。

一瞬、早苗にだけは連絡しておこうかと思ったが、明日会うときでいいと考え直した。そのときまでには、結論が出ているだろう。

警報装置のパネルで、玄関ドアのボタンを押して非常ベルを解除し、外へ出た。

門をあけると、六メートル幅の広い街路の斜め向かいに停まる、黒い車が街灯の明かりの中に浮かんだ。

松国は、車に足を向けた。

運転席にいた人影が、体を斜めにして助手席に腕を伸ばし、ドアを開く。

## 24

笠原龍太は、街灯の明かりの中を車に近づく、小太りの男に目をこらした。

髪の薄い、メタルフレームの眼鏡をかけた、四十代後半に見える男だ。

岩動寿満子の話では、これが警察庁長官官房の松国輝彦、という警視正らしい。黒っぽいスラックスに、茶のチェックのジャケットを着ており、その下は白のポロシャツだった。

普通の町の警察署ならともかく、警察庁の警視正となるとまったく縁がないから、どうもぴんとこない。見た感じも、ふだん目にするマル暴担当の刑事とは、まるで違う。

笠原も、松国に電話をかけるまでは緊張したが、今はむしろ開き直ったような心境で、とことんやる気になっていた。この仕事が、寿満子への最後の奉仕になるはずだし、そうでなくては困る。

車にやって来た松国は、開いたドアのあいだから顔をのぞかせ、緊張した声で言った。

「電話をよこしたのは、あんたかね。渋六興業の」

そこで、言葉を途切らせる。

笠原は、あとを引き取った。

「ええ、渋六の水間です」

それは、松国に電話するとき寿満子からそう名乗れ、と言われた別人の名前だ。直接は知らないが、渋六興業の幹部だと聞いている。

松国は、少しためらいながら助手席に滑り込み、ドアを閉じた。

笠原はエンジンをかけ、車を静かにスタートさせた。

松国が、不安げに聞く。

「どこへ行くんだ」

「まさか、お宅の前で商談もないでしょう。駒沢通りを越えたところに、祐天寺ってお寺がありますね。あそこの墓地なら、邪魔がはいらずに話ができる」

そう応じて、人通りのない寝静まった住宅街を、ゆっくりと走り抜ける。

すべてを、寿満子がお膳立てした。

使い捨ての携帯電話も、今運転している出どころの知れない車も、寿満子が準備したものだ。松国の自宅や、携帯電話の番号も寿満子に教えられたし、さわりだけとはいえ極秘資料の内容についても、レクチャーされた。それで初めて、問題の資料なるものが神宮署の裏帳簿、と分かったのだ。

その寿満子は、祐天寺に近い八幡神社の裏手に別の車を停め、待機している。仕事が終わったら、そこで落ち合う予定だった。

助手席にすわる松国は、さすがに警察官僚らしく脅えた様子を見せないが、少し落ち着きを欠いた風情で、体を小刻みに揺すっている。

逆に笠原は、肝がすわってきた。

駒沢通りに出て、二百メートルほど恵比寿の方へのぼり、二つ目の信号を右折する。そこは、一方通行の狭い道で、対向車はない。

実のところ、目当ての場所まで行くのにもっと近く、もっと簡単な道筋がある。しかし、そのルートをたどると、どうしても交番のある五差路の交差点を、経由しなければならない。気分的に、それだけは避けたかった。寿満子の先導で、そのあたりを二、三度走り回って確かめ、ようやく別の道筋を見つけたのだった。

鉤の手になった細い道を、笠原は右に左にハンドルを操作して、ようやく目当ての場所に着いた。

そこは、祐天寺の墓地と墓地のあいだを抜ける、緩やかにカーブした道だった。まっすぐ行くと、祐天寺の境内を取り囲む、白い土塀にぶつかる。

笠原は、街灯と街灯のあいだを選んで車を停め、エンジンを切った。

体を斜めにして、松国と向き合う。

松国も向きを変え、待ちかねたように言った。

「さてと、そのコピーとやらを、見せてもらえないかね」

笠原は、上着のポケットに手を入れ、拳銃を握った。

それも、寿満子が用意してくれたもので、足のつかない拳銃だと言われた。もっとも、できることなら使わずにすむように、うまく話をつけたい。この道は、わざわざ避けて来た五差路から二、三百メートルしか離れておらず、発砲すれば交番に聞こえる恐れがある。そういう危ない橋は、渡りたくなかった。

顔色をうかがいながら言う。

「あいにく、ここには持ってないんですよ」

少し離れた街灯の光が、松国の口元に浮かんだ薄笑いをぼんやりと、照らし出した。

「もともとそんなものは、持ってないんじゃないかね」

「持ってるのは、ほんとうです。さっき電話で、さわりを読んであげたでしょう。現物を見てなきゃ、そんなことできませんや」

松国は少し黙り、唐突に聞いてきた。

「ハゲタカから、預かったのか」

笠原は面食らい、ちょっと顎を引いた。

「なんの話ですか」

「神宮署の、禿富警部補のことだ。彼は渋六興業と、親しくしていた。あんたの言う、神宮署の裏帳簿なるものが存在するとすれば、ハゲタカが隠し持っていたに違いないんだ。それを、手に入れたんじゃないのか」

松国の言っていることが、笠原にはよく分からなかった。

禿富鷹秋のことは、ボニータから聞いている。渋六興業の飼い犬だったという、神宮署の悪徳刑事だそうだが、もう死んだはずだ。

ともかく、寿満子からこの一件に禿富がからんでいた、という話は聞かされていないし、自分には関係がない。

「裏帳簿の出どころは、言えませんね。それより、こっちの話を聞いてもらいましょう」

笠原が切り出すと、松国は少しのあいだ考えていたが、やがて口を開いた。

「いいだろう。条件を言ってくれ。金でなければ、何が望みだ」

笠原は、相手にたっぷり気をもませてから、おもむろに言った。

「正直に言いましょう。こっちが持ってる裏帳簿を、売るつもりはないんです。逆に、あんたが持ってるもう一部のコピーを、引き渡してほしいんですよ」

そのとたん、松国は一瞬意味が分からないという表情になり、それから目に緊張と当惑、あるいは狼狽とも思える、複雑な色を浮かべた。

それを見て、笠原はむしろ驚いた。

寿満子から与えられた指示は、松国が持っているはずの予備のコピーを引き渡せ、と強談判《こわだんぱん》することだった。

どれだけ否定しようと、松国がそれを持っていることは確かだから、どんな手段を使ってでも手に入れろ、と言われている。わけは知らないが、そのために拳銃までよこしたくらいだから、それなりの根拠があるのだろう。

寿満子が何を考えているのか、笠原には背景がまったく読めなかった。

しかし、あくまで使い走りに徹するつもりでいたから、そのわけは聞かなかった。ひたすら、言われたことだけしていれば安全だし、その方が気が楽だった。

いずれにしても、松国の顔色が急激かつ複雑に変化したのは、寿満子が言ったとおりこの男が確かにもう一部、別のコピーを持っていることを物語るもの、と察せられた。

松国は、動揺をごまかそうとするように、わざとらしく笑った。

「何を言ってるんだ。それでは、話が逆じゃないか。だいいち、わたしはそんなコピーなど、持ってないよ」

「とぼけても、だめですよ。あんたが、予備のコピーをもう一部持ってることは、お見通しなんだから」

笠原が辛抱強く言うと、松国は声をとがらせて応じた。

「妙なことを言うじゃないか。かりに、わたしがそんなものを持ってるとしたら、あんたから別のコピーを手に入れよう、などとは思わないだろう」

「それは、理由になりませんよ。あんた以外の人間が、そんな重要な帳簿を持っていると分かったら、ほうってはおけないはずだ。だからこそ、おれの呼び出しに応じたんでしょうが。肚を決めて、そちらのコピーを引き渡すのが得策だ、と思いますがね」

松国は、眉根を寄せた。

「持ってないと言ったら、持ってないんだ。それより、さっさとそっちのコピーをこっちへ、引き渡してもらおうじゃないか」

ポケットの中で、拳銃を握り直す。

寿満子は、笠原がコピーをよこせと切り出せば、松国はそんなものは持っていないと、強く否定するはずだと言った。そしてまさに、そのとおりになった。

だとすれば、簡単に引き下がるわけにはいかない。

「往生際が悪いね、松国さん。おれは、どうあってもあんたの持ってるコピーを、手に入れたいんだ。どこに隠してあるか、言ってもらおう。これから二人で、取りに行こうじゃないか。あんたが取って来る、なんて話には乗らないよ」

「くどいな。何度でも言うが、そんなものは持ってないんだ」

松国はそう言って、背後のドアの取っ手を探った。

笠原はすばやく、ポケットから拳銃を取り出した。奪い取られないように、自分の体に引きつける。

「動くんじゃねえ」

すごみをきかせて脅すと、松国は拳銃に目を据えたまま、顔をこわばらせた。

「撃たないと思うなよ。おれはもう、人を一人ばらしてるんだ。もう一人やったって、変わりはねえのよ」

さらに脅しをかけると、松国が喉を動かすのが見えた。いくらか、効き目があったようだ。

「ほんとうに、そんなものは持ってないんだ。ほんとうだ」

松国の声は、上ずっていた。

笠原は、わざと銃口を動かした。

「それなら、それでいい。おれも、警察庁のお偉いさんをチャカで脅して、ただですむとは思ってねえ。話し合いが成立しなきゃ、後腐れのねえようにあんたをここで、ばらすだけだ」

松国は、笠原を刺激すまいとするように、左手の指だけ立てた。

「待て、待つんだ。ここで、わたしを無事に帰らせてくれたら、あんたが拳銃で脅しをかけたことも、どこのだれと名乗ったことも、忘れようじゃないか」

笠原は、せせら笑った。

「やめてくれよ、そんな子供だましは。あと十数えるうちに、コピーをどこに隠してあるか言わねえと、あんたを撃つ。見てのとおり、ここはお墓のど真ん中だ。この時間にや、だれも来ないよ。成仏するには、もってこいの場所じゃねえか」

一息ついて、数え始める。

「一。二。三」

松国は喉を動かし、眼鏡を押し上げた。恐怖の色が、ちらりと目をよぎる。

「四。五。六」

七を数えようとしたとき、松国が切羽詰まったように、口を開いた。

「わ、分かった。言うから、撃つのはやめてくれ」

笠原は、数えるのをやめた。

「よし、言ってみろ」

「わたしのオフィスの、ロッカーの中だ」

「オフィスって、どこの」

聞き返すと、松国はにわかに元気づいたように口元を緩め、薄笑いを浮かべた。

「警察庁さ。これから、一緒に庁舎まで行く勇気があるなら、ついて来たまえ」

来たまえ、だと。

その得意げな口ぶりに、笠原は笑いたくなった。

寿満子から、こうも言われている。

松国は、コピーを警察庁のどこかに隠してある、と答えるかもしれない。しかし、そんなところに隠すことは、ありえない。口車に乗らずに、たとえ半殺しの目にあわせてでも、ほんとうのことを言わせるがいい。

なぜかは分からないが、また寿満子の予言したとおりになったので、つい笑いたくなったのだった。

笠原は、もう一度拳銃を動かした。

「あいにくだがね、松国さん。その返事は、予想ずみなんだよ。嘘だってことは、とうに分かってる。もう一度だけ、チャンスをやろう。今度、時間稼ぎをしたと分かったら、遠慮なく弾をぶち込むからな」

それを聞くと、松国の目にふたたび恐怖の色がもどった。喉がごくり、と動く。

笠原は、これ見よがしに安全装置をはずし、松国の胸に狙いを定めて、銃口を上げた。

「さあ。よく考えて、返事をするんだ」

松国の顔から、遠い街灯の光でも分かるくらい、血の気が失せる。おそらく、こんな緊迫した場面に遭遇するのは、生まれて初めてなのだろう。

「どうした。弾を食らいたいのか」

優位に立ったことで、笠原は気分をよくしていた。

松国は、そろそろと右手を上げて口元をぬぐい、かすれた声で言った。

「コピーは、家に置いてある」

ようやく、白状した。

「自分の家か」

「そうだ。ここで、十五分ほど待っていてくれたら、自分で取って来る」

「その手は食わねえと、さっき言っただろう。あんたが、そのあたりの交番に駆け込まねえと信じて、おれがここでおとなしく待ってると思うのか。一緒に、取りに行くのよ」

松国は、唇をなめた。

「家には、来てほしくない」

「じゃあ、どうしようってんだ」

松国が、思い切ったように言う。

「家内に電話して、ここへ持って来てもらう」

## 25

笠原龍太は拳銃を引きつけ、少しのあいだ考えを巡らした。

岩動寿満子から、事前に入れ知恵された想定問答の中に、そうした展開になるという選択肢はなかった。

松国輝彦が、問題のコピーを自宅に隠しているかもしれない、との指摘は確かにあった。

しかし、それを二人で一緒に取りに行かずに、妻に持って来させるという方法については、寿満子も触れなかった。

「あんたの奥さんは、コピーのことを知ってるのか。いや、それより先にあんたが今夜、家を抜け出して来たことを、承知してるのか」

笠原の問いに、松国は首を振った。

「妻には、いっさい話をしてないから、何も知らない。声もかけずに出て来たし、今ごろは白川夜船だと思う。しかし、わたしが事情を話してちゃんと指示すれば、間違いなくここへコピーを持って来る。なんといっても、亭主が人質になってるんだから」

笠原は、また少し考えた。

松国が、何かよからぬことを企んでいるのではないか、という疑念がわく。

しかし、妙なまねをすれば弾をぶち込まれることも、十分承知しているはずだ。そんな危険を冒すほど、愚かとは思えない。

松国は続けた。

「ただし、あんたにコピーを引き渡したら、わたしにも家内にも手を出さない、と約束してほしい。もう見当がついているだろうが、そのコピーはたとえだれかに奪われても、警察に盗難届けを出せる性質のものではない。あんたが、渋六興業の水間であろうがなかろうが、捜査の手が及ぶことはない」

笠原は、唇を引き結んだ。

松国の言うことにも、一理あるように思える。おとなしく引き渡しさえすれば、こっちも事を荒立てるつもりはない。

肚を決めて、口を開く。

「よし、分かった。ここからかみさんに、ケータイで電話しろ。ただし、少しでも妙なそぶりを見せたら、容赦しねえからな。間違ってもかみさんに助けを求めたり、よけいなことをしゃべったりするんじゃねえぞ。そのときゃ、遠慮なく撃つからそう思え」

「分かった」

松国は、自分の言ったことを保証するように、大きくうなずいた。

笠原はもう一度、拳銃を握り直した。

現職の警察官を撃てば、どうなるかくらいは分かっているが、いざとなったら躊躇はしない。考えるまでもなく、警察官に拳銃を突きつけて脅すだけでも、すでに重罪を犯しているのだ。今さら、拳銃を捨てて許しを請えば大目に見てもらえる、というものではない。

とことんやるしかない。

松国は言った。

「これから、ポロシャツの胸ポケットに手を入れて、ケータイを出す。撃たないでくれよ」

ことさらゆっくりした動きで、ジャケットの内側に手を差し入れ、携帯電話を取り出す。

画面を開き、手早くボタンを操作して、耳に押し当てた。

笠原は、少し体を乗り出した。松国が、一言でも妙なことを口走ったら、携帯電話をもぎ取るつもりだ。

相手がなかなか出ないとみえ、松国はいらいらした様子で眼鏡を押し上げた。

ようやくつながったらしく、少し体を前かがみにして話し始める。

「ああ、ユサコか。すまんな、こんな時間に起こして。実は急用ができて、今家の外に出てるんだ。うん。うん。いや、急な呼び出し電話があって、迎えが来たものだから。だいじょうぶだ、心配しなくていい。それより、悪いけど頼みがあるんだ。例のコピーが、急に必要になってね。わたしの部屋のデスクの、いちばん下の引き出しにはいってるから、すぐに分かるはずだ。ケースにはいったまま、すぐに持って来てくれないか」

笠原は、とっさにおかしい、と気づいた。

ついさっき、松国は妻にいっさい話をしていないと言ったのに、たった今〈例のコピー〉と口走った。

松国が続ける。

「いや、遠くじゃない。今いる場所は」

笠原は、いきなり左手を伸ばして、携帯電話をもぎ取った。

あわてて取り返そうとする松国を、拳銃を突きつけて押しもどす。

笠原は、携帯電話を耳につけた。

「もしもし、警視正。どちらにいらっしゃるんですか。もしもし」

女の切迫した声が、受話口からあふれ出る。

笠原は、歯を食いしばった。

妻が夫を警視正、などと呼ぶわけがない。

急いで通話を切り、携帯電話を床に投げ捨てる。

「この野郎、だれにかけやがった」

引き寄せようと、相手のジャケットの襟に伸ばした左腕を、松国が払いのけた。

同時に、拳銃を握った右手首をつかみ、膝へ押しつけようとする。

そうはさせじと、笠原は左腕を振り放し、松国の顔を押しもどした。

松国がのけぞる隙に、右手をぐいと引きつける。

そのとたん、引き金にかけた指に力がはいり、おどろくほど大きな銃声が車内に轟《とどろ》いた。

松国は、はじかれたようにシートに背をぶつけて、うめきながらウインドーの枠にしがみついた。

笠原はあっけにとられ、呆然と松国を見返した。

松国の白いポロシャツの胸に、赤黒い染みがにわかに広がり始める。松国は苦しげにあえぎ、胸に手をやろうともがいたが、わずかに届かなかった。

かっと頭に血がのぼり、笠原は大声でわめいた。

「ちくしょう、あれほど言ったのに、妙なまねをしやがって」

しかし松国は、返事をしなかった。

やがて、松国の体が電池の切れたロボットのように、かすかに痙攣《けいれん》した。腕や肩から、しだいに力が抜け落ちるのが、見てとれる。

頭にのぼった血が急激に冷え、笠原はあわてて呼びかけた。

「おい。返事をしろ」

左手で、松国の肩を押してみたが、何の反応もない。

ジャケットの胸にできた焼け焦げ、ポロシャツに広がった血の染みから見て、弾丸はどうやらまともに心臓に、命中したようだ。

笠原は唾をのみ、震える手で口をこすった。

殺してしまった。

現職の警視正を、殺してしまった。パニックに陥りそうになる自分を、必死に抑えつける。

しかたがなかったのだ。あれほど、妙なまねはするなと警告したのに、言われたとおりにしなかった。こいつは、だれか別の女に、電話しやがった。

こうなったのも、自業自得だ。

はっと気がつき、車の前後に目をやる。ほかの車も人影も見えず、ひとまず安堵した。

とはいえ、もし銃声が交番に聞こえでもしたら、時をおかず警察官がやって来る恐れがある。

笠原は、拳銃をポケットに落とし込み、エンジンをかけた。

アクセルを、思い切り踏み込みたくなるのをこらえて、静かに車をスタートさせる。

出血を除けば、はた目には眠っているように見える松国は、もうぴくりともしない。完全に、息が絶えたようだった。

急に血のにおいが強まり、吐き気を覚える。

突き当たりの祐天寺の塀に、危うくぶつかりそうになりながら、一方通行を右折した。駒沢通りに出ると、ふたたび恵比寿の方へ向かう。幹線道路なので、まだ車の通行がある。対向車が、ヘッドライトを浴びせてくるたびに、ひやひやした。

最初の信号が、さっき右折してはいった一方通行の入り口で、笠原はもう一度そこへ曲がり込んだ。今度はそのまま直進せず、途中で左へ曲がる別の一方通行の道へ、乗り入れる。動転しているので、覚えた道筋かどうか自信がなかったが、走り続けるしかない。

途中で二股道を左にとり、細い道をしばらく走る。

ほどなく、仕事に取りかかる前に確認した、小学校の金網塀が見えてきた。八幡神社は、その先にある。ほっとして、思わずため息を漏らした。

下見したとき、塀の角の街灯が点灯していたはずだが、なぜか今は消えたままだった。

神社の裏手の、コンクリートが敷かれた車回しに、見覚えのある黒っぽい車の影が、ほのかに浮かぶ。

笠原は、喉を動かした。

その車の中で、寿満子が待っているかと思うと、急に恐怖が込み上げてくる。またも失敗したと知ったら、寿満子はどう反応するだろうか。

まさか、ここで騒ぎを起こすとは思えないが、いずれにしてもただではすむまい。一瞬、このまま神社の脇を走り抜けて逃げ去ろうか、という考えが頭をかすめる。

いや、どうあがいても寿満子からは、逃げおおせるものではない。

まして今夜はもう一人、それも上級職の警察官を、殺してしまったのだ。この始末をつけられるのは、寿満子しかいないではないか。

笠原は観念して、自分の車を行き違いの向きのまま、寿満子の車に横づけした。運転席と運転席が、向き合うかたちになる。

星明かりで、寿満子がウインドーを下ろすのが見え、笠原も同じようにした。

「手に入れたかい」

寿満子が低い声で言い、笠原は腹に力を入れた。

「だめでした。それどころじゃねえ。松国をやっちまった」

一息に告げ、闇に浮かぶ寿満子の顔を、じっと見る。

寿満子は、予想に反してまったく表情を動かさず、同じように笠原を見返した。

「撃ったのか」

抑えた口調だった。笠原が読んだとおり、こんな時間にこんな場所でわめき散らすことは、さすがにできないのだろう。

まさか、見捨てやしないでしょうね」

もし見捨てるというなら、こっちにも覚悟がある。

寿満子は、闇の中から真っ黒のように見える目で、じっと笠原を見つめた。

笠原は居心地が悪くなり、また生唾をのんだ。やけに喉が渇く。

寿満子は、おもむろに言った。

「そのためには、この仕事をやり遂げなきゃだめだ」

笠原は、熱い鉛を飲まされたような気分になり、食ってかかった。

「やり遂げるって、これ以上どうしろってんだ。松国は、死んだんだぞ」

ていねいな口など、きいていられない。

寿満子は眉一つ動かさず、言い返した。

「そんなことは、分かってる。松国の奥方の名前は、なんといったっけね」

矛先をすかされた感じで、笠原は怒りを押し殺した。

「電話では、ユサコと呼びかけてたがね」

寿満子が、窓越しに黒い手袋をはめた手を、伸ばしてくる。

「松国の携帯電話を、よこしな」

笠原はとまどい、寿満子が何を考えているのか、読み取ろうとした。

「早くしなよ」

寿満子は辛抱強い口調で言い、手袋の指先を小さく動かした。

笠原は考えるのをあきらめ、松国の死体の方に向き直った。ポロシャツの腹まで、血が広がっているのが目にはいり、また吐き気を催す。

床を手探りして、さっき投げ捨てた携帯電話を拾い、寿満子に差し出した。

そのとき、自分の手が細かく震えているのに気づき、あらためて事の重大さに思いいたる。

こうなったら、寿満子と運命をともにするしかない。寿満子が、もし裏切るようなまねをしたら、躊躇なく殺してやる。一人、二人が同じなら、三人殺すのも変わりはない。

自分の身は、自分で守るしかない。

寿満子の様子をうかがう。

寿満子はシートに背を預け、手早く携帯電話を操作し始めた。画面の光が、寿満子の顔を青白く、浮かび上がらせる。

やがて、独り言のように言った。

「遊ぶに佐渡の佐と書いて、ユサコと読ませるんだね」

アドレスのデータを、チェックしているのだ。松国の妻は、遊佐子というらしい。

暗い車内で、寿満子が発信ボタンを操作し、受話口を耳に当てる気配がした。

そのままじっと、相手が出るのを待っている。

笠原はじりじりして、口元を手の甲でこすった。寿満子の顔は、暗くてはっきり見えないものの、焦っている様子はみじんもない。

ひどく長いように感じられたが、ほんの三十秒くらいのものだろう。

寿満子が、口を開いた。

「もしもし、夜分恐れ入ります。松国輝彦さんのお宅でしょうか。はい、こんな時間に申し訳ありません。そちらに、遊佐子さんというかたは、いらっしゃいますでしょうか。はい。はい。失礼いたしました、奥さまでいらっしゃいますね。こちらは、中野区野方の警察病院救急病棟の看護師で、杉山と申します。実は一時間ほど前に、こちらへ警察庁の松国輝彦さんと名乗るおかたが、救急車で運ばれてまいりましてね。は。はい。はい。いいえ、今のところ、ご心配はいりません。どこか、高いところから落ちるか何かして、頭を強く打たれたご様子でした。ただ、身分とお名前を告げられたあと、意識をなくしてしまわれましたので、ご連絡先が分からなくなりました。とりあえず、お持ちになっていた携帯電話の、アドレスのデータなどを一通り調べさせていただいて、このお電話にご連絡を差し上げた次第です。は。はい、確かに松国輝彦、とおっしゃいました。はい。でも、万が一ということもございますし、ちゃんと寝室で寝ておられるかどうか、確認していただけますでしょうか。はい、恐れ入ります」

そこで一度、話が途切れる。

## 26

笠原龍太は、岩動寿満子が何を考えているのか分からず、かたずをのんで横顔を見つめた。

寿満子は、微動だにしない。その語り口は、笠原に話すときとはまるで異なり、手慣れた看護師そのものに聞こえた。

やがて寿満子が、また口を開く。

「はい。あ、やはり。はい、身長は百六十五センチ前後、四十代半ばくらいの、小太りの男性です。メタルフレームの眼鏡を、かけていらっしゃいます。はい。はい。事情は分かりませんが、やはりご主人と思われますね」

どうやら寿満子は、松国の外見を承知しているようだ。

「いえ、ほかに怪我をしていらっしゃる様子は、ございません。頭の方も、外傷はたいしたことありませんから、単なる脳震盪だと思います。ただし、これから精密検査をしてみないと、なんとも申し上げられません。はい。はい。そのことですが、警察庁に緊急連絡したところ、宿直のかたがご自宅へお迎えの車を出す、と言ってくださいました。高柳さん、とおっしゃる職員が奥さまをお迎えに上がる、とのことでした。はい、ご遠慮なくお使いいただいて、病院の方へお越しくださいますように。分かりました。はい。あと、十分ほどで着くと思いますので、用意をすませておいていただけますか。はい。はい。それでは、よろしく」

寿満子は、通話を切った。

笠原は身を乗り出し、寿満子に問いかけた。

「今の電話は、どういうことなんだ。おれに、その高柳さんとやらをやらせようと、そういうわけか」

寿満子が、目を向けてくる。

「そうさ。珍しく、察しがいいじゃないか」

「おれが、かみさんを車で連れ回してるあいだに、あんたが家の中を探すって寸法か」

寿満子は、鼻で笑った。

「やっぱり、察しが悪いね。奥方がドアをあけたら、そのまま家の中に押し込むんだよ。おまえが、家捜しするのさ」

「おれが」

笠原は、のけぞって絶句した。

いったいこの女は、どこまで人をこき使ったら、気がすむのだろう。

寿満子が、ウインドーから顔を突き出し、低い声で言い放つ。

「松国夫婦には、子供も親もいない。二人暮らしだから、邪魔ははいらないさ。今度どじを踏んだら、どうなるか分からないからね。コピーを見つけるまで、もどって来るんじゃないよ」

笠原は、胃のあたりが痛くなった。

「分かった」

「それと、もう一つ。コピーのほかに、松国がパソコンで打ったリポートのようなものが、保管してあるかもしれない。そいつを見つけて、コピーと一緒に持ち出してくれたら、松国の死体はちゃんと始末してやる」

「ほんとうか。どう始末するんだ」

「発見されるとめんどうだから、車ごと東京湾に沈めることにする。そうすれば、見つかりっこないよ」

「そんなこと、できるのか」

寿満子は、小ばかにしたように笑った。

「ヤクザのくせに、死体の始末もしたことがないのか。あきれたもんだ」

憮然とする。こうなったら、覚悟を決めるしかない。

「分かった。それならそれで、さっさとすませようじゃねえか」

「その前に、おまえの車をもう少し奥へ移動させて、松国の死体をトランクへ入れな。ここへ残して行くんだ。あたしが、おまえをこっちの車で、松国の家へ乗せて行く。仕事が終わったら、またここへもどって来る。さっさとやるんだ」

寿満子に言われて、笠原はそのとおりにした。

松国に当たった弾は、至近距離なのになぜか貫通しておらず、背中からの出血はなかった。おかげで仕事がしやすく、服に血をつけずにすんだ。

死体をトランクに移したあと、車内灯をつけて助手席をざっと点検する。

シートに少し、血の染みがついているだけで、目立つほどの汚れはなかった。グローブボックスをあけると、くたくたになったセーム革が見つかったので、それを染みの上に広げて隠した。寿満子の車に乗り込む。

「ここに停めといて、だいじょうぶかな。交番のお巡りが銃声を聞きつけて、このあたりをうろうろしたり、してねえだろうな」

寿満子は苦笑した。

「おまえも、ずいぶん心配性だね」

笠原は、ポケットから拳銃を取り出した。

「こいつを、どうする」

「まだ持ってていいよ。それから、と。奥方を黙らせておくのに、これを使いな」

寿満子が、グローブボックスから布製のガムテープを取り、笠原に差し出す。笠原は、その穴に左の手首を突っ込み、落ちないように肘まで通した。

寿満子がエンジンをかけ、車をスタートさせる。

急ぎもせず、一方通行に沿って道なりに走らせて行くと、ほどなくまた駒沢通りに出た。そこを左折し、祐天寺の方へもどる。

走りながら寿満子は、どうやって松国の家に押し入るかについて、笠原に知恵を授けた。

車は五分後、笠原が小一時間前に待機していたのと同じ場所に、静かに停車した。

松国の家は、背の高い生け垣に囲まれた、白壁の瀟洒《しょうしゃ》な建物だ。

「行っといで」

寿満子がぶっきらぼうに言い、笠原は助手席からおりた。街灯まで距離があり、門灯の明かりも消えているので、少しほっとする。

鉄柵の門の前に立つと、逆にさっきまで暗かった玄関ポーチに、明かりがついていた。迎えが来ると聞いて、松国遊佐子が点灯したのだろう。

門の鉄柵には、鍵がかかっていなかった。

笠原は、あたりに人影がないのを確かめ、門柱のインタフォンを押した。

「はい」

待ち構えていたように、不安げな女の声が応じた。

低く言う。

「警察庁の高柳、と申します。お迎えに上がりました」

「すみません。すぐに出ますので、少しお待ちください」

インタフォンが切れるなり、笠原は鉄柵を押しあけて中にはいり、忍び足で玄関ポーチに近づいた。すぐ脇の、植え込みの陰にしゃがんで、身を隠す。

ほとんど間をおかず、内側でチェーンをはずす音がして、ドアが開いた。

背の高い、スーツ姿の女がハンドバッグを抱き、ポーチに出て来る。ドアの方に向き直り、鍵穴を探ろうとした。

笠原は、すばやくポーチに飛び乗った。女が向き直る余裕を与えず、首筋の後ろに固めた拳を思い切り、叩きつける。

女は一声上げて、ハンドバッグと鍵を落とした。

笠原は、くたりと倒れかかる女の体を抱き止め、ドアをあけて中に引きずり込んだ。

ハンドバッグと鍵を拾い、ドアの錠をロックする。

気を失った女の体を抱え上げて、上がり框《がまち》に横たえた。

左手首からガムテープを取り、まず目と口をしっかり塞ぐ。

ついで体を裏返し、後ろ手にスーツの袖ごとぐるぐる巻きに、締め上げた。ストッキングをはいた足首も、同じようにして固定する。

靴を脱いで上がり、女の足首をつかんだ。

白い、クロス張りの壁にはさまれた廊下を、奥へ引きずって行く。

途中にドアがあるのを見つけ、押しあけた。

壁を探って、明かりをつける。そこは、収納ケースや洋服箱などが雑然と積まれた、納戸らしき小部屋だった。

笠原は遊佐子の足首をつかみ、納戸へ引きずり込んだ。スカートがめくれ、豊かな太ももがのぞく。

納戸を出て、突き当たりの部屋を確かめると、そこはＬＤＫだった。キッチンから、果物ナイフを持ち出して、納戸にもどる。

意識を取りもどしたらしく、遊佐子が地面から這い出た蟬の幼虫のように、もがいていた。

笠原はそばにしゃがみ、ナイフの刃を遊佐子の頰にぺたり、とつけた。遊佐子の体が、仰向けに横たわったまま、凍りつく。

笠原は、声にどすをきかせて、話しかけた。

「松国警視正の奥さん、松国遊佐子だな。うなずくか、首を振るかで返事をしろ」

女は、自分の置かれた状況を理解していないのか、身動き一つしない。

笠原がこづくと、あわててうなずく。

「よし。おれの言うことを、よく聞け。あんたのだんなは、おれたちが預かっている。言うことを聞けば、だんなにもあんたにも怪我はさせない。これから、おれが質問する。返事は、今と同じでうなずくか、首を振るかで答えろ。分かったか」

遊佐子がうなずくのを見て、笠原は質問を始めた。

「だんなは、仕事がらみのある重要な極秘資料を、この家の中に隠しているはずだ。どこに隠したか、知らないか」

遊佐子が、首を振る。

笠原はナイフをこじり、もう一度ゆっくりと言った。

「おれたちは、その資料に用がある。それさえ手にはいれば、このまま黙って引き上げる。だんなも、朝までには返してやる。よく考えて、返事をしろ。資料をどこにしまったのか、知ってるんだろう」

もう一度詰問すると、遊佐子は前にもまして激しく首を振り、うなり声を上げて否定した。

その様子では、実際に知らないのではないか、という気がした。

目も見えず、口もきけない不安に満ちた状態は、恐怖を最大限にまで増幅する。もし知っていれば、すぐにも白状するはずだ。

死ぬ前に松国が、妻には何も話していないと言ったのは、嘘ではなかったのかもしれない。

## 27

笠原龍太は、聞き方を変えた。

「それじゃ、だんながふだん仕事に関係のある書類とか、だいじなものとかをどこへしまってるか、心当たりがあるか」

少しためらいの様子を見せたあと、松国遊佐子はおずおずと二度うなずいた。

「よし。こっちの質問に答えられるように、口のテープをはがしてやる。そのかわり、少しでも大声を立てやがったら、このナイフで喉を切り裂く。だんなの命もなくなる。分かったか」

頰に当てた、ナイフの刃を軽く立ててみせると、遊佐子は大きくうなずいた。恐怖のあまり、額が白くなっているのが分かる。

笠原は、遊佐子の口をおおったガムテープを、手加減しながらはがした。

唇があらわになると、片側をはがさずに残したまま、手を止める。

遊佐子は口をあけ、溺れかかった子犬のようにあえいだ。

「言ってみろ。どこに保管してある」

遊佐子は喉を動かし、途切れとぎれに言った。

「主人の、書斎です。書斎の、デスクの引き出し、です。それから、書棚の下の引き出しにも、しまっています。とにかく、だいじなものは、書斎のどこかに、しまってあるはずです」

声が震えている。

「よし。書斎はどこだ」

「リビングの奥の、左側のドアをあけると、書斎になっています。そのまた奥に、主人の寝室がありますから、そこにもしまっているかもしれません。主人は、家では仕事の話をしない主義ですから、それ以上のことは分かりません」

そう言って、ごくりと唾をのんだ。

「いいだろう。目当てのものが見つかるように、祈ってろよ。自分のためにも、だんなのためにもな」

笠原がうそぶくと、遊佐子は床から首だけもたげた。

「お願いですから、主人を無事に」

みなまで言わせずに、容赦なくガムテープをはり直す。

「逃げようなどと思うなよ。ドアは全部、あけ放しにしておく。音がしたら、すぐにもどって来るからな」

遊佐子は唸ったが、すぐにあきらめて床に頭を下ろした。

笠原は、その納戸に窓がないことを確かめ、ドアをあけたまま廊下に出た。

リビングを抜け、書斎にはいる。スイッチを探して、明かりをつけた。

几帳面な性格らしく、室内は売り出し中のマンションの、そっけないモデルルームのように、きちんと整頓されている。

マホガニーのデスク、ナラ材らしい大きな書棚、それに酒の並んだサイドボード。

まず、デスクから取りかかる。

新聞の切り抜き。同窓会の資料。名簿類。アルバム。文房具。今どき見かけない、切手のコレクション。外国の都市の一枚地図が十数点。

念のため、引き出しを全部抜いて奥も調べたが、それらしいものは見つからない。

次に、サイドボードをのぞいてみる。

隠し戸棚もなく、ボトルとグラスしかはいっていない。

書棚の引き出しは、デスクのそれよりも大きかったが、古いジャズのカセットテープとか、日曜大工で使うような簡単な工具、古くなった万年筆や毛筆の束くらいしか、見当たらなかった。

引き手のついたガラス扉の中の棚も、例のコピーがはいるほどの奥行きはなく、学生時代に撮ったと思われる写真が二つ三つ、飾ってあるだけだった。

笠原は焦り、額の汗をふいた。

耳をすましたが、怪しい物音は聞こえない。遊佐子はどうやら観念して、おとなしくしているようだ。

寝室にはいる。

ダブルベッドが一つ。鏡面を閉じたドレッサー。薄型のテレビと、ＤＶＤレコーダーが載ったキャビネット。ＤＶＤのソフトが並んだガラス戸棚は、一目で隠し場所にならないと分かる。

洋服ダンスを開いた。

スーツもネクタイも、いかにも警察官僚らしい地味なものばかりで、点数もさほど多くない。

引き出しは、ワイシャツやアンダーウェア、ハンカチ、靴下などが詰まっているだけで、ほかに何もはいっていない。

ひとしきり探し回ったが、目当てのものは見つからなかった。

笠原は途方に暮れて、ベッドに腰を下ろした。

もう一度、遊佐子を締め上げてみるか。

隠し場所を知っている、と分かれば痛めつけてでも言わせるのだが、あの様子では実際に知らないようにみえる。だとすれば、痛めつけても時間のむだだ。

　自宅に置いてあると言ったのは、松国の苦し紛れの嘘だったのか。むしろ、警察庁の自分のロッカーの中だと言った、最初の返事が正しかったのではないか。

　寿満子によれば、松国がそれを警察庁の中に隠すことは、絶対にないという。理由は言わなかったが、いかにも自信ありげにそう断定した。

　職場にも隠さず、自宅にも置いてないとなると、あとはどこだろう。どこかの駅の、ロッカーか。いや、ありえない。

　それなら貸金庫、あるいは貸倉庫か。

　考えれば考えるほど、頭が混乱する。

「くそ」

　声に出してののしり、ベッドに仰向けに倒れ込んだ。

　のんびりしている場合ではない。

　こうなったら、家中をとことん探すしかない。天井裏にもぐり込んででも、見つけ出さずにはおかない。

　あのコピーを手に入れなければ、寿満子にどんな目にあわされるか、想像するだけで気分が悪くなる。いざとなれば、こちらも肚を決めなければならないが、あの女とまともにやり合うことだけは、できれば避けたい。

　立ち上がろうと、勢いよく足を振り下ろしたとたん、かかとに固いものが当たった。

ベッドの下に、何かあるようだった。

かがんで、床まで垂れたベッドカバーをめくり、その下をのぞき込む。

幅四十センチ、高さ二十センチほどの、プラスチックのケースらしきものが見えた。

取っ手に指を添えて、ゆっくりと引き出す。けっこうな重さがあり、途中から両手を使わなければならなかった。

全部引き出すと、それは奥行き六十センチかそこらの、細長い収納ボックスだった。

プラスチックのファイルやら、小型のケースやらがいっぱいに詰まっている。

それを見て、笠原は予感めいたものがわくのを覚え、急に胸がどきどきし始めた。

ファイルやケースを、一つひとつ取り出しながら、調べていく。裸の書類の束もあった。

表紙に印刷された、〈警察革新評議会答申案〉〈捜査協力費改善のための試案〉といったタイトルが、目に飛び込んでくる。

笠原は、震える手でそうした書類の束を取りのけ、下の方をのぞいた。

Ａ４の大きさの、赤いプラスチックのファイルが、鮮やかに目を射る。

震える手で、中をあらためた。見覚えのある、分厚い紙の束が出てくる。

あった。表紙に、〈神宮署捜査運営費等出納簿〉と書いてある。

念のため、ページを繰ってみた。思わず、ほくそ笑んでしまう。

間違いない。大泉学園の路上でスタンガンを使って、やっと手に入れた例のコピーと同じものが、手の中にあった。

さらにその下を調べると、〈神宮署の裏金作りの実態〉と表紙に打たれた、二、三十枚ほどの紙の束が見つかった。

これだ。

寿満子が言っていた、松国のリポートというのは、これに違いない。

笠原は、収納ボックスをベッドの下に押し込み、そのレポートとコピーをファイルに入れて、立ち上がった。

足音を殺して、納戸へもどる。

遊佐子は、先刻と同じ姿勢でぐったりと床に横たわり、胸をかすかに上下させていた。ほうっておいても、窒息することはあるまい。声は覚えられたかもしれないが、それだけで息の根を止めるのも、気が進まなかった。

むろん寿満子からも、そこまでしろとは言われていない。

遊佐子には声をかけずに、そのまま玄関から出た。ホールの明かりは、消しておいた。

車にもどると、寿満子が笠原の手にあるファイルを見たらしく、運転席からおりて来た。

「見つけましたぜ。今度は、間違いねえ」

笠原がささやくと、寿満子の顔にも安堵の色が浮かぶのが、ぼんやりと見てとれた。

「奥方はどうした」

「ぐるぐる巻きにして、置いてきました。顔は見られなかったから、何も心配はいらねえ」

寿満子はうなずき、運転席に顎をしゃくった。

「神社へもどるよ。おまえが運転するんだ。あたしは後ろで、そのファイルを確かめる」

笠原はファイルを渡し、運転席に乗り込んだ。

寿満子も後部座席に乗り、息をつきながら言った。

「今度は、間違いなさそうだね」

「そう願いたいよ、おれも」

笠原は応じて、エンジンをかけた。

発進すると、ほどなく後ろで寿満子が書類をめくる、乾いた音がした。それに続いて、含み笑いも聞こえる。

どうやら、結果に満足したようだ。

「よくリポートまで、見つけたね。これでおまえも、お役ごめんだ。一緒に、死体を片付けに行こうじゃないか」

機嫌のよさそうな寿満子の声に、笠原はしんから救われた気がした。

「おれもこれで、安心しましたよ」

「ところで、どんな具合に、奥方をやったんだ」

「ポーチに出て来て、ドアに鍵をかけようと前かがみになった隙に、がつんとやりました」

運転しながら、家の納戸に遊佐子を運び入れてから、コピーとリポートを探し当てるまでのいきさつを、ぺらぺらとしゃべる。

寿満子は、黙って聞いていた。

「ただ、声を覚えられたのが、ちょっと心配でね」

そう締めくくると、寿満子はシート越しに笠原の肩を、軽く叩いた。

「だいじょうぶ。声は人相書きみたいに、手配書を回すわけにいかない。それに、いつまでも覚えちゃいられないから、心配しなくていいさ」

そう請け合ってもらうと、いくらか気が楽になる。

「コピーの中身は、どうですか。同じものだと思ったが」

「ああ、同じものだ。最後の一枚が、足りないところもね」

「最後の一枚。おれは、知りませんよ」

そういえば、大泉学園で奪い取ったコピーを渡したときも、中身をチェックした寿満子にこれで全部か、と念を押されたのを思い出す。

寿満子が、コピーをファイルにもどす気配がする。

「まあ、いいだろう。おまえも、今回はきちんと仕事をしてくれた。ほめてやるよ」

まったく、ありがたいお言葉だ。

「すると、おれたちの付き合いもこれでおしまい、ということになるんでしょうね」

「それは、どうかね。これからも、ギブ・アンド・テイクの関係を続けた方が、何かと便利じゃないか。たとえば、おまえの組がマスダを新宿から追い出したいなら、手を貸してやることもできる。相身互いってやつさ」

「それなら、おれも文句はありませんよ」

いつの間にか、自分がまた寿満子にていねいな口をきいている、ということに気づく。

つい、苦笑が漏れた。

五分後、八幡神社に着く。

松国の死体を積んだ車は、もとの位置に停まったままだった。変わった様子はない。

寿満子が言う。

「あたしがこの車で先導するから、おまえはあっちの車を運転して、あとについて来るんだ」

「どうやって、東京湾へ出るんですか」

「ついて来ればわかるよ。ちょっと遠回りになるけどね」

寿満子が、車をおりる。

しかたなく、笠原も運転席から出た。

寿満子は助手席のドアをあけ、手にしたファイルをシートの上に、投げ出した。

笠原は、自分の車の運転席に乗り込んだ。

ドアをしめようとすると、寿満子が低い声で言った。

「チャカをよこしな」

笠原は、ポケットから拳銃を取り出したが、ふと気がついて言った。

「そうだ。ちゃんと、約束したでしょうが。この仕事をうまくやってのけたら、熊代をやったナイフを返してくれるってね」

寿満子の目が、闇に光る。

「そうだったね。ちょっと待ってな」

自分の車に引き返すと、後部座席に上半身を突っ込んで、何か持ち出した。

向き直った手に、ビニールの袋をぶら下げている。

そばに来ると、中にナイフがはいっているのが、よく見えた。

笠原はそれを受け取り、車内灯をつけて目を近づけた。

刃に、乾いて変色した血糊が、こびりついている。間違いなく、自分が熊代を刺した果物ナイフだ、と確認する。

これで、熊代殺しの直接証拠がなくなるのだと思うと、さすがに安堵の息が漏れた。

車内灯を消し、拳銃を差し出す。

寿満子が、鼻で笑った。

「ばかか、おまえは。あたしに、指紋のついたチャカを渡したら、同じことだろうが」

そう指摘されて、自分でもおかしくなる。

「そうだった。すんません」

笠原はハンカチを取り出し、銃把《じゅうは》から銃身まで丹念に指紋をふき取った。

ハンカチにくるんだまま、あらためて拳銃を差し出す。

「ナイフを、助手席に置きな。松国と一緒に、海へ沈めちまうんだ」

寿満子に言われて、笠原は膝の上に載せたビニール袋を取り、助手席に置いた。

そのとたん、右の耳の後ろに冷たいものが当たり、ぎくりとする。

「な、何を」

笠原は頭を吹き飛ばされ、最後までその言葉を言い終えることが、できなかった。

# 第七章

## 28

ボニータは、テレビの画面を呆然と見つめた。

テレビで、夕方のニュースをぼんやり眺めているとき、突然それが伝えられたのだ。

問題の事件がその日の明け方、通りかかった牛乳配達員によって発見、一一〇番通報されたことは、昼過ぎのニュースで知っていた。

警察庁に勤める警察官が、中目黒で射殺されたのだった。神社の裏に放置された、車のトランクに死体が詰め込まれていた、という。

また運転席には、銃で頭を吹き飛ばされた別の男の死体が、転がっていたらしい。その男の身元は、まだ分かっていない。昼過ぎのニュースでは、それくらいしか報道されなかった。

ところが、今のニュースはその後の調べにより、運転席の男の素性が分かったことを、伝えていた。

アナウンサーは、男が伊納総業の役員で笠原龍太四十六歳である、と確かに告げた。

笠原は、松国を射殺してトランクの中に押し込み、同じ拳銃で頭を撃ち抜いて自殺したとみられる、というのだ。車が盗難車だったことも、明らかにされていた。

同時に、捜査員が現場に近い松国の自宅に出向いたところ、手足を縛られた妻の遊佐子を発見した、との事実も伝えられた。

怪我こそしていないものの、遊佐子は夫の死を知らされてショックを受け、事情聴取にも応じられない状況らしい。捜査本部は、二つの事件の関連性を調べている、という。

ニュースが終わり、ボニータはテレビを消した。

あまりのことに頭が混乱し、どうにも考えがまとまらない。

ソファに腰を落としたまま、必死に筋道を立てようと試みる。

笠原が死んだとなれば、当然伊納総業にも捜査の手がはいり、自分との関係も知られるに違いない。ここへ、刑事が聞き込みに来るのも、時間の問題だろう。

それを考えると、不安で胸が詰まりそうになる。

しかし、とりあえず何も怖がることはない、と自分に言い聞かせた。

まず、笠原が死んだとなれば、熊代彰三殺しも迷宮入りになる、とみてよい。

ボニータは、直接手をくだしはしなかったものの、笠原をそそのかして現場へ連れて行き、熊代を殺すように仕向けた弱みがある。その事実が、笠原の死で闇に葬られることになれば、まずは一安心というところだ。

それを知るのは、当の笠原を別にすれば、ボニータを脅して熊代殺しを仕組んだ、岩動寿満子しかいない。

寿満子は、何か別のやばい仕事をさせるために、笠原を罠にかけて窮地に追い込み、強引に貸しを作ったのだ。そうした裏取引を、寿満子が自分からばらすはずはない。

そのやばい仕事と、今回の警察官殺しと関係があるのかどうかは、ボニータにも分からなかった。

寿満子が、自分と同じ警察官を始末するのに、笠原を使ってやらせるなどということが、ありうるだろうか。

もしそうだとしたら、この事件をどう解釈すればいいのか。

松国を殺したあと、笠原は犯した罪の重さに耐えられなくなり、みずから頭を吹き飛ばして果てた、とでもいうのか。

いや、そうは思えない。

あの男は、血の巡りこそよくないが、それほど肝は小さくない。

反射的に、その現場に寿満子がいたのではないか、という直感が働く。

笠原は、松国を殺したあと自殺したのではなく、寿満子に撃たれたのではないだろうか。そのあとで、寿満子がそれを自殺に見えるように、細工したのではないか。おそらくは、口封じのために。

そこに考えが及ぶと、ボニータは背筋に冷たいものが走るのを感じて、思わず自分の胸を抱いた。

もし想像したとおりなら、寿満子はボニータの口も封じよう、と考えるかもしれない。

ボニータはすわっていられず、ソファを立った。絨毯の上で、足踏みをする。

このまま黙って、寿満子が殺しに来るのを待っている、という手はない。

警察に行って、熊代彰三殺しの真相を洗いざらいしゃべり、保護を求めようか。

ふと、足を止める。

寿満子にはめられ、覚醒剤所持の容疑でぶち込むと言われて、やむなく笠原に罠をかける手伝いをしたのは、つい先日のことだ。

しかし、それをそのまま正直に話したところで、警察に信じてもらえるだろうか。寿満子に否定されたら、どうしようもない。だれも証人はいないのだ。中南米から渡って来た、身元の怪しい日系三世の言うことなど、だれが信用してくれるだろうか。

突然、キッチンテーブルの上に置いた携帯電話から、着メロの〈ラ・クカラチャ〉が流れ出して、ボニータは文字どおり飛び上がった。

恐るおそる、着信画面を確認する。

ルイス梶本だった。ほっと、体の力が抜ける。

梶本は、マスダの日本支部長リカルド宮井の、補佐を務める男だ。

ボニータは、電話に出た。

なつかしいスペイン語が聞こえてくる。

「ボニータか。おれだ、ルイスだ」

「オラ、ルイス。何かご用」

「笠原が死んだのを知ってるか」

「ええ。たった今、テレビで見たわ」

「おまえ、事件と関わってないだろうな」

「もちろんよ」

「やつと、最後に会ったのはいつだ」

「十日くらい前かしら。ここのところ、会ってないの。あの男、神宮署の岩動警部にこき使われて、だいぶ忙しそうだったから」

「つい二時間ほど前、目黒中央署のデカが伊納総業の事務所へ、聞き込みにやって来た。伊納のやつらは、何も知らないから心配ない。しかし、おまえが笠原とつるんでいたことは、いずれ警察の耳にはいる。これから、すぐに事務所へ来てくれ。話を合わせる準備をしておこう」

「分かりました。すぐに行きます」

通話を切り、外出着に着替える。

梶本は、新宿二丁目のイノウビルの中にある、〈南亜通商〉のオフィスにいる。

ボニータは、マンションから大久保通りに出た。

とりあえず、JR新大久保駅まで歩き、タクシーの中で読むつもりで、駅売りの夕刊を買う。車を拾おうと、歩道の際に立った。

そのとき、後方からゆっくり走って来た黒い車が、ボニータのすぐ脇でスピードを落とし、停車した。

助手席のウインドーが下がり、中年のくたびれた感じの男が、顔をのぞかせる。

「ロペスさん。ヒサコ・ロペスさんでしたね」

本名を呼ばれ、相手の顔を見直したとたんに、ボニータはぎくりとした。

それは先ごろ、笠原とボニータが乗ったBMWの前に割り込み、わざと急停車して追突事故を仕組んだ、神宮警察署の刑事だった。確か、御子柴といったはずだ。コンビを組んでいた、もう一人の若い刑事は嵯峨という名前で、今も運転席にその顔が見える。

あのとき二人は、うむを言わせず笠原とボニータを引き立て、神宮署へ任意同行させたのだった。

御子柴とは、ほかにも因縁がある。

笠原と一緒に、御子柴の高校生の娘を塾から連れ出し、渋谷のラブホテルの一室に監禁して、見張る役を務めたのだ。笠原は、御子柴から何かを手に入れるための人質として、その娘をさらったのだ。

幸い取引が成立し、娘を傷つけずに解放することができて、ほっとした覚えがある。

あのとき、御子柴とは携帯電話で短い話をしただけだが、自分の正体は分かったはずだ。そのことを持ち出されたら、どうしようかと不安になる。

いや、心配することはない。娘は死んだ笠原に頼まれ、一時預かっただけで詳しいことは何も知らない、ととぼければいい。どうせ、死人に口なしだ。

御子柴は車をおり、後部座席のドアを開いた。

「ちょっと乗りませんか」

「なんのために、乗りますか」

緊張のあまり、日本語の遣い方がおかしくなるのを、意識する。

「聞きたいことがあるのでね。あんたの彼氏、笠原龍太が死んだ事件のことは、知ってるでしょう」

その、警察官らしくないもの柔らかな口調に、かえって警戒心を覚える。

「知ってますけど、別に彼氏じゃありません」

「このあいだ、一緒にBMWに乗っていたときは、彼氏だったように見えたけどね」

「そうじゃないって、言ったでしょう。わたし、警察に行かなければいけないことは、何もしてないわ。だからこのあいだだって、釈放されたじゃないですか」

「いや、別に警察に行こうなんて、言ってませんよ。お出かけのようだから、送ってあげようと思ってね。着くまでのあいだに、車の中で話をすれば、それですむ程度のことだ。どこまで行くんですか」

「どこだっていいでしょう。あなたたちには、関係ないことじゃないの」

つい強い口調になる。

御子柴は、辛抱強くドアを支えたまま、上目遣いにボニータを見た。

「早ければ今夜にでも、目黒中央署の刑事が笠原との関係をかぎつけて、あんたのところへ押しかけて来るよ。どういう状況なのか、知っておいた方がいいんじゃないかね。付き合ってくれたら、ある程度おさらいをしてあげてもいいがね」

御子柴の口調も、少しぞんざいになった。

ボニータは、少し考えた。

御子柴と話して、事件の進展が分かるかもしれないと思うと、いくらか心が動く。このあと、梶本と打ち合わせをすることを考えれば、できるだけ情報があった方がいいだろう。

「わたし、笠原さんが殺された事件には、関係ないからね」

ボニータは、一応事前に釘を刺すつもりで、そう言った。

御子柴の目が光るのを見て、ひやりとする。

「笠原は、殺されたのかね」

さりげない口調で聞かれ、ボニータはわざとらしく新聞を振ってみせた。

「だって、新聞もテレビも、そう言ってるでしょ」

「それはどうかね。新聞もテレビも、笠原は松国警視正を射殺したあと、自分で自分の頭を撃ったらしいと、そう伝えているはずだ。警察発表が、そうなってるからね」

ボニータは、奥歯を嚙み締めた。

「あの人、自殺するようなタマじゃないわよ」

御子柴が、満足そうにうなずく。

「そのあたりのご意見も、ぜひ拝聴したいものだね。さあ、乗った乗った」

ボニータは、断るタイミングを失ったかたちで、しぶしぶ言われたとおりにした。

続いて御子柴も、ボニータの隣に乗り込んで来る。

嵯峨が、運転席から顔だけ振り向けて、事務的に言った。

「どうも。どこまで送ればいいかな」

マスダの本部に行く、と悟られるのはいやだ。

「新宿の伊勢丹まで。買い物があるの」

言い訳がましいのが、自分でも分かる。

しかし嵯峨は、黙って車をスタートさせた。

御子柴が、さっそく口を開く。

「するとあんたは、笠原と松国警視正を殺した犯人は別にいると、そう考えるわけだな」

「だれも、そんなこと言ってないわ。ただ、笠原は自殺するような男じゃないって、そう思っただけよ」

御子柴は、わざとらしいしぐさで、腕を組んだ。

「ふうむ、なるほどね」

そこで一呼吸おき、おもむろに続ける。

「ただ、笠原が警視正を撃ち殺したことだけは、確からしいんだ。管轄が違うから、詳しいことは分からないんだが、笠原の右の手や上着の袖からショウエンハンノウ（硝煙反応）が出た、という話でね」

「ショウエンハンノウ」

聞いたことのない言葉だ。

御子柴が、説明した。

「銃を発砲すると、爆発した火薬の粉とか煙の成分とかが、銃を握った手や服の袖にくっつくんだ。逆に言うと、手や服を薬品で調べてその反応が出たら、銃を撃ったことが分かるわけさ」

ボニータはなんとなく、そのイメージを思い浮かべた。

「つまり、笠原が銃を撃ったあとが残ってる、という意味ね。そして撃った相手が、警視正ということかしら」

「うん。現場に残っていた銃と、警視正の体内に残っていた銃弾を比べたところ、センジョウコン（線条痕）が一致したそうだ。センジョウコン、分かるかな」

ボニータは、あいまいに肩をすくめた。

「分からないけど、要するにその銃で撃たれたことが確かめられた、ということでしょ」

御子柴が、満足げにうなずく。

「そう、そういうことだ」

「そして、笠原さんはその人を撃ったのと同じ銃で、頭を撃たれたのね」

「撃たれたのか、自分で撃ったか分からないがね」

しつこく繰り返されて、ボニータは口をつぐんだ。

御子柴は、油断のない目でボニータを見返し、続けて言った。

「ただし問題の拳銃に、笠原の指紋がべたべた残されていたことも、付け加えておこうか。ま、だれかがあとでつけたんじゃないかと思うくらい、たくさんついてたそうだよ」

またボニータの頭の中に、寿満子の顔がちらちらと浮かぶ。

御子柴はさらに続けた。

「ともかく、きみは笠原の死は絶対に自殺じゃない、と信じているようだね」

ボニータは、あまりそれにこだわるとまずいかもしれない、と考え直した。

「信じてるわけじゃないわ。何度でも言うけど、あの人は自殺なんかするタイプじゃない、と思うだけよ。でも、指紋まで残ってたのなら、自殺かもしれないわね」

御子柴が、思慮深い顔をする。

「まだ、不思議なことがある。死んだ警視正と笠原は二人とも、ケータイを持ってなかった。まるで、そこにいた第三者が持ち去った、という感じなんだよ」

ボニータは、頭の中から寿満子の顔を追い払おうとしたが、できなかった。

「最初から、持ってなかったかもしれないじゃない」

御子柴は、少し考える様子を見せてから、話を変えた。

「かりに笠原が、自殺したんじゃなくてだれかに撃たれた、としよう。その場合、あんたはだれが笠原を撃ったか、心当たりはないかね」

ボニータはたじろぎ、目をそらした。

「ないわよ」

「ゆうべ、というか今朝の午前一時から四時のあいだに、どこにいたかね」

今度は、きっと睨み返す。

「マンションで寝てたわよ。わたしを、疑ってるの」

御子柴は取り合わず、さらに聞いてきた。

「だれか、証人がいるかね」

「いるわけないでしょ。寝るときは、一人なんだから」

「一人で寝ることもあるのか」

その皮肉に、かっとなる。

「疑ってるんなら、そのショウエンハンノウとかなんとかで、ピストル撃ったかどうか調べたらいいでしょ」

「目黒中央署の刑事は、きっとそうするだろうね」

ボニータは、またたじろいだ。

確かに、担当の刑事が笠原と自分の関係を知ったら、徹底的に調べるに違いない。

御子柴が、口調を変えて続ける。

「熊代殺しの現場に、あんたと笠原がいたことは目撃者の証言で、はっきりしてるんだ。

すなおに、認めたらどうかね」

急に話が飛び、ボニータは緊張した。

「そのことは、もう疑いがはれたはずよ。だから、釈放されたんじゃないの」

「あのときは、別にあんたたちを逮捕したわけじゃなく、任意同行に応じてもらっただけだ。釈放したというより、事情聴取を終えてお引き取り願った、ということさ」

「どっちだって、同じじゃないの」

車は、大久保通りを明治通りの方へ向かっていたが、渋滞気味でなかなか進まない。

御子柴は、諭すように言った。

「熊代を刺したのは、笠原だろう。きみは、熊代の運転手を蹴り倒しただけだから、暴行罪は成立するかもしれないが、殺人の共犯にはならないと思う。ことに、自分から正直に白状した場合は、ジョウジョウシャクリョウ（情状酌量）がつくからね。つまり、それだけ罪が軽くなる、という意味だが」

御子柴の話を聞いていると、言われたとおりにした方がいいのではないか、という気がしてくる。

しかし、それを白状するには寿満子とのいきさつも、話さなければならなくなる。

御子柴は、ボニータの迷いを見透かしたように、追及してきた。

「あのときは、事件当時二人そろって笠原のマンションにいた、という供述が認められた。しかし、あんたたち以外に証人がいないわけだから、本来はアリバイが成立しないはずなんだ。それなのに、二人とも容疑なしであっさり放免されたのは、なぜだと思うかね」

ボニータは、唾をのんだ。

むろん、その陰に寿満子の意志が働いていたことは、容易に想像がつく。

「だって、ほんとに何もしてないんだから、釈放されてあたりまえじゃないの」

しぶとく言い募ると、御子柴の顔が少しきつくなった。

「まだ、強情を張るつもりかね。洗いざらいしゃべったら、気が楽になるぞ。殺人の共犯と認定されると、間違いなく刑務所にはいることになる。ただし、だれかに脅されるか何かして、やむをえず手伝ったということなら、シッコウユウヨ（執行猶予）がつく。つまり、刑務所にはいらずにすむ。正直に話したらどうだ」

「正直に話してるわよ」

言い返したものの、喉が詰まりそうになる。

御子柴は、少しのあいだボニータを見つめてから、声をひそめて言った。

「これは内緒だが、笠原が死んでいた運転席の隣の席に、ビニール袋にはいったナイフが見つかってね。今、カンシキ（鑑識）が調べているところらしいが、わたしの勘ではこのナイフは、笠原が熊代を刺した凶器じゃないか、という気がするんだ」

それを聞いたとたん、ボニータは背筋が冷たくなった。

そういう話は、テレビでやっていなかった。

なぜそんなものが、別の事件現場に残されていたのか。

考えるまでもない。答えは、一つしかない。

あのナイフは、熊代を刺した直後に寿満子が笠原から取り上げ、殺人の証拠として持ち去ったものだ。それが現場に残されていたとすれば、今度の事件にも寿満子が関わっている、としか考えられない。

さっきから、そんな気がしてならなかったのだが、寿満子が今度も事件の現場にいて、二人を次つぎに殺したに違いないという、確信のようなものがわいてきた。

指紋のことも、ショウエンハンノウのこともよく分からないが、あの女ならどんな細工でもやってのけるだろう。

そう考えたとたんに、全身に脂汗が噴き出すような恐怖に襲われ、ボニータはあえいだ。

御子柴が、そうした様子にも気づかぬげに、話を続ける。

「かりに、残った血痕と熊代の血液型が一致して、さらにナイフから笠原の指紋が出たら、犯人は笠原で決まりだ。その上、あんたの指紋まで一緒に出てきたりしたら、たいへんなことになるがね」

ボニータはさりげなく、手のひらの汗をジーンズにこすりつけた。

あの夜、ナイフを笠原に渡す前に念のため、レースの手袋をはめておいたのは、正解だった。そうでなければ、今ごろ安閑としてはいられなかっただろう。

御子柴が、顔をのぞき込んでくる。

「どうかしたかね。顔色が悪いよ」

冷静を取りつくろい、シートの上ですわり直す。

「別に。ちょっと風邪気味なだけ」

そのとき、唐突に車内に〈ラ・クカラチャ〉のメロディが流れ出し、ボニータは反射的にジーンズのポケットを、押さえ込んだ。

御子柴も、驚いた様子で目をぱちくりさせる。

しかし、すぐに興味の色を浮かべて、うなずいた。

「出たらどうだね」

ためらったものの、出なければかえって怪しまれると思い、携帯電話を引っ張り出す。

もしルイス梶本なら、友だちのようなふりをして応答し、少し遅れると言えばよい。

梶本のことだから、話せない状況だと察してくれるだろう。

しかし、着信画面は梶本ではなく、非通知になっていた。

今さら引っ込めるわけにもいかず、ボニータは携帯電話を耳に押しつけた。

「オラ」

わざとスペイン語で応じると、受話口から押し殺した声が聞こえた。

「何もしゃべるんじゃないよ。一言でもしゃべったら、笠原と同じ目にあわせるからね」

体が硬直する。

岩動寿満子の声だった。

## 29

ボニータが、携帯電話を耳に当てたまま、頬をこわばらせる。

御子柴繁は、とっさに手を伸ばして携帯電話をもぎ取り、自分の耳に当てた。

とたんに通話が切れ、ツーツーという音が始まる。

着信画面を見ると、非通知になっていた。

われ知らず、舌打ちが出る。

「だれからの電話だ」

御子柴は強い口調で、ボニータを問い詰めた。

ボニータは喉を動かし、顔をそむけて応じた。

「分からないわ。出たときは、もう切れていたから」

そのとき、運転していた嵯峨俊太郎がタイヤを鳴らし、急ブレーキをかける。

御子柴もボニータも、あわてて前の座席の背に手をつき、体を支えた。

「どうした」

御子柴は嵯峨に声をかけ、運転席に顔を突き出した。

「前に車が割り込んで来て、急ブレーキを踏んだんですよ」

その返事を待つまでもなく、御子柴は黒い車が目の前に立ち塞がり、危うく追突しかけていたことに、気がついた。

先日、笠原龍太に罠を仕掛けたのと同じ手口で、車を停車させられたのだ。

前の車の運転席が開き、だれかがおりて来た。

そのがっしりした体を見て、御子柴は急に気分が落ち込んだ。

それは、岩動寿満子だった。

寿満子は、唇をきりりと不機嫌に引き結び、目にあらわな怒りの色をたぎらせて、こちらの車に近づいた。

ボニータがすわる、車道側の後部シートのウインドーを、拳でどんと殴りつける。

ボニータは、ひっと喉を鳴らしてのけぞり、御子柴の背広の袖を後ろ手につかんだ。

運転席で、嵯峨が操作ボタンを押したらしく、ウインドーが軽い音を立てて下がる。

寿満子は上体をかがめ、ぬっと窓から鼻を突き入れた。

「おまえたち、こんなとこで、何をしてるんだ」

御子柴は、左手を上げてネクタイの結び目に触れ、小さく顎を回した。

「この近くで、たまたまロペスさんをお見かけしましてね。新宿の伊勢丹へ、買い物に行くとおっしゃるので、ついでにお送りしようと思ったところでした」

ボニータが声を出さず、がくがくと首を縦に振る。

寿満子が、今度は思い切りドアを殴りつけたので、車が揺れた。

「何が、ついでだ。ここは、神宮署の管内じゃないよ。あたしの許可も得ずに、警察車両を使って遠出するとは、どういう料簡《りようけん》だ」

　そのすさまじい見幕に、御子柴もさすがにたじたじとなった。

　まるで、自分がののしられたとでもいうように、ボニータが体を震わせる。それが御子柴にも伝わり、冷や汗が出るのを感じた。

　運転席から嵯峨が向き直り、妙に冷めた声で寿満子に言う。

「すみません、警部。例の松国警視正殺しの一件で、ボニータ、というかロペスさんに、何か心当たりはないかと思って、話を聞こうとしただけなんです。なにしろ、警視正と一緒に死んでいたのが、例の笠原龍太だったものですからね」

　寿満子は、じろりと嵯峨を見た。

「おまえはいつから、ほかの署のデカになったんだ。あの事件が起きたのは、目黒区の祐天寺じゃないか。管轄違いも、いいとこだろうが」

「それは承知していますが、いずれは神宮署管内の熊代彰三殺しとも、関連してくると思いましてね。笠原の死体のそばに、血痕のついたナイフが残されていた、と聞きました。鑑定の結果、もしそれが熊代殺しの凶器だと判明したら、笠原の犯行説が再浮上するでしょう」

　嵯峨が応じると、寿満子は前部シートのヘッドレストを、ぐいとずらした。

　嵯峨の顔を睨んで言う。

「生特（生活安全特捜班）のデカが、殺しの捜査にしゃしゃり出る必要が、どこにあるんだ。このあいだ、妙なまねをしたら営倉行きだと言ったのを、忘れちまったのか」

そう言い放ち、ドアを無造作に引きあけると、ボニータに顎で合図した。

「おりな」

ボニータが、脅えたように体を固まらせる。

「さっさとおりるんだよ」

寿満子に急《せ》き立てられて、ボニータはおずおずと聞き返した。

「あの、おりて、どこ行くんですか」

「伊勢丹でもどこでも、好きなとこへ行っちまいな」

それを聞くと、ボニータはバネで弾かれたように、車から飛び出した。

ハンドバッグを小脇に抱え、車道を駆け去って行く。ジーンズをはいた長い脚が、今にももつれそうだった。

寿満子はそれを見送り、はち切れそうなスラックスをたくし上げると、車に乗り込んで来た。その重みでシートがへこみ、御子柴の体が軽く上下する。

寿満子は、嵯峨と御子柴を交互に睨み、噛みつくように言った。

「現場にナイフがあったことを、どこで聞いたんだ。マスコミには、発表してないはずだよ」

嵯峨が答えないので、御子柴はしかたなく口を開いた。

「目黒中央署の刑事課に、わたしと同期の警部補がいましてね。そいつから聞いたんです」

寿満子は、御子柴の顔をつくづくと見て、さらに続けた。

「ほかに、マスコミが知らない情報があったら、聞かせてもらおうか」

「たいしてありませんよ。松国警視正と笠原は、二人とも現場に残された拳銃で撃たれた、と判明しています。しかもその拳銃には、笠原の指紋しかついていない。笠原の手や袖口から、硝煙反応が出ているそうです。笠原が警視正を撃ち、そのあとにわかに良心の呵責を覚えて、自分の頭を吹き飛ばした。弾の射入角度からみても、そう判断するのが妥当とみられているようです」

御子柴の皮肉な言い回しに、寿満子は片頬をゆがめて薄笑いを浮かべ、嵯峨に言った。

「最新情報によると、現場に残されていたナイフから、熊代と同じ血液型の血痕と、笠原の指紋が検出された、とさ。おまえの読みどおりじゃないか、嵯峨」

やはりそうか、と御子柴も納得した。

嵯峨が、半分首をねじ曲げた窮屈な姿勢のまま、肩をすくめる。

「だとすると、最初に睨んだとおりだったわけですね」

「そういうことになるね」

御子柴は、笑いを嚙み殺した。

あれほど証拠不十分を主張し、笠原たちを無理やり釈放させた張本人のくせに、しれっとしたその言い草はどうだ。

「ついでに、笠原と一緒に現場で目撃された女は、当然ボニータだということになりますね」

念を押してやると、寿満子は鼻で笑った。

「そうとは限らないさ。ナイフから、一つでもボニータの指紋が出れば、別だけどね。夜目に、遠くからちらっと見ただけの、だれとも知れぬやつの目撃情報なんか、あてになるものか」

「しかし、ボニータは犯行時間に笠原とマンションにいた、とアリバイを主張してるんですよ。その笠原が、富ケ谷の熊代殺しの現場にいたとすれば、必然的にボニータのアリバイも崩れる。笠原と一緒に、現場にいたと判断するのが、自然でしょう」

寿満子は、底意地の悪そうな目を光らせて、御子柴をねめつけた。

「だからといっておまえたちが、ボニータのまわりをうろちょろしていい、という理由にはならないよ。そんなことは、うちの刑事課に任せておけばいいんだ」

そう決めつけてから、さりげなく続ける。

「ほかに、目黒中央署から仕入れた情報が、何かあるのか」

御子柴は少し考え、思い切って言った。

「そう、二人の死体からも車の中からも、ケータイが見つからなかったこと、くらいですかね。今は、だれでもケータイを持ってるのが普通だから、おかしいといえばおかしい。あるいは、こういう図式も考えられます。まず、笠原が松国警視正を射殺し、次に笠原をだれかが撃ち殺す。最後に、そのだれかが証拠を残すのを恐れて、ケータイを持ち去る。それで現場に、ケータイがなかったわけです」

寿満子が、感心したようにうなずく。

「なるほど、そいつはなかなか、鋭い見方だ」

それから、急に口調を変えて続けた。

「さて、と。二人とも、明日からは内勤だよ。外回りは厳禁、とする。覚えておきな」

「営倉入りというわけですか」

運転席でそう聞き返した嵯峨は、むしろうれしそうな口ぶりだった。

「そのとおり。あたしの車について来るんだ。署にもどるよ」

寿満子は言い捨て、そそくさと車をおりた。

無造作にドアを叩きつけ、自分の車へもどって行く。

御子柴は一度車をおり、助手席に乗り直した。

嵯峨が、寿満子に続いて車を発進させながら、肩をすくめて言う。

「すごい見幕でしたね。ちびりそうになりましたよ」

その軽い口調からして、ほんとうに恐れ入ったという雰囲気は、うかがえなかった。

御子柴は、少し考えて言った。

「岩動警部は、妙にボニータをかばっている気がする。そう思いませんか」

「確かに、そう思います。何か裏がありそうですね」

その返事は、寿満子の回し者かもしれない嵯峨にしては、妙にすなおだった。とぼけている、という風情ではない。

御子柴は、一度口を閉じた。

寿満子の車は、混雑した大久保通りをしばらく走ったあと、明治通りを右折した。

あとについて、その交差点を曲がったところで、御子柴はまた口を開いた。

「嵯峨さん。あなたは、岩動警部の手先のようなふりをしているが、同時に松国警視正のためにも、働いていた。わたしには、分かってるんですよ」

嵯峨は、ハンドルを取られもしなければ、わざとらしい咳払いもしなかった。

「どうして、そう思うんですか」

御子柴は、ほくそ笑んだ。

「否定せずに、今みたいに聞き返すときは、だいたい図星と決まっている。長年の経験でね」

「そういうものですかね」

平然とした口調だ。

「〈みはる〉のママに、わたしが預けておいたアタシェケースに、あなたは異常なほど関心を示した。あの中に、神宮署の裏帳簿がはいってるんじゃないか、と疑ったんでしょう」

御子柴の質問に、嵯峨は答えなかった。

御子柴は続けた。

「あなたは松国警視正に、わたしがもう一部コピーを持っているはずだから、なんとかして手に入れてくれ、と頼まれた。違いますか」

嵯峨は、相変わらず口を閉じたままだったが、何か考えている証拠に車の速度が落ち、寿満子の車とのあいだが少し開いた。

それに気づいたのか、寿満子がいくらかスピードを落とし、車間距離を縮めようとする。

嵯峨は、軽くアクセルを踏んでそれに応じ、さりげなく言った。

「警視正から、御子柴さんから目を離さなければ、かならずコピーのところに案内してくれる、と言われましてね」

御子柴は、ふっと息をついた。

初めて嵯峨が、松国との関係を認めたのだ。

「つい先日、わたしは笠原に高校生の娘を人質に取られて、そのコピーを引き渡せと迫られた。ボニータも、娘を怪しげなホテルに閉じ込めて、見張り役を務めたんです」

御子柴が打ち明けると、嵯峨がちらりと目を向けてきた。

「敵は、そこまでやりましたか」

「あちらさんも、本気なんでしょう。さっきはそのことについても、ボニータを追及するつもりだったのに、岩動警部が急に割り込んできたせいで、逃げられてしまった。一連の事件の周辺には、岩動警部のにおいがぷんぷんする。それだけじゃない。警部の後ろには、さらに別の黒幕がいる、と思いますよ。あなたも承知している、警察庁の朝妻警視正がね」

嵯峨は、御子柴の言葉を吟味するように、少しのあいだ口をつぐんだ。

やがて、きっぱりと言う。

「わたしは、松国警視正に言われたとおり勤務中もそのあとも、御子柴さんから目を離しませんでした。実を言えば、先夜御子柴さんが署の近くで笠原に呼び止められ、何か取引らしきことを持ちかけられるのも、この目で見ました」

御子柴は驚きながらも、すぐに納得した。

「なるほど、そうでしたか。そう、そのとき笠原から娘と引き換えに、コピーを渡せと言われたんです。笠原ごときに、自分の考えで現職のデカを脅すなどという芸当が、できるわけがない。だれかの、というより岩動警部の差し金に、決まっている」

「あのとき御子柴さんは、署へもどってプラスチックのケースを持ち出し、それを笠原に渡しましたね」

「まあね。しかたがないでしょう、娘を人質に取られたんだから。黙って見ていたあなたも、人が悪いが」

「そのときは、娘さんがさらわれたなんて知らなかったし、車の中で見ていたものですからね。笠原は、そのケースを受け取るやいなや、表参道を逃げ出したでしょう。わたしはすぐに、車であとを追いました。笠原は、代々木公園に近い歩道橋に上がって、ケータイを使い始めた。わたしは車を停めて、歩道橋を駆け上がりました。笠原はちょうど、通話を終えたところでした。わたしは、やつの首筋をメリケンサックで叩きのめして、ケースを奪い取りました。そして、中に例のコピーがはいっているのを確かめ、それをケースごと松国警視正の手元にお届けした、というわけです」

嵯峨は一息に、言ってのけた。

御子柴は、つい声を出して笑った。

「それは知らなかった。あなたも、なかなかやりますね」

「まあ、禿富さんほどじゃないですが」

御子柴は、真顔にもどった。

「だとすると、笠原はあのケースを、岩動警部に引き渡すことが、できなかったわけだ。おそらく警部は、怒り狂ったでしょうね」

「ええ。たぶん、半端でなく、ね」

少し間をおき、御子柴は質問した。

「松国警視正は、そのコピーをどうするつもりでいたのか、あなたに言いませんでしたか」

「上の方で握りつぶされるので、少なくとも警察庁から公式発表することはできない、と言われましたね。ご自分で、マスコミに流すつもりだったようですが、どこのメディアかは聞いていません」

「今回の事件は、それを公表されると困る連中が、警視正を始末してコピーを奪い返した、ということでしょうね。おそらくは、そいつらのために岩動警部が笠原を使って、殺させたんだと思う」

嵯峨が、考えながら言う。

「警視正は、前のことで懲りているはずだから、わたしが届けたコピーから間違いなく、孫コピーを取っています。また、いつどこで、だれに奪い取られるか、分かりませんからね」

「わたしもそう思う。敵方も当然、それを予想しているでしょう。となると、警視正を殺したのは、もとのコピーも孫コピーも両方手に入れたから、と考えていいんじゃないかな」

嵯峨は小さく、ため息をついた。

「そうですね。笠原まで殺されたとなれば、そう考えるのが妥当でしょう」

しばらく、沈黙が続く。

車は中央線のガードをくぐり、北参道から渋谷へ向かった。

先に嵯峨が、口を開いた。

「お互いに、なんとなく手の内を見せ合ったわけですが、これからどうしますか」

「さてね。わたしは、別に松国警視正のために、働いていたわけじゃない。禿富さんに託されたものを、わたしなりに活用したいと思っただけです」

「警視正によると、御子柴さんは手元に残しておいたもう一部のコピー、つまり笠原に脅し取られたやつですが、それを警視正に引き渡すのを拒否されたそうですね」

「ええ、お断りしました。前にお渡ししたコピーを、そのまま上の方へ提出してしまったのは、明らかに警視正のミスですからね」

「御子柴さんが、さらにもう一部コピーを取って、渡せばよかったでしょう」

御子柴は、含み笑いをした。

「ああいうものは、数が限られているからこそ、価値がある。安っぽい偽札みたいに、あちこちにばらばらと出回ったんじゃ、ありがたみがなくなります。わたし一人が持っていればこそ、何かのときの保険になるんです。禿富さんも、生きていたらきっとそうしたでしょう」

嵯峨があきれたように、首を振る。

「御子柴さんが、保険などということにこだわらずに、すなおに警視正にもう一部渡しておいたら、こんなことにならなかったんじゃありませんか」

「まあ、キャリアや準キャリアの人には、わたしらのような叩き上げのデカの考え方は、分からんでしょうね」

「それを言われると、返事に窮しますね」

「どちらにしても、あなたの言うことは結果論にすぎない。あがいたところで、もとにはもどらないんだから」

嵯峨は、すなおにうなずいた。

「そうですね、確かに。こうなった以上、なんとか松国警視正の遺志を継ぐ方策を、考えないといけない。わたしは、五反田署に勤務していたころ、警視正にずいぶん世話になりました。御子柴さんは、別に警視正に恩義はないかもしれませんが、禿富さんのためにもわたしと手を組んで、弔い合戦といきませんか」

珍しく、熱っぽい口調だった。

「わたしは、もし戦うとすれば警視正のためでも、禿富さんのためでもない。あくまで、自分のために戦いますよ」

御子柴が冷静に応じると、嵯峨の口元に苦笑らしきものが浮かんだ。

「わたしは、御子柴さんのそういうところが、わりと好きですね」

そのとき、前を走る寿満子の車が左に寄り、神宮署の駐車場へ吸い込まれて行った。

## 30

大森マヤが、カウンターにジントニックのグラスを、とんと置く。

水間英人は、それを手元に引き寄せた。

次いで、マヤはソルティドッグのグラスを、野田憲次の前に置いた。

水間は、野田とグラスを合わせて、一口飲んだ。

まだ午後八時を回ったばかりだが、〈みはる〉のカウンターは満席だった。水間たちが来たとき、たまたまとっつきの席にいた二人連れが出て行き、すわることができたのだ。

「ここんとこ、景気がよさそうだな」

水間が声をかけると、マヤは長身をかがめて応じた。

「ほんと、どうしたんでしょうね。世の中、不景気だというのに」

「不景気だから、ここみたいな安いバーがはやるんだろう」

マヤの眉が、きゅっと寄せられる。

「それじゃ、値上げしようかしら」

そう言っただけで、マヤは奥の方の客にお代わりを頼まれ、その場を離れた。

マヤの好きな、一九五〇年代にはやったとかいうポップスが、かかっている。水間には、聞き覚えのない歌だ。

場所が場所だけに、金回りのよさそうな客は見当たらないが、酔ってくだを巻いたり大声でわめいたりする、品の悪い客もいない。このバーが、渋六興業の息のかかった店だということが、いつの間にか客のあいだに知れ渡ってしまったようだ。

にもかかわらず、渋六は堅気に手出しをしないという評判のせいか、それともマヤの客あしらいがうまいせいか、おそらくはその両方があいまって、客足はいっこうに衰えない。以前、この店の床に元敷島組の幹部、諸橋征四郎の死体が投げ込まれたことも、話題にのぼらなくなった。

水間と野田は、夕方までかかって債権取り立ての仕事をすませ、二子玉川からもどったところだった。

事務所へもどる前、若い者が運転する車を道玄坂の上で停めさせ、〈みはる〉に立ち寄って一杯やろう、ということになったのだ。

さすがに満席となると、音楽と人声でかなり騒がしい。しかし、二人並んで密談するにはむしろうってつけで、気兼ねなく話すことができる。

「それにしても、ゆうべというか今朝というか、例の警察官殺しには驚いたな。まさか、あの松国がやられるとはなあ」

水間が顔を寄せて、その日何度目かの同じ話題を持ち出すと、野田は小さくうなずいた。

「まったくだ。おれは松国が、ちょっと気の毒でな」

だいぶ前、野田から聞かされたエピソードを、水間はよく覚えている。

野田は、秃富鷹秋に命じられて松国輝彦を呼び出し、大胆にもホテルの一室で脅しをかける場面に、立ち会わされたことがある。呼び出すまで、松国が五反田署勤務の警察官であることも、当の秃富より二階級上の警視であることも、知らなかったそうだ。

驚いたことに、秃富は自分と松国の妻遊佐子との情事を隠し撮りし、その写真をネタに松国を脅した。見返りは、監察官の松国が収賄容疑で取り調べをしている、五反田署のある刑事を無罪放免にせよ、という単純なものだった。禿富はその刑事を、別のプライベートな仕事に利用するために、助けようとしたのだ。

警察官が同じ警察官を、それも自分より上級の警察官を脅すなどという話は、ついぞ聞いたためしがない。

ましてそのネタが、相手の警察官の妻との情事だというのだから、あいた口がふさがらない。そのとき、禿富は露骨な写真をこれ見よがしに見せつけ、言葉の端ばしに屈辱的なせりふを差し挟んで、松国をとことんいたぶったらしい。

それを思い出すたびに、胸糞が悪くて反吐が出そうになる、と野田はこぼしたものだ。

「その松国が、警察庁の特別監察官にまで昇進しながら、笠原みたいなヤクザに撃ち殺されるとは、どうも合点がいかんな」

水間が言うと、野田は首をかしげた。

「それもそうだが、むしろ笠原が自分で頭を吹っ飛ばした、という話こそ怪しいものだ。ヤクザが自殺したなんて話は、聞いたことがないからな。実のところ、松国は笠原に撃たれたのだとしても、笠原をやったのはだれか別のやつじゃないかな」

そう言いながら、ベルトの下あたりをさする。

野田は以前、上海から来た王展明という殺し屋に腹を刺され、死にかけたことがある。それ以来、無意識のように傷痕をさするのが、癖になっているのだ。

「どっちにしても、二人のあいだに接点があったというのが、不思議じゃないか。マル暴担当のデカならともかく、松国はれっきとした警察庁のエリートだぞ」

水間が言うと、野田は肩をすくめた。

「まさか、またかみさんがらみの脅しってわけじゃ、ないだろうな。あのかみさん、美人の上になかなかの発展家、という感じだったし」

野田は松国だけでなく、遊佐子とも会っているのだ。

野田の話によると、禿富は遊佐子をネタに松国を脅したばかりか、そのあと遊佐子自身を別の企みに、引っ張り出したという。野田を遊佐子と組ませて、自分を痛めつけた悪徳刑事を相手に一芝居打たせ、罠にかけて麻薬所持の罪をきせたあと、退職に追い込んだらしい。

そのときも野田は、禿富のやり口にほとほとあきれた、とぼやいていた。

「ところで、死んだ松国のかみさんの談話らしきものを、どこかで目にした覚えがあるか」

水間の問いに、野田は首を振った。

「そう言われれば、見た記憶がないな。どこにも、出ていなかった」

「そうだろう。新聞にも載らなかったし、テレビでもやらなかった。かみさんも事件の直後、自宅で縛り上げられているのを、発見されたんだ。かなりセンセーショナルな事件なのに、関係者のコメントなしというのが、これまた不思議じゃないか」

野田が、あいまいにうなずく。

「そうだな。かみさんはおそらくショックで、話せなかったんじゃないか」

「あるいは、警察の連中がかみさんに何もしゃべるな、と釘を刺したかだ」

水間が指摘すると、野田は思慮深い顔でうなずいた。

「その可能性はあるな。警察庁の談話も、事件の原因や背景はいっさい不明、の一点張りだ。確かに、釈然としないな」

そのとき、店の電話が鳴った。

マヤが受話器を取る。

片方の耳をふさぎ、眉をひそめて二言三言応対したあと、水間に目を向けた。

「ちょっとお待ちください」

送話口をふさぎ、顔を近づけて言う。

「ヤマジさんという男の人が、水間常務はいらっしゃいますか、と言ってますけど」

水間は、首を捻った。

「ヤマジなんて、聞いたことないな。だいいち、どうしておれがここにいる、と分かったんだ」

「渋六の事務所に電話したら、出た人がここにいるかもしれないと言って、番号を教えてくれたんですって」

宿直の若い者だろう。

店の中がうるさいので、水間は少し躊躇《ちゅうちょ》した。

「折り返しかけ直す、と言って相手の番号を聞いてくれ」

マヤは、水間の言うとおりにして番号をメモし、カウンターに置いた。

携帯電話の番号だった。

野田が言う。

「覚えがないのか、ヤマジって名前に」

水間は覚えがないと答え、マヤに尋ねた。

「どんな感じの男だった」

「あまり若くない、わりと落ち着いた声の人でした。ちょっと、緊張してたみたいですけど、話し方はちゃんとしてました」

「ほっとけよ。なんかの売り込みだろう」

野田はそう言って、ソルティドッグを飲み干した。

水間は少し考え、ストゥールをおりた。

「熊代事件のことかもしれん。ともかく、かけ直してみるよ」

そう言って、店を出る。

すぐ近くの、ラブホテルの塀の暗がりに行き、携帯電話を出してメモの番号にかけた。

こちらの番号は、非通知にしておく。

相手は、最初の呼び出し音が鳴ると同時に、電話に出た。

「渋六興業の、水間常務ですか」

向こうから聞いてくる。

「そうです。そちらは」

「わたしは、ヤマジケイゴといいます。突然お電話して、申し訳ありません」

「どちらの、ヤマジさんですか」

「フリーの、ルポライターをやっている者です。ヤマジは、山川の山に道路の路、ケイゴのケイは拝啓の啓、ゴはにんべんに漢数字の五、と書きます。週刊ホリデーなどに、署名入りで寄稿しています」

週刊ホリデーは、政財界人のスキャンダルをしばしばスクープする、大手出版社の週刊誌だ。

山路啓伍、という名前に心当たりはないが、署名入りで記事を書くというからには、それなりのキャリアがあるのだろう。

「おれに、何か用か」

わざと、こわもての口調に、切り替える。

電話の向こうに、緊張が走るのが分かった。

「お目にかかって、ご相談したいことがあるんです。今朝亡くなった、松国警視正の件で」

それを聞いて、水間は携帯電話を握り直した。

会ったこともない男の口から、たった今野田とのあいだで話題になったばかりの、松国の名前が出るとは予想もせず、少し混乱した。

「どういうことだ。こっちはその松国と、会った覚えがないが」

警戒しながら、探りを入れる。

「込み入った事情があって、ぜひお目にかかりたいんです。そのときに、詳しくお話しします」

「どこで、おれのことを聞いたんだ。どうしておれに、電話する気になったんだ」

畳みかけて問い詰めると、息を吸う気配がした。

「水間さんのことは、元神宮署生活安全特捜班の禿富警部補から、聞かされていました。それをよりどころに、思い切ってお電話したんです」

禿富の名前を出されて、ますます驚く。

「ハゲタカを、知ってるのか。つまり、禿富警部補のことを」

「はい。わたしは、警部補が北上野署におられたころから、よく存じ上げていました。葬儀にも出たかったんですが、あいにく仕事で沖縄へ行っていて、うかがえませんでした」

するとと、水間よりずっと古い付き合い、ということになる。

「それで、ハゲタカはおれのことを、なんと言ってたんだ」

山路は少しためらい、言いにくそうに言った。

「警部補の言葉をそのまま借りますが、水間さんは、つまりその、ヤクザにしておくのはもったいない、鉄砲玉のように義理堅い男だ、と言っていました」

鉄砲玉のように義理堅い男。

水間には、その意味がよく分からなかったが、なんとなくおかしくなった。

それにしても、禿富が自分のようなヤクザ者のことを、他人に話していたということ自体が、意外だった。

禿富の方は、山路も含めて自分の交友関係や交際範囲を、一度も口にしたことがない。

水間は言った。

「どっちにしても、松国警視正の事件は、おれに関係ないことだ。相談に乗れることなんか、何もないな」

山路は一瞬口をつぐんだが、すぐに口調を変えて続けた。

「水間さんは、生前禿富警部補から神宮署の裏帳簿のことを、お聞きになりませんでしたか」

前置きなしに聞かれ、水間はぎくりとした。

山路が、そんなことまで知っているとは、思わなかった。

クラブ〈サルトリウス〉で、修羅場が展開されたあの夜。

禿富は水間に、確かにこう言った。

岩動寿満子が、マスダのホセ石崎以下の幹部を動員して、なりふりかまわず探し回っていたのは、ほかでもない神宮署の裏帳簿だ、と。

しかも禿富は、寿満子の後ろには警察庁の朝妻勝義がついている、とまで指摘した。

「ああ、聞いた覚えがある。相談というのは、そのことか」

「そうです。その裏帳簿は、最近までどこにあるのか分からなかったんですが、それを結果的に手に入れた者がいましてね」

「ほんとうか」

思わず、声がはずむ。

あの晩石崎らは、〈サルトリウス〉のママ諸橋真利子を人質に取り、店に立てこもった。

その上で、連中は水間に禿富を店へ連れて来させ、裏帳簿のありかを聞き出そうとした。

石崎がてこずっていると、ついに寿満子がしびれを切らして姿を現し、口を割らせようとあの手この手で、禿富を責め立てたのだ。

しかし、ついに禿富は裏帳簿のありかを吐くことなく、マスダの幹部たちを道連れにして、壮絶な最期を遂げた。

そのおかげで、水間も真利子も無事に生き延びることができ、渋六興業もおとがめを受けずにすんだのだ。

山路が言う。

「ほんとうです。ところが、状況が目まぐるしく変化しましてね。一度は手に入れた裏帳簿を、また敵方に取り返されてしまう、という結果に終わりました。そして、ついに松国警視正が殺される事態にまで、発展したわけです。そのあたりの事情について、ぜひとも話し合いをさせていただけませんか」

水間は躊躇した。

結局、あの銃撃戦の真相は渋六と寿満子のあいだに、暗黙の了解が成立したようなかたちで、闇に葬られてしまった。今は行方不明の裏帳簿を挟んで、渋六と神宮署が微妙なバランスを保っている、という状態だった。

そのバランスが崩れる、試練の時が来たのかもしれない、と思う。

同時に、ばらばらだったジグソーパズルの断片が、なんとなく一つの形をなしてきたという、期待感のようなものも覚えた。

しかし、山路の真意がどこにあるのか読めず、まだ迷いが残る。

「興味がないとは言わないが、おれと話し合いをしたところで、なんの役にも立たないな。そもそも、なぜおれと話し合わなきゃならないのか、よく分からない。鉄砲玉のように義理堅い、というだけのことじゃな」

水間がジャブを放つと、山路は熱心な口調で応じた。

「情報交換をさせていただくだけでも、何か糸口がつかめそうな気がするんです。わたしは、その裏帳簿をもう一度手に入れて、警察組織の闇の部分を明るみに出したい。渋六興業が、いわゆる法人組織に衣替えした暴力団、ということは承知しています。しかし、水間さんをはじめ構成員というか、社員のみなさんはいまだに、昔ながらのヤクザの仁義を守っておられる、と聞きました。だからこそ、こうしてお電話したんです」

水間は苦笑した。

「買いかぶってもらっちゃ困るな。おれたちがやってる仕事は、言ってみれば被害者のいない犯罪というだけで、自慢できるようなしろものじゃない」

「わたしは、これまで何度か暴力団の取材をしたことがありますし、ご迷惑はかけないと約束します。実はこの一件には、わたしのほかに松国警視正と接触のあった、もう一人の関係者がいましてね。彼女も、水間さんに会いたがってるんです」

「彼女」

水間はとまどい、聞き返した。

「ええ。東都ヘラルド新聞社の、警視庁詰めの女性記者です。その女性が、松国警視正から裏帳簿を託され、わたしに横流ししてくれたんです」

「さっきの話だと、それをまた奪い返されたというように、聞こえたがね」

「そのとおりです」

しだいに興味がわいてくる。

秀富には何度か苦杯を飲まされたが、なぜか一緒に戦った戦友という意識がある。かたきを討つ機会が、訪れたのかもしれない。

「そういうことなら、会うだけ会おうじゃないか。いつがいいんだ」

「いきなりで恐縮ですが、今夜これからというのは、どうでしょうか。今八時半過ぎですが、東都ヘラルドの記者と連絡を取って、十時にはうかがえると思います。ただし、渋谷界隈なら、ですが」

急な話に、少しとまどう。

とはいえ、このあと別の予定がはいっているわけではないし、野田も同じだろう。

「分かった。ただし、条件がある。こっちもおれの同僚の、野田という者を同席させてもらう。野田は、ハゲタカと一緒に松国さんとやらに、会ったことがあるのでね」

「ほんとうですか。いったいどういうご用向きで、お会いになったんですか」

「それは話せないな。ともかく、野田を同席させるのが条件だ」

山路は、一呼吸おいて答えた。

「分かりました。場所と時間を、指定してください」

「渋谷の道玄坂の裏手に、ビラ円山という古いマンションがある。そこの四〇二号が、われわれのアジトになっている。住所を言うから、自分で探して来てくれ」

水間は、住所を告げて山路にメモさせ、続けて言った。

「オートロックじゃないので、だれでも自由に出入りできる。ただし、ドアに表札が出てないから、間違えないようにしてくれ」

「分かりました。ビラ円山の、四〇二号室ですね」

「そうだ」

水間は通話を切り、〈みはる〉にもどった。

## 31

名刺には、東都ヘラルド新聞社社会部、大沼早苗とある。

三十歳を越えたあたりか、早苗は癖のない髪を短めにカットした、なかなかの美人だった。

背もすらりと高く、男勝りの女性記者という印象はない。むしろ、切れ者のシステムエンジニアとか、経営コンサルタントといったイメージだ。

紺のパンツスーツに、水色のブラウス、水玉のスカーフ。シックな装いだが、疲れがたまっているのか少し肌荒れが目立ち、ぎすぎすした感じを与える。

ただ、水間英人は早苗と初対面にもかかわらず、どこかで会ったような奇妙な印象があり、少し落ち着かないものを感じた。

山路啓伍は、見たところ早苗より一回り以上年かさで、額の抜け上がった小柄な男だった。二人は、大学の先輩と後輩にあたる、という。

早苗はおそらく、暴力団関係の人間と会うのが初めてらしく、最初は異常に緊張していた。

しかし水間、続いて野田憲次と名刺を交換すると、ヤクザに抱いていたイメージが変わったのか、いくらか表情が柔らかくなった。

さらに、水間がコーヒーをいれるころには、ずいぶん打ち解けてきた。

ビラ円山のこの居室は、十畳ほどのＬＤＫに六畳の寝室だけの、狭い造りだ。小さなテーブルと、小ぶりのソファが二つしかないので、四人すわるためには食卓用の椅子を二つ、引っ張って来なければならなかった。

最初のうちは、とってつけたような世間話が行き交い、互いに様子を見合うかたちになった。

それもいっときのことで、やがて山路がぎこちなさを振り払うように、口火を切った。

「それでは、本題にはいらせていただきます。まず、大沼君の方からこれまでのいきさつを、ざっと説明してもらうことにします。必要に応じて、わたしが補足します」

「分かりました」

早苗はコーヒーを一口飲み、松国輝彦と知り合うにいたった発端から、話を始めた。

それによると、早苗は入社後ほどなく、警視庁第三方面本部の担当になり、五反田署に出入りし始めて、松国輝彦の知遇を得た。

松国は当時、五反田署で監察の仕事をしており、早苗に何かと目をかけてくれた。

松国が、昇進して警察庁へ引き上げられたあと、あまり会う機会はなくなったものの、早苗が警視庁詰めに配置転換されると、またときどき電話で連絡を取るようになった、という。

数日前、早苗はその松国から突然呼び出され、思いもかけぬ申し出を受けた。

神宮署の裏金作りと、用途の実態を明らかにする資料を提供するから、東都ヘラルドの紙面で告発してくれないか、というのだ。

現に松国は、その場で証拠となる問題の裏帳簿を、早苗に託した。

「わたしは、そのような超極秘の内部資料をだれから、どうやって手に入れたのかお聞きしましたが、警視正は答えられないとおっしゃいました。いかにも、わけのありそうな様子でした」

早苗の言葉を、山路が引き取る。

「これはわたしの勘ですが、そんな極秘資料を神宮署から持ち出せる人物は、亡くなった禿富警部補しかいないでしょう。逆にいえば、それほどの爆弾が署内に隠されていたら、警部補が見逃すはずがない。かならず手に入れようと、画策するはずです」

水間はうなずいた。

「その勘は、当たっているな。ハゲタカは間違いなく、その裏帳簿を持っていた。詳しい話はできないが、死ぬ前に彼は確かにそれを持っている、と言った」

山路も、やはりそうかというようにうなずき返し、少し体を乗り出した。

「だとすれば、警部補の死後その裏帳簿がなんらかの理由で、松国警視正の手に渡ったと考えるべきでしょう」

野田が、むずかしい顔をする。

「だれかが禿富警部補から、そいつを預かるか託されるかして、警視正に渡したんだろうな」

山路は水間を、食い入るように見つめた。

「そう、その中継ぎをした人物が、かならずいるはずです。わたしの勘では、その人物は水間さんではないか、と思うんです。違いますか」

そうくるだろう、と予測していた水間は別に驚きもせず、ただ首を振った。

「残念ながら、その勘ははずれたな。預かったこともないし、見た覚えもない。もし、そんなものを手に入れていたら、警察筋に渡したりしないよ」

山路が、嘘ではないかと疑うように、水間を見つめる。

水間は、かまわず続けた。

「この際、だれが警視正に渡したか、という詮索は後回しだ。話を進めようじゃないか。大沼さん。あんたが、警視正から紙面で告発してくれと頼まれた、そのあとの話を聞かせてほしい」

「分かりました」

早苗が、話をもとにもどす。

松国の名前を伏せたまま、早苗は上司の社会部長に、警察筋から内部告発の話が持ち込まれたことを報告し、対応策を相談した。

すると、事情を聞きつけた編集局長など、上の方の動きがにわかに、あわただしくなった。

早苗は、警察のしかるべき筋が社の上層部に圧力をかけ、問題の裏帳簿の回収を図っているらしい、といういやな気配を感じた。

このままでは、記事をつぶされる。

そう思った早苗は、自社の紙面でのスクープをあきらめ、山路に事情を話して裏帳簿を引き渡し、週刊ホリデーで告発の特集を組んでほしい、と頼んだ。そのあたりの判断は、松国から任されていたという。

ところが、山路は早苗の依頼を引き受けた帰り道に、西武池袋線沿線の自宅付近で何者かに襲われ、肝腎の裏帳簿を奪われてしまった。

山路はすぐに、そのことを早苗に電話で伝えた。

ちょうど、社員寮の自室にもどったばかりだった早苗は、深夜にもかかわらず松国の携帯電話に連絡し、事の次第を報告した。

その結果、早苗は翌日松国と連絡を取って落ち合い、善後策を講じることになった。

それから一時間ほどたち、早苗がベッドにはいって寝ようとした矢先、また携帯電話が鳴り出した。

着信画面を見て、発信者は先刻自分がかけた松国だ、と分かった。

早苗はいつもの習慣で、録音ボタンを押して電話に出た。

そのときのやり取りを、早苗はＩＣレコーダーのファイルに移し変えており、それを再生して水間と野田に聞かせた。

早苗「もしもし」
松国「ああ、ユサコか。すまんな、こんな時間に起こして」
早苗「あの、こちら大沼ですが」
松国「実は急用ができて、今家の外に出てるんだ」
早苗「ええと、奥さんにおかけですか。わたし、大沼早苗ですけど。松国警視正ですね」
松国「うん。うん。いや、急な呼び出し電話があって、迎えが来たものだから」
早苗「何かあったんですか、警視正」
松国「だいじょうぶだ、心配しなくていい。それより、悪いけど頼みがあるんだ。例のコピーが、急に必要になってね。わたしの部屋のデスクの、いちばん下の引き出しにはいってるから、すぐに分かるはずだ。ケースにはいったまま、すぐに持って来てくれないか」
早苗「コピーって、例の帳簿のことですか」
松国「いや、遠くじゃない。今いる場所は」
突然雑音がはいって、通話がわずかに途切れる。

早苗「もしもし、警視正。どちらにいらっしゃるんですか。もしもし」

そこでぷつん、と録音が終わった。

早苗はレコーダーを止め、水間を見て言った。

「ここで、通話が途切れました。お聞きのように、会話が全然嚙み合っていません。おそらく、松国警視正は殺される前にだれかに脅されて、奥さんに電話をかけさせられたんじゃないか、と思います。警視正は、とっさに奥さんではなくわたしの番号にかけ、奥さんと話しているようなふりをして、自分の身に危険が迫りつつある状況を、伝えようとしたんじゃないでしょうか」

「それであんたは、どうしたんだ」

水間が聞き返すと、早苗は眉根を寄せた。

「わたしはそのとき、よく事情がのみ込めなかったんです。何度か、警視正のケータイにコールバックしたんですが、まったくつながりませんでした。しかたなく、明日会うときに確認すればいい、くらいに軽く考えて、そのまま寝てしまったんです。今朝になって、テレビで警視正が亡くなったことを知り、死ぬほど驚きました。警視正が撃たれたのは、わたしに電話をくださった直後のことに、違いありません」

そう言って、悔しそうに唇を引き締める。

「そのあたりのいきさつを、警察に伝えなかったのか」

水間の問いに、早苗は首を振った。

「伝えていません。内部告発をしよう、という松国警視正のお考えや行動から察して、警察に届け出るとろくなことにならない、という気がしたものですから」

「だろうな。その判断は、正しかったと思うよ」

水間の言葉を受け、野田が口を挟んでくる。

「警視正はあなたに、何を伝えようとしたのかな。あなたを奥さんに見立てて、コピーを持って来いと言っているけれども、そのコピーは山路さんが奪われてしまって、もうないんじゃなかったのか」

早苗は野田を見た。

「そのことですが、わたしがコピーを奪われたことを電話でご報告したとき、警視正は思ったほど驚かれず、落胆した様子もありませんでした。あとで考えると、警視正はわたしに渡したコピーのほかに、もう一部孫コピーを取っていらしたんじゃないか、という気がします。万が一、なくしたり奪われたりした場合のことを、考えて」

「なるほど、そうかもしれない。しかしコピーを奪った方も、もしまともに考えるだけの頭があるなら、控えのコピーを取ったんじゃないか、と疑いを抱くはずだ。それを確かめるために、直接警視正を脅しにかかった、とも考えられる」

山路は腕を組み、早苗を見て言った。

「すると警視正は、もう一部控えのコピーを家に隠してあることを、大沼君に伝えたかったのかもしれないな」

「そばで脅したやつも、当然その発言を耳にした。だから、警視正の自宅へ押し込んで奥さんを縛り上げ、家捜ししたんだろう」

水間が指摘すると、野田は人差し指を立てた。

「かりに、その探しものがみつかったとすると、なぜかみさんを生きたまま残して、逃げたんだろうな。顔を見られていたら、そのままにはしておかない、と思うな」

「むろん、顔をまともにさらすようなまねは、しなかっただろう。それにもともと、殺しが目的じゃなかったはずだ。松国警視正を撃ったのも、はずみだったかもしれん」

そう言ってから、水間は早苗に目を向けた。

「今聞かせてもらった、松国警視正との付き合いやゆうべのいきさつを、今後も警察に話す気はないのか」

「ありません」

早苗はきっぱりと言い、さらに続けた。

「わたしも含めて、うちの警視庁詰めや遊軍の記者が総動員で、この事件の取材に当たっています。キャップに、これまでのいきさつを話して相談しようか、とも思いました。でも、また上の方から圧力がかかって、事実を握りつぶされたりしたら困りますし、かといって他社に協力を求めるのも、忸怩《じくじ》たるものがあります。それで、山路さんとひそかに共同戦線を張ることで、意見が一致したんです」

水間は、野田と顔を見合わせた。

根性のある女だ、といえばいえるだろう。

しかし一介の女性記者が、たとえ週刊誌のライターを味方につけたにせよ、社の上層部や警察庁を相手に、孤軍奮闘して勝算があるかといえば、はなはだ疑問だ。

一方、東都ヘラルド新聞社に警察庁を敵に回して、正面から切り結ぶ覚悟があるかといえば、これまた心もとないものがある。

野田が、ふと思いついたように、早苗に聞いた。

「あなたと松国警視正のやり取りは、最後の二度の通話を含めて相手のケータイに、記録が残るはずだ。内容は分からなくても、あなたと話したことは分かってしまう。警察から、問い合わせはなかったのかな」

早苗は、強く首を振った。

「ありません。うちの記者が、目黒中央署の刑事から聞き出した話によると、二人の死体からも車の中からも、ケータイは出てこなかったということでした。今どき、ケータイを持っていないのは不自然だし、犯行後犯人が持ち去ったのではないか、と見られているそうです。そのため、ケータイの件は犯人だけが知る秘密事項として、報道規制がしかれています」

野田が、眉根を寄せる。

「かりに、そのケータイが出てきて記録をチェックされたら、あなたが事件の前に警視正と通話したことを、警察に知られてしまう。なぜ隠していた、と追及されるだろうな」

「そのときは、そのときです」

早苗は言い放ち、胸を張った。

野田は小さく、肩をすくめた。

「いずれにせよ、あなたは自分を非常に微妙な状況に、追い込んでしまった。事態が今後どう進展しても、東都ヘラルドにおけるあなたの立場は、むずかしくなるだろうね」

「あんたの社にも、警察庁とやり合う根性を持った幹部が、いないわけじゃないはずだ。味方を見つけられないかな」

水間が言うと、早苗の口元に悟り切ったような、冷たい笑みが浮かんだ。

「だれかれかまわず、あなたは警察とやり合う度胸がありますか、と聞くわけにいかないでしょう。そんなことをすれば、すぐに敵方に察知されてしまいます」

水間は、椅子の背にもたれた。

「どっちに転んでも、東都ヘラルドにいられなくなるな」

山路が口を開く。

「たとえそうなっても、大沼君はフリーのライターとして、いくらでも飯が食える。まあ、あまり勧めたくはないけどね」

早苗が、なぜか急に笑い出したので、少し雰囲気がほぐれた。

野田が、コーヒーをいれ直す。

山路が、あらためて言った。

「これで、だいたいの状況がお分かりいただけた、と思います。どうでしょう、水間さん。まったく立場の違うわれわれですが、亡くなった秃富警部補の遺志を継ぐつもりで、一緒に戦ってもらえませんか」

水間は、顎をなでた。

「遺志を継ぐといったって、あのハゲタカが警察の腐敗を暴くなどという、高邁《こうまい》な目的を抱いていたとは、とても思えないがね」

山路が苦笑する。

「そう言われると、あとが続かなくなります。わたしは、秃富警部補が南米マフィアと撃ち合って死んだのを、ただの犬死ににしたくないんです。確かに、付き合って楽しい人だった、とは言いませんよ。しかし彼は、善かれ悪しかれ自分なりのコードを、持っていた。それが、たまたま既成の道徳的善悪の観念と、相容れないだけのことでした」

水間も、苦笑を返した。

「そこが、問題なんじゃないのか。ヤクザにも、ハゲタカよりもっと人間らしいやつが、たくさんいるぞ。おれが言うのも、おかしいが」

「わたしは別に、秃富警部補を擁護するつもりはありません。ただ、警部補と違って紳士づらをしながら、警部補よりはるかに悪いことをするやつらが、のうのうと生きている。わたしは、そいつらの面の皮を、ひんむいてやりたいんです」

山路は、さして気負った口調でもなく、そう言った。

その気持ちは、水間にも分かる。

意見を聞きたいと思い、野田に目を向けた。

野田は、すでに水間の心中を読んだように、うなずいた。

「週刊ホリデーなら、組む相手として不足はない。あとのフォローは、おれがなんとかする」

## 32

水間英人は、覚悟を決めた。

「それじゃ、こっちも腹を割るとしよう。これから話すことは、単なる推測の域を出ない。具体的な証拠は、何もないんだ。そのつもりで聞いてほしい。ただ、これまでのいきさつからして、この筋書きにほぼ間違いないと思う」

それを聞くと、山路啓伍も大沼早苗もコーヒーのカップを置き、居住まいを正した。

水間は続けた。

「松国警視正を脅して撃ち殺した犯人は、一緒に死体で発見された笠原龍太だ、とみていい。警視正を殺したあと、笠原は自宅に押し入って奥さんを縛り上げ、家捜ししたに違いない。奥さんを始末しなかったことからして、警視正を撃ったのも偶発的なものだったた、と考えてもいいんじゃないか。さっきも言ったが、殺しが目的じゃなかったはずだ」

野田憲次が口を出す。

「奥さんが無事だったとすれば、笠原は探しものを見つけてすぐに引き上げた、ということだろう。つまり控えのコピーも、敵の手に落ちたことになるわけだ」

水間は、それを引き取った。

「むろん、ちんぴらに毛が生えた程度の笠原なんかに、そんなことをやってのける頭はないし、その必然性もない。そばにいて、指図するやつがいたんだ」

山路が目を光らせ、一膝乗り出してくる。

「だれですか、それは」

「神宮署生活安全特捜班の、岩動寿満子警部だ」

「岩動寿満子」

おうむ返しに言ったのは、山路ではなく早苗だった。

「知ってるのか」

水間が聞き返すと、早苗は二、三度瞬きしてから、うなずいた。

「はい、知っています。神宮署に配転になるまで、岩動警部は本部の生活安全部保安課に、在籍していましたから」

「本部というのは」

「警視庁のことです。本庁というと、警察庁のことになります」

「そうか。岩動はそこで、何をやってたんだ」

「麻薬や覚醒剤、銃砲刀剣類の取り締まりが、主な担当だったと思います。あまり評判の芳《かんば》しくない、こわもての女性刑事でした。新聞記者を、毛嫌いしていました」

野田が言う。

「岩動警部が、問題の裏帳簿を手に入れるために、笠原を使ったことは確かだと思う。実は、禿富警部補が生きているあいだも、岩動は南米マフィアを手先に使って、裏帳簿のコピーを取り返そうと、必死になっていた。それが不首尾に終わって、南米マフィアが一時地下にもぐったために、後釜として伊納総業の笠原に目をつけた。岩動のことだから、たぶん笠原を罠にかけて弱みを握り、言うことをきくように仕向けたんだろう」

山路が親指で、自分を指す。

「すると、わたしをスタンガンで襲ったのも、笠原ですか」

「そういうことになるね」

野田の返事に、山路は喉を動かして、口を閉じた。

「どっちにしても、笠原のようなやつが警視正を撃ったのを悔やんで、自殺するなんてことはありえない。岩動は笠原に命じて、控えともども裏帳簿のコピーを手に入れたあと、用ずみになった笠原の頭を、同じチャカでぶち抜いたんだ」

水間が言い捨てると、一瞬室内がしんとなった。

山路が、恐るおそるという感じで、水間に聞く。

「しかし現職の、しかも女性の刑事がそんなむちゃなことを、するでしょうか」

信じられない、という口ぶりだ。

「おれが知っている岩動は、必要とあれば警視総監でも崖下へ蹴落とす、とんでもないやつだ」

水間の返事に、山路は小さく首を振った。

「だとしたら、禿富警部補といい勝負ですね」

まっとうな意見に、水間は薄笑いを浮かべた。

「当たってるな。笠原を始末するのは、岩動にとって蠅を一匹叩き殺すのと同じくらい、簡単なことだろう」

野田もうなずく。

「そのとおりだ。間違いなく笠原は、岩動にやられたんだ」

水間はさらに続けた。

「ハゲタカによると、岩動の背後で別の人間が糸を引いている、ということだ。ハゲタカは、その黒幕と目される男を警察庁の朝妻だ、とはっきり名指しした」

それを聞いて、早苗がまたおうむ返しに言う。

「警察庁の、朝妻警視正ですか」

水間はその口調に、微妙な変化を感じ取った。

「そうだ。フルネームは、朝妻勝義だったと思う。今の身分は、警備局警備企画課の参事官だ、と聞いた。あんた、知ってるのか」

早苗が、無意識のように顎を引き、守りの姿勢を見せる。

「はい。本部におられたころ、面識がありました」

いささか、歯切れが悪い。

山路も野田も、そんな早苗の様子に気づいたのか、軽く身じろぎした。

水間は、ふと思い当たることがあって口をつぐみ、コーヒーを飲んだ。

最初に、早苗を見たときに浮かんだ既視感のようなものが、はっきりと形になって現れる。

朝妻勝義は、元敷島組の諸橋征四郎が殺されたとき、警視庁捜査一課の管理官として神宮署に乗り込み、捜査の指揮をとったキャリアの警察官だ。そのように、禿富鷹秋から聞かされた覚えがある。

そのおり、禿富は朝妻がある夜東都へラルドの美人記者を誘い、ラブホテルに連れ込んだのを突きとめた、と水間に打ち明けた。

その事実と、たった今の早苗の反応を考え合わせれば、禿富が言った美人記者が、目の前にいる女であることは、十中八九間違いない気がする。朝妻と面識のある、東都へラルドの美人記者なるものが、そうたくさんいるとは思えないからだ。

かりに早苗と朝妻の間に、そうした個人的な関係が存在したとなると、うかつに気を許すことはできない。

もし、今でもその関係が続いているなら、この話には乗れないだろう。

水間は早苗を見て、ずばりと切り込んだ。

「聞きたいことがある。あんたが朝妻をよく知っていて、敵に回すのは気が進まないということなら、正直に言ってくれ。もしそうなら、これ以上話し合ってもむだだ。イエスかノーか、はっきりしてもらいたい」

早苗の顔が、みるみる赤くなる。

それで、水間は自分の勘が当たったことを、確信した。早苗もまた、水間が自分と朝妻の関係を察知したことを、直感的に悟ったように見える。

早苗は、水間の繰り出した一撃を跳ね返す勢いで、胸を張った。

「お気遣いは、ご無用に願います。相手が、朝妻警視正であれだれであれ、この一件を徹底的に追及する気持ちに、変わりはありません。名誉にかけて、お約束します」

そう言って、水間を睨むように見る。

水間もじっと見返したが、早苗は目をそらさなかった。

どうやら、今の言葉に嘘はない、と判断する。

「分かった。ほかに何かあれば、この際だから聞いておこう」

水間が促すと、早苗はふっと肩の力を抜き、コーヒーを一口飲んだ。

あらためて背筋を伸ばし、しっかりした口調で言う。

「お二人とお話しさせていただいて、いろいろなことがはっきりしました。山路さんを襲ったのが笠原なら、それを指示したのは岩動警部に違いない、とわたしも思います。

たぶん、笠原は岩動警部に命じられて、わたしの動きを見張っていたのでしょう。わたしが、山路さんにコピーを渡したのを確認して、山路さんのあとをつけたんだわ」

「岩動は、なぜあなたが裏帳簿を持っていることを、知ったのかな」

野田が疑問を呈すると、早苗はわずかに躊躇の色をみせたが、思い切ったように言った。

「朝妻警視正から、聞いたのでしょう。わたしは、松国警視正の名前は出しませんでしたが、裏帳簿のコピーを警察筋から手に入れたことを、朝妻警視正に話したんです」

水間も野田も驚き、互いに顔を見合わせた。

山路が、途方に暮れたように、早苗を見る。

「どういうことなんだ、それは」

「わたしと警視正の、個人的な関係からです。深くは聞かないでください。今ではそのことを、後悔しています。正直に申し上げれば、コピーを持っている事実をちらつかせて、警視正の歓心を買おうとしたことは、認めざるをえません」

早苗は、そう言って唇を引き締め、涙をこらえるように下を向いた。

水間も野田も、山路さえも言葉を失ったかたちで、黙りこくる。

しかし早苗は、すぐに顔を上げた。

「そのとき、朝妻警視正はわたしから逃げ腰でいたのに、コピーのことを持ち出してからは態度が変わり、関係修復に応じるそぶりまで見せました。もしそれに乗って、警視正にコピーを引き渡していたら、何もかも闇に葬られてしまったでしょう」

「その場合も、あなたと警視正の関係は修復されずに、終わっただろうね」

野田の指摘に、早苗がうなずく。

「はい。そのときの対応で、朝妻警視正の本性が見えましたから、今のわたしにこだわりはありません。警視正が、そうした陰謀に手を染めていると分かった以上、ほうっておくわけにはいきません。それだけは、信じてください」

そう言って、ぺこりと頭を下げる。

野田が、いくらかあわてた様子で、口を開いた。

「分かった。あなたが、そこまで正直に話してくれたのなら、信じるしかない。そうだろう、水間」

急に矛先を振られて、水間もしぶしぶうなずいた。

「ああ、おれにも文句はない」

山路が、気まずい雰囲気を破るように、口を開く。

「いくつか、気になることがあります。もし、岩動警部が殺しの現場にいたのだとすれば、松国警視正と笠原のケータイを二つとも、持ち去った可能性がある。すると、当然警視正が大沼君と二度話したことも、分かってしまいますね」

早苗は山路を見た。

「ええ。警視正もわたしも、互いに番号をアドレスに登録していますし、通話を非通知設定にしていませんから、記録にはっきり残ります。現にわたしのケータイにも、通話記録が残っています」

「そのことで、岩動警部がきみに何か仕掛けてこなければ、いいんだがね。向こうは、肝腎のコピーを全部手に入れたわけだから、これ以上危ない橋を渡るようなことはしない、と思うが」

水間は言った。

「いや、岩動警部の性格からして、やることはとことんやるだろう。用心するに、越したことはないよ」

早苗の目に、ふと恐怖に似た色が浮かぶのを、水間は見逃さなかった。

強い口調で続ける。

「それより何より、問題はどうやって裏帳簿のコピーを、取りもどすかだ。そいつを手に入れないことには、岩動や朝妻を追いつめられないぞ」

だれも、何も言わなかった。

# 第八章

## 33

翌日の夜、九時四十五分。

水間英人は、東京ミッドタウンに近い外苑東通りで、タクシーをおりた。

さりげなく、あとを追って来る者がないのを確かめ、俗に星条旗通りと呼ばれる道を、五分ほど歩く。

左側に、あまり目立たぬ〈キングズヘッド〉という、木の看板が見えた。

そこは、名前のとおりイギリスのパブを模したバーで、外国人の客が多い。

マスターは、以前渋六興業に籍を置いたことのある男で、足を洗った今も水間と親しくしている。水間は先刻電話をかけ、仕切り板で囲まれた一番奥のテーブル席を、予約しておいた。

先にジントニックを飲んでいると、ちょうど十時に御子柴繁がやって来た。

例によって、型の崩れた古いスーツを着込み、派手な格子縞のネクタイを締めている。

「だれかに、あとをつけられなかったでしょうね」

水間が念を押すと、御子柴は薄笑いを浮かべた。

「あなたに言われなくても、それくらいは承知してますよ。しかし、夜遅く呼び出すのがお好きですな、あなたも」

「そう言ったって、昼間っからお忙しい刑事さんを引っ張り出すわけに、いかないでしょうが」

水間は応じて、あらかじめ用意しておいた現金入りの封筒を、テーブルに滑らせた。

御子柴はそれを見下ろし、たいして興味なさそうに言った。

「いくらですか、中身は」

「三十。エキストラです」

先日、月づきの手当の三十万円を手渡したばかりだが、これはそれとは別の含みだ。

御子柴は封筒を取り上げ、こともなげに内ポケットにしまった。

「それで、ご用件は」

水間は苦笑した。

「その前に、一杯やったらどうですか」

御子柴は、瞬きした。

「ああ、それもそうだな」

フロアにいるウエイターを呼び、サイドカーを作ってくれと頼む。

グラスが来るのを待ち、乾杯してから水間は切り出した。

「今夜はお互いに、腹の探り合いはやめましょう。自分も正直に言いますから、御子柴さんも隠さずに話してください」

御子柴は、探るように水間を見返して、あいまいな笑みを浮かべた。

「それは、話の中身によりますよ。何を話せばいいんですか」

水間は声を低め、前置き抜きに言った。

「神宮署の、裏金作りとその用途を記載した裏帳簿の、コピーのことです」

店内は、カウンターに外国人が何人か並んでいるくらいで、さほど混んでいない。この店が賑わうのは、午前零時を回ってからなのだ。ビートルズの歌が、低いボリュームでかかっているだけで、あまり声高に話せる雰囲気ではない。

御子柴は頰を引き締め、水間を見返した。

「裏帳簿の、コピーね」

意味もなく繰り返し、グラスを一息に半分ほどあける。

「御子柴さんが、ハゲタカと意を通じていたことは、承知しています。御子柴さんは、警察庁の朝妻警視正の秘密を知ったために、神宮署の吹きだまりといわれる生活安全特捜班に、飛ばされてしまった。それでやる気をなくした上に、高校生のお嬢さんが医学部志望で、何かとお金がかかる。ハゲタカの話に乗ったのは、当然でしょう」

水間が言うと、御子柴は居心地悪そうに、すわり直した。

「その辺は、お互いの了解事項になっていた、と思いますがね」

水間はそれにかまわず、話を続けた。

「昨日の未明、警察庁長官官房特別監察官の松国警視正が、笠原という暴力団の幹部と一緒に、射殺死体で発見されましたね。新聞には報道されていないが、警視正が内部告発しようとしていた、神宮署の裏帳簿をめぐるいざこざが、原因です。御子柴さんにも、見当はついてるでしょう」

御子柴は、肩をすくめた。

「それが、どうかしましたか」

水間はいらだちを抑えた。

「御子柴さんが、ハゲタカから託されたコピーを、松国警視正に引き渡したことは、確かだと思う。ハゲタカが、少なくともそこまで信頼していた相手は、御子柴さんか自分のどちらかだ。自分が預からなかったとすれば、あとは御子柴さんしかいないでしょう」

御子柴はそれに答えず、静かにサイドカーを飲み干してから、聞き返した。

「突然、そんな話を持ち出すとは、どういう風の吹き回しかな。いったい、何があったんです」

「昨日の夜、フリーライターの山路啓伍という男と、東都ヘラルド新聞社の大沼早苗という女の記者が、自分と野田に会いに来ました。その、裏帳簿のコピーの件でね」

御子柴は目を光らせ、空になったグラスをテーブルに、そっと置いた。

「なるほど。それで」

「お互いに情報交換するうちに、いろんなことが分かってきました。笠原の後ろに岩動寿満子がいて、さらにその背後で朝妻勝義が糸を引いている、といったことがね」

水間は、前夜ビラ円山で山路啓伍、大沼早苗の二人と交換した情報を、洗いざらい御子柴に話して聞かせた。

「山路は、ハゲタカがコピーを託した相手は自分ではないか、と疑ったようです。それを聞かれたとき、自分は御子柴さんこそその相手に違いない、と確信しました。今のところ、山路たちには御子柴さんの名前も存在も、明かしてませんがね」

水間が話を結ぶと、御子柴はウエイターに合図して、今度はダイキリを頼んだ。

見かけによらずピッチが早く、しかもアルコールに強そうだ。

グラスが来ると、御子柴はそれをうまそうにすすって、あっさりと言った。

「お察しのとおりです。わたしは、禿富警部補から生前裏帳簿のコピーを、預かりました。万一自分が死んだときは、そのコピーを松国警視正に渡してくれと、そう頼まれたんですよ」

水間は、納得してうなずいた。

「やはり、そうですか。ただ、なぜハゲタカがそんな極秘の資料を、松国警視正に引き渡そうとしたのか、それが分からない。ハゲタカと警視正の間には、敵対的な意識こそあっても、友好的な感情が存在したとは、とうてい思えないのでね」

そう言って、野田から聞いたハゲタカと松国輝彦、その妻遊佐子を巡る確執をひとととおり、打ち明ける。

聞き終わった御子柴は、眉一つ動かさずに言った。

「わたしは、別に不思議だとは思いませんね。秀富警部補は、目的を達するためには手段を選ばない、冷酷な人だった。ただし、そこに憎しみとか憐憫《れんびん》とかいう人間的感情は、いっさいはいらなかった。自分をこけにしたり、害を与えたりした相手には容赦なく反撃するが、そうでない相手には、なんの感情も抱かない。相手に恨まれようが憎まれようが、まったく気にしなかった。そのため、そうした相手の中には秀富警部補に対して、憎いけれどもつい共感を覚えてしまう、いわゆるアンビバレントな感情を抱く者も、出てくるでしょう。わたしは心理学者じゃないが、彼のように自分の主義や考えに忠実で、そのほかのことに無関心な人間に対して、逆に感情移入したくなる人が現れても、おかしくないと思います」

「松国警視正も、その一人だと言いたいんですか」

「それは分からない。しかし、本来憎むべき相手である秀富警部補から、裏帳簿のコピーのようなものを託されれば、何か感じるものがあっても不思議はないでしょう」

水間はジントニックを飲み干し、あらためて考えを巡らした。

妻を寝取られた男が、相手の男にそのような感情を抱くことが、ありうるだろうか。

もっとも、そうした重要な証拠を引き渡された以上、正義を実現するのに個人的感情は押し殺す、と割り切ったのなら話は分かる。

いや、そう考えなければ、筋が通らない。

御子柴が、薄笑いを浮かべて言う。

「いくら思い悩んでも、答えが出るわけはありませんよ。わたしも、いっときその意味を考えたものだが、結局はあきらめました。なにしろ、二人とも死んでしまったんだから、分かるはずがない」

それを聞いて、水間も目が覚めた。

確かに、そのとおりだ。

生きている間も、禿富鷹秋が何を考え、どう行動するかを予測して、当たったためしがない。まして、禿富がこの世にいなくなった今となっては、そんなことを考えても時間のむだだろう。

「分かりました。話を先に進めましょう。松国警視正は、御子柴さんから受け取ったそのコピーを、東都へラルドの女性記者に渡して告発させようとした、というわけですね」

水間が言うと、御子柴は首を振った。

「いや、違うと思う。警視正は、神宮署の裏金作りを警察庁から公式に、発表させようとしたんです。警察庁が、みずから過ちを公表して頭を下げないかぎり、どう弁明しても世論の納得は得られない、と考えたのでしょう。それで、警視正は自分がまとめた告発リポートに、問題の裏帳簿のコピーを添えて、上層部に提出しました。ところが、上層部はそれらの資料を召し上げたまま返さず、握りつぶしてしまった」

「上層部、とは」

「分かりません。警察庁の次長か、官房長か。まあ、長官ということはないでしょう。おそらく次長の、浪川憲正警視監だと思う」

水間は喉が渇き、ジントニックのお代わりを頼んだ。

「それから、どうなりましたか」

「警視正は、今お話ししたような事情をわたしに告げ、今一度控えのコピーを引き渡してくれないか、と言ってきました。今度は警察庁抜きで、みずからマスコミに公表するつもりだ、というんです」

「控えをとってたんですか、御子柴さんは」

「ええ。かりにも、警視庁管内の裏帳簿のコピーなどが出回ったら、田舎の警察署どころの騒ぎでは収まらない。警察庁にとっては、致命的な痛手です。逆にいえば、わたしのようなノンキャリアの警察官には、万が一のときの切り札になる超極秘資料だ。いわば、保険ですね。だからわたしは、松国警視正の申し出を断りました」

水間は、見かけによらぬ御子柴の計算高さに、舌を巻いた。

禿富が死んだあと、自分が渋六興業の相談役を引き受ける、と御子柴が言い出したときも面食らい、一瞬言葉に詰まったものだ。

その振る舞いが、ますますしたたかさを増してきた、と痛感する。

とはいえ御子柴の気持ちも、なんとなく分かるような気がした。

キャリアの警察官は、たとえなんらかのトラブルに巻き込まれても、組織内のいろいろなシステムによって、身分や立場を守られる。

しかし、ノンキャリアは使い捨てのカイロのように、役に立たなくなればすぐにゴミ箱に、投げ込まれる。

禿富によれば、金銭や異性がらみのトラブルに巻き込まれたり、苦境に陥った下級警察官を救済するために、〈くれむつ会〉という非合法組合が存在するそうだ。

しかしその働きにも、限界があるだろう。

「それで、松国警視正はあきらめたんですか、そのコピーを手に入れるのを」

水間が聞くと、御子柴は眉を動かした。

「一応はね」

しかし、すぐに口元を歪めて、続ける。

「ところが、その控えのコピーを卑劣な手段でわたしから、奪い取ったやつがいる。わたしの、高校生の娘を人質にとって、それと引き換えにコピーを引き渡せ、と迫ってきたんですよ」

初めて聞く話に、水間は耳を疑った。

「まさか松国警視正は、そこまでやらないでしょう」

「ええ、まさかね。わたしも、最初は警視正かと一瞬疑ったけれども、そんなはずはない。わたしに、直接その取引を持ちかけてきたのは、警視正と一緒に死んでいた笠原です」

「笠原が」

「そう。むろん、笠原が自分の考えで、そんなことをするはずがない。裏で糸を引く人間が、いるわけです」

ようやく、前夜の山路啓伍や大沼早苗の話と、つながってくる。

「岩動のしわざだな」

水間の言葉に、御子柴はうなずいた。

「そのとおりです。岩動警部は笠原の弱みを握り、やつを自由に操っていた」

弱みの話は、前夜も出ている。

「どんな弱みですか」

「あなたにも、心当たりがあるでしょう。熊代彰三を殺したのは、やはり笠原ですよ。むろんボニータも、その場にいました」

水間は、唇の裏を嚙み締めた。

笠原龍太とボニータらしき男女が、犯行現場にいたことは匿名の目撃者からの通報で、すでに分かっている。そのため、水間は御子柴に二人を取り調べてほしい、と頼んだのだ。

しかし結果は、不首尾に終わった。

「あの件は結局、物証がないということで容疑不十分になり、二人とも釈放されたんでしょう」

「そう。その手配をしたのが、岩動警部です。警部は、笠原のしわざと知りながら釈放して、やつに恩を売った。笠原が握られた弱みとは、熊代を刺したナイフなんです」

「ナイフ。現場には、凶器は残っていなかったはずだが」

「その凶器が、なんと笠原が死んでいた車の中から、発見されたんですよ。ビニール袋にはいったままね」

またまた水間は、驚いた。

「そんな話は、昨日も今日も新聞に載ってなかったし、テレビでもやらなかった」

「マスコミには、公表されていないんです。ほかに、二人ともケータイを持っていなかったんですが、その事実も伏せられています。わたしには、所轄の目黒中央署に同期がいるので、情報がはいってきますがね」

水間は腕を組んだ。

「岩動が、笠原から凶器のナイフを取り上げたとすれば、岩動自身も会長殺しの犯行現場か、その近くにいたことになるな」

「警部が、どんな手を使って笠原に熊代を襲わせたか、笠原本人が死んだ今となっては、知りようがない。あとは、一緒にいたはずのボニータくらいでしょう、可能性があるのは」

「ボニータを締め上げたら、吐くんじゃないかな」

水間が言うと、御子柴は情けなさそうな笑みを浮かべた。

「昨日それをやろうとしたら、岩動警部がまたまたその場に姿を現して、手を引けと言われた。どうも、彼女はわたしらの動きを予測して、先回りしているような気がします」

そう言って、また新たにマルガリータを、注文する。

ブランデー、ラム、テキーラと、その都度ベースの違うものを飲むので、水間は少し驚いた。体は貧相だが、もともとアルコールには強いらしい。

熊代彰三殺しの犯人が、やはり笠原だったと分かったのはいいが、報いを受けさせることはもはや不可能だ。しかし、真の犯人は岩動寿満子だと考えれば、まだかたきを討つ余地がある。

水間は腕組みを解き、テーブルに身を乗り出した。

「話をもどしましょう。ゆうべの話と照らし合わせると、つじつまの合わないところがある。御子柴さんが、笠原に奪い取られた問題のコピーが、なぜ黒幕の岩動や朝妻でなく、松国警視正の手に渡ったのか、という点ですが」

「それは、わたしからコピーを奪った笠原を叩きのめして、再度取り返した人間がいるからですよ。その男が、松国警視正に渡したんです」

「その男とは、だれですか」

御子柴は少し間をおき、おもむろに言った。

「わたしの相方の、嵯峨警部補です」

「嵯峨警部補が」

水間は、思いもよらぬ名前に、のけぞるほど驚いて、絶句した。

それには、理由があった。

以前野田が、寿満子の罠にかかって新宿に呼び出され、マスダの連中に袋叩きにされかかる、という出来事があった。

そのとき、嵯峨俊太郎は禿富の携帯電話に連絡をよこし、野田の危急を知らせてきた。

水間は、禿富から知らせを受けて新宿へかけつけ、二人で野田を救い出したのだった。

それまで、水間は嵯峨を寿満子の茶坊主だ、とばかり思っていた。

したがって、そのことを禿富から聞かされたときは、にわかに信じられなかった。嵯峨が寿満子を裏切るなど、想像もできないことだった。

ところが、それもまた寿満子の企みだったことが、あとで判明した。

嵯峨の密告電話は、実は当の寿満子に命じられてかけたもので、禿富と渋六興業の癒着を証明するための、罠にすぎなかったのだ。

そういういきさつがあったから、嵯峨がコピーを取りもどして松国に渡したと聞いても、素直には受け取れなかった。

御子柴が、運ばれて来たマルガリータに口をつけ、おもむろに言う。

「嵯峨警部補は、得体の知れぬ男でしてね。表向きは、岩動警部の言いなりになっているように見えながら、ときどき裏切りに近い大胆な振る舞いもしてみせる。警部が、彼をわたしと組ませたのは、明らかにわたしを見張らせるためでした。しかし、実際には嵯峨警部補は岩動警部ではなく、松国警視正の密命を受けていたのです」

水間は、首を振った。

「自分には、とても信じられませんね」

「禿富警部補は、生前しばしば嵯峨警部補のことを松国の回し者だ、と決めつけていました。嵯峨警部補は、それを否定も肯定もしなかったけれども、結果的に図星だったんですよ」

「どうして、分かったんですか」

「嵯峨警部補が、自分でそう白状したからです。彼は、五反田署で松国警視正と一緒だったことがあり、そのときだいぶ警視正に世話になった、と言いました」

水間は、首筋をなでた。

「あの若い警部補は、どうも信用し切れないところがある。何を考えているのか、分からないんですよ」

御子柴が、意味ありげに笑う。

「何も考えていない、と思えばいいんじゃないですか」

水間も、つられて笑う。

ふと思い出すことがあり、真顔にもどって聞いた。

「一つだけ、教えてください。ハゲタカは、神宮署の裏帳簿のような極秘書類のコピーを、どうやって手に入れたんですか」

御子柴が珍しく、たじろいだ様子を見せる。

マルガリータを飲み、そっけない口調で応じた。

「わたしが聞いた話では、〈くれむつ会〉の協力だそうです」

「というと、ノンキャリアの警察官を救済するための、非合法組織のことですか。以前ハゲタカから、ちらっと聞いたんですが」

「そう、その組織です。〈くれむつ会〉の窓口、連絡係の多くは各警察署で働く、ベテランの女性職員が務めています。神宮署の場合は、かりにHとでもしておきましょうか、総務課の女性でした。禿富警部補は彼女を通じて、〈くれむつ会〉に泣きついてきた、ノンキャリア警察官の悩みを、しばしば解決してやったらしい」

「その話は、自分も承知しています」

「警部補は、そのH女史の手から例のコピーを、手に入れたんです。彼女は、副署長でもあり生活安全特捜班の班長でもある、小檜山警視の秘書もしています。ご存じのように、副署長はキャリアのお飾り署長に代わって、署のすべてを仕切る実質的なナンバーワンです。裏帳簿の管理も副署長の仕事で、署長はあくまで見て見ぬふりの、第三者を決め込む。つまり、万が一発覚しても責任を取らずにすむ、うまい仕組みになっています。H女史は、署の金庫の鍵の保管場所を知っていたし、解錠番号を探り出す機会にも恵まれている。現に、嵯峨警部補はある日の深夜署内のコピー機で、彼女が分厚い書類のコピーを取っているのを目撃して、それを岩動警部に報告したと言いました」

「それが、問題のコピーだった、と」

「そのようです。岩動警部は、その直後にH女史を査問にかけ、別の部署に配置転換しました。事が大きくなるので、懲戒免職するわけにいかなかったんでしょうね」

「しかし、嵯峨警部補はそんなことまでぺらぺらと、しゃべったんですか」

「ええ。禿富警部補と、わたしの前でね。だからわたしも、彼が岩動警部と松国警視正のどちらの回し者か、決めあぐねたわけです」

水間は酒を飲み、少しの間考えた。

「ともかく、嵯峨警部補が事実を打ち明けたからには、岩動警部の手先を装ったのは単なる陽動作戦で、最終的には松国警視正の命を受けていた、と理解していいわけですね」

御子柴は、にっと笑った。

「まあ、今のところはね」

## 34

御子柴繁は、ウエイターを呼んだ。

一杯目と同じ、サイドカーを注文する。

水間英人も、ジントニックのお代わりをし、ついでにチーズを頼んだ。

御子柴は、カウンターの奥の壁にはめ込まれた、薄型テレビを眺めた。

音声は消してあるが、白黒の古い映画をやっている。DVDか何かだろう。

一九五〇年代と思われる、クラシックなファッションと化粧の女優が、放恣《ほうし》な姿勢でカウチに横たわり、たばこを吸っている。自信に満ちた眼差しと、引き結んだ意志の強そうな口元には、今どきの女優にない風格があった。

その風貌は、美しさではまったく比較にならないにしても、岩動寿満子を思い出させた。

寿満子は、禿富鷹秋とまた別の種類の強靱な神経を備え、理解不能の行動倫理を持っている。それが、いやでもこちらの不安を掻き立て、落ち着きをなくさせるのだ。

禿富は、決して飼い馴らされることのない、野生の獣のような男だった。あるいは、その冷酷極まりない性格から、爬虫類のように無感動な男、と形容することもできよう。

しかし、寿満子には野獣とも爬虫類とも異なる、何かがある。

同じ底の知れない人間でも、禿富にはまだ理解の及ぶところがあった、という気がする。少なくとも禿富には、自分の行動が人にどのような影響を及ぼすか、状況にどのような変化をもたらすか、その結果を予測するだけの計算高さが、備わっていた。

ところが、寿満子にはそれがない。

状況などいっさい考慮に入れず、結果がどうなるかを考えることもなく、ただ自分の思うままに行動する、理解不能の恐ろしさがある。

寿満子の辞書には、おそらく躊躇という言葉はないだろう。

酒とチーズが来た。

なんとなく、またグラスを合わせる。

水間は言った。

「御子柴さんの言うとおり、嵯峨警部補が岩動の茶坊主じゃなく、松国警視正のために働いていた、としましょう。もしそうなら、彼は警視正が殺されたことに怒りを覚えて、何らかの行動を起こしてもいいはずだ。たとえば、岩動に正面切って反旗をひるがえす、とかね。そういう様子はないんですか」

御子柴は酒を口に含み、ゆっくりと舌の先で転がした。

「表立っては、ありませんね。嵯峨君は、何かに対して冷静さを失うとか、パニックを起こすとか、そういうこととは無縁の男に見える。よくも悪くも、超然としてるんですよ」

「それはつまり、血がかよってないってことじゃないですか」

水間の口調には、いくらか気色ばんだところがあった。

いかにも血の気の多い、水間らしい反応だ。

「松国警視正が死んだことで、嵯峨君が警視正の弔い合戦に乗り出すか、それとも岩動警部の足元に這いつくばるか、正直なところわたしにも分からない。しばらく、様子を見るしかないでしょう」

御子柴の返事に、水間は首を振った。

「しばらく、なんて時間はありませんよ。すぐにも行動を起こして、裏帳簿を取りもどさなきゃならないんだから」

御子柴は、もう一口酒を飲んだ。

「それを、わたしに手伝え、と言うんですか」

水間が、鋭い視線を送ってくる。

「逆ですよ。自分たちが、御子柴さんの手伝いをしたい、と言ってるんです。もとはといえば、御子柴さんが奪い取られた裏帳簿なんだから」

御子柴は、椅子の背にもたれた。

「手伝ってほしくなんかないし、こちらから手伝う気もありませんね」

水間は、いらだちを隠すように酒を飲み、テーブルに身を乗り出した。

「まじめに考えてください。自分や山路、大沼早苗と組んで、コピーを取りもどそうじゃないですか。御子柴さんだって、このままじゃ気が収まらんはずだ。お嬢さんまで人質に取られて、黙っている手はないですよ」

「娘は無事に取りもどしたし、これ以上めんどうなことに巻き込まれるのは、ごめんこうむりたい。実のところ、娘を人質に取られた段階で、これはもうだめだと思った。コピーを取りもどすためなら、連中はなりふりかまわず、なんでもやってくる。わたし一人ならともかく、家族まで標的にされたんじゃ、手も足も出ない」

半分は、本音だった。

水間はあきらめず、辛抱強い口調で続けた。

「あのコピーがあればこそ、キャリアの連中の顔色をうかがわずに、すむんじゃありませんか。保険にすると言ったのは、嘘だったんですか」

「嘘じゃないが、手元からなくなってしまったら、どうしようもないでしょう」

「だから、一緒に取りもどそう、と言ってるんです。きっと何か、方法があるはずだ」

議論はほとんど、堂々巡りの様相を呈している。

御子柴は、指を立てた。

「警察組織を相手に、こちらの陣容はノンキャリアの刑事にヤクザ、フリーのライターに女記者とくる。束になってかかっても、勝てっこない」

「もう一人、嵯峨警部補がいるじゃないですか。松国警視正のために働いていたなら、かたき討ちに手を貸さないはずがない」

「くどいようですが、今の段階では彼がこちら側につくかどうか、分からない。わたしに、いろいろ裏の話を打ち明けたからといって、味方になると考えるのは早計だ。あなたたちと違って、義理とか仁義とか落とし前とかいう考え方は、彼には通用しない。われわれに、勝ち目はない」

御子柴が言い切ると、水間の目に失望の色が浮かんだ。

実のところ嵯峨は、御子柴に禿富の弔い合戦を持ちかけたのだが、そのことは黙っていた。まだ先が見えないからだ。

水間は酒を飲み、ため息をついて言った。

「がっかりしますね。御子柴さんは、見かけより性根のすわった人だ、と思っていた。自分の見込み違いですか」

「わたしはお見かけどおりの、日和見《ひよりみ》主義者にすぎませんよ。買いかぶられちゃ迷惑です」

そう応じて、御子柴は上着の内ポケットから、さっき受け取った封筒を取り出し、テーブルに置いた。

「こいつは、お返しした方がよさそうだ。そういう意味の、エキストラでしたらね」

水間は、少しの間封筒を見下ろしていたが、やがて気の進まぬ様子でそれを取り上げ、ポケットにもどした。

御子柴の顔を、のぞき込んでくる。

「御子柴さんは、まだ本音をしゃべってませんね。自分に隠してることが、ほかにもあるんじゃないですか」

「ありませんよ」

御子柴は短く言い捨て、酒を飲み干した。

水間に指摘されたとおり、ほかにも隠していることがある。

御子柴が禿富から託されたコピーは、先刻水間に話した神宮署総務課のH女史が、禿富に直接手渡したものではない。二人のあいだに、禿富の大学時代の同期生だった新右翼の活動家、竹原卓巳という男が介在していたのだ。

秃富によれば、竹原は〈くれむつ会〉の連絡係でもあったH女史こと、畑中登代子とだいぶ以前から深い仲になっていた、という。

竹原は、マスコミにネタを流して名を売るため、しばしば登代子から警察の極秘資料を、手に入れていた。神宮署の、裏帳簿のコピーもそのうちの一つで、竹原が登代子を威《おど》したりすかしたりして、複写させたものに違いないとのことだった。

その竹原が、金に困って問題のコピーを売りつけようと、秃富に連絡してきた。

秃富は、御子柴に手を貸してほしいと誘いをかけ、取引の現場に同行してほしいと要請した。そのころ、すでに御子柴は秃富と肚《はら》を合わせて、非合法の金に手をつけたりしていたから、迷いはなかった。毒を食らわば皿まで、の心境だった。

ただしそこに、思わぬ計算違いがあった。

それは、秃富が取引を終えたあと竹原を撃ち殺し、しかも竹原を尾行していた鈴木一郎という公安の刑事に、罪をなすりつけたことだ。

御子柴は、その計画に殺人がからむことになるとは、予想もしていなかった。

むろん、約束が違うと秃富に苦情を申し立てたが、もはや手遅れだった。

秃富は、もしそのことを警察にしゃべったら、御子柴を従犯どころか共同正犯に仕立てる、とうそぶいた。

へたをすると、秃富ではなく御子柴が竹原を撃ったことにも、されかねなかった。

ほかに証人がいない以上、自分は殺人に関係なかったと言い抜けることは、できそうもない。御子柴は、いやおうなしに逃げ場のない状況に追い込まれて、口をつぐむしかなかった。

竹原の死については、歴とした公安の刑事が裏帳簿の奪回、という非公式の任務に協力したことから、警察庁がひそかに裏で手を回したものとみえ、うやむやのうちに処理されてしまった。

それは御子柴にとって、願ってもないことだった。

その場にいた竹原、禿富の二人は死んでしまったし、禿富に叩きのめされた刑事の鈴木にしても、御子柴の顔を見る暇はなかったはずだ。

意識を取りもどしたあと、鈴木はおそらく死ぬ思いで取引現場から逃げ去り、犯人に擬せられるのを免れた。事が事だけに、公にすれば警察の裏の活動が明らかになり、また自分が竹原殺しの犯人にされる恐れがあるから、鈴木が名乗り出ることはないとみてよい。

要するに、竹原殺しの現場に御子柴がいた事実を証明する者は、だれもいないのだ。

それは御子柴にとって、大いに心の休まることだった。

今度の松国輝彦殺しについても、おそらく適当な理屈とあいまいな説明がつけられ、闇に葬られてしまうだろう。

それが、警察のやり方だ。

水間が黙り込んだままなので、御子柴はしかたなく口を開いた。

「わたしが、何かを隠しているにせよいないにせよ、明るい見通しはゼロでしょう。原本を除いて、存在が確認されている三部のコピーはすべて、敵の手に渡ってしまった。奪還することは、不可能ですよ。あきらめた方がいい」

水間は、首を振った。

「自分は、あきらめませんよ。実は、さっき報告した山路、大沼との話し合いの中で、御子柴さんに黙っていたことが、一つあります」

「なんですか」

「東都ヘラルド新聞の、大沼早苗という名前を聞いて、何か思い当たりませんでしたか」

御子柴は、酒に口をつけた。

「何か、思い当たらなけりゃいけない理由が、ありますか」

水間は、とぼけるなというように、口元を歪めた。

「自分はハゲタカから、話を聞いてるんですよ。朝妻は、警視庁時代に大沼早苗をラブホテルに連れ込み、不適切な関係を結んだ。ハゲタカは、その事実を朝妻本人の目の前で暴露して、問い詰めたと言いました。そのとき、御子柴さんも同席していたんでしょう」

御子柴は、小さく肩をすくめた。

禿富が、水間にそんなことまで話していたとは、知らなかった。

確かに、水間の話の中に大沼早苗の名が出たときは、ぎくりとした。顔色を変えたつもりはないが、水間は気づいていたのかもしれない。

水間が続ける。

「彼女は、その後朝妻としばらく付き合ったようですが、今度の裏帳簿の問題をきっかけに、きれいさっぱり関係を断った、と言いました。その口ぶりと態度からして、信用していいと思います」

水間の説明によれば、早苗は過去の関係を断とうと逃げ腰になる朝妻勝義に、裏帳簿のコピーの一件をさりげなく持ち出し、気を引こうとした。朝妻の対応しだいで、告発記事を書くのを控えるとか、場合によってはコピーそのものを引き渡してもいい、とまで考えていたという。

しかし、朝妻は裏帳簿の話が出たとたん、にわかに度を失ったらしい。

早苗が予想する以上にうろたえ、手の裏を返したように態度を軟化させた。暗に、コピーをおとなしく引き渡してくれたら、二人の関係修復に応じるといわぬばかりの、露骨な変わり方だったという。

保身のためか、警察というシステムを守るためか知らないが、朝妻のあまりの豹変ぶりに早苗はショックを受け、すっかり失望してしまった。

それで冷静さを取りもどし、朝妻と取引するのを思いとどまって、そのコピーを山路に託すことにした、というのだ。

御子柴は、そうした早苗の心の動きについていけず、すぐには納得できないものを感じた。

しかしそのことを無視して、そっけなく聞き返した。

「大沼早苗と朝妻の関係が、裏帳簿のコピーを取りもどそうという計画に、何か影響があるんですか」

御子柴の問いに、水間は顎を引いた。

「分かってるはずですよ。大沼早苗が、二人のあいだの不適切な関係をぶちまける、とプレッシャーをかけて揺さぶれば、朝妻もコピーを引き渡す気になるかもしれない、と言ってるんです」

御子柴は失笑した。

「それは、考えが甘い。コピーを手に入れるために、一度は冷えた関係を修復しようとまでした朝妻が、そんな脅しに乗ると思いますか」

「可能性はあります。彼女が調べたところでは、朝妻は警察庁の次長を務める浪川なにがしの娘と、婚約するとかしたとかいう噂があるそうです。もし、大沼早苗との話がマスコミに流れたりしたら、その話は破談になるでしょう。朝妻にすれば、出世の道を断たれることになるから、取引に応じざるをえない。警察の評判より、自分の出世の方がだいじなはずだ。そうは思いませんか」

警察庁の次長といえば、警視監の浪川憲正だ。

浪川の娘は、だいぶ前に一度だれかと結婚したが、ほどなく離婚したと聞いている。朝妻が、その娘と結婚するという噂がほんとうなら、確かに出世狙いに違いあるまい。

しかし御子柴は、首を振って言った。

「大沼早苗も朝妻も、確か独身でしょう。だとしたら、たとえ親密な関係になったとしても、別に不適切ではない。職業倫理の上から、多少の批判は受けるかもしれないが、致命的な汚点にはならない。浪川警視監の娘は再婚のはずだから、親の側から文句をつけられる状況ではない、と思う」

水間は、何か言い返そうとしたが、言葉が出ないようだった。

御子柴は続けた。

「警察を、甘く見ちゃいけませんよ、水間さん。その程度のことで、キャリアの警察官の出世が閉ざされるなら、警察庁には人がいなくなります。だいいち、大沼早苗と朝妻が関係を結んでいた事実を、どうやって立証するんですか。朝妻が否定したら、それまでだ。彼女一人が、そう言い張ったところで、どうしようもないでしょう」

水間は唇を引き締め、黙ったままでいる。

御子柴は、あまり気が進まなかったが、付け加えた。

「かりに禿富警部補が生きていて、二人がラブホテルにはいるのを見たと証言するとか、そのとき隠し撮りした写真が残っているとかいうなら、いくらか揺さぶりがきくかもしれないが」

水間の顔が、にわかに活気づく。

「そうだ。ハゲタカが、その種の証拠写真を隠し撮りした可能性は、十分にある。ハゲタカのことだから、そのあたりに抜かりはなかったはずだ」

御子柴は、顎を引いた。

「当てにしない方がいい。たとえ撮っていたとしても、どこを探せばそんなものが出てくるんですか。言っておくけど、わたしは預かってませんよ」

水間は少し考え、ぱちんと指を鳴らした。

「そうだ。たとえば、奥さんです。ハゲタカの、奥さんですよ」

御子柴は虚をつかれ、言葉を失った。

水間が、禿富司津子のことに思い当たるとは、考えもしなかった。

水間が続ける。

「御子柴さんも、覚えてるでしょう。ハゲタカの葬式で、喪主を務めた奥さんですよ」

「え。ええ、覚えてますよ、もちろん」

先日司津子に、電話で呼び出されて会ったときのことも、思い出した。

「連絡先を知りませんか、奥さんの」

そう聞かれて、ちょっと口ごもる。

「さてねえ。まあ、調べることはできるかもしれませんが、今すぐにはちょっと」

実のところ、死んだ禿富の携帯電話にかければ、司津子につながる。

司津子は、禿富の携帯電話をそのまま残して使い、御子柴にかけてよこしたのだ。

「とにかく、調べてください。この際、どんな手を使ってでもコピーを取りもどさなきゃ、ハゲタカのだんなが浮かばれない」

そう言ってから、水間はちょっとばつの悪そうな顔をして、空のグラスをあおった。

御子柴は、内心苦笑した。

この男は、すっかり禿富のかたき討ちをする気に、なっているらしい。

禿富には生前、さんざん煮え湯を飲まされたはずなのに、奇妙なことだった。

## 35

大きな見出しが、目に飛び込んでくる。

『目黒の警察官殺し、同乗者の犯行　直後に自殺』

朝妻勝義は、それを確認してから新聞を畳み、駅前のカフェテリアにはいった。

一人暮らしの朝妻は、毎朝マンションから徒歩十分の地下鉄三田線、白金高輪駅の近くのカフェテリアで、軽食をとる。食べながら、途中で買った新聞に目を通すのが、日課になっていた。この日は特に、主要三紙を買ってある。

例の、中目黒で起きた松国輝彦事件の総括が、前日の夜警察庁の主導で行なわれた。

松国警視正は、暴力団伊納総業の幹部笠原龍太に、深夜自宅から呼び出されたあげく、車の中で射殺された。

笠原は、松国から何かを奪い取ろうとしていた模様で、松国を射殺したあと自宅に押しかけ、妻の遊佐子を縛り上げて屋内を探し回った。

しかし、おそらくは目的を遂げることができず、車にもどってみずから頭を撃ち抜き、
自殺したとみられる。車内を調べたかぎり、笠原が松国宅から持ち出したと思われるものは、何も見つからなかった。

笠原が、何を手に入れようとしていたかは不明で、遊佐子にも心当たりがないという。

松国を撃った弾丸と、笠原の頭を吹き飛ばした弾丸はいずれも、笠原が握っていた拳銃から発射されたもの、と判明した。これまで、なんらかの犯罪に使用された記録のない、いわゆる戸籍のない拳銃だった。

拳銃には笠原の指紋が付着し、右手と上着の右の袖口、そして右胸のあたりから、硝煙反応が出た。その結果、笠原が松国を射殺したあげく、最終的に自殺したものと推定された。

さらに、笠原の死体のそばで発見されたナイフから、過日刺殺された熊代彰三とDNAが一致する血液と、笠原自身の指紋が検出された。

それによって、熊代を殺害した犯人も笠原であることが、判明した。

笠原が、熊代と松国を殺した動機等については、まだ解明されていない部分もある。

おそらくは、新宿を地盤にする伊納総業の勢力回復にからむ、なんらかの利権争いが原因ではないか、とみられる。

それらが、目黒中央署における記者会見での、発表の内容だった。

三紙とも、その発表の主旨をほぼ忠実に、つまりは警察庁の思惑どおりに、伝えていた。

昨夜のうちに放映された、テレビやラジオのニュースも似たりよったりで、あからさまに発表内容に疑問を呈するメディアは、ほとんどなかった。

ただし会見では、笠原が松国の自宅で何を探していたのか、という点に質問が集中した。

それについて警察側は、遊佐子の「まったく心当たりがない」という、妻の立場からのコメントの紹介と、引き続き解明に努力するとの決まり文句で、なんとか切り抜けた。

もっとも、それはその場しのぎの逃げ口上にすぎず、結局は解明されずに終わることになる。マスコミ側も、新しい事件が起これればそちらに興味を移すから、古い事件のことなど忘れてしまう。

遊佐子の実際の供述は、笠原が警察庁職員を装って自宅に押しかけ、仕事がらみの極秘資料を探したことを伝える、かなり詳しいものだった。

しかも遊佐子は、自分をほうって笠原が出て行ったことから、目的のものを探し当てたに違いないと思った、とまで言い切った。

しかし、むろん警察庁はその事実を公表しなかったし、遊佐子に対しても松国の死後の補償をちらつかせて、厳しい口止め工作を行なった。

したがって遊佐子が、勝手に外部へ供述内容を漏らすことはない、と考えていい。かりに漏らしたところで、遊佐子は裏帳簿の件を知らないはずだから、致命傷にはならない。

ちなみに、普通ならば身につけていて不思議はない携帯電話が、二人の遺体やその周辺から見つからなかった事実は、公表されなかった。

ことに、松国の携帯電話は自宅からも発見されず、捜査員のあいだに不審の声が広がったが、それについては箝口令《かんこうれい》がしかれたままだった。

不思議といえば、その点を質問するメディアがなかったことも、いささか奇妙だった。携帯電話の一件には、どの新聞もいっさい触れていない。

そうした内情は、すべて捜査本部からの特別なルートで、朝妻の耳に達している。事件の全貌については、捜査本部長や担当の管理官よりも朝妻の方が、ずっと詳しいだろう。

朝妻は、記事の内容に満足して新聞を畳み、ブリーフケースにしまった。

新聞とテレビ、ラジオはこれでよい。

大沼早苗も、肝腎のコピーが失われた今の状況で、裏帳簿の記事を書くことはできまい。たとえ書いたとしても、上司が通すはずはない。

気になるのは、記者クラブに加盟していない週刊誌、ことに週刊ホリデーの動静だ。

岩動寿満子から受け取った、松国の携帯電話には事件の夜に交わされた通話が、すべて録音されていた。

それらの通話から、いろいろなことが分かった。

早苗は、松国から問題のコピーを託されたが、東都ヘラルドでの記事化がむずかしいとみて、それをフリーライターの山路啓伍に手渡した。

山路は、それをもとに週刊ホリデーに、記事を寄稿するつもりだったようだが、帰宅する直前にコピーを奪われてしまった。

さらに、松国がとっていた控えのコピーも、こちらの手にはいった。

そうしたいきさつは、携帯電話に残された一連の録音をチェックすることで、ほぼ明らかになった。

寿満子が、それらのコピーを手に入れるために、どのような手段を使ったかを知る必要はないし、知りたくもない。すべての録音を、ざっと聞き流しただけで消去した。

山路という男も、肝腎のコピーが手元になければ、裏帳簿の一件を記事にすることは、できないだろう。

ただし、週刊誌の場合は確固たる証拠もなしに、憶測記事を書くことが珍しくないから、絶対安心とは言い切れない。

当分、目を光らせる必要がある。

朝妻は、寿満子が手に入れた二部のコピーのうち、一部を浪川憲正警視監に提出した。

浪川の手元には、松国から召し上げたものと合わせて、二部のコピーがそろったことになる。

そして残る一部、松国が念のために取っておいた控えのコピーと、松国自身が書いた分析リポートは、朝妻のマンションに保管してある。

そのことは、浪川には報告していない。何かのときのために、役立つと思ったからだ。裏帳簿の原本については、神宮署の副署長室の金庫に保管されたままだが、それが持ち出されることは、二度とないはずだ。

ほとぼりが冷めるのを待って、ひそかに処分した方がいいだろう。

いずれにせよ、これで裏帳簿問題も一段落したかと思うと、肩のあたりが軽くなる。

朝妻は、ゆっくりと新聞を畳んだ。

そのとき、唐突にヒミコの黒革に包まれた異様な姿が、目の裏に浮かんだ。

ジッパーを引き下ろし、その黒革のあいだから桜色に染まった肌が、少しずつ姿を現すところを想像すると、それだけで生唾が出てくる。

早くも、下半身が充血し始めた。

しばらくご無沙汰しているし、こういうときこそ息抜きが必要だ。

近いうちに、サクラに連絡してみよう。

朝妻はコーヒーを飲み干し、カフェテリアを出た。

## 36

御子柴繁は椅子を立ち、軽く手を上げた。

このあいだとは別の、藤色のあでやかな和服に身を包んだ禿富司津子が、しずしずと歩いて来る。

上体がまったく揺れず、裾捌《すそさば》きも鮮やかな足取りだった。

前回と同じ、四ツ谷のポルトガル料理の店〈マヌエル〉だが、今度はさほど違和感を覚えない。なぜか、和服姿が南欧風の店の造りに溶け込んだ、という印象がある。二度目の余裕かもしれない。

御子柴は、頭を下げた。

「先日は、失礼しました」

「いいえ、こちらこそ」

司津子も挨拶を返し、御子柴と向き合って腰を下ろした。

「こんなに遅くお呼び立てして、申し訳ありません。何か、お飲みになりますか」

「ポートワインをいただきます。あとは、お任せいたします」

ボーイを呼び、司津子の注文を伝える。

ほかに、魚介類の煮込みやクレープの包み揚げなど、料理をいくつか頼んだ。

あらためて、司津子に目を向ける。

「奥さんは、ふだんから和服をお召しですか」

「外出するときはいつも、和服にしております。家では、ジーンズですけれど」

司津子のジーンズ姿は、ちょっと想像できなかった。

「着付けも、ご自分でなさるんですか」

「はい。慣れてしまえば、どうということはございません」

話が途切れる。

その日の昼間、御子柴は司津子が持っているはずの、秃富鷹秋の携帯電話に電話した。

コール音が十回鳴っても、だれも出なかった。あのあと、解約廃棄してしまったのかもしれない、とあきらめようとしたとき通話がつながり、司津子の無機質な声が返ってきた。

確認したいことがあるので、今夜にでも会ってもらえないかと持ちかけると、司津子はどんな用件か尋ねようともせず、あっさり承諾した。

まるで、内容はあらかた見当がついている、と言わぬばかりだった。

午後七時すぎに、神宮署を出た御子柴は東京メトロ千代田線の、表参道駅まで歩いた。

ひとまず、自宅のある町屋方面行きの電車に乗り、二つ目の赤坂駅でドアが閉じる直前に、電車から飛びおりた。

だれもつけて来ないことを確かめ、タクシーを拾って四谷に回ったのだった。

御子柴が署を出たときは、岩動寿満子も嵯峨俊太郎もまだデスクにいた。

このところ、御子柴も嵯峨も寿満子の監視のもとに、署のデスクでいわゆる営倉入りの仕事、つまり質屋の台帳と盗品リストの突き合わせや、古い資料や手続き書類の整理などで、一日を過ごしている。寿満子が不在のときは、相方の三苦利三が番犬のように目を光らせ、二人の見張り役を務める。

もっとも、三苦も食事するところまではついて来ないから、二人だけで話す機会がないわけではない。

ただし、どこでだれが聞いているか分からないので、御子柴は松国事件や裏帳簿の話題を、意識的に避けた。

その件について、水間英人と議論を戦わせたことも、嵯峨には伝えていない。

松国輝彦の弔い合戦をしないか、と持ちかけてきた嵯峨の言葉が本心かどうか、まだ確信が持てないからだ。

ポートワインがきた。

御子柴は、飲んでいたビールのグラスを上げて、乾杯のしぐさをした。

司津子は、それに応じてグラスに口をつけ、おもむろに言った。

「今朝の新聞は、ごらんになりましたわね」

前回と同じく、古臭い小説に出てくる有閑マダムのような、気取った口調だ。

「中目黒の事件の記事なら、読みました。禿富警部補が、というか、禿富警視が読んだら大笑いするような、独創的な警察発表でしたね」

死後、二階級特進した禿富鷹秋の肩書を口にすると、司津子はかすかに眉を寄せた。

「警部補でけっこうですわ。警視などと聞いたら、禿富が笑い出すでしょうから」

「あるいは、怒り出すかも」

司津子は、ちらりと笑みを浮かべたが、すぐに真顔にもどった。

「松国警視正は、神宮署の裏帳簿を公表しようとしたために、殺されたのですか」

例によって、単刀直入に聞いてくる。

「まあ、大筋ではそのように考えて、間違いないでしょうね」

「犯人は、なんとかいう暴力団の幹部だと出ていましたが、ほんとうでございますか」

「殺したのはその男だと思いますが、むろん背後に黒幕がいます」

「どなたのことでございますか」

御子柴は、相変わらずのばかていねいな語り口に、居心地が悪くなった。

ビールを飲み、少し間をおく。

「だれとは言えませんが、松国警視正から裏帳簿を召し上げた一派のしわざ、と考えていいでしょう」

司津子は瞳を据え、御子柴を見つめた。

「たとえば、朝妻勝義という警察庁のどこかの部署の、参事官でございますか」

前触れなしの問いかけに、御子柴はちょっとたじろいだ。

司津子が、朝妻勝義の名前を知っている、とは思わなかった。

そうと分かって、多少の希望がわいてくる。

「そのとおりです。朝妻警視正は、警備企画課の参事官を務めています。しかし、なぜ奥さんは朝妻警視正の名前を、ご存じなんですか。禿富警部補から、お聞きになったんですか」

司津子はポートワインを飲み、ほれぼれするほど美しく整った顔に、夢見るような笑みを浮かべた。

「いいえ」

それきり、何も言わない。

御子柴は焦り、ビールを一口飲んだ。

「実は今日お呼び立てしたのは、お尋ねしたいことがあったからです。その一つは、今名前の出た朝妻警視正と、関係がありますす」

「どんなことでしょうか」

「朝妻警視正は、東都ヘラルド新聞社の大沼早苗という女性記者と、いっときただならぬ関係を結んでいました。当時、警視正は警視庁捜査一課の管理官の職にあり、大沼記者は警視庁詰めの記者でしたから、公私をわきまえぬ無分別な関係といっていいでしょう。生前、禿富警部補はその事実を指摘して、警視正をまっこうから糾弾しました。わたしもその場にいましたが、警視正は赤くなったり青くなったり、まるで羽根をむしられた七面鳥のようでした」

司津子が、ふっと笑う。

「いかにも、禿富らしいやり口ですわね」

「そこでお尋ねしたいのは、警部補が二人の関係を証明するような現場写真、たとえば一緒にラブホテルに出入りするところとか、そういった写真を奥さんに預けなかったか、あるいはその種のものが遺品の中になかったか、ということなんです」

食い入るように見つめると、司津子は和服の襟に指を走らせて、首を振った。

「いいえ、預かっておりません。遺品を整理した中にも、そうしたものはございませんでした。あったら、おもしろかったと思いますけれど」

「二人の話を警部補から、お聞きになったことは」

「ありません」

きっぱりしたその口調に、嘘を言っている様子はなかった。

水間英人の勘は、みごとにはずれたようだ。

御子柴も、ひょっとしたらという期待があっただけに、少なからず落胆した。

気を取り直して、質問を続ける。

「それでは、あらためてお尋ねしますが、ご主人から聞いておられないとすれば、どこでどうやって朝妻警視正の名前を、お知りになったんですか」

司津子は、ポートワインに口をつけ、軽く唇をなめた。

「裏帳簿の、いちばん最後のページが一覧表になっていて、そこに朝妻勝義の名前が載っておりましたの」

御子柴は、とっさに口をきくことができず、すわり直した。

しんから驚いた。

記憶するかぎり、禿富から預かったコピーのどこを探しても、朝妻の名前があからさまに記載された箇所は、一つもなかった。

偽の領収書を作った警察官の姓名は、架空の情報提供者の名前とともに明記されていたし、その中には御子柴自身の名前もあった。

逆に、プールされた裏金の中から祝い金、餞別などをもらったキャリア、準キャリアの警察官のほとんどは、姓名も所属も伏せられていた。

それらはおおむね、アルファベットの頭文字と数字の組み合わせ、または〈α〉〈β〉〈γ〉などの記号で、表記されているのだった。

また人名ではなく、組織ないし部門、部署の名称と思われるものも、いくつか見受けられた。そこから察するかぎり、かなり広い範囲に裏金がばらまかれていた、という印象があった。

いずれにせよ、受取人の名称が明らかにされていないものは、極秘文書の中でも特に伏せる必要のある対象、と推定された。

コピーの最後のページは、その時点での最新の出納記録で終わっており、朝妻の名前を含むリストのようなものなど、目にした記憶はない。

もしかすると、禿富は御子柴に預けた裏帳簿のコピーのうち、最後のページだけをわざと抜いて、渡したのではないか。

今の司津子の説明で、そのことに思い当たった。最終ページこそ、本文の出納記録で伏せられていた人名、組織名などを特定する対照一覧表、あるいは凡例、索引のたぐいではなかったのか。

御子柴はビールを飲み干し、おもむろに切り出した。

「奥さん。もう一つお尋ねしたかったのは、その裏帳簿のことなんです。奥さんは逆に、禿富警部補がわたしに預けたコピーの、オリジナルコピーをお持ちなんじゃありませんか」

いきなり、ブラッシュボールを投げたつもりだが、司津子は眉一つ動かさなかった。

「どうして、そうお思いになるのですか」

「わたしが預かったコピーは、最後の一ページが欠けていました。今のお話で、それが分かったんです。奥さんがお持ちのオリジナルには、それがついているんでしょう」

司津子は、まるで水でも飲むように喉をのけぞらせて、ポートワインのグラスを空けた。

「もしわたしが、オリジナルのコピーを持っているのでしたら、先日御子柴さんにコピーを渡してほしい、などとお願いすることはなかったでしょう。そうお思いになりませんか」

「あのときはともかく、今はそうは思いませんね。コピーの数は、少なければ少ないほど、価値が高くなります。かりに奥さんが、もともとのコピーを警部補から預かったとすれば、その希少価値を高めるために、ほかのコピーを回収しようとなさっても、なんら不思議はありません。どういうときに、どのようにお使いになるつもりかは、分かりませんが」

御子柴は、司津子の目に突然冷たい光が宿るのを見て、ひやりとした。

しかし、それもほんの一瞬のことで、司津子の顔はすぐにもとどおりの、取りすました表情にもどった。

喉の渇きを覚え、ビールを飲んだ。

これほど美しい女が、なぜ禿富のような男の妻に収まったのか、あらためて不可解な気持ちに襲われる。

司津子は言った。

「先日も申し上げましたが、禿富はわたしに危険が及ぶのを避けようとして、御子柴さんにオリジナルのコピーそのものを、お預けしたのです。控えはとっておりません」

「警部補の性格からして、保険をかけるとすれば奥さんとわたしの両方に、かけたはずです。現にわたしも、松国警視正に例のコピーを渡す以前に、控えをとったくらいですから」

司津子の口元に、また夢見るような笑みが浮かぶ。

「やはり、とっていらしたのですね。このあいだは、とらなかったとおっしゃったのに」

「あれは嘘です。しかし、その控えのコピーも紆余曲折があって、同じ連中に召し上げられてしまいました。つまり、今やわれわれの側にあるのは、奥さんがお持ちのオリジナルだけ、ということになるわけです」

「持っていない、と申し上げましたでしょう」

無表情に繰り返す司津子に、御子柴は辛抱強く続けた。

「では、なぜいちばんおしまいのページに、朝妻警視正の名前が載っていたことを、ご存じなんですか。わたしが渡されたコピーには、そのような一覧表はついていなかった」

司津子は一度口を閉じ、手を上げてボーイを呼んだ。

「〈山崎〉のオンザロックを、ダブルで」

御子柴は顎を引き、ボーイをちらりと見た。

ボーイは、かしこまりましたと応じたものの、目に少しとまどいの色があった。司津子の装いと、ウイスキーのオンザロックの取り合わせに、違和感を覚えたのだろう。

司津子が、口を開く。

「一度だけ、禿富からそのコピーを見せられながら、説明を受けたことがあります。いちばん最後のページは、それまでの出納記録に記号で書かれていた人名、部署名などを実名と対照する、一覧表になっていたのです」

御子柴は、空になったグラスに口をつけようとして、思いとどまった。

やはり禿富は、肝腎かなめの最後の一ページを抜いて、御子柴にコピーを預けたのだ。

必然的に、寿満子が苦労して手に入れた複数のコピーも、同じように最終ページが欠けていることになる。

だとすれば、最初から最後までそろった完璧なコピーは、今や司津子の手元にあると思われる一部のみ、と考えなければならない。

御子柴は、上体を乗り出した。

「奥さん。そのオリジナルコピーを、わたしに預からせていただけませんか」

司津子の口元に、謎めいた笑みが浮かぶ。

「持っていない、と何度も申し上げましたのに。いいかげん、あきらめたらいかがですか」

御子柴は、取り合わなかった。

「これが最後のチャンスなんですよ、奥さん。そのコピーをマスコミに公表して、警察の腐敗を白日のもとにさらすんです。ぐずぐずしていると、彼らに別の手を打たれてしまう。そうなったら、いつ奥さんに危険が迫るか分からないし、彼らの思う壺にはまるだけです」

「彼ら、とおっしゃいますと」

司津子の無感動な質問に、さすがにいらだちを覚える。

「もう、お分かりのはずです。松国警視正やわたしから、コピーを取り上げた連中に決まっています。はっきり言えば、奥さんのおっしゃるいちばん最後のページに載った、朝妻警視正をはじめとするキャリアの警察官、そしてその連中を統括する警察庁の幹部です」

「その人たちに、天誅《てんちゆう》を加えるおつもりですか」

古臭い表現に、御子柴はたじろいだ。

「おおげさに言えば、そういうことです。禿富警部補も、それを望んでいると思いますよ」

司津子が、顎を引く。

「お言葉ですが、禿富が警察という組織に関して何かを望んだり、期待したりしたことは一度もありません。まして、警察の腐敗を暴くなどという青臭い猿芝居には、なんの関心も持っていませんでした」

話しぶりこそていねいだが、口をついて出る言葉は熾烈《しれつ》だった。

御子柴は、共同戦線を張ろうという水間の要請に、自分自身が示した消極的な態度を思い出して、ちょっと口をつぐんだ。

自分は今、ちょうどそのときの水間と同じ熱心さで、司津子を口説いているのだ。

むろん御子柴も、水間の要請をのらりくらりとかわしたとき、すべてをあきらめていたわけではない。

単に、水間や山路啓伍、大沼早苗と組むこと、あるいは嵯峨をあてにすることに、躊躇を覚えただけにすぎない。軽がるしく他人を信じてはいけない、というのがこれまでの経験で身につけた、基本的な処世術だった。

司津子が、口元にあざけるような笑みを浮かべ、御子柴を見る。

「かりに、わたしがオリジナルのコピーを持っているとして、どうするおつもりですか。お話をうかがうと、御子柴さんはたった一人で警察権力に立ち向かう、その、なんというか」

そこで言葉を切り、視線をそらす。

「つまり、風車に立ち向かうドン・キホーテのようなものだ、というわけですか」

御子柴が助け舟を出すと、司津子は眉をぴくりとさせた。

「そうは申しませんわ。でも、味方もなしにお一人でがんばって、何ができるとお思いですの」

「味方がいないわけじゃありません。警察の中にも外にも、手を貸す連中はいますよ」

司津子の目が光る。

「警察の中にも同志がいる、とおっしゃるのですか」

「ノンキャリアの警察官は、みんなわたしの肩を持つと思いますよ」

「そういう、漠然とした味方だけですの」

司津子は、追及の手を緩めない。

「いや、身近にもいます」

「たとえば」

御子柴は、少しためらってから、口を開いた。

「たとえば、ご主人から名前くらい聞いておられるかもしれませんが、神宮署の同じ生活安全特捜班の嵯峨、という警部補です」

司津子がうなずく。

「はい。お名前は、存じております。禿富の葬儀にも、おいでくださいましたわね」

覚えていたのか。

司津子は、笑みを含んで続けた。

「なんでも、松国警視正の密命を受けながら、ひそかにキャリアとも通じている、無節操な若い刑事さんでしょう」

御子柴は苦笑し、グラスをもてあそんだ。

## 37

ポケットの中で、携帯電話のバイブが震えた。

御子柴繁は、バーテンに断りを言って、店の外に出た。階段をのぼり、表の舗道に上がる。

嵯峨俊太郎からだった。

「署の外に出ました。岩動警部は、まだ署にいます」

少し前に、岩動寿満子がいないところから電話してほしい、とメールしておいたのだ。

「今夜これから、予定がありますか」

「いえ、別に」

「それじゃ、軽く飲みながら弔い合戦について、話し合いをしませんか」

御子柴が言うと、嵯峨はすぐに応じた。

「いいですよ。どこに行けばいいですか」

「今、四谷二丁目の〈エトルタ〉というバーにいます。JR四ツ谷駅から、新宿通りを百メートルほど新宿方面に歩くと、右側に浅倉ビルというガラス張りの、細長いビルがあります。そこの地下のバーです」

「分かりました。二十分で行ける、と思います」

電話を切り、店にもどる。

小さなビルだが、〈エトルタ〉は地下のフロアを全部使っているので、けっこう広い。長いカウンター席のほかに、大小合わせて四つのテーブル席がある。御子柴はそのうちの一つ、壁際の四人掛けの円いテーブル席を、確保していた。

秃富司津子が帰ったあと、御子柴は〈マヌエル〉でしっかり腹ごしらえをし、十五分ほど前にこのバーに場所を移した。生前、秃富鷹秋に連れて来られたのが最初で、その後何度か立ち寄る機会があった。適当に席が散っているので、密談にはもってこいの店だ。

嵯峨は、正確に二十分後に、やって来た。

身につけているのは、オリーブグリーンの麻のスーツ、白いシャツにノーネクタイ。

ヘアスタイルも、文句なしに今風だ。

席に着くなり言う。

「お供は連れてませんから、安心してください」

御子柴は、指を立てた。

「分かってますよ。あとをつけられるほど、不用心じゃないでしょう」

嵯峨はボーイを呼んで、スコッチのソーダ割りを頼んだ。

カウンター席には、同僚らしいサラリーマン風の男が三人並び、バーテンダーを相手におしゃべりをしている。

隣のテーブル席はあいており、その向こうは男女入り交じったグループで、自分たちの話に夢中だ。

嵯峨の酒が来たところで、御子柴は自分のキューバ・リブレのグラスを上げ、乾杯した。

嵯峨はグラスに口をつけ、急ぐ風でもなく言った。

「御子柴さんもやっと、弔い合戦をする気になりましたか」

「まあね。あちこちで、発破をかけられるものだから」

「あちこちって、わたしのほかにもいるんですか」

「いますよ。たとえば、渋六の水間とか」

嵯峨は、虚をつかれたように、御子柴を見直した。

「なるほど、水間ね。しかし弔い合戦をするほど、渋六が秃富警部補に恩義を感じていた、とは思えないな。むしろ、生きているあいだ食い物にされたから、死んでくれてせいせいしたんじゃありませんか」

ずいぶんはっきり言う。

「さあ、それはどうですかね。とにかく水間は、秃富警部補のかたき討ちをする気に、なったらしい。実はそれと呼応するように、松国警視正が果たせなかった宿願を遂げようと、水間に協力を求めて来た連中がいます」

嵯峨の目が光った。

「ふうん。どんな連中ですか」

「一人は、東都ヘラルド新聞社の大沼早苗、という女性記者。もう一人は、週刊ホリデーなどに寄稿する、山路啓伍というフリーライターです」

御子柴は、二人の字を教えた。

嵯峨が、軽く眉をひそめる。

「大沼早苗は、以前わたしが五反田署にいたころ、ときどき出入りしていましたから、よく覚えています。なかなかの美人でね。松国警視正とも、面識があったはずです」

「ええ。彼女は、たぶんその縁で松国警視正から声がかかり、あなたが笠原から取り返してくれた、例のコピーを託されることになったんです。しかし、朝妻警視正が社の上層部に手を回したらしくて、東都ヘラルドの紙面では告発できない、と分かった。そこで彼女は、そのコピーを週刊ホリデーに顔のきく、山路に回したわけです。ところが、その山路がまたも笠原とおぼしき男に襲われ、コピーを奪われてしまった」

嵯峨は手を上げ、御子柴を押しとどめた。

「ちょっと。御子柴さんは、どうしてそんなややこしい話の細部まで、ご存じなんですか」

「水間を通じて、その間の事情を聞かされたからですよ。全部をつなげると、そういう筋書きになるんです」

「そもそも、大沼早苗と山路啓伍はなぜあの水間に、協力を求めようとしたんですか」

あの、というところを強く言う。

「山路は、禿富警部補と古くから付き合いがあって、水間のことをよく聞かされたらしい。それで、警部補が死んだあと松国警視正にコピーを届けるのに、水間の手をわずらわしたんじゃないか、と考えたそうです。たぶんわたしのことは、聞いてもいなかったんでしょう」

嵯峨は酒を飲み、椅子の背にもたれた。

「御子柴さんが水間から聞いたという、山路と大沼早苗の話の中身をもっと詳しく、聞かせてほしいですね」

「むろん、お話しするつもりです。ちょっと長くなりますがね」

御子柴は酒のお代わりをして、水間と山路たちの談合の一件を聞いたとおりに、細大漏らさず話して聞かせた。

　大沼早苗が、以前朝妻勝義と親密な関係にあったことも、伏せずに明かす。

　黙って耳を傾けていた嵯峨は、聞き終わると酒を飲んで言った。

「大筋は、だいたい分かりました。それにしても、松国警視正はずいぶん頼りにならぬ連中に、コピーを託したものですね。せっかく、わたしが苦労して手に入れたというのに、拍子抜けがしますよ」

「警視正は大沼、山路個人じゃなく、東都ヘラルド新聞ないし週刊ホリデーが持つ、メディアの力を当てにしたんですよ」

　嵯峨はあきれたように、小さく首を振った。

「そのあげく、手を貸してくれと二人して泣きついた相手が、ヤクザの水間とはね」

「警察を信用できないとすれば、ほかに手はないでしょう」

　御子柴が指摘すると、嵯峨はさもおかしそうに笑った。

「なるほど、そう言えばそうですね。しかし、その水間が御子柴さんに相談してきたのは、いい判断だった。そして、御子柴さんがわたしに声をかけてきたことも、間違っていませんよ」

　その、自信たっぷりの口ぶりは少しいやみだったが、御子柴は無視した。

「この一件に、あらためてあなたを引き込むことにしたのは、もう一つ理由がある。実は、ついさっき禿富警部補の奥さんと話をして、やっと肚が決まったんです」

「禿富警部補の奥さん」

嵯峨はおうむ返しに言い、二、三度まばたきした。

「そう。だれも会ったことがなく、存在したことすらほとんど知られていなかった謎の女性です。禿富司津子。つかさどるの司に、大津の津と書きます」

嵯峨は興味を引かれたように、椅子の上でもぞもぞとすわり直した。

「禿富警部補の葬儀のときに、お顔だけは拝見した覚えがあります。御子柴さんは、その奥さんとどうやって、知り合ったんですか」

「わたしも警部補の葬儀で、顔を合わせたのが最初でした。その奥さんから、このあいだ急にケータイに電話がはいって、呼び出されたんです。ちょうど、ボニータと笠原を任意で神宮署へ、引っ張った日のことだった」

司津子から、控えのコピーを引き渡してほしいと言われ、断った話をする。

「それきりになっていたんですが、水間と話したときふと思いついたことがあって、奥さんに確かめる必要が出てきた」

「どんなことを」

「もしかして、禿富警部補は朝妻と大沼早苗の関係を証明する、隠し撮りした写真か何かを奥さんに、預けていなかったか。あるいは、わたしに託した例のコピーのオリジナルを、手元に残していなかったか。この二つを確かめるために、奥さんを呼び出したわけです」

「その結果は」

「残念ながら、どちらも答えはノーでした。ただし、彼女が真実を言ったかどうかは、分からない。写真はともかく、少なくともオリジナルのコピーについては、まだ可能性が残っている。彼女が、わたしを呼び出してコピーを引き渡せ、と言ったのは単なるポーズのような気がします。実際には、自分の手元にオリジナルを持っているに違いない、と思う」

「証拠があるんですか」

「あります」

御子柴は、司津子が自分の預かったコピーにはない、肝腎の最後の一ページの存在に触れたことを、ありのままに伝えた。

そのページが、出納記録の記号と実名を対照する一覧表になっており、司津子がそこに朝妻勝義の名前を見たと言ったことも、隠さずに話す。

「要するに禿富警部補は、オリジナルから最後の一ページを抜いたコピーを、わたしに渡したんです。奥さんは、ただ警部補からそれを見せられただけだ、と言い張りました。しかし、かならず手元にオリジナルのコピーがある、とわたしは思う」

嵯峨は、酒を飲み干した。

「ご本人が否定してるんじゃ、どうしようもないでしょう」

御子柴は、愛想笑いを浮かべてみせた。

「そこで、あなたの出番になるわけです。彼女は、わたしにはかたくなな態度をとったが、相手があなたなら事情が変わるかもしれない。彼女と接触する機会を作って、なんとかコピーを提供する気になるよう、説得してほしいんですよ」

嵯峨が、いかにも居心地悪そうに、すわり直す。

「それは、色仕掛けで口説いてみろ、という意味ですか」

ずばりと言われて、御子柴は自分の手を見下ろした。

「そういう意味にとられると、わたしも当惑しますがね」

嵯峨は笑った。

「あまり、当惑してるようには、見えませんよ」

「なんといっても、あなたはわたしより若いし、生きがいい。〈みはる〉のママも、あなたにまんざらじゃないようだし、女の扱いにはなれてるでしょう」

御子柴が指摘すると、嵯峨は照れくさそうに耳の穴に小指を入れ、掻くしぐさをした。

「まいったなあ。どうやって接近すればいいのか、見当もつきませんよ。生前、ご主人にお世話になりました、とでも言うのかな」

「とにかく、今彼女が住んでいるマンションの住所を、教えておきます。まあ、いきなりごめんくださいい、というわけにはいかんだろうが、何かきっかけをつかんでほしい」

御子柴はコースターの裏に、司津子からもらった名刺の住所を書き写し、嵯峨に渡した。

嵯峨はそれを、しげしげと眺めた。

「碑文谷《ひもんや》ですか。松国警視正の自宅と、それほど遠くありませんね」

「そう言われれば、同じ目黒区ですね」

嵯峨は目を上げた。

「電話はないんですか」

「もらった名刺には、自宅の電話番号がはいっていなかった」

「御子柴さんとは、どうやって連絡を取り合ったんですか」

「ケータイです。それも、禿富警部補のね。亡くなったあとも、奥さんはそのまま契約解除せずに、自分で使ってるんです」

「ふうん。変わった奥さんだな。自分のケータイは、持ってないんですか」

「持ってるとしても、番号は聞いていない。警部補の番号を、教えましょうか」

「禿富警部補の番号なら、わたしのケータイにも登録されています。まだ消してないから、そのまま使えるでしょう」

嵯峨は、コースターをポケットにしまった。

「奥さんは、どんな人ですか。すごい美人だった、という記憶はあるんですが、どんな美人だったかは、覚えてないんです」

御子柴は、一瞬答えあぐねた。

「そうだな。ちょっと冷たい感じで、表情に乏しいきらいはありますが、とにかく美人だった。ええと、岩下志麻を知ってますか」

「女優でしょう、いい年の」

「いい年だけど、若いころはすごい美人だった。今でも、面影はありますが。その岩下志麻に、似ているような気がする」

嵯峨は、天井を見た。

「岩下志麻ねえ。なんとなく、思い出せるような気がするけど」

「ことに、取りすました、冷たい感じがね。どっちにしても、外出するときはいつも和服だと言っていたし、見間違える恐れはないでしょう」

嵯峨はくるりと瞳を回し、冗談めかして言った。

「どっちにしても、御子柴さんの趣味が分かりましたよ」

御子柴は酒を飲み干し、嵯峨の空のグラスにうなずきかけた。

「さてと、わたしはもう一杯やりますが、あなたはどうしますか」

「ええと、やめておきます。一緒に出ない方がいいと思うので、お先に失礼しますよ」

そう言って、もう腰を上げる。

御子柴は、あえて引き止めなかった。

「それじゃ、またあした。今夜は、わたしが持ちますから」

「ごちそうになります」

出口へ向かおうとして、嵯峨はふと顔を振り向けた。

「こんな重要な役をわたしに振るのは、わたしを信頼しているということですか」

「もちろんです。なんだと思ったんですか」

聞き返すと、嵯峨は肩をすくめた。

「何をするにしても、昼間は署から出るわけにいかないし、この件に時間を割くとすれば夜か休みの日、ということになる。あまり、あてにしないでください」

御子柴も、肩をすくめてみせる。

「まあ、できる範囲で、やってください」

嵯峨が出て行ったあと、御子柴はもう一杯キューバ・リブレを飲んで、勘定を頼んだ。

表の舗道に上がり、タクシーを探すふりをしながら、あたりの様子に目を配る。

新宿通りは、車の行き来が激しいだけで、人通りは少ない。

怪しい人影がないのを確かめ、携帯電話を取り出した。

水間英人の番号を、プッシュする。

## 38

大森マヤは、腕時計に目をくれた。

午前零時まで、まだ四十分近くある。最後の客が出て行ってから、十分以上たってしまった。珍しく、客の少ない日だった。

給料日前だからかもしれないが、考えてみればそんなことで客足が止まるような、しやれたバーではない。たまたまだろう。

十一時半まで待って、新たな客が来なければ閉店にしよう、と思う。

有線放送の、古いアメリカン・ポップスを止めて、CDをかける。ベートーヴェンのバイオリン協奏曲で、客がいないときにたまに聞きたくなるのだ。

汚れたグラスを洗い始めたとき、中途半端な感じでドアがあいた。

目を上げると、嵯峨俊太郎が顔だけのぞかせ、人なつこい笑みを浮かべる。

「どうも。まだやってるの」

「いらっしゃい。いいですよ、まだ」

「それじゃ、今夜最後の客ってことで」

嵯峨は、そう言って中にはいり、ドアを閉じた。

グラスをふきながら、急に動悸が高まるのを覚える。

嵯峨がここへ来た、ということはそのあとタクシーで、永福町のマンションへ連れて行こう、という算段に違いない。

どうしようか、と考えるいとまもあらばこそ、カウンターの真ん中の席についた嵯峨は、いきなり右腕でマヤの首を引き寄せ、無造作にキスした。

体のバランスを崩し、もう少しでグラスを落としそうになる。

嵯峨は、いつものぬめっとした唇の裏を押しつけるような、濃厚なキスを続けた。

マヤはどきどきしながら、グラスをそっとシンクに置いた。

キスだけで、体の奥に火がつくのが分かる。マンションへ誘われたら、断れないだろう。

唇を離して、嵯峨はストゥールにすわり直した。

まるで、袖の糸屑を取ってやっただけと言わぬばかりの、けろりとした顔つきだ。

それを見ると、恋人というよりやんちゃな弟のように思え、ついかわいがってやりたくなる。嵯峨はおしぼりを使い、マヤはそのあいだに〈山崎〉のボトルを取って、ハーフロックを作った。生きていたころ、禿富鷹秋がそれをよく飲んだというマヤの話を聞いて、嵯峨も飲み始めたのだ。

「いいね、この曲。名曲喫茶みたいで。ベートーヴェンかな」

マヤは、嵯峨を見た。

これまで、嵯峨はクラシックに興味を持つそぶりを見せず、音楽といえばレゲエ専門だった。

「そう。バイオリン協奏曲。知ってたの」

「ベートーヴェンくらい、知ってるさ。そう、バイオリン協奏曲ね。第何番だったかな」

それを聞いて、マヤは笑った。

「あらあら、ぼろが出たわね。第何番はないの。ベートーヴェンのバイオリン協奏曲は、一曲しかないから」

「ばれたか」

嵯峨も笑い、おしぼりをお手玉のように、投げ返した。

真顔にもどって言う。

「今夜あたり、渋六の水間常務か野田常務は、来ないかな」

マヤはおしぼりを片付け、グラスをカウンターに置いた。

「おとといの夜、二人で見えたから、今週はもう来ないと思うわ」

「そうか」

嵯峨の目を、ちらりと落胆の色がよぎったような気がして、マヤは視線を伏せた。

「水間常務に、何かご用ですか」

少し口調をあらためて聞くと、嵯峨は黙ってグラスを取り上げ、一口飲んだ。

「いや、別に。最近、渋六もおとなしくしてるようだから、ねぎらってやろうと思ったんだ」

「渋六は、いつもおとなしいでしょう。敷島組を吸収統合してから、めったに騒ぎを起こさないし」

「そうだね。今日はすいてるじゃないか」

話の接ぎ穂を失ったように、嵯峨はわざとらしく話題を変えた。

「ええ。珍しく、閑古鳥《かんこどり》が鳴いたわ」

「じゃ、やっぱりぼくが、最後の客だな。もう、店じまいにしたら」

「ほんとうは、そう思ってたところへ、俊さんがはいって来たのよね」

嵯峨は笑い、腰を浮かした。

「それじゃ、いっそ〈支度中〉の札を、出しておこうか」

「そうね、お願い」

嵯峨が、ストゥールをおりようとしたとき、ドアがきしみながら開いた。

「あの」

もう看板ですけど、と言いかけたのを途中でのみ込み、マヤはおかまいなしにはいって来た女を、ぽかんと見つめた。

まず、〈みはる〉のようなバーにはおよそふさわしくない、藤色の和服姿に度肝を抜かれる。着物のことはよく知らないが、見るからに高価な京友禅か何かに違いなく、思わず〈掃きだめに鶴〉という言葉が、浮かんだほどだ。

「ここのお席、よろしいでしょうか」

女は鈴を振るような声で言い、嵯峨が返事をする前に隣のストゥールへ、ひょいとすわった。まるで、ジーンズでもはいているような、軽い身のこなしだった。

しかし、目をみはるほど驚かされたのは、その装いだけではない。

ひっつめに結った髪の下の、抜けるように白い細おもての顔立ちは、文句のつけようもないほど、整っている。

女の目から見ても、ほれぼれする美女だった。まださほどの年には見えず、三十代の前半から半ばくらいだろう。

この界隈にも、ホステスがたまに和服姿で出勤するクラブが、いくつかある。例の〈サルトリウス〉のママ、諸橋真利子もよく和服を着て店に出る。

しかし、臆面もなく嵯峨の隣にすわり込んだ女には、そうした水商売でついた垢のようなものが、まったく見られない。

マヤは芸者、芸能人、小唄や日本舞踊の師匠など、和服と縁のありそうな職業をいくつか思い浮かべたが、どれも当てはまらなかった。

要するに目の前の女には、その種のプロにはない独特の清すがしさが、漂っているのだった。女が、マヤを見る。

「すみませんが、〈山崎〉のハーフロックを作ってくださいませんか」

「はい」

反射的に返事をして、マヤはちらりと嵯峨を見た。

嵯峨が注文するのを、店の外で聞いていたのではないか、ととっさに思ったのだ。しかし、そんなことはありえない。

嵯峨が、むしろ不自然に見えるほど無表情な顔で、グラスを口につける。

マヤは、一瞬その女を嵯峨の知り合いではないか、と疑った。

見も知らぬ女が、いきなり初めての店にはいって来て、初対面の男の隣にすわるとは思えないからだ。

マヤはさりげなく、嵯峨の視線をとらえた。

嵯峨が表情を動かさぬまま、さっぱりわけが分からないというように、瞳だけくるりと回してみせる。

マヤは女におしぼりを出し、ハーフロックを作りにかかった。

女が低い声で、独り言のように言う。

「御子柴警部補と、お話しになりまして」

グラスに、ウイスキーを注ごうとした手元が狂い、トレイの上にこぼしてしまった。

ヨゼフ・シゲティのバイオリンが、急に耳障りになってくる。

マヤは一瞬、自分が声をかけられたのかと思ったが、そんなはずはなかった。

嵯峨も、女がどちらに話しかけたのか判断できないらしく、黙ったままでいる。

どちらにせよ、まさか見ず知らずの女の口から、神宮署の御子柴繁の名が出るとは、予想もしなかった。

この女は、なぜ御子柴のことを、知っているのだろう。

しかもその口ぶりから、嵯峨自身のこともよく承知している、という様子がみられる。

ようやく、嵯峨が当惑したような口調で、聞き返した。

「ええと、わたしにお尋ねになったんですか」

「はい。お話しになりまして、御子柴警部補と」

「御子柴警部補、とおっしゃいますと」

嵯峨の声は、いくらか上ずっていた。

女が、意外なことを耳にするというように、軽く上体を引くのが目の隅に映る。

「あら、もうお忘れですの。先ほど四谷で、お会いになっていらしたのに」

一面に張り詰めた氷に、ぴんとひびがはいったような雰囲気が、あたりに漂った。

マヤは、二人の顔を見比べたい誘惑と戦いながら、グラスに水を注いだ。

「どうぞ」

できた上がった、ハーフロックのグラスを女の前に置きながら、すばやく二人の顔つきをうかがう。

嵯峨が、めったにないほど緊張した面持ちで、マヤを一瞥した。

たった今、女が切り返した言葉に、完全に虚をつかれたらしい様子が、見てとれる。

女はグラスを取り上げ、軽く嵯峨に会釈して口をつけた。

おもむろに言う。

「わたし、その少し前に同じ四ツ谷駅の近くで、御子柴さんとお話ししたんですのよ。嵯峨さんのことも、御子柴さんからうかがいました」

自分の名前まで出されて、嵯峨はさすがに驚いた表情になった。

ちらりと、助けを求めるようにマヤに目をくれたが、すぐに女に視線をもどす。

「失礼ですが、禿富警部補の奥さんですか」

嵯峨の前触れなしの逆襲に、相手の女よりもマヤの方が驚いた。

女は、毛ほども表情を変えない。

「はい。秃富シヅコでございます。司るに津波の津と書いて、シヅコと読みます」

マヤは頭が混乱し、思わず空唾をのみ込んだ。

秃富司津子。これが、秃富鷹秋の妻か。

司津子とは、秃富の葬儀の際に一度会い、挨拶している。しかし、あのときは緊張のせいで余裕を失い、顔をよく見なかった。水間によれば、信じられないほどの美人だったというのだが、今それが嘘でなかったことを知った。

それにしても、本人がこんな場所に姿を現すとは予想もせず、マヤは体が固まってしまった。

嵯峨が、抑揚のない声で言う。

「思い出しました。秃富警部補のご葬儀のときに、お顔だけ拝見した覚えがあります」

「はい。その節はどうも、ありがとうございました」

わざとらしいほど、ていねいに頭を下げる。

嵯峨は咳払いをして、区切りながら言った。

「すると、奥さんは今夜御子柴警部補と別れたあと、警部補がわたしを呼び出すのを見越して、ずっと見張っておられたわけですか」

「はい。案の定、御子柴警部補が移られた二軒目のお店、〈エトルタ〉に嵯峨さんがお見えになりました。小一時間出て来られなかったのは、警部補と話し込んでおられたからですわね」

嵯峨は、それを肯定も否定もせず、問い返した。

「〈エトルタ〉にはいったわたしを、どうして嵯峨と見分けられたんですか。お葬式のときは、まともにご挨拶もしなかった、と記憶していますが」

禿富司津子は、ハーフロックをゆっくりと一口飲み、唇に笑みを浮かべた。

「わたしは、ひとさまのお顔を覚えるのが、得意なんですのよ。それに、主人の携帯電話にあなたのお写真が、何枚もはいっておりましたの。画像ファイルに、嵯峨俊太郎とフルネームで、登録してございました」

嵯峨が首をかしげ、途方に暮れた感じで言う。

「いつの間に、そんな写真を撮られたのかな」

司津子は、憐れむような目をして、嵯峨を見た。

「思いがけないときに、思いがけないことをするのが、主人の癖でございました。わたしも、それでよく驚かされましたの」

司津子の語り口は古い日本映画、たとえば小津安二郎の映画に出てくる女のようだったが、それと〈わたし〉という自称がしっくりこない気がした。

マヤは、いっそ〈わたくし〉と言ってほしい、と妙なことを考えた。

二人のやりとりから、今夜御子柴が四谷で司津子と会い、そのあと嵯峨とも会ったことが、なんとなく分かる。

しかしマヤには、いっこうに話の筋が読めなかった。

嵯峨が酒を飲み干し、冷ややかな口調で聞く。

「それはともかく、四谷からわたしをここまでつけて来られたからには、よほど重大な用件がおありなんでしょうね」

「はい。例の裏帳簿のことで、ご相談がございます」

マヤは、ちょうど床にこぼれた酒をふこうと、しゃがみ込んだところだった。

雑巾を使いながら、裏帳簿とはなんのことだろう、と考える。心当たりはなかった。

いずれにせよ、嵯峨がすぐには返事をしなかったことから、自分に聞かれたくない話なのではないか、という気がした。

司津子が、押しつけがましい口調で続ける。

「あなたは、マックニ警視正とアサヅマ警視正のあいだで、お互いの二重スパイを務めていた、と主人が申しておりました。主人の読みは、めったにはずれたことがございません」

嵯峨は相変わらず、黙ったままでいた。

マヤは、嵯峨が自分の反応をうかがっているような、そんな空気を感じた。

マックニとかアサヅマとか、聞き覚えのない名前が唐突に出てきたが、なんとなく思い当たるものがある。

生前、この店で禿富と二人きりになったとき、嵯峨の話が出た。

禿富は、嵯峨のことを平気で人を裏切る男だと言い、忠実なのは自分自身に対してだけだ、と決めつけた。だれかの密命を受けて、禿富や水間、岩動寿満子を互いにけしかけ、共倒れするように仕向けている、というようなこともにおわせた。

店の中に、バイオリンの音だけが流れる。

立ち上がるに立ち上がれず、マヤは空いたボトルを収納ケースに、しまい始めた。一度入れたものを、また出したりして時間を稼ぐ。

司津子が続ける。

「でも御子柴警部補は、あなたが二重スパイだという見方に、反対なさいました。あなたが、マックニ警視正の弔い合戦をしたい、とおっしゃったことも打ち明けてくださいました。そのためにも、わたしが持っているはずの裏帳簿のオリジナルコピーを、引き渡してほしいとまで言われたのです」

ストゥールがぎしっと鳴り、嵯峨が体を乗り出す気配がした。

「やはり、お持ちなんですね。警部補には、持ってないとおっしゃったのに」

嵯峨の急き込むような問いにも、司津子の答えは乱れなかった。

「いいえ。実際に、持っておりません。コピーは全部、アサヅマ警視正の手元に、渡ってしまいました」

「御子柴警部補は、あなたの言葉を信じていませんよ。わたしも、同じです」

「わたしは、嘘を申しておりません。ただ、アサヅマ警視正からそれを取りもどす、いい方法が一つございます」

わずかに間があく。

「なんですか、それは」

わざとのように、のんびりした口調だった。

ストゥールが、またきしむ。

「わたしは、警視正の弱みを握っています。警視正には、人に知られると命取りになる、悪い趣味がございます。それを交渉の武器に使えば、なんとかなるかもしれません」

司津子は声を低めたが、マヤの耳に届かないほど、低くはなかった。

マヤは、ボトルを出し入れするのに疲れ、思い切って立ち上がった。

乗り出していた嵯峨が身を引き、わざとらしく咳払いをする。

それから、取ってつけたように言った。

「どうも、あまり人前で話す話題ではない、という気がしますが」

「わたしは別に、だれに聞かれてもかまいません」

きっぱりとした口調だった。

嵯峨はそれが癖の、前髪を指ですくうようなしぐさをした。

「少なくとも、こうした場所で酒を飲みながら話すには、ふさわしくない話題だと思いますね」

よほどほかの人間に、その話を聞かれたくないらしい。

マヤは、自分が信用されていないような気がして、少しむっとした。

しかし、すでに他聞をはばかるような話が、延々と続いている。

嵯峨としてはぎりぎりまで、がまんしたに違いない。

司津子はマヤに目をくれ、おもむろに酒を飲み干した。

「そのようですわね。それでは、場所を変えましょうか」

そう言うなり、早くもストゥールから滑りおりる。

嵯峨は、ポケットから一万円札を引き抜き、カウンターに置いた。

「悪いね。またあとで来るから」

「今夜はもう看板にしますから、この次にしていただけますか。お急ぎのようですし、お釣りもそのときにさせてください」

マヤは、これ以上はないほどの切り口上で言い、嵯峨をぐいと一睨みした。

嵯峨が、いかにも困ったような顔をして、口を開きかける。

しかし、司津子がさっさと店を出て行くのを見て、何も言わずにそのあとを追った。

「すみません。〈支度中〉の札を、出しておいていただけませんか」

追い討ちをかけると、嵯峨はあわてて壁に下がった札を取り、店を出て行った。

マヤはカウンターを出て、とりあえず内鍵をかけた。

携帯電話を取り上げ、番号をプッシュする。


水間英人は、〈サルトリウス〉の奥の特別室で、酒を飲んでいた。

ママの諸橋真利子は、まだ表の店で野田憲次と一緒に、客の相手をしている。閉店したあと、このところの不況をどう乗り切るかについて、三人で話し合いをする予定だった。

ワイシャツのポケットに軽い振動を感じ、水間は携帯電話を引っ張り出した。着信画面を見ると、〈みはる〉の大森マヤからだった。

「水間だ。何かトラブルか」

「そうじゃないんですけど、ちょっとご報告した方がいいようなことがあって、お電話したんです」

「どんなことだ」

「たった今、お店に神宮署の嵯峨警部補と、亡くなった禿富警部補の奥さんが、お見えになったんです」

「ほんとか」

水間は、携帯電話を持ち直した。

少し前に御子柴繁から電話があり、今夜禿富司津子と嵯峨俊太郎の二人に会って、個別に話をしたと聞かされたばかりだ。

「はい。最初に嵯峨警部補が見えて、それから奥さんがはいって来ました。奥さんは四谷から、嵯峨警部補のあとをつけて来たようでした」

「二人は店で、何か話したのか」

「はい。わたしには、よく分からない話だったんですけど、一応ご報告した方がいいと思って」

「よし。これからすぐ、そっちへ行く。店は閉めておけ」

「分かりました。ドアを三つ、ノックしてください」

水間は電話を切り、野田と真利子に断りを言うために、表へ向かった。

# 第九章

## 39

「そろそろ、かかってくるころだと思いましたよ、ハゲタカさん」

サクラの声は、いつものように少しくぐもっていた。

朝妻勝義は、いらだちを押し殺して、辛抱強く言った。

「こう言っちゃなんだが、あんたを通して交渉するのは、まだるっこしくてね。もう五度目で、お互いに気心も知れたことだし、ヒミコと直接連絡をとりたいんだ。ケータイの番号だけでもいいから、教えてくれないかな」

電話の向こうで、サクラが含み笑いをする。

「それは、だめです。ヒミコは、いつまでも秘密のベールに包まれた存在でいたい、と言っています。ケータイの番号から、持ち主を突きとめられる恐れもありますし、教えられません」

朝妻は、腹の中でののしった。

まったく、気のきかない女だ。

しかし、用心深いのはお互いさま、ともいえる。

朝妻が使っているのは、持ち主をたどれないように慎重に準備した、プリペイドの携帯電話だった。

おそらく、サクラとヒミコも同じに違いあるまいが、なかなか用心深い女たちだ。

「分かったよ。とにかく、ヒミコの都合を聞いてくれ。こっちは、今日から三日間夜八時以降なら、いつでもオーケーだから」

そう持ちかけると、サクラはまた含み笑いをした。

「それはちょっと、むずかしいかも。ヒミコはあした、日曜日の夜から香港へ遊びに行って、二週間ほど帰って来ないんです。しばらく、お預けになりますね」

携帯電話を握り直す。

胸を少し締めつけられたが、朝妻はことさら平静を装って言った。

「あしたからね。だったら、今夜はだいじょうぶということだな。ヒミコがオーケーなら、こっちは今夜でもかまわないよ」

今度は、耳障りな笑い声。

「あらあら。ハゲタカさんは、ずいぶんお急ぎだこと」

朝妻は、自分でつけたニックネームを呼ばれるたびに、いらいらした。

なぜ初めて口をきいたとき、ハゲタカなどと名乗ってしまったのだろう。

「急いでるわけじゃないが、たまたま時間があいたものだからね」

その返事は嘘で、実のところじりじりするほど急いでいたし、それなりの理由もあった。

サクラは、急に硬い声で言った。

「いいわ、聞いてみてあげます。もしオーケーなら、そのときに時間と場所をお伝えします」

それきり、通話が切れる。

十五分ほどして着信音が鳴り、朝妻はすぐに通話ボタンを押した。

サクラが言う。

「今夜でもいいそうです」

「よかった。場所と時間を言ってくれ」

「九時に、ツダヤマの駅で、お待ちしています」

「九時に、津田沼だって」

「沼じゃなくて、山の方です」

「津田山か。聞いたことがないな。どこの駅だ」

「JRの南武線です。田園都市線の溝の口駅で、南武線の武蔵溝ノ口駅に連絡します。そこで、立川方面行きに乗り換えて、一つ目です」

「すると、川崎市だな」

「ええ。高津区です」

ずいぶん、はずれた場所を選んだものだ。

しかし、毎回転々と場所が変わるので、驚きはしない。

川崎市は土地鑑がないだけに、ここでも顔を見知った人間と出会う可能性は低く、むしろ好都合というべきだろう。

サクラは続けた。

「改札口は一つだけです。駅を出たら、通りの向かいに石材店があります。その前に、車を停めてお待ちします」

「タクシーか」

「いいえ、わたしの車です。タクシーが、あまり拾えないところなので」

これまでは、どこへ行くにも待ち合わせ場所から、タクシーを利用した。

サクラが、自分の車を転がして来るとなると、目的のラブホテルは駅からよほど離れた、不便なところにあるのだろう。

「分かった。九時に行く」

午後七時過ぎに、朝妻はボストンバッグに着替えを入れ、三田のマンションを出た。

タクシーで渋谷へ行き、東急百貨店のトイレにはいる。

スーツを脱ぎ捨て、ジーンズと紺のTシャツに着替えた。その上に同じような色の、長袖の綿シャツを着る。

太い、黒縁の眼鏡を薄い色のサングラスに替え、髪をわざとくしゃくしゃにして、庇《ひさし》の長い野球帽をかぶった。

現金、プリペイドの携帯電話など、必要なものだけを小さなバッグに移し、スーツやその他の所持品はすべて、ボストンバッグに詰め込む。

地下鉄の構内で、コインロッカーにボストンバッグを預け、小型バッグだけ持って田園都市線に乗った。

南武線の津田山駅に着いたときは、まだ九時に十二、三分余裕があった。

サクラが言ったとおり、改札口を出た通りの反対側に、石材店が見える。

それらしい車は、まだ停まっていない。朝妻は通りを渡らず、右の方に歩いてみた。

すぐに、もっと大きな通りにぶつかる。

斜め向かいに、交番があるのが目にはいり、ちょっといやな気がした。

駅前にもどり、石材店を見張る。

九時少し前に、濃いあずき色の見慣れぬ外車が、店の前で停まった。

ライトが消えたが、だれもおりて来ない。

朝妻は、信号のない横断歩道を渡って、車に近づいた。

ナンバーを見ると、〈わ〉でも〈れ〉でもないので、レンタカーではないと分かる。

サングラスをしまい、かがんで運転席をのぞくと、街明かりにサクラの顔が浮かんだ。

ドアをあけ、助手席に乗り込む。

サクラは、黒か紺か焦げ茶か分からない、暗い色のパンツスーツを着ていた。ブラウスが薄茶なので、おそらく焦げ茶だろう。

「いつも、ぴったりですね」

サクラに話しかけられ、朝妻はそっけなく応じた。

「時間を無駄にしたくないからね」

サクラは声を出さずに笑い、ゆっくりと車を発進させた。

交番のある広い通りを、左に曲がる。

初めてではないとみえ、サクラはそこから曲がりくねった道へ乗り入れると、右に左に迷わずハンドルを切った。

カーナビがついておらず、朝妻はすぐに方向感覚を失った。しかし、おおむね北へ向かっている、と見当をつける。

家を出る前、ざっと津田山駅付近の地図を調べてみたが、駅の一・五キロほど北に多摩川が流れ、両岸に広大な河川敷がある。

そのあたりは運動場などが散在し、堤防沿いに東西に長い道路が延びていた、と記憶する。あんな寂しいところに、ラブホテルがあるのだろうか。

十分ほど走ると、案の定前方に真っ暗な空以外は何も見えない、T字形の道路にぶつかった。多摩川べりに出たらしい。

サクラは、そこを左に折れた。堤防沿いの道を、西へ向かったわけだ。

左側に、飛びとびに工場らしい大きな建物が、現れては消えていく。

やがて、最初にサクラに案内されたときとよく似た、城の尖塔のような建物の頂きが視野にはいった。

間接照明に照らされて、暗い空に〈アルカサル〉という飾り文字が、浮かび上がる。

初めて連れ込まれた、荒川沿いのホテルと同じ名であることに、気がついた。川っぷち、という場所柄も共通しており、同系列のホテルに間違いない。

サクラは駐車場に乗り入れ、空いたスペースに車を停めた。

朝妻はサクラについて、横手の入り口から建物にはいった。

サクラは、磨りガラスで目隠しされたフロントに、〈二〇一号〉と声をかけた。

話がついているらしく、そのまま返事を待たずに、エレベーターホールに向かう。

二階に上がると、古城の雰囲気を出した薄暗い廊下も、最初のときのホテルと同じだった。

あのときの、漠然とした不安と奇妙な興奮がよみがえり、朝妻は下半身がうずくのを感じた。

サクラは、前と同じように二〇一号室のドアを、自分のキーであけた。

ラブホテルの部屋の合鍵を、サクラが持っていること自体が奇妙だが、それはこの際考えないようにした。

踏み込みに脱ぎ捨てられた、細身の黒いブーツ。

短い中廊下の先に、もう一つのドア。

もし、それをあけてオレンジ色の光に包まれたら、最初にヒミコと出会ったときの状況の、再現になる。

サクラは、踏み込みにとどまったまま、朝妻に言った。

「わたしは、ここで失礼します。二十万円はあとで、ヒミコに渡してください。三時間後に、迎えに来ますから、それまでごゆっくり、どうぞ」

下ぶくれの顔に笑みを浮かべ、そのまま外廊下に姿を消す。

足音が遠ざかるのを確かめ、朝妻は合鍵を使ってもはいれないように、ドアのフックをセットした。

客室のドアを開くと、予想に反してオレンジ色の光には包まれず、おとなしい白熱灯の明かりに迎えられた。

少し拍子抜けがする。

ヒミコは、横長のソファに長い脚を組んですわり、朝妻を無表情に見上げた。

サクラと、おそろいではないかと思うほどよく似た、焦げ茶色のパンツスーツに身を包んでいる。

室内を見回すと、目の前の、テーブルに載ったハンドバッグまで、同じような色だった。

インテリアそのものは最初のホテルと、だいぶ異なることが分かった。

ベッドは部屋の奥の、むしろ目立たない位置にある。

中央に、この種のホテルには不似合いなほど大きい、ソファとテーブルの四点セット。

前のホテルにはなかった、薄型の大きな液晶テレビが壁にはめ込まれ、ＤＶＤなどの映像機器が並んでいる。

いつもの、ダイビングスーツのような黒い革の衣装は、どこにも見当たらない。

目を正面にもどす。

ヒミコの化粧も、これまでのようなわざとらしいメークではなく、いくらか濃いという程度にすぎなかった。

不思議なもので、普通の照明の下でじっくり観察すると、さっきまでまぶたの裏に焼きついていた、絶世の美女というヒミコのイメージは急速に色褪せ、十人並みの美人になり下がった感があった。

ヒミコには違いないが、あの神秘的な輝きは失われてしまった、という気がする。

朝妻は、それを自分の心の持ち方によるものだと思い、ある意味で快い緊張感に包まれた。

ヒミコの向かいの、二つ並んだ一人用のソファの一つに、腰を下ろす。

「今日はまた、特別に刺激的な舞台装置だね」

朝妻が言うと、ヒミコの唇の端がぴくり、と動いた。

「もう、お芝居は終わりよ。あなたは、十分に楽しんだのだから」

いつもの、なまめかしい声はどこかに消えてしまい、駅のアナウンスのようにそっけない口調だった。

「楽しんだのは、お互いさまさ。おれもそろそろ、お芝居は終わりだと思っていたんだ」

大学を卒業して以来、朝妻は自分を〈おれ〉や〈ぼく〉と呼んだことは、めったにない。友だちにさえ、〈わたし〉と自称する習慣をつけていた。

それだけに、久しぶりに〈おれ〉という呼称を使うことに、ある種の爽快感がわく。

ヒミコは、テーブルの上からリモコンを取り、ボタンを操作した。

「これをごらんになって」

壁の、液晶テレビの画面が急に明るくなり、朝妻はそれに目を向けた。

ヒミコがもう一度リモコンを操作すると、DVDプレイヤーにスイッチがはいったらしく、再生が始まった。

朝妻は緊張した。

一目見て、最初のときの朝妻とヒミコのプレイを、撮影したものと分かる。

サクラに案内されて、朝妻が部屋にはいってからの模様がそのまま、オレンジ色の画面に映し出された。ハイビジョンカメラで撮影されたのか、照明が暗いわりに映像はきれいだ。

サクラを挟んで、ヒミコの顔を見たいと注文をつけたり、金を受け渡しするやり取りが、生なましく再現される。

やがて、ランニングシャツ一枚になった朝妻が、黒い革のスーツに包まれたヒミコの体を、鞭で打ちすえる。それを受けてヒミコが悶《もだ》える姿は、映像で見るといかにも芝居じみており、いささかしらけた。

このような映像が、撮影されていたかもしれないことは、朝妻もある程度予想していたし、覚悟もしていた。

もっとも、あらかじめ心の準備ができていなかったら、はるかにショックが大きかったに違いない。

オレンジ色の画面が消え、丸くて白いスポットライトが、黒ずくめのヒミコを照らし出した。ヒミコが、喉元からジッパーを引き下ろしていくと、黒革のぴったりしたコスチュームが二つに割れ、白い肌があらわになり始める。

それを、ヒミコの頭の側からのぞく自分の顔が映り、朝妻は生唾をのんだ。

口をだらしなく開き、食い入るようにヒミコの体を見下ろす自分に、奇妙な興奮を覚える。

あのとき、下半身がはち切れそうになったのを思い出し、またまたその部分が充実し始めるのを、意識する。

アングルが、ときどき変わるところをみると、複数のカメラで撮影されたもの、と察しがついた。おそらく、ホテルそのものがそういう特殊な設備を、売りものにしているのだろう。

それにしても、あのときこんな罠が仕掛けられていたとは、考えもしなかった。

足立区梅島の〈サティロス〉で、サクラがなれなれしく話しかけてきたときから、すでに筋書きができていたのだ。

さすがに、冷や汗が出てくる。

テレビの画面が突然暗くなり、音が消えて朝妻はわれに返った。

ヒミコは、リモコンをテーブルの上に投げもどし、ソファにもたれた。

「なかなかよく撮れているでしょう、朝妻警視正」

## 40

いきなり名前を呼ばれ、朝妻勝義はぎくりとした。

しかし、それは想定内の不意打ちだったので、狼狽することはない。

「撮影条件が悪いことを考えれば、よく撮れているといえるだろうね」

自分でも感心するほど、のんびりした口調で応じる。

ヒミコの目を、ちらりと不安の色がよぎるのを見て、むしろ気持ちが落ち着いた。

「強がりはよしなさい。こんなものがマスコミに流れたら、あなたの出世はその時点で終わりになる。分かってるでしょう」

「おれは、朝妻警視正じゃないよ。少なくとも、ここに来ているときはね」

ヒミコが、舌でちろりと唇を湿す。

「ずいぶん冷静なのね。まるで、撮影されていたことは承知の上だった、と言いたいみたい」

朝妻はそれに答えず、片頰を歪めるだけで応じた。

ヒミコが続ける。

「それに、わたしがあなたの正体を知っている、と分かっても驚かないようね」

「こっちも、あんたが秃富鷹秋の未亡人だということを、承知しているからな」

朝妻が切り返すと、ヒミコの頰がこわばった。

少しのあいだ黙っていたが、やがて虚勢を張るように言った。

「それなら、話が早いわね。無駄話はやめて、取引にはいりましょう」

朝妻はそっと息をつき、ソファの上で身じろぎした。

やはり、この女は死んだ秃富鷹秋の妻、秃富司津子だったのだ。

それにしてもヒミコが、なぜこちらに正体を知られてしまったのか、聞こうともしないことに驚く。

朝妻同様、見破られることをある程度、覚悟していたのか。

気を取り直して、問い返す。

「どんな取引だ」

「あなたは、神宮署の裏帳簿のコピーを二部、お持ちでしょう。そのうちの一部を、引き渡していただきたいの」

朝妻は、ソファの肘掛けに指を食い込ませ、すわり直した。

ヒミコがそれを要求するのは、秃富鷹秋が自分の妻に予備のコピーを残さなかった、ということだろうか。

岩動寿満子からの緊急報告によれば、禿富の妻はオリジナルの完璧なコピーを、夫から引き継いだ可能性がある、とのことだった。なぜなら、例のコピーになかった最後のページの存在を、承知しているからだという。

問題のページは、裏金を受け取った個人のキャリア警察官、部門や部署の名称とコード名を対照する、一覧表になっている。

それを、コピー本体の出納記録と照合すれば、一目瞭然に裏金の流れが分かってしまう。

ただし、その一覧表だけではなんの役にも立たず、コピー本体と一緒でなければ、ただの紙屑にすぎない。

ヒミコがたった今、コピーを引き渡せと切り出したのは、逆に本体を所持していないことを、示唆している。

ヒミコは、一覧表のことを知っているらしいが、それは禿富がコピーを妻に見せるか、詳細を説明したからではないか。

むろん、本体から最終ページだけを破り取り、それを妻に預けた可能性もないとはいえない。しかし、そこまではしないだろう、と思う。

朝妻は、余裕をもって聞き返した。

「そして、あんたが提示する取引の材料は、今映ったＤＶＤというわけか」

「それと、映像を記録したビデオカメラをすべて、ハードディスクごと差し上げます。ほかに、コピーは取っていないわ」

朝妻は、声を出さずに笑った。

「そんなものは、なんの役にも立たないよ。マスコミに流れたところで、画面に映った男を朝妻警視正だ、と特定するものは何もない。顔にも体にも、目立つ痣《あざ》や傷がない。たとえ、似たような人物が映っているとしても、朝妻警視正は徹底して否定するだろう。DVDから、DNAを検出する技術でも開発されないかぎり、同一人物だと証明することはできないよ」

「画像を拡大すれば、はっきり分かるわ。ハイビジョンは、それほど画質が落ちないから。いくら眼鏡をはずしたって、顔の輪郭や鼻、耳、口の形を見れば、同一人物だということがはっきりするでしょう」

ヒミコはきっぱりと言い、自信ありげに笑みを浮かべた。

なるほど、ヒミコの指摘にも一理ある。

そのことに、不安を覚えなかったといえば、嘘になる。

しかし、万が一そういう事態になったとしても、終始一貫して別人だと言い張ることで、何がなんでも切り抜けてみせる。週刊誌やテレビは、おもしろがって取り上げるだろうが、確証がないかぎり恐れることはない。

ヒミコが続ける。

「もう一つ、忘れていました。あなたが、画面で話している声から、声紋を分析するのよ。今の技術なら、ほぼ完璧に同一人物であることが、証明できるわ。それだけ証拠がそろえば、もう逃げ場はないでしょう」

朝妻は、唇の裏を噛み締めた。

声紋分析、という手があったか。

いや、それも恐れる必要はない。ＤＮＡ鑑定ですら、百パーセントの確率ではないのだ。

「情況証拠をいくら集めても、それで人を断罪することはできないよ。朝妻警視正は、そんなことでへたばるほど、弱くはないんだ」

そう言いながら、朝妻は膝の上に置いた小型バッグを開いて、拳銃を取り出した。

銃口を向けると、ヒミコは組んだ脚をほどいて、背筋を伸ばした。

「それは、どういうことですか」

「どういうことか、見れば分かるだろう。そっちの取引がだめと分かった以上、今度はこっちの取引に応じてもらうのさ」

ヒミコの喉が動く。

「どんな取引」

「あんたの命と引き換えに、隠し撮りしたビデオカメラを、こっちによこすんだ」

ヒミコは胸を張った。

「ビデオなんか怖くない、と強がったばかりでしょう」

「念のため、ということもある。トラブルは、できるだけ未然に防ぎたいからね」

ヒミコは膝の上で、両手を握り合わせた。

「ここにはないわ。そんなものを持って、のこのこやって来ると思うの」

「それなら、サクラに電話して、持って来させろ」

ヒミコは、また喉を動かした。

「あなたに、人殺しができるとは思えないわ。まして、こんなところで銃を撃ったら、すぐに警察が駆けつけるわよ」

声が上ずっている。

「いきなりは、撃たないよ。まず、テレビをつけて、音を大きくする。それから、銃口を枕に押しつけて、撃つんだ。そうすれば、外に聞こえない」

わざわざ、万一のときのために寿満子に命じて、出どころをたどれない小ぶりのベレッタを、用意させたのだ。

むろん、よほどのことがないかぎり使うつもりはなく、まだ安全装置もはずしていない。

しかしヒミコには、要求に応じなければためらわずに使う、と思わせておく必要がある。

ヒミコが、体をこわばらせたまま黙っているので、朝妻は銃口を動かして催促した。

「さあ、ケータイでサクラに電話して、ビデオカメラを持って来させるんだ。おれと取引が成立した、と言ってな」

ヒミコは、動かなかった。

朝妻は左手を伸ばし、テーブルのハンドバッグを引き寄せて、逆さまにした。

コンパクトや口紅と一緒に、携帯電話が転がり出る。

「さあ、かけるんだ」

そう促したが、ヒミコはまだ動かない。

朝妻はリコモンを取り上げ、テレビをスイッチオンした。

適当に、淫猥なビデオのチャンネルを選び、音量を上げる。

部屋中に、こっけいなほど騒がしい、女の嬌声があふれた。

朝妻はヒミコに目をもどし、意味ありげに銃口を動かしてみせた。

それが、何を意味するか悟ったように、ヒミコはすわり直した。

口元に、無理に作ったような笑みを浮かべ、硬い声で言う。

「あなたは、あくまで朝妻警視正ではない、と言い張るのね」

「そのとおりだ」

「だったら、わたしも禿富鷹秋の妻ではないわ」

朝妻は、せせら笑った。

「そういうことなら、そうしておくさ。あんたが、司津子だろうとヒミコだろうと、こっちにはどうでもいいことだからな」

「そうかしら。要するに、わたしが禿富司津子でないということは、お目当てのビデオカメラも持っていない、ということよ」

「じゃあ、だれが持ってるんだ」

「禿富司津子よ」

朝妻はいらだち、ぴしゃりと言った。

「禅問答はやめようじゃないか。それなら、禿富司津子をここへ連れて来い」

「もう来ているわよ」

そう答えた声は、ヒミコの口からではなく真後ろから聞こえ、朝妻はぎくりとした。

頭が混乱し、思わず振り向こうとする。

それより早く、うなじに固いものが押しつけられて、朝妻は体をこわばらせた。

「動いてはだめ。これが銃口だということくらい、見なくても分かるでしょう」

頭の上から降ってきたのは、まぎれもなくサクラのくぐもった声だった。

朝妻は、その声に込められた強い響きに気《け》おされ、ぴくりとも動けなかった。

先刻、サクラは戸口まで来ただけで、中にはいらなかった。合鍵がきかないように、念のためドアにフックまで掛けたのに、なぜ今この部屋にいるのか。

「どこからはいった」

それだけ聞くのが、やっとだった。

「このホテルには、いろいろな仕掛けや隠し扉があるのよ。隣の部屋からも、浴室の鏡の裏側を通じて、行き来できるようになっているの。テレビの音が大きくて、気配を感じなかったのね」

まさか、そんなところまで仕掛けが施されているとは、つゆほども考えなかった。

ヒミコに目を据えたまま、かろうじて声を絞り出す。

「撃つ気はないんだろう」

サクラは含み笑いをした。

「あなたと違って、わたしは引き金を引くのに、躊躇しないわよ。これでも、十年前にはピストル競技で、国体に出たこともあるのだから」

朝妻は、自分が銅像にでもなったような気がして、体が冷たくなった。

ほんとうかどうか知らないが、一応警戒した方がいいと判断する。

その上で、牽制してみた。

「こんなところで、現職の警察官を撃ったらどんなことになるか、分かってるはずだぞ」

うなじに当たった固いものが、サクラの軽い笑い声とともに揺れ、朝妻は冷や汗をかいた。

「さっき、あなたがどうやったら銃声を消せるか、教えてくれたじゃないの。それに、今さら現職の警察官がどうとかって、語るに落ちたわね。あれほど、否定していたくせに」

朝妻はぐっと詰まり、口をつぐんだ。

サクラは、ずっと話を聞いていたらしい。

銃口らしきものが、うなじを二度、三度と突く。

「その銃を捨てなさい。間違っても、ヒミコを撃ったりしたら、許さないわよ」

朝妻は、あまり長くは考えずに、拳銃をテーブルに投げ出した。

もともと、使わずにすませるつもりだったし、相手もめったなことでは撃たないだろう。

ヒミコが手を伸ばし、朝妻の拳銃を手に取る。

朝妻はヒミコに顎をしゃくり、サクラに向かって聞いた。

「このすかした女は、何者なんだ」

背後で、サクラが答えた。

「闇の世界で、SMの女王と呼ばれている、ミクリヤヒミコ。わたしの、古いお友だちよ」

ヒミコがわざとらしく、首をかしげてみせる。

朝妻は、内心苦笑した。

どうりで、あらゆるSMプレイに、巧みなはずだ。

「それじゃ、あんたはだれなんだ」

あらためて聞くと、サクラが鼻で笑った。

「さっき言ったでしょう。わたしが、禿富司津子よ」

朝妻は、うなじに銃口が当たっていることも忘れ、思わず振り向いた。

拳銃を構えたサクラが、すばやく後ろに下がる。

そのまま、朝妻がすわったソファに沿ってぐるりと回り、ヒミコの隣に腰を下ろした。

左手に持った、黒いスポーツバッグをヒミコと逆の側に置いて、真正面から朝妻を見る。

朝妻は、下ぶくれしたサクラの顔を、つくづくと見返した。

「聞いた話によると、禿富司津子は岩下志麻の若いころを思わせる、絶世の美人だというんだがね。ヒミコならともかく、あんたがご当人では岩下志麻が泣くだろう」

十分に、皮肉をきかせたつもりだが、サクラは動じなかった。

いきなり歯をむき出し、左手の指を口の中に突っ込む。

朝妻は一瞬、サクラが自分の舌を引き抜いたのではないか、と思った。

しかし、そうではなかった。

サクラの指先がつまみ出したのは、よくそんなものが口の中にはいっていた、とあきれるほど大きな、二つのピンク色をした、スポンジ状の物体だった。

それをテーブルに置くと、次にサクラは目の上をなでるようなしぐさをして、何かを引きはがした。

肌色の、二枚の薄い膜のようなものが、指先から垂れる。

朝妻はあっけにとられ、テーブルに並べられたそれらの小道具を、ぽかんと見つめた。

舞台や映画で使う、メークアップ用の詰め物や接着テープらしい、と気がつく。

あらためて、素顔をさらした女の顔を見て、朝妻は愕然とした。

目の細い、下ぶくれのぱっとしないサクラはみごとにかき消え、息が止まるような美女がそこにいた。

化粧気がないにもかかわらず、隣にすわるヒミコの色香がすっかり褪せるほど、強烈なオーラを放射してくる。

しかもその美貌は、それまでのこっけいな顔の造りとは裏腹に、できたてのつららのように冷たかった。

あまりの変身ぶりに、朝妻は口もきけなかった。

これが本物の、秃富司津子だというのか。

だとすれば、岩下志麻どころのレベルではない。

これほどの美女に出会うのは、実際生まれて初めてのような気がした。あの、ぼんやりしたサクラのおたふく顔とは、とうてい重ね合わせることができない。単に、化粧で造り上げたヒミコの美貌とは、異質のものだ。

考えてみれば、サクラともヒミコとも昼間、明るい日の下で会ったことは、一度もない。

二人の巧みなメークに、完全にしてやられたと悟る。

朝妻はふてくされて、ソファの背に深ぶかともたれた。

どちらにしても、今は相手の出方を見るしかない。

「すっかり、だまされてしまったな」

正直に言うと、司津子はにこりともせずに応じた。

「禿富は、どんなときでも保険をかけたわ」

その声は、もはやくぐもっておらず、できたての鏡のように、澄んでいた。

司津子の持つ拳銃に、目を留める。

「そいつは、どこで手に入れたんだ」

それは、二十二口径くらいに見える、小さな拳銃だった。

朝妻は、発射音が小さいかわりに殺傷力も弱い、と見当をつけた。

とはいえ、むろん当たりどころが悪ければ、命にかかわるだろう。

司津子は、抑揚のない声で応じた。

「禿富の遺品よ。もちろん、官給品じゃないわ。うちには、素性の知れない銃が、まだ十丁以上も残っているの」

いかにも、禿富のやりそうなことだ。

しかし、それをそのまま受け継いで、銃器を不法所持する司津子もまた、ただ者ではない。

「そんなものでわたしを脅して、どうしようというのかね」

自分を、問わず語りに朝妻警視正と認めたせいか、口のききかたも警察官僚にもどってしまった。

「それはさっき、ヒミコが言ったでしょう。あなたは、岩動寿満子を使って例のコピーを二部、手に入れたわね。どちらでもいいから、わたしに一部引き渡していただくわ。保管場所に、案内してもらいましょう」

どうやら、すべてお見通しのようだ。

コピーの存在については、もはや争う余地はないとあきらめる。

「コピーは二部とも、警察庁次長の浪川憲正警視監に、提出した。今は、警察庁の長官官房の金庫に、収まっている」

コピーは正確には、浪川が松国輝彦警視正から召し上げたものを含めて、三部ある。

そのうち二部が、警察庁に保管されていることは、事実だった。

しかし、最後の一部は何かのときのためにと思い、三田の自宅マンションに隠してある。

司津子が無意識のように、銃口を軽く上下させる。

そのしぐさに、困惑の色を感じ取った朝妻は、続けて言った。

「これから警察庁へ行って、庁舎に忍び込むかね。喜んで、案内するよ」

みずから、軽口を叩く余裕ができたことを意識して、少し元気が出る。

司津子の口元に、薄笑いが浮かぶ。

「わたしは、あなたがその三部のうちの一部、ないしはあらたに複写したコピーを、手元に保管している方に、自分の命を賭けるわ」

強がりと知りながら、朝妻も笑ってみせる。

「そんなリスクを冒す、と思うかね」

「あなたのマンションは、三田にあるのよね」

司津子に指摘され、朝妻はすべて調べがついていることを知って、愕然とした。

何も答えず、相手を見つめる。

司津子は、黙ってヒミコが持つ朝妻のベレッタを取り、自分の拳銃をスポーツバッグに投げ入れた。

ベレッタのクリップをはじき出し、弾丸がちゃんと装塡されているのを確かめると、すばやくもとにもどす。

その軽やかな手つきは、司津子が銃器の扱いに慣れた人間であることを、無言のうちに物語っていた。

朝妻は、背筋に冷たいものを感じて、唾をのんだ。

いったいこれは、どういう女なのだ。国体に出たとうそぶいたが、ほんとうなのだろうか。

司津子が、朝妻を見たまま言う。

「あなたは、もう引き上げてちょうだい。このお礼は、あらためてするわ」

それは朝妻ではなく、ヒミコに声をかけたのだった。

ヒミコは、黙ってテーブルに転がったコンパクトや口紅を、ハンドバッグに投げ込んだ。

口金を閉じ、まるでデパートへ買い物にでも出かけるように、いそいそと立ち上がる。

「それじゃ」

司津子にとも、朝妻にともつかぬしぐさで軽く頭を下げ、戸口を出て行った。

やがて、外のドアが閉まる音が聞こえ、部屋に静寂がもどる。

さらに一分ほど、息の詰まるような沈黙が続いたあと、やおら司津子が立ち上がった。

スポーツバッグをあけ、中から三・五インチのフロッピーディスクほどの、四角いケースを取り出す。

「後ろを向いて、シャツをまくりなさい。背中を出すのよ」

「何をするつもりだ」

司津子が、銃口を動かす。

「黙って、言われたとおりにしなさい。わたしが、あなたより銃の扱いに慣れていることは、分かったでしょう」

そのとおりだった。

朝妻は、しかたなく司津子に背を向け、Tシャツと綿シャツを一緒にまくった。

裸の背骨のあたりに、いきなり冷たいものを貼りつけられて、びくりとする。

湿布薬のような感触だが、それより厚く重みがある。さらにその上から、ガムテープのようなもので固定されるのが分かり、朝妻は体が震えるのを感じた。

「なんだ、これは」

「こっちを向いて」

シャツを下ろし、向き直る。

いつの間に取り出したのか、司津子は左手に小さな携帯電話のようなものを、かざしていた。

そこについた赤いボタンを、親指でなでてみせる。

「これは、小型のプラスチック爆弾の、リモコン起爆装置なの。破壊力が弱いから、爆発してもまわりの人には、たいした害は及ばないでしょう。でも、直接背中に背負ったあなたは、まず間違いなく死ぬわ。かりに、助かったとしても脊髄《せきずい》を破壊されて、一生寝たきりになるわね」

朝妻は立ちすくみ、司津子を見つめた。

「はったりはよせ。そんな装置が、簡単に手にはいるものか」

司津子が笑う。

「禿富にかかったら、手にはいらないものはないわ。禿富のマンションは、武器庫も同然よ」

それから真顔にもどり、妙に低い声で続けた。

「嘘だと思うなら、ここで試してみてもいいのよ。五百メートル以内なら、リモコンは確実に作動するわ」

朝妻は、なおも司津子を見つめたが、根負けして目をそらした。

ただの脅しだと思いながらも、万一のことを考えるとむちゃはできない。この先どうなるにせよ、命をなくしたら元も子もない。

司津子が、また銃口を動かす。

「さあ、行きましょう」

朝妻は、司津子の顔を見直した。

「行くとは、どこへ」

「決まってるでしょう。裏帳簿を取りに行くのよ」

## 41

大森マヤの声は、緊張していた。

「今ここに、ボニータさんという外国人の女性が、来ています。日本語が達者な人ですけど、常務はご存じですか」

水間英人は、携帯電話を耳に押しつけた。

ボニータが〈みはる〉にやって来るとは、いったいどういう風の吹き回しだろう。

〈みはる〉が、渋六興業とゆかりの深いバーだということは、ボニータも承知しているはずではないか。

「ああ、知ってる。何しに来たんだ」

「常務と連絡をとりたいので、ケータイの番号を教えてほしい、と言うんです。それで、一応わたしから常務の了解をとった方がいい、と思って」

ボニータが、どんな用件で連絡をとりたがっているのか、思い当たるものがないではない。

土曜の休みでもあり、代々木上原の一人暮らしのマンションで、酒を飲みながらテレビを見ているとき、マヤから電話がはいった。

マヤは、少し前から月曜日の夜だけ授業のある、フランス語の学校にかよい始めていた。そのため、〈みはる〉の定休日を土日から日月にずらし、土曜日を営業日にしたのだった。

水間は、土曜日にあけても開店休業状態だから、いっそ土日月の三日間休みにしたらどうか、とアドバイスした。

しかし、マヤは頑固に週休二日を守ると言い張り、土曜日に店をあけるようにした。不思議なもので、それを知った常連が土曜日にも顔を出し始め、そこそこ商売になっているらしい。

水間は言った。

「今、店に客はいないのか」

「ほかに一組いたんですけど、その人たちが帰るのを見計らうように、ボニータさんが話しかけてきたんです」

「よし。かけ直すのもめんどうだから、このケータイにボニータを出してくれ。それから、用がすむまで客を入れないように、内鍵をかけておくんだ」

「分かりました」

ほとんど間をおかずに、ボニータが出てくる。

「水間さんに、話あります。すぐに会いたい」

追い詰められたような、ささやき声だった。

「どんな話だ」

「ここでは言えません」

「そこのママなら、何を聞かれてもだいじょうぶだ。どんな話か、言ってくれ。そうでなきゃ、会えないな」

わざと突き放すと、少しのあいだ沈黙が続いた。

ようやくボニータが言う。

「熊代彰三殺しの件で、内緒の話、あります。会って、話聞いてください」

水間は唇をなめた。

やっと、その気になったか。

熊代彰三が、伊納総業の笠原龍太に刺し殺された現場に、ボニータがいたことは間違いない。笠原が、なぜ熊代を殺さなければならなかったか、その間の事情を詳しく知っているのは、ボニータだけだ。

それを明らかにすれば、あの岩動寿満子を追い詰めることが、できるかもしれない。

水間は、念のために聞いた。

「どうして、おれでなきゃならないんだ。神宮署の、御子柴警部補に全部をぶちまけた方が、話が早いはずだぞ」

「神宮署には、電話したくないんです。だれが出るか、分からないから」

暗に、寿満子に密告を悟られたくない、と言っているようだ。

「あんた、笠原が熊代会長を刺したとき、現場にいたんだろう」

ずばりと切り込むと、電話の向こうで息をのむ気配がした。

ようやく、ボニータが応じる。

「それについても、会ったときに話します。御子柴刑事も、連れて来てください」

切羽詰まったその声に、どうやら本気のようだと察しをつける。

「分かった、連絡してみる。警部補がつかまったら、〈みはる〉に来るように言う。とにかく、おれはこれからすぐに、そっちへ行く。十五分か二十分で、行けるだろう」

ボニータは、あわてて応じた。

「だめ、ここはだめ。渋谷はだめです。この店へ来るのだって、決死の覚悟だったんだから」

中南米生まれの三世だと聞いたが、なかなかよく日本語を知っている。

「どこならいいんだ」

「新宿がいい」

「新宿は、こっちがお断りだ。伊納総業はともかく、マスダ（南米マフィア）がまたもどって来たらしいから、うかつに歩けない。これが罠じゃない、という保証もないしな」

「罠じゃありません。このこと、マスダとは関係ない。正直に話すから、御子柴刑事にわたしを保護するように、頼んでください」

「それは、話の中身次第だな。そう、あんたの新大久保のマンションで話をする、というのはどうだ」

「マンションはだめ、絶対にだめ。わたし、しばらく帰ってない。見張られています」

「だれが見張ってるんだ。岩動警部か」

水間の問いに、ボニータは少し口ごもったものの、しぶしぶという感じで答えた。

「ええ、たぶん。とにかく、場所を決めてください。人目につかないところなら、どこでもいいから」

「むしろ、人がたくさんいる場所の方が、安全だと思うがね」

「わたしは、人に見られたくないの」

頑固に言い張る。

「それじゃ、こうしよう。その店から、四百メートルほど歩いたところに、松籟美術館というのがある」

「この近くはいやだ、と言ったでしょう」

「そこへ車で迎えに行く。走りながら、車の中で話をすればいい。邪魔がはいる心配はない」

ボニータは少し黙り、あまり気の進まない様子で言った。

「ショーライ美術館て、わたし分かりません」

「ママが知っている。場所を教えるように言うから、電話を代わってくれ」

そのあいだに腕時計を見ると、午後九時四十五分だった。

マヤが出てくる。

「もしもし、代わりました」

「ボニータに、その店から松籟美術館までの道筋を、教えてやってくれないか。車で迎えに行くから」

「これからすぐ、ですか」

水間は少し考えた。

土曜日のこの時間、御子柴繁がどこにいるか分からない。たぶん自宅だろうが、無理やり来るように説得しても、すぐというわけにはいかないだろう。

それに、もし御子柴がつかまらなければ、一人で行くしかない。

「時間は、あとで連絡する。早ければ十時半、遅くとも午前零時までには、落ち合えるようにする。とりあえず、美術館の場所だけ教えておいてくれ」

マヤが、ためらいがちに言う。

「わたしが連れて行った方が、よくはないですか」

水間は迷ったが、この一件にマヤを巻き込むのは、気が進まなかった。

「いや、一人で行かせてくれ。たいした距離じゃないし、だいじょうぶだろう。ただし、ボニータを送り出すまで、ほかの客は店に入れないでくれ。土曜日だし、もう閉めてもいいだろう」

「分かりました」

マヤは、短く応じた。

何によらず、よけいなことを聞こうとしないのが、マヤのいいところだ。

電話を切ったあと、御子柴にかけた。

御子柴は、二度目のコール音で、出てきた。

「水間です。お休みの日に、すみません。今、どちらですか」

「署にいます。土曜だけど、今日は出番なのでね」

水間はほっとして、携帯電話を握り直した。

「ちょうどよかった。今そのあたりに、岩動警部はいますか」

「いや、今日は来ていません」

ますます、具合がいい。少なくとも、そう思いたい。

水間は、ボニータから会って話をしたいと連絡があったこと、松籟美術館の前で落ち合う約束をしたことを伝え、同行してくれるように頼んだ。

「ボニータは、御子柴さんにも話を聞いてほしい、と言ってます。かりにボニータの口から、岩動警部の陰謀が明らかにされたときは、きちんと供述調書を取る必要がある。それまでは、なんとしても彼女の安全を、確保しなければならない」

「署へ連れて来るわけに、いきませんか。わたしは今夜、当直なのでね」

「ボニータは、神宮署には行きませんよ。無理やり引っ張って行っても、岩動警部がいつ姿を現すか分からない状況じゃ、ゆっくり供述を取る余裕はない。当直は、御子柴さん一人じゃないはずだし、なんとか出て来てくださいよ。何か事件の通報があれば、どっちみち出動するんでしょう」

御子柴は、あきらめたようにため息をついた。

「分かりました。ボニータに、洗いざらいぶちまける覚悟ができたのなら、今度は邪魔がはいらないように、目黒中央署へ連れて行くことにする。笠原事件との関連もあるし、別に問題はないでしょう。何時に、落ち合いますか」

水間は、腕時計を確かめた。

「明治神宮前の交差点を、原宿駅の方へ曲がったあたりに、車で迎えに行きます。時間は、十時十分。自分もすぐに出ますから、遅れないでください」

「了解」

水間は、引き続きマヤの携帯電話に連絡して、十一時に松籟美術館の前へ来るように、ボニータに伝えてくれと頼んだ。

マヤはすでに、美術館までの裏道を細かく地図に描き、ボニータに説明して渡したと言った。

キッチンの引き出しをあけ、隠してあった拳銃を取り出して、右の腰に差し込む。

ベストポケットと呼ばれる、超小型のコルトだ。だいぶ前に、多摩の山奥で試し撃ちをしたきりだが、七発のうちまだ三発ほど残っている。

水を一杯飲んでから、部屋を出て駐車場におりた。

御子柴は約束の場所に、時間ちょうどにやって来た。手を上げて、助手席に乗り込む。

車が走り出すなり、御子柴は言った。

「酒を飲んでますね」

においで、分かったらしい。

「飲んでるところへ、電話があったものですからね」

御子柴は間をおき、また口を開いた。

「どうしてボニータは、急に話をする気になったんだろう。ちょっと、腑に落ちないな」

水間自身も、多少それが引っかかっていた。

「たぶん、笠原があんな死に方をしたので、次は自分の番じゃないかと、恐ろしくなったんでしょう。あるいは、実際に身の危険を感じるようなことがあって、全部話す肚を決めたのかもしれない。だいぶ、怖がってましたからね」

「たとえば、岩動に狙われたとか」

「少なくとも、マンションを見張られているようなことを、匂わせていました。念のため、自分は〈みはる〉に先回りして、松籟美術館に向かうボニータのあとを、つけようと思います。かりに、ボニータの身に何か異変が起こるとすれば、美術館に着くまでのあいだでしょう。それを見届けるつもりです」

「あのあたりは、昼間でも人通りが少ない。だれかがだれかを襲うには、もってこいの場所ですね」

「だから、松籟美術館にしたんですよ」

御子柴は、小さく笑った。

「おびき出すつもりですか」

「まあ、そんな手に乗る相手じゃない、とは思いますがね」

「しかし、実際に何かが起きたときに、一人でだいじょうぶかな。丸腰のようだし」

さすがに、拳銃を持って来たとは、言えなかった。

「そのときは、大声を上げます。そうしたら、助けに来てください」

「間に合えばいいですがね」

いつもながらの、御子柴のていねいな口のきき方に、少し緊張が解ける。

おそらく、御子柴は容疑者の取り調べのときも、この調子なのだろう。

JR原宿駅の跨線橋を越え、線路に沿って渋谷方面に向かう。

水間は言った。

「話は変わりますが、報告しそびれていたことがあります。三日ほど前の夜、〈みはる〉の大森マヤに電話で呼び出されて、こんな話を聞かされました。嵯峨警部補が店に現れて、あとからはいって来たハゲタカの奥さんと、内密の話をしていたというんです」

助手席で、御子柴の緊張する気配が、伝わってきた。

「嵯峨君と、禿富司津子がね。偶然ですか」

「いや。マヤの推測によると、四谷で御子柴さんと会った嵯峨警部補を、ハゲタカ夫人が店まで尾行して来たらしい、というんです。覚えがありますか。話の流れから、その夜御子柴さんは嵯峨と会う前に、ハゲタカ夫人とも会ったように聞こえた、とマヤは言ってましたが」

隣で、御子柴がうなずく。

「ええ。三日前に、そういうことがありました。やはり禿富司津子は、油断のならない女だったな」

独り言のように言い、短い笑いを漏らした。

「ハゲタカ夫人は、例の裏帳簿のコピーの話なんかを持ち出して、警部補を困らせたようです。そのあげく、自分は朝妻警視正の弱みを握っている、と言ったらしい」

「弱みをね。どんな弱みかな」

「人に知られると命取りになる、悪い趣味だそうです。それを交渉の武器にして、コピーを取りもどそうというような、そんな話になった。さすがに警部補は、それ以上マヤに聞かれたくないと思ったのか、場所を変えた方がいいとほのめかした。そのあと、二人は出て行きました。マヤの報告は、そこまでです」

御子柴が黙ったままなので、水間は続けて尋ねた。

「嵯峨警部補から、聞いていませんか」

「聞いていません。そのあたりが、いかにもつかみどころのない、彼一流のやり方だな」

非難ともほめ言葉ともつかぬ、微妙な口ぶりだった。

それきり口をつぐんでしまう。

一方通行の多い裏通りを抜け、栄通り経由で松籟美術館に着いたときは、十時二十五分になっていた。

水間は、薄茶色のレンガを積み上げて造られた、瀟洒な建物の前で車を停めた。

歩道と建物のあいだは、もっと濃い色のレンガが敷き詰められた、広めのポーチだった。頭上には、緑色に塗られた半円形の庇が、張り出している。

「それじゃ、ボニータを迎えにひとっ走り、行ってきます」

車をおりて、暗い道を〈みはる〉へ向かう。

この付近は土地に段差があるため、裏道を行くとしばしば、狭くて急な石段に行き当たる。

水間はそれをのぼって、いくらか広い道に出た。この時間帯は、人の行き来も少ない。その道は、〈みはる〉がある路地の入り口に通じており、まっすぐに見渡すことができる。

どの道筋をたどるにしても、松籟美術館に行くためにはまずこの道へ、出て来なければならない。

角に街灯もあるので、見逃す心配はない。

水間は、目当ての路地の三十メートルほど手前まで行き、さらに上の道へつながる別の石段の下で、足を止めた。

二段のぼって、腕時計を見る。

十時半を回ったところだ。

ときどき通りかかる、近所の住人や二人連れの目をごまかすために、携帯電話でメールを打つふりをする。

ボニータは、路地を出たあと水間の方へ来るにせよ、あるいは反対方向に行くにせよ、美術館へ向かうにはどこかで、石段をくだらなければならない。

もしこちらへ来たら、今いる石段をのぼって隠れ、ボニータをやり過ごす。

逆方向へ行くようなら、石段から出てあとを追う。

じりじりしながら待ったが、ボニータはいっこうに姿を現さない。

十時四十五分になったとき、水間はさすがにしびれを切らして、携帯電話を握り締めた。

松籟美術館までは、途中の道筋が曲がりくねっているので、四百メートルほどあるだろうが、それでも七分か八分でたどり着く。

ただし、ボニータは地図を確かめながら歩くのだから、倍くらいは余裕をみるはずだ。そろそろ店を出ても、いいころではないか。

水間は、思い切ってマヤの携帯電話に、電話した。

「水間だ。ボニータは、まだ店を出ないのか」

「いいえ、もうとっくに出ましたけど」

マヤの返事に、体が引き締まる。

「ほんとか。いつ出たんだ」

「十時半になる少し前です。迷うといけないから、早めに出ると言って。十一時までには、まだ少し時間があるんじゃないですか」

水間は焦り、通りを見渡した。

ボニータらしい人影はない。

「分かった。手間をかけたな」

通話を切り、路地の入り口目がけて走った。

その勢いに、向こうから来た二人連れが、あわてて道端に寄る。

〈みはる〉につながる路地には、だれもいなかった。

来るときはすれ違わなかったから、ボニータは別の道筋をたどったのだろう。

水間はさらに走り続け、T字路にぶつかる手前を右に曲がった。その先に、少しあいだをおいて二つ石段があり、そこを二段跳びに駆けおりる。

通りに出ると、左手を井の頭線の線路が走っており、神泉駅が見えた。

水間は、立ち並ぶ小さなマンションやアパートのあいだを縫って、松籟美術館の方へ走った。そこからは、比較的長い直線の道路が、しばらく続く。

角を曲がるたびに、行く手の道に目をこらしたが、ちらほらと通行人が歩いているだけで、ボニータらしき姿は見えなかった。

水間は焦り、息を切らしながら走り続けた。

そのとき、握り締めた手の中で携帯電話が震え、着信を告げた。

走りながら表示画面を見ると、御子柴からだった。

水間は足を止め、電話に出た。

「水間です。どうしました」

「どこにいるんですか。ボニータは、もう美術館に来てますよ」

## 42

御子柴繁の返事に、体から力が抜ける。

「行き違いになったらしい。すぐにもどります」

水間英人は携帯電話を折り畳み、息を整えて歩き出した。

釈然としないものを感じつつ、とりあえずはボニータの無事に安堵して、道を急ぐ。

どうやら取り越し苦労だったようだ。

裏道から栄通りに回り、松籟美術館へ向かった。

角を曲がると、美術館の真向かいに停めた自分の車が見え、水間は足を速めた。

車は、レンガ敷きの歩道に半分乗り上げ、ぎりぎりに停めてある。街灯の位置は、美術館の先と少し手前の、二か所だ。

通りのずっと先に、白い車が一台停まっているだけで、通行人の姿はない。

歩道から数メートル引っ込んだ、美術館の建物の入り口までは光が回り切らず、様子がよく分からない。

停めた車のすぐそばに立つ、自動販売機の明かりだけがぼんやりと、その周辺を照らし出している。

御子柴は、歩道とポーチの境に積み上げられた、低いレンガの仕切りに片足を載せたまま、水間を迎えた。

「ボニータが、車に乗りたがらないんですよ」

そう言って、ポーチの奥に顎をしゃくる。

水間が目をこらすと、革ジャンを着たボニータの姿が、ぼんやりと見えた。

ジーンズに包まれた、すらりと長い脚をもてあますように交差させ、レンガの壁にもたれている。

水間は仕切りを踏み越え、ボニータのそばに行った。

ふと、以前禿富に命じられてボニータを罠にかけ、ホテルの一室に押し込んだときのことを、思い出す。

あのおり禿富は、ボニータにはカンフーか何かの心得があり、油断すると金的を蹴りつぶされる、というようなことを言った。

水間は、長い脚が届かないだけの距離を保って、ボニータと向き合った。

「約束どおり、御子柴警部補を連れて来たんだ。おとなしく、保護してもらえばいいだろう」

ボニータは、革ジャンに両手を突っ込んだまま、肩をすくめた。

「警察に行くのはいや」

「警察といっても、神宮署じゃない。例の、笠原事件を担当している、目黒中央署だ」

水間が言うと、すぐ後ろにやって来た御子柴が、諭すように言う。

「心配することはない。目黒中央署の捜査本部には、わたしの知り合いの刑事もいる。笠原が、熊代彰三を刺すにいたった事情を、詳しく聞かせてもらいたい」

ボニータが答えずにいると、御子柴は辛抱強い口調で続けた。

「ついでに、あんたが笠原に手を貸して、わたしの娘をかどわかしたいきさつも、詳しく話してもらうよ」

それを聞くと、ボニータは壁にもたれたままそわそわと、脚を組み替えた。

「わたしはただ、笠原に命令されて、手伝っただけよ」

水間も、御子柴の娘が誘拐されたいきさつについては、先夜聞かされている。

御子柴は言った。

「その笠原も、自分の考えで娘をさらったわけじゃない。だれかに命令されたんだ。熊代彰三殺しも、同じだろう」

自動販売機の、ほの暗い明かりに浮かんだボニータの顔が、かすかにひきつる。

「わたし、何も知らない」

水間はいらだち、一歩前に出た。

「今さら、それはないだろう。話がある、と言っておれに接触したからには、覚悟はできているはずだ。笠原やあんたが、だれに命令されて動いていたのか、はっきり言ってくれ。それを、警察で正式の供述調書にしたら、あんたの身柄は完璧に保護してやる」

ボニータが、交差させた脚をもとにもどし、壁から背を起こす。

水間は、脚の届く範囲に近寄りすぎたことに気づき、一歩下がった。

ボニータが、すばやく革ジャンのポケットから、右手を出す。

その手に、小さな拳銃が握られていた。

「二人とも、動くと撃つよ。車に乗って」

水間は拳銃を見やり、奥歯を嚙み締めた。

ある程度の押し問答は覚悟していたが、いきなりボニータが拳銃を持ち出すとは、思わなかった。

「どういうつもりだ。話があるというのは、嘘だったのか」

「嘘じゃない。車に乗って、わたしの言うところ行ってくれたら、全部話す。そでなきゃだめ」

緊張しているのか、ボニータの日本語が乱れた。

「こんなところで、チャカを撃てるものか。大騒ぎになるぞ」

水間が牽制すると、ボニータは壁に沿ってじりじりと、右へ移動した。

「これ、あまり音しない。変なことしたら、わたし撃つよ。早く、車乗って」

「どこへ行くつもりだ」

「車乗ったら言うわ」

ボニータは、拳銃一つで男二人を好きに操ることができる、とほんとうに信じているのだろうか。

まして、こちらはしたたかなヤクザと、警察官なのだ。

だれに命じられたにせよ、そのように楽に事が運ぶと考えるほど単純なのか、それとも破れかぶれなのか。

背後にいる御子柴が、猫なで声でたしなめる。

「よく考えるんだ、ボニータ。だれに頼まれたのか知らないが、あんたにわたしたちを撃てるわけがない。銃を、こっちによこしなさい。一緒に、目黒中央署に行こう」

「だめ。言うこと聞かないと、ほんとに撃つよ」

ボニータは横手に回り、二人が飛びかかれない距離をとった。

御子柴が、少し声を強める。

「だれに頼まれて、こんなまねをするんだ」

「だれにも、頼まれてないわ。わたしが、安心してしゃべれるところへ、行くだけよ」

がんとして、譲らぬ口調だ。

もし、言われたとおり車に乗れば、行った先でだれが待っているにせよ、二人とも無事ではすむまい。

水間は、やむなく腰に差した拳銃に、手をかけた。

「おれたちの言うことを聞くんだ、ボニータ。こっちにも、チャヤカがある。人を撃ったこともないくせに、強がるのはよせ。そいつを捨てないと、こっちは本気で撃つぞ」

少しどすをきかせて言うと、ボニータの頬がこわばった。自動販売機の明かりで、水間の拳銃が見えたらしい。

背後で、御子柴の靴の底がコンクリートに擦れる、かすかな音がした。

御子柴は、水間が拳銃を持っていることに、驚いたようだ。

薄闇の中で、ボニータの目が妙にすわったように、かすかに光った。

「わたしも、本気だよ。そのチャヤカから手を離さないと、ほんとに撃つよ」

声が上ずったのに気づき、水間は本能的に危険を察知した。

ボニータが銃を構え直すのと、御子柴が叫ぶのが同時だった。

「伏せろ」

反射的に、身を伏せる。

風船が割れるような、乾いた銃声がした。

水間は、左の上腕部に軽い衝撃を受け、コンクリートの上に転がった。

庇におおわれたポーチに、山彦のような残響が鳴り渡る。

それが消えやらぬうちに、水間は倒れたまま拳銃を引き抜いた。

しかし、撃つより先に背後から、別の銃声が聞こえた。

ボニータが、声も上げずに、後ろへ吹っ飛ぶ。

御子柴が撃ったと思い、水間は片膝をついて起き上がった。

しかし、御子柴は空手のまま水間に背を向けた格好で、呆然と立ち尽くしている。

撃ったのは、御子柴ではなかった。

同じ薄茶のレンガで造られた、切符売り場らしい小さなブースの陰から、だれかがゆっくりと姿を現す。

薄暗い明かりに照らし出されたのは、黒っぽいパンツスーツに身を包んだ、岩動寿満子の大きな体だった。

寿満子の右手には、拳銃が握られていた。

あっけにとられる。ボニータを撃ったのは、寿満子だったのだ。

寿満子は、銃口を小さく動かして言った。

「そのチャカを捨てるんだ、水間」

言われて初めて、自分が拳銃を握り締めたままでいることに、気がつく。

水間は口の中で毒づき、拳銃をコンクリートに落とした。

それを確認すると、寿満子は自分の拳銃をサックにもどし、水間を見つめた。

口元に、妙に愛想のよい笑みを浮かべ、おもむろに言う。

「危ないとこだったね。あたしが、たまたま通りかからなかったら、二人ともボニータに撃ち殺されていたよ」

水間は、胃のあたりに熱い塊ができるのを覚え、拳を握り締めた。

ボニータに撃たれた、左の上腕部がじんとほてり、血が流れ出るのを感じる。

何が、たまたまだ。

これはもう、最初から仕組まれた茶番劇に、決まっている。

いずれボニータは、水間自身と御子柴を寿満子が指定した場所へ、連れて行くつもりだったはずだ。

しかし、まさか水間たちと落ち合う場所に、寿満子がひそかに忍んで来るとは、思わなかっただろう。

それは水間も同じで、読みがことごとくはずれてしまった。

ボニータは、おそらく寿満子に命じられて〈みはる〉へ出向き、大森マヤを通じて水間と連絡をとるように、言いくるめられたのだ。

内密の話がある、という殺し文句で水間と御子柴を誘い出すのが、寿満子の狙いだったに違いない。

ボニータが、約束の時間よりも早く〈みはる〉を出たのは、落ち合う場所を携帯電話で寿満子に、知らせるためだったのだろう。大森マヤに聞かれないように、松籟美術館へ向かう途上でかけたのだ。

水間は、耳をすました。

深夜、二発の銃声が轟《とどろ》いたにもかかわらず、近所の住人が外へ出てくる気配はない。

パトカーのサイレンも聞こえないから、一一〇番に連絡した者もいないようだ。

無関心なのか、関わり合いになりたくないのか。

水間は振り向き、あらためて倒れたボニータを見た。

レンガの上に倒れたボニータは、ぴくりとも動かない。

体の下に、赤黒い血溜まりが広がりつつある。一発で、急所を撃ち抜かれたようだ。

水間が顔をもどすと、寿満子は厳しい口調で言った。

「水間のチャカを拾いな、御子柴。素手でさわるんじゃないよ。ハンカチで包むんだ」

御子柴は、われに返ったように水間の方に向きを変え、のろのろとハンカチを取り出した。

そばに来て、拳銃を拾い上げる。

寿満子は、事務的な口調で続けた。

「水間英人。拳銃不法所持の現行犯で、逮捕する。御子柴。あんたも、その目で見ただろう」

御子柴は、拳銃を自分のポケットに落とし、うなずいた。

「ええ、見ました」

寿満子は満足そうにうなずき、ポケットから携帯電話を取り出した。

ボタンを押す前に、突然着信音が鳴り始めたので、寿満子の顔が引き締まった。

すぐに、耳を当てる。

「はい」

寿満子は、水間と御子柴の方をちらりと見やり、さりげなく歩道の方に移動した。

二人に背を向け、声をひそめて何ごとかぼそぼそと、やりとりしている。

だれが相手か知らないが、込み入った話のようだ。

水間は、御子柴を見た。

御子柴が、まずいことになったというように、首を振る。御子柴にとっても、これは予想外の展開だったに違いなく、表情が硬い。

ほどなく、寿満子はいかにもやむをえない、という思い入れで肩を揺すり、通話を切った。

向き直って、御子柴に言う。

「水間を連れて、署にもどるよ。そこの車を、運転してちょうだい」

御子柴は、顎を引いた。

「今すぐに、ですか」

「そうだ」

寿満子の返事に、御子柴は両腕を広げた。

「ここの始末を、どうつけるんですか。ボニータだって、まだ息があるかもしれないし、救急車を呼んだ方がいい、と思いますが」

「救急車は、死人を回収しないよ」

死んだと確信している口ぶりだ。

続けて言う。

「心配しなくていい。道玄坂の派出所に電話して、巡査を呼ぶから」

寿満子は、そのとおりにした。

松籟美術館の前で、発砲事件が発生。死者一名。

現場保存のため、巡査をよこしてほしい。

ついでに、神宮署に連絡して強行犯捜査係の担当に、出動を要請すること。

てきぱきと指示し、電話を切って御子柴に顎をしゃくる。

「さっさと運転しな」

御子柴は当惑したように、耳の後ろを掻いた。

「巡査が来るまで、待った方がいいんじゃありませんか」

寿満子の口元が、いらだちに歪む。

「あんたの指図は受けないよ。黙って、言うとおりにすればいいんだ」

御子柴は、あまり気の進まない様子で仕切りを乗り越え、車に近づいた。

水間もあとに続きながら、釈然としないものを感じた。

人が死んだというのに、警察官二人を含む関係者が全員現場を立ちのくとは、ずいぶん乱暴な話ではないか。

ついさっき、寿満子にかかってきた電話がそうさせたとすれば、いったい相手はだれで、どんな用件だったのか。

水間は歩道に出て、左の上腕部を見た。

ジャケットが少し裂け、血がにじんでいる。

弾はかすった程度で、たいした傷でないことが分かり、ほっとした。ジャケットの上から、強く押さえて血を止める。

水間は、御子柴にキーを渡した。

寿満子が、水間の背を押して車の後部シートを指し、自分もあとから乗り込む。

運転席にすわった御子柴は、いつもと変わらぬ淡泊な態度でエンジンをかけ、車をスタートさせた。

水間は、ちらりと寿満子の横顔に、目を走らせた。

ふだんの、取りつく島もない無愛想さに加えて、ことさら機嫌が悪そうに見える。よほど、気に染まぬ電話だったらしい。

寿満子がほんとうに、自分たちを神宮署へ連れて行くつもりかどうか、水間は不安を覚えた。これまでのやり口からして、どこか人けのない場所へ二人を連れ込み、ずどんとやりかねない女なのだ。

水間一人だったら、十中八九そうするに違いないが、今は同じ神宮署の御子柴が一緒だから、そこまではやらないと思う。

車が、署への道筋をたどり始めても、寿満子は何も言わなかった。

水間は少し、肩の力を緩めた。どうやら、杞《き》憂《ゆう》に終わったようだ。

シートに身を預け、あれこれと考えを巡らす。

とりあえず、拳銃不法所持を見とがめられたのはまずかったが、それだけですめば御の字かもしれない。

それにしても、うまくはめられたものだ。

今や、水間にはその筋書きが手に取るように、はっきりと分かった。

寿満子は、あらかじめボニータに拳銃を渡しておき、水間たちを脅してどこかへ連れ出すように、指示したのだ。

ボニータから、落ち合う場所は松籟美術館だとの知らせを受け、急いで先回りして物陰に隠れる。三人が顔をそろえたあと、ボニータが拳銃を取り出すのを待って、すかさず射殺したというわけだ。

ボニータは、笠原のように殺されるのを恐れて、水間と御子柴を始末しようと言う寿満子に、手を貸したつもりだったに違いない。

まさかそれが罠で、自分が撃ち殺されるはめになるとは、考えもしなかっただろう。

寿満子にとって、ボニータが実際に水間を撃ったのは、まさに渡りに船だったはずだ。

相手が先に発砲した以上、寿満子がボニータを撃ち殺したのはやむをえぬこと、つまり水間や御子柴を助けるための緊急避難だった、と言い抜けることができる。

寿満子は労せずして、貴重な生き証人であるボニータの口を塞ぐことに、成功したのだ。

## 43

ＪＲ渋谷駅のあたりで、サイレンを鳴らしながら疾走する、二台のパトカーとすれ違った。

おそらくは、道玄坂の派出所から連絡を受けて松籟美術館へ向かう、強行犯捜査係の連中だろう。

神宮署の駐車場には、パトカーとそれ以外の警察車両が三台、停まっているだけだった。

御子柴繁は、空いたスペースへ車をバックで入れ、エンジンを切った。キーは、自分のポケットに入れた。

岩動寿満子が、水間英人を促して車をおりるのを待ち、御子柴もドアをあける。

土曜日の深夜でもあり、玄関ホールと一階の一部に明かりが見えるだけで、署の建物は静まり返っている。

ホールにはいると、立ち番をしていた制服の巡査が寿満子を見て、敬礼した。まるで、警視総監に出くわしたような、しゃちこばった敬礼だった。

寿満子は言った。

「副署長室を借りるよ。何かあったら、電話してちょうだい」

この日は、署長の高波竹彦も副署長の小檜山信介も、署に出ていない。

ほかの警察署は知らないが、神宮署の二階には副署長のための個室が、用意されている。部屋の半分は、古い捜査資料の保管スペースだが、ともかく署長室より広い。

署内は、手の空いた署員が松籟美術館へ出動したらしく、気味が悪いほど静かだった。

神宮署は、取調室などいくつかの例外をのぞき、廊下に面したフロアの窓はガラス張りで、中が見えるようになっている。〈開かれた警察〉を謳った結果だという。

御子柴に言わせれば、単なるスタンドプレイにすぎず、肝腎のものは何も見えはしない。

寿満子はひとまず、一階奥の生活安全特捜班のフロアにはいり、三苦利三に声をかけた。

「三苦。渋六の水間だ。知ってるだろう」

三苦が席を立ち、水間にちらりと目をくれる。

「はい、知ってます」

三苦は、寿満子のパートナーを務める部長刑事で、この日御子柴とともに署に出ていた。

寿満子の命令なら、署の屋上からでも飛びおりかねない、忠僕のような男だ。だぶだぶのスラックスに、着崩れした茶のジャケットを着ている。

「二階のC取（C取調室）で、こいつのお守りをしてやりな。部屋から出しちゃだめだよ。妙なまねをしたら、かわいがってやるのもいいだろう。あたしは、副署長室にいるから」

「分かりました」

「それと、御子柴が持ってる水間のチャカを預かって、きちんと保管するんだ。証拠物だから、おろそかに扱うんじゃないよ」

「了解」

三苦は人差し指を動かして、そいつをよこせと御子柴に合図した。

御子柴は、しかたなくハンカチで包んだ拳銃を取り出し、三苦に手渡した。

たとえ用心のためとはいえ、よりによって拳銃を身につけて来るとは、水間もばかなことをしたものだ。

寿満子は、そのまま部屋を出て行った。

御子柴は、ついて来いと言われなかったので、その場に残った。

ガラス窓越しに見ていると、寿満子は振り向きもせず廊下伝いに左へ歩き、二階へつながる奥の階段に消えた。

三苫は、拳銃をハンカチごと自分のポケットに落とし、御子柴に目を向けた。

「岩動警部は今日、出番じゃないはずだ。何があったんですか」

御子柴は、少し離れた強行犯捜査係のブロックに、首を動かした。

「ついさっき、あそこの連中が道玄坂派出所からの通報で、松籟美術館へすっ飛んで行ったでしょう。岩動警部が、たまたまそのあたりを通りかかって、マスダのボニータという女を、射殺したんです」

それを聞いても、三苫は眉一つ動かさなかった。

拳銃を入れたポケットを叩き、水間に顎をしゃくる。

「このチャカは、水間のものだと警部が言ってたけど、そいつも事件に関係してるんですか」

「彼は、被害者ですよ。ボニータに撃たれたんです。手当てしてやってもいいかな」

御子柴が言うと、三苫は水間の左腕を見た。

「まあ、いいでしょう」

その、いかにも偉そうな言い方に、御子柴は苦笑した。

自分のデスクから、救急用のセットを取って来て、仕切りのキャビネットの上に置く。

水間は、上着とワイシャツを一緒に脱ぎ捨て、上半身をさらした。見かけによらず、よく筋肉のついた体だ。

弾は、上腕部の一部をかすめただけらしく、擦過傷《さつかしょう》とやけどが一緒になったような、赤黒い傷がついていた。出血は止まったようだ。

御子柴は、傷口を殺菌消毒薬で洗ってパッドを当て、包帯を巻いてやった。

水間が、上着を着直すのを待ちかねたように、三苫が親指で合図する。

「おい、行くぞ」

御子柴は、何もしゃべるなという意味を込めて、水間に小さく首を振った。

水間も、分かったというように、うなずき返す。

二人は、寿満子と同じ奥の階段をのぼって、二階へ消えた。

二階の右手には、ABC三室の取調室が一直線に配置され、階段を挟んだ左手に並ぶ会議室の奥に、副署長室と署長室がある。

寿満子は、制服の巡査にも三苫にも副署長室にいる、とみずから告げた。

そこで、だれかを待つような雰囲気だ。松籟美術館で受けた電話と、何か関係があるのだろうか。

壁の時計を見ると、十一時半を回っていた。

嵯峨俊太郎のことを思い出す。

先刻、御子柴は水間から呼び出しを受けたあと、ひそかに嵯峨の携帯電話に連絡した。ボニータの一件を告げ、もしすぐに来られる場所にいるなら、松籟美術館へ急行してもらえないか、と要請したのだ。

ボニータの話が罠である可能性を考え、念のため背後を固めておいた方がいい、と判断したからだった。

たまたま、嵯峨は靖国通りの曙橋付近を新宿方面へ向けて、自分の車を運転中だと言った。

嵯峨の自宅は、新宿から方南通りを何キロかくだった、杉並区永福の小さなマンションだ、と聞いている。東京ドームへナイター見物に行ったが、延長戦にはいったために帰りが遅くなった、という。

話を聞くと、嵯峨はすぐに松籟美術館に回る、と応じた。

御子柴は、嵯峨に離れたところで待機するように言い、そこから別の場所へ移動するかもしれないので、こちらの車を見失わないように監視してほしい、と頼んだ。

美術館に着き、水間が〈みはる〉に向かってから、ボニータがやって来るまでのあいだに、一方通行を車が何台か通り抜けて行った。

しかし、その中に嵯峨の車がいたのかどうか、分からなかった。

ボニータが発砲し、寿満子がボニータを射殺したあとになっても、嵯峨は姿を見せなかった。

間に合わなかったのではなく、あえて出て来なかったのだ、と思いたい。

ただ、美術館から水間の車を運転して出たとき、だいぶ前方の路上に停まっていた白い車を、追い越した覚えがある。

もしかすると、あれが嵯峨の車だったのかもしれないが、中を確認する余裕はなかった。

御子柴はフロアに人がいないのを確かめ、あらためて嵯峨に携帯電話をかけた。

嵯峨は、すぐに出て来た。

「今どこですか」

御子柴の問いに、嵯峨はてきぱきと答えた。

「署の近くの路上です。松籟美術館の前は見通しがきくので、近くには停められませんでした。一方通行だし、だいぶ先で待機していました」

「署へもどるとき、あの通りの先に停まっていた白い車を、追い越した覚えがある。その車ですか」

「そうです。リヤウインドー越しに見張っていたら、御子柴さんたちと前後して岩動警部が、通りに出て来るのが見えました。一緒に、車に乗りましたよね」

「ええ。あそこに、前触れもなく岩動警部が現れたとき、わたしは一瞬あなたがちくったんじゃないか、と疑いましたよ。いくらなんでも、そこまで露骨なことはしないだろうと、考え直しましたがね」

　正直に言うと、嵯峨はため息を漏らした。

「あたりまえじゃないですか。ところで、銃声が二発聞こえたような気がするけど、いったい何があったんですか。途中で、パトカーともすれ違ったし」

　嵯峨は、やはり銃声を耳にしたのに、出て来るのを控えたのだ。

　それはそれで、結果的によかった気がする。

「ボニータが水間を撃って、岩動警部がボニータを撃ったんです。水間はかすり傷だったが、ボニータはたぶん即死でしょう」

　少し間があいた。

「なるほど。だとすれば、それは警部がボニータを脅すか、だますかして仕組んだ途方もない罠だ、と思いますね。警部は、ボニータの口を封じたんですよ、きっと」

　相変わらず、回転が速い。

「わたしも、そう思う。警部は、わたしたちがボニータに殺されるところを、たまたま近くを通りかかって、助けてやったのだと言ってますがね」

　嵯峨は短く笑った。

「よく言いますね。死人に口なし、だな。それにしても警部は、なぜボニータをほったらかしにしたまま、署にもどることにしたんですか」

　御子柴は、寿満子の携帯電話にだれかが連絡をよこし、そのあと急に署へもどると言い出したいきさつを、手短に説明した。

「とにかく、緊急の用ができたようでした。警部は今一人で、副署長室にいます」

「人を一人射殺した警察官が、捜査員や検視官の到着を待たずに、現場を離れますかね。常識では、考えられませんよ。それとも、のっぴきならぬ用で署長か副署長に、呼ばれたのかな」

「今日は二人とも、署には出ていません」

また少し間をおき、嵯峨は口調を変えて言った。

「さてと、わたしはどうすればいいですか。当面は、用がなくなったようですが」

「もうしばらく、そのあたりに待機していてくれませんか。何があるか、分からないので」

「了解しました。また連絡をください」

通話を切ったあと、ふと御子柴は引っかかるものを覚え、天井を見上げた。

突然、疑惑が頭をもたげる。

警部は、なぜボニータをほったらかしにしたまま、署にもどることにしたんですか。

嵯峨は確かに、そう言った。

しかしそれは、御子柴が寿満子に携帯電話がかかったことを、告げる前の発言だ。

なぜ嵯峨は、寿満子が署にもどると決めたことを、知っているのか。

もしや、あの電話は嵯峨があらかじめ、寿満子にそうするように指示されて、かけたのではないか。

別に根拠はないが、今の嵯峨の口ぶりからなんとなく、そんな雰囲気を感じた。

いや、それは考えすぎだ。

そんな小細工をする理由は、嵯峨にも寿満子にもない。

嵯峨は御子柴の車のあとを追い、結果的に署へもどったのを見届けて、そう判断しただけのことだろう。あの場合、署へもどるという奇異な行動をとるとすれば、寿満子の指示以外にありえないからだ。

しかし、わずかながらまだ疑惑を捨て切れず、御子柴は椅子の背にもたれた。

どうしても、嵯峨に全幅の信頼をおくことが、できなかった。

急に不安になり、席を立つ。

フロアを出て、二階に上がった。

左手奥の、副署長室のガラス窓から、明かりが漏れている。しかし話し声も、物音も聞こえない。

廊下を反対方向に歩き、C取調室のドアをノックして、返事を待たずに押しあける。

三苫が、今にも嚙みつきそうな顔をして、御子柴を見返した。

「何か用ですか」

三苫の目は、いかつい顔の中でひときわ小さく見え、肚が読めなかった。

「いや、別に。退屈してるんじゃないか、と思ってね」

三苦と水間は、デコラの白いテーブルを挟む格好で、椅子にすわっていた。

水間の顔を見て、御子柴は眉をひそめた。

今まで気がつかなかったが、左の頬が少し赤く腫れている。

「顔も打ったんですか、倒れたときに」

水間は、小さく肩をすくめた。

「いや」

「じゃあ、どうしたんですか」

聞いてから、御子柴はにわかに思い当たって、三苦を見た。

三苦は、五分刈りにした頭を乱暴になで上げ、ふてくされた笑いを浮かべた。

「この野郎が、何もしゃべらないんでね。口を軽くしてやろうと思って、ちょっと拳骨を固めてみせたんですよ。そうしたら、こいつの方から拳骨に向かって、顔を突き出しやがったんだ」

水間が、あきれたと言わぬばかりに、首を振る。

御子柴は、三苦を睨んだ。

「水間さんは、拳銃不法所持の容疑者である前に、発砲事件の被害者なんですよ。そもそも、水間さんから事情聴取する権限は、あなたにはない」

三苦を相手に、こんな強い口調でものを言ったことはなく、自分でも驚いた。

三苦はもっと驚いたらしく、小さな目をぱちぱちさせて、唇を引き結んだ。

「拳銃不法所持の取り締まりは、生活安全特捜班の仕事じゃありませんでしたかね」

「一緒に現場にいたのは、このわたしですよ。事情聴取なら、わたしがする」

三苦は強がるように、椅子の上でふんぞり返った。

「おれは、岩動警部からこいつを見張れ、と命令を受けたんだ。口を出すのは、やめてもらいたいね」

巡査部長が、年長の警部補にきく口ではない。

しかし御子柴は、それを無視した。

「警部は、お守りをしろと言ったんです。殴れとは言ってない。これ以上手を出したら、監察に報告しますよ」

「警部から、妙なまねをしたらかわいがってやれ、とも言われたよ。あんたも聞いただろう」

「かわいがると殴るじゃ、意味が違うでしょう」

そう言い捨て、水間にうなずいてから、部屋を出た。

一応牽制しておけば、これ以上むちゃなことはしないと思ったが、三苦のことだから分からない。

リノリウムの床を、足音を立てないように歩いて、副署長室に向かった。

廊下に面した窓越しに、ブラインドの開いたスラット（羽板）の隙間から、そっとのぞく。

副署長のデスクに、でんと靴ごと足を載せてたばこをふかす、寿満子の姿が見えた。そのふかし方から、かなりいらだっている気配が伝わる。

御子柴は、生活安全特捜班の席にもどった。

相変わらず、フロアには人影がない。

宿直室は、玄関ホールの向こう側のブロックにあり、当直の刑事はそこでテレビを見るか、将棋を指すかしているのだろう。

本来なら御子柴も、今ごろはそうしていたはずだ。

どうしたものかと天井を仰いだとき、携帯電話が震えた。

嵯峨だった。

「どうしました」

御子柴が聞くと、嵯峨は抑えた声で言った。

「今、通りの反対側から見てるんですが、黒い車が署の駐車場にはいりました。遠い上に、暗くてよく分かりませんが、男と女の二人連れのようです。今、車をおりました」

「どんな連中ですか」

「すみません、よく見えないんです。おっと、街灯の光が男の方に、当たりました。長袖のシャツに野球帽、ジーンズという格好です。それに、サングラスをかけてます。今玄関をはいりました」

御子柴は、玄関ホールの方に向きを変え、急いで言った。

「分かった。あとは、こちらで確かめます」

通話を切り、携帯電話をしまう。

静かなせいで、直接は見えない玄関ホールから、かすかな人声が流れてきた。

一つは先刻の、巡査の声のようだ。

やりとりが聞こえ、巡査が署内電話でだれかと話をする、そんな気配が伝わってくる。

一分ほどして、外の廊下にひそやかな足音が響き、ガラス窓に人影が二つ現れた。

一人は、嵯峨が言ったとおり野球帽をかぶり、サングラスをかけた男だった。

もう一人を確かめようと、後ろを歩く女の顔に視線を移したとたん、御子柴は愕然とした。

上半身しか見えないが、焦げ茶色の服を着たその女の横顔は、禿富司津子に違いなかった。

## 44

目の端に、広いフロアの隅にただ一人すわる、男の姿が見える。

土曜日の深夜だから、出番に当たった刑事だろう。

朝妻勝義は、ガラス越しにその男の姿を横目で見ながら、なんとか力になってもらう方法はないか、と考えた。

玄関ホールで、制服の巡査に助けを求めようかとも思ったが、結局踏ん切りがつかなかった。それにしても、禿富司津子が裏帳簿を取りに行くと言い出したときは、てっきり自分のマンションへ向かうもの、と思っていた。

あのコピーが公表されれば、警察組織にとって手ひどいマイナスになる。だからこそ、岩動寿満子を使ってなりふりかまわず、回収に奔走したのだった。

司津子が、そのコピーを手に入れたがるからには、禿富鷹秋はやはり妻に余分のコピーを、残さなかったのだ。

かりに、最後の一ページを持っていたとしても、それだけではなんの役にも立たない。あのページは、コピー本体と一緒になって初めて、真に危険な存在になる。

かりに、コピーの存在が表沙汰になったところで、朝妻をはじめ裏金を受け取っていた、個々のキャリア警察官にとっては、まだ逃げ道が残されている。

最後の一ページさえなければ、個人を特定することができないから、致命傷にはならない。むろんコピー本体も、できるかぎり外へ出したくないが、最悪の場合はそれもやむをえまい。

となれば、とりあえずおとなしくコピーを司津子に引き渡し、早急に警察庁次長の浪川憲正と連絡をとって、善後策を練らなければならない。

マスコミ各社に圧力をかけるとともに、たとえすっぱ抜かれたとしても、もっともらしい弁明と謝罪で切り抜け、被害を最小限にくい止めるのだ。

拳銃で脅され、ホテル〈アルカサル〉の建物を出るまで、朝妻はそんなことを考えながら歩いた。なんとかなりそうな気がしていた。

ところが、駐車場で朝妻が運転席にすわったとたん、司津子が告げた行《ゆ》く先は案に相違して、自宅マンションではなかった。

司津子は、なんと神宮署へ行け、と言ったのだ。

虚をつかれた朝妻は、司津子にせかされて車を発進させるまで、呆然としていた。

ホテルを出る前、司津子が裏帳簿を取りに行くと言ったのは、てっきりコピーのことだと思っていた。

しかし、そうではなかった。本物の裏帳簿のことだったのだ。

司津子はおそらく、コピーだけでは最終的な目的を達せられない、と考え直したのだろう。

一覧表を見たことで、コピーに出てくるコード名を解読できたとしても、記憶だけでは決定的な証拠にならない。完璧を期すならば、コピーならぬ本物の裏帳簿を入手するほかに、方法がない。

神宮署の副署長、小檜山信介の部屋の金庫には、その裏帳簿が保管されている。

司津子は、それを手に入れるつもりなのだ。裏帳簿が、小檜山の厳重な管理下にあることは、秃富から聞いていたに違いない。

かりに、あの裏帳簿の最終ページの一覧表が公になったら、警察組織だけでなく朝妻を含む多くのキャリア警察官が、マスコミや世論の厳しい糾弾を受けるだろう。どんなに弁明しても、耳を貸してはもらえまい。

出世に差し障るどころか、退職を余儀なくされる恐れもある。

それだけは、なんとしても阻止しなければならない。

東京都にはいったあたりで、朝妻は司津子から新たな指示を受けた。

車を停めて、寿満子の携帯電話に連絡するように、命じられたのだ。

自分はこれから、緊急の用件で神宮署へ回る。寿満子も署へ直行して、副署長室で待機せよ。よけいなおしゃべりをせず、それだけ伝えろというのだった。

いやもおうもなく、言われたとおりにするしかなかった。

電話はつながり、朝妻は寿満子がどこにいるのかも知らぬまま、指示どおりにしゃべった。

寿満子は、今すぐは手が離せないとか、どんな用件か言ってほしいとか、ひそひそ声でずいぶん粘った。

しかし朝妻としては、権柄《けんぺい》ずくで指示どおりに命令するしか、方法がなかった。助手席には、爆薬の起爆装置と拳銃を持った、司津子がすわっている。逆らうことはできない。

最後には、寿満子もしぶしぶ了解して、電話を切った。

どんな理由があるのか知らないが、司津子が寿満子を署へ呼びつけてくれたのは、むしろありがたい気がした。

寿満子ならば、この女を赤子の手をねじるように、うまくあしらうだろう。

いや、そうであってほしい、と祈る。

そしてとうとう、神宮署まで来てしまった。

制服の巡査は、警察庁警備企画課参事官の朝妻だと名乗っても、にわかには信じなかった。

野球帽にサングラス、ジーンズというこのいでたちを見れば、それも無理はないだろう。むろん、身分証明書もロッカーに残して来たから、身元を明らかにするものは何もない。

司津子が、そばでいらだつ気配を見せたので、やむなく署内電話で副署長室に連絡をとり、待機していた寿満子と話をすることで、巡査を納得させた。

廊下を歩きながら、朝妻は部屋の天井から吊るされた、〈生活安全特捜班〉という白い札に、目を留めた。

中にいた男が、廊下を歩く朝妻たちを窓ガラス越しに、じっと見ている。

その頰が、急に引き締まった。

ふと、既視感のようなものが脳裏をよぎり、朝妻は歩を緩めた。

唐突に、部屋の中から自分を見ている男のことを、思い出す。

あの男は確か、御子柴繁といった。

以前禿富が、ここで自分と大沼早苗の情事を暴いたとき、その場にいた刑事だ。

他言無用の警告を込めて、朝妻は御子柴を強行犯捜査係から生活安全特捜班へ、飛ばしてやったのだった。

相変わらず、よれよれの背広を身に着け、派手な黄色のネクタイをしている。

朝妻は目をそらし、二階へつながる階段に向かった。

ふだんと、まったく違ういでたちをしているのに、御子柴には正体を見破られたような気がして、少し恥ずかしくなった。

神宮署に来たのは、諸橋征四郎事件の管理官を務めたとき以来だが、署内の勝手は分かっている。

二階に上がって、リノリウムの廊下を左に向かった。

司津子は、ゴム底の靴でもはいているのか、足音を立てない。パンツスーツという服装からしても、どうやら動きやすい格好をして来たらしい、と見当がつく。

突き当たりの、署長室の一つ手前の副署長室の前に差しかかると、ガラス越しにデスクにすわる、寿満子の姿が見えた。

寿満子は、携帯電話でだれかと話していたが、朝妻に気づいてすぐに通話を切り、立ち上がった。

司津子と同じような、紺のパンツスーツに身を包んでいる。しかし、体格が全然違う。

朝妻は、司津子に肩を押されてドアをあけ、副署長室にはいった。

背後で、司津子がドアを閉じる。

内鍵を掛ける音が聞こえ、ちょっといやな感じがした。

続いて司津子は、廊下に面した窓のブラインドを閉じ、外からの視界を遮《さえぎ》った。ますます、いやな感じがする。

寿満子は、朝妻に軽く目礼をしたあと何も言わず、司津子の行動を注視している。

息の詰まるような沈黙に、朝妻は背中の下の方が無性にかゆくなった。

そこに、爆薬が貼りつけてあることを、つい忘れていた。こっそり手を後ろに回し、むしり取ろうかという考えが浮かんだが、司津子に気づかれずにはできそうもない。

副署長の大きなデスクと、四人掛けの応接セット。

あとは、左手奥の書棚の列が目につくほか、廊下に面した窓の下に背の低い、不揃いのキャビネットが二つ三つ、並んでいるだけだ。

寿満子の背後に、縦の鉄格子がはまった唯一の窓があり、その横に高さ七十センチくらいの、古びた金庫が置かれている。

さらにその隣に小型デスクがあり、その上に載った旧型のマイクロフォンと、アンプらしきものが見える。何に使われるのか、分からなかった。

朝妻は司津子に肩を押されて、応接セットのソファの一つに、腰を下ろした。

司津子、寿満子の二人を視野に収められるように、椅子の向きを少しずらす。

司津子は、ドアに近いコート掛けを背にして立ち、デスクの後ろの寿満子に言った。

「あなたが、岩動警部ね」

寿満子は表情を変えず、逆に聞き返す。

「あなたが、禿富司津子ね」

二人が確認し合うのを、朝妻は奇妙な気分で見守った。

初対面のはずなのに、互いに相手のことをよく知っている、という雰囲気が漂う。

司津子が、拳銃をうなずかせて言った。

「上着を広げて、一回りしなさい」

寿満子は、逆らわずに上着の裾を広げて、ぐるりと回った。

武器らしいものは、どこにも隠していない。

電話では、副署長室で落ち合いたいと言っただけだから、武器を用意してくるはずはない。

しかし、朝妻はもしかして寿満子が足首かどこかに、小さな拳銃でも装着していないかと、淡い期待を抱いた。

「すわりなさい。ただし、手は見えるところに、出しておくのよ」

司津子に言われて、寿満子は椅子に腰を下ろした。

拳銃を突きつけられた緊張感など、兎の毛でついたほども見せない。ゆっくりと、クッションのきいた背もたれに体を預け、腹の上で手を組む。

「わたしが一緒に現れても、あまり驚かないようね。まるで、予期していたみたいだわ」

司津子の問いに、寿満子は初めて唇を緩めた。

「いちいち驚いてたんじゃ、この仕事は務まらないわ。それにしても、ここで何をするつもりなの。朝妻警視正とわたしに、なんの用があるのかしら」

「あなたたちに用があるのは、わたしじゃなくて死んだ禿富よ」

司津子のさりげない返事に、朝妻はわけもなくぞっとした。

禿富の名前を耳にするたびに、生理的な嫌悪感と恐怖感を覚える。

寿満子は、意に介する風もなくせせら笑い、言い返した。

「妙なことを言って、わたしたちを驚かせようとしても、むだなことだわ。それより、さっさと用件をおっしゃいよ」

「そこにある金庫をあけて、神宮署の裏帳簿を引き渡しなさい」

それを聞くと、寿満子は天井を向いて笑い出した。

急に笑うのをやめ、目をきらきらさせて司津子を見る。

「その見返りに、何をくれるというの」

「このまま死ぬか、生きて辱《はずかし》めを受けるかのどちらかを、選ばせてあげるわ」

寿満子の頬が、引き締まった。

「世迷《よま》い言《ごと》を言うんじゃないよ。そんな、おもちゃみたいなチャカ一つで、人を二人も殺せるものか」

そう言って、司津子が朝妻から取り上げた小さなベレッタに、うなずいてみせる。

司津子は、右手に握ったベレッタをひとまず下ろし、左手に持ったリモコンの起爆装置を、これ見よがしに掲げた。

「朝妻警視正。これが何か説明してやりなさい」

朝妻はすわり直した。

爆薬が、まだしっかりと貼りついていることが分かり、背筋が冷たくなる。

「彼女が持ってるのは、爆薬の起爆装置だ。わたしの背中には、リモコンで爆発するプラスチック爆弾が、貼りつけられていてね。ボタンを押せばそれが爆発して、わたしは一巻の終わりということらしい」

できるだけ、冷静な口調で言ったつもりだが、そのあいだにも新たな冷や汗が、噴き出してくる。

寿満子は、鼻で笑った。

「そんなのは、はったりに決まってますよ。せいぜい、花火の火薬をほぐして混ぜた程度の、こけおどしのしろものだわ」

司津子が指先で、ボタンをそっとなでる。

「だったら、試してみましょうか。警視正がいなくても、あなたに言うことをきかせれば、用は足りるのだから」

朝妻は、あわてて割り込んだ。

「岩動警部。不用意なことは、言わないでもらいたい。はったりかもしれないが、そうでないかもしれないだろう。とにかくわたしは、危険を冒したくない。彼女に言われたとおり、その金庫をあけてくれ」

寿満子は、憐れむような目をして、朝妻を見た。

「無理ですね。ご存じのように、畑中登代子に裏帳簿のコピーを取られて以来、この金庫の鍵は小檜山副署長が片時も離さず、身につけるようになったんです。変更した暗証番号も、副署長しか知りません。したがって、この金庫は高波署長にもあけられないのです。それは警視正も、よくご存じでしょう」

朝妻は、口をつぐんだ。

神宮署の職員だった畑中登代子は、日常小檜山の雑用を一手に引き受けていたから、鍵の保管場所も承知していたし、暗証番号も盗み見て覚えたらしい。

それで、ある夜裏帳簿を金庫から取り出し、コピーを取ったのだった。

朝妻は、司津子の方に向き直った。

「聞いたとおりだ。こうしたらどうだろう。正直に言うと、あんたが指摘したとおりわたしの手元に、コピーが一部残っている。三田のマンションに、置いてあるんだ。それを、引き渡そうじゃないか」

司津子は、首を振った。

「いいえ。本物でなくてはだめです。コピーでも、ないよりはましだと思ったけれど、ここまできたら本物を手に入れる以外に、道はないわ。禿富が、それを教えてくれたのよ」

まるで、夫の執念が乗り移ったような口ぶりに、朝妻は焦った。

「しかし、鍵も暗証番号も副署長が一人で管理してるんじゃ、どうしようもないだろう」

朝妻が言うと、司津子は決然と応じた。

「それならここへ、副署長を呼ぶがいいわ」

朝妻は絶句し、寿満子を見た。

寿満子は、相変わらず椅子に深くもたれたまま、表情を変えない。

いかつい顎が二重になり、肩が丸まると盛り上がっている。頼りになるのかならないのか、にわかに判断しがたい雰囲気だった。

司津子が、リモコン装置を振ってみせる。

「副署長のケータイに、電話しなさい。いやならいやで、かまわないのよ。あなたたちのほかにも、副署長に連絡できる人はいくらでもいるから」

朝妻は、今にも背骨が吹っ飛びそうな恐怖を覚え、背筋を伸ばした。

寿満子に言う。

「副署長に、電話してくれ。わたしが、緊急の用で会いたがっていると言って、ここへ来てもらうんだ。用件を言うんじゃないぞ。騒ぎを大きくしたくないからね」

そのとおり、というように司津子がうなずく。

寿満子は、少しのあいだ二人を見比べてから、おもむろに携帯電話を開いた。

まるで、ゲームでもするような軽い手つきでボタンを押し、受話口を耳に当てる。

ふだんと、まったく変わらぬ口調で、話し始めた。

「もしもし、岩動です。お休みのところを、すみません。実は今、警察庁の朝妻警視正が、署へお見えになってるんです。はい。緊急の用件で、副署長にお目にかかりたい、とおっしゃっています。はい。そうですか。それは、お疲れさまです。はい、その事件については、わたしも承知しています。申し訳ありません。警視正に呼ばれて、やむをえず現場を離れました。署の者たちが、あとをうまく処理してくれる、と思います。はい。はい。それがその、警視正は直接でなければ用件を言えない、とおっしゃってるんです。はい、そうです。はい。お取り込み中すみませんが、とにかくお急ぎのようなので。どれくらいで、お越しいただけますか。はい。はい。分かりました。よろしくお願いします」

通話を切り、司津子に言う。

「副署長は、管内で発生した発砲事件の連絡を受けて、現場を臨検しておられるそうよ。自宅が中野の南台で近いものだから、強行犯捜査係の連中に呼び出されたのね」

朝妻は、急き込んで尋ねた。

「管内というと、現場はどの辺かね」

「山手通りに近い、松籟美術館です」

「それなら、ここからすぐだ。署へ直行してくれれば、十分もかからないだろう」

「臨検中なので、すぐには離れられないかもしれませんが、三十分もあればだいじょうぶでしょう」

寿満子の返事に、司津子が冷たい声で割り込む。

「岩動警部。もっともらしいやり取りだったけれど、あなたが実際に副署長にかけたかどうか、確かめようがないわね」

寿満子は、薄笑いを浮かべた。

「だったら、あなたと電話を代わった方が、よかったかしら」

司津子は、表情を変えない。

「ほんとうに、かけた相手が副署長だったことを、あなたたちのために祈るわ。余裕をみて、四十分待ちましょう。そうね、零時五十分までに副署長が現れなかったら、二人とも覚悟してもらいます。たとえ現れても、鍵を持っていなければ、結果は同じよ」

朝妻は額の汗をぬぐい、司津子に声をかけた。

「金庫の鍵は、いつも身につけているはずだから、かならず持ってくる。心配しなくていい」

司津子の口元に、冷笑が浮かぶ。

「わたしは、心配していないわ。心配しなければいけないのは、あなたでしょう」

寿満子は笑い、携帯電話をポケットにしまった。

そのまま深ぶかと、また椅子の背にもたれる。

まるで、高みの見物を決め込むような態度に、朝妻は不安を募らせた。

まさか、小檜山への電話が芝居だった、とは思いたくない。もし小檜山が来なければ、朝妻ばかりか自分もただではすまない、と分かっているはずだ。

朝妻が、神宮署から受け取った裏金の一部は、寿満子にも流れている。

汚い仕事をさせるために、寿満子にもそれなりの余禄を与える必要があると思い、そうしてきた。

しかしこの期に及んで、寿満子が自分のためにどれだけ働く気があるのか、急に分からなくなった。

# 第十章

## 45

御子柴繁は、男と禿富司津子が階段に姿を消したあとも、廊下を見守った。男も司津子も、ガラス越しに御子柴に目を留めたはずだが、そのまま通り過ぎてしまった。二人とも妙に緊張した様子で、ことに男の方は歩き方がぎこちなかった、と思う。

だれと一緒にせよ、司津子が神宮署へやって来ることがあるとは、御子柴は考えてもいなかった。

立ち番の巡査は、なぜ二人を中に入れたのだろう。面会ならば、中の人間が呼び出されるはずだ。

もしかして、副署長室にいるはずの岩動寿満子に、会いに来たのだろうか。

制服の巡査が、玄関ホールから電話をかけたように聞こえたが、あれは寿満子に連絡したのかもしれない。

だとしても、いつの間に、どのようないきさつで、そんな段取りがつけられたのか。

司津子は寿満子に、どんな用があるのだろうか。

落ち着かない気持ちになり、御子柴はそわそわと席にすわり直した。

そのとたん、携帯電話が鳴り出す。

着信画面を見ると、嵯峨俊太郎からだった。

「もしもし。どうしました」

「ついさっき、中にはいって行った二人のうちの、男の方は朝妻警視正ですよ。気がつきましたか」

嵯峨の言葉に、しんから驚く。

「朝妻警視正。そうは見えなかったが」

そこで言いさし、あらためて男の格好を思い浮かべた。

しかし、記憶にある朝妻勝義の姿とは、一致しない。覚えているのは、仕立てのいいスーツを着た朝妻の、一分のすきも見せぬ態度物腰だけだ。

続けて聞く。

「どうして警視正だ、と分かるんですか」

「今しがた、岩動警部から電話がありましてね。これから、朝妻警視正が神宮署に来るはずだから、どこか近くで待機していてくれ、と指示されました。それで、ぴんときたんです。警部は、警視正が女と一緒だとは、言いませんでしたが」

「気がつかなかったかもしれないが、あの女は禿富司津子ですよ」

わずかな沈黙。

ため息とともに、返事が返ってくる。

「やはりね。もしかすると、とは思ったんですが」

「岩動が、あなたに待機しろと電話するなんて、どういうわけですか」

今度は、少し長い沈黙がある。

「今そこに、だれかいますか」

「いや、いません。三苫巡査部長が、二階のC取で水間君を見張っているだけです」

「そっちへ行っていいですか」

「いいですよ。お互いに、じかに話をした方がよさそうだ」

嵯峨が現れるのに、五分もかからなかった。おそらく車を、署の駐車場に入れたのだろう。

フロアにはいると、嵯峨は手を上げて御子柴に挨拶し、自分の席に直行した。

椅子を転がして来て、真正面にすわる。

「先日お話ししたとき、禿富さんの奥さんを色仕掛けで口説いてみろ、と言われましたよね」

前触れなしに突っ込まれて、御子柴はちょっとたじろいだ。

「そんなに、露骨に言ったつもりは、ありませんがね」

「報告しませんでしたが、実はあの夜御子柴さんと話したあと、〈みはる〉に行きましてね。そうしたら、あとから岩下志麻に似た美人がはいって来て、話しかけられたんです」

「そうらしいですね」

　さりげなく切り返すと、嵯峨は別にうろたえも悪びれもせず、うなずいた。

「さすがに、早耳ですね。どうせ、〈みはる〉の筋から知れるだろうと思って、あえて報告しなかったんですが」

「〈みはる〉での、あなたがたのやりとりはあらかた、耳にしています。場所を変えてからの話は、承知していませんがね。いずれは朝妻警視正の、弱みの話になったんでしょう」

　嵯峨は、肩をすくめた。

「そのとおりです。禿富夫人は、警視正をＳＭプレイの愛好者だ、と決めつけました。なぜ彼女が、そんなことを知っているのかは、言いませんでしたがね」

「それを交渉の武器にして、例のコピーを取りもどそうというわけですか」

「そうです」

　嵯峨は、少し間をおいて続けた。

「わたしは、その情報をそっくり岩動警部に、報告しました。情報源については、ＳＭの世界に詳しい消息通、としか言っていません。御子柴さんや、禿富夫人のことはいっさい、口に出しませんでした」

　御子柴は、腋の下が冷たくなるような感触に襲われたが、何も言わずに嵯峨の顔を見返した。

嵯峨が、さらに続ける。

「警部の口から、それが朝妻警視正に伝わることは、計算ずみでした。それを聞けば、警視正は罠にかけられたことを悟り、きっと先手を打とうとして、何か行動を起こす。起こせば、かならずぼろを出す」

御子柴は、思わず笑った。

嵯峨のすること、なすことにどれだけの計算があるのか、まったく予測できない。この男は、味方なのか、敵なのか。

真顔にもどる。

「もしかすると、禿富司津子はそこまで読み切って、あなたに接近したのかもしれませんね」

嵯峨は、虚をつかれたように口を閉じ、顎を引いた。

御子柴は親指を立て、二階を示した。

「たぶん、その結果が二階の副署長室での三者会談に、つながったわけだ。今思えば、そこの廊下を通ったときに、朝妻は銃か何かを突きつけられたように、動きがぎこちなかった。禿富司津子とのあいだに、何かあったに違いない」

嵯峨の頬に、笑みが浮かぶ。

「やはり朝妻警視正は、ぼろを出したんですね。狙いが当たったじゃありませんか」

「どうやら、そうらしい」

嵯峨は親指の爪を嚙み、眉根を寄せて言った。

「それにしても、あの奥さんがそんな大胆なまねをするとは、ちょっと驚きますね」

「そうですね」

同意したものの、御子柴はさして驚かなかった。

あの女には、ある意味では夫の禿富と共通する、計り知れない怖さがある。

嵯峨は探るように、御子柴を見つめた。

「あの三人が、そろって副署長室に集まったことに、どんな意味があるんでしょうね」

御子柴は、先刻松籟美術館で寿満子にかかってきた、携帯電話のことを思い出した。

一時は、嵯峨がかけたのではないかと疑ったが、やはり間違いだったようだ。

あれを、朝妻からの電話だったと考えれば、話の筋が通る。

「岩動は、もしかすると朝妻に電話で呼びつけられて、来たんじゃないかな。だとすれば、禿富司津子が朝妻を拳銃か何かで脅して、寿満子に連絡させたに違いない。岩動は、その電話に本能的にうさん臭いものを感じて、あなたを近くに待機させたんでしょう」

嵯峨は首を捻り、廊下の方に目を向けた。

「なるほど。しかし、禿富夫人と朝妻警視正が到着したとなると、岩動警部も好き勝手に動けませんね。わたしにはもう、ケータイをかけられないかもしれない」

それから、御子柴に目をもどす。

「禿富夫人の狙いは、なんですかね」

「ここまでくれば、分かるでしょう。禿富司津子は、副署長室に置かれた金庫の中の、裏帳簿を奪いに来たんだ。それがいちばん確実で、手っ取り早い方法ですからね」

嵯峨は、なるほどというようにうなずいたが、すぐに続けた。

「しかし、あの金庫の鍵は副署長が持っているし、暗証番号も副署長しか知りませんよ」

「禿富司津子にも、それが分かったと思います。副署長の連絡先は、岩動も朝妻も知っている。今ごろは、彼女の命令でどちらかが副署長に電話して、署へ来るように要請したに違いない」

そのとき、御子柴の携帯電話が鳴り出した。

着信画面を見ると、相手は寿満子だった。

「岩動です。今、そこのフロアに、あなた以外に、だれかいますか」

珍しくていねいに話しかけられ、御子柴は面食らった。

「ええと、嵯峨君がいます。今日は出番じゃありませんが、ちょっと立ち寄ったそうです」

嵯峨がいることに驚いたのか、寿満子は少し間をおいた。

「松籟美術館に出動した連中は」

「まだもどっていません。署内にいるのは、ホールの向こう側で当直を務めている、三人か四人くらいのものでしょう」

また少し、間があく。

「今、副署長室に警察庁の朝妻警視正とわたし、それに亡くなった禿富警視の奥さんがいます。あと三十分足らずで、小檜山副署長もやって来ます。副署長は別にして、署員をだれも二階に上げないように、見張ってください。嵯峨と二人で、しっかりガードするのよ」

「何かあったんですか」

とぼけて聞くと、寿満子はそれを無視した。

「そう、一人もよ。一人も上げちゃいけないわ」

おそらく、司津子がそばで拳銃を手に牽制しながら、聞いているのだろう。

寿満子としても、朝妻を人質に取られている以上、従わざるをえまい。

「二階のC取に、三苫君と水間がはいってますが、どうしますか」

寿満子は、それも無視した。

「小檜山副署長が見えたら、すぐに副署長室に上がるように、伝えなさい。くどいけど、ほかにだれも上げてはだめよ」

そのまま、通話が切れる。

嵯峨が乗り出した。

「岩動警部ですね」

「そうです」

御子柴は今のやりとりを、そっくり嵯峨に説明した。

嵯峨が、納得した顔でうなずく。

「やはり、秃富夫人は副署長を呼び寄せるように、命じたんですね」

御子柴もうなずき、壁の時計を見た。

そろそろ、午前零時半になろうとしている。

これから、何が始まろうとしているのか、見当はつく。

ただし、それが司津子の思惑どおりに進むかどうか、予断を許さない。

朝妻を、拳銃で命令に従わせることは、さほどむずかしくあるまい。

しかし、たとえ喉元に銃口を押しつけようとも、寿満子を意のままに動かすことは、できないだろう。

嵯峨が聞く。

「C取に、三苫さんと水間がいるというのは、どういうことですか」

「岩動の命令で、三苫が水間を見張ってるんです。さっきは言いそびれたけど、水間は松籟美術館で、ボニータを牽制しようとして、自分の拳銃を取り出した。ボニータを撃った岩動に、それを見とがめられましてね。拳銃不法所持で、現行犯逮捕されたわけです」

嵯峨は、あきれた様子で小さく首を振ったが、すぐにいたずらっぽい表情になって、御子柴の目をのぞき込んだ。

「岩動警部は、だれも二階に上げるな、と言ったんでしょう。二人が上にいると、まずいんじゃないですか」

　御子柴はうなずいた。

「同感ですね。それに三苫は、岩動に異変が起きたと気づくと、何をしでかすか分からない。動きを封じた方がよさそうだ」

　嵯峨も、御子柴の意図を理解したように、うなずき返す。

「なんとかしましょう」

　御子柴は席を立ち、キャビネットから黄色い布のガムテープと、捕縄を取り出した。

　嵯峨を促し、フロアを出る。

　二階へ上がり、副署長室の方に異状がないのを確かめて、まっすぐC取調室に行った。

　中から鈍い物音が聞こえ、何か倒れる音が響く。

　御子柴は、急いでドアをあけた。

　椅子が倒れ、床に這いつくばった水間英人のそばに、三苫利三が立ちはだかっている。

　三苫は、中にはいってドアを閉じた御子柴と嵯峨に、怒りを含んだ目を向けた。

「なんの用だ。じゃまするんじゃねえ」

　ふだんの三苫とは、様子が違っている。

　酒を飲んで暴れた、マル暴担当時代を思い出させるような顔つきに、御子柴は少しばかりたじろいだ。

やはりこの男には、牽制も警告も効かなかった。

「こいつが必要か、と思ってね」

そう言って、手にしたガムテープと捕縄を示すと、三苫はせせら笑った。

「そんなものはいらねえよ。おれの手で、こいつの根性を叩き直してやる」

水間が、倒れた椅子にすがって、起き上がろうとする。

三苫は椅子を蹴り飛ばし、水間も一緒に床に転がった。顔が腫れ上がり、被弾したジャケットの裂け目から、また出血している。

嵯峨が御子柴を押しのけ、三苫の前にずいと出た。

「被疑者に暴力を振るうと、特別公務員暴行陵虐罪で、告発されますよ」

三苫は嵯峨を、睨み返した。

「なんだと、この」

若造、と言いかけたらしいが、途中でやめる。

たとえ年若で経験が浅くても、嵯峨の方が一階級上だということを、思い出したとみえる。

嵯峨もそれに気づいたのか、薄笑いを浮かべて挑発する。

「この、なんですか。この若造、ですか。階級が上だと、手も足も出ないと」

三苫の顔がゆっくりと、しかし青筋が目立つほどに、赤くなった。

「岩動警部の邪魔をするやつは、おれが許さねえ」

「副署長室へ行って、警部の靴の先でもなめたらどうですか」

それを聞くと、三苫はものも言わずに拳を固め、嵯峨に殴りかかった。

嵯峨は、まるで蜂鳥のようにすばやく身をかわし、がら空きになった三苫のいかつい顎に、フックを見舞った。

軽く殴ったとしか見えなかったが、三苫は膝をなぎ払われたようにすとんと体を落とし、床に崩れ落ちた。

一発で、脳震盪を起こしたらしい。

御子柴は、嵯峨にそんなわざがあるとは知らず、驚いて立ち尽くした。

嵯峨が、鋭い口調で言う。

「捕縄でこいつを、椅子に縛りつけてください」

御子柴は、あわてて倒れた椅子を立て直し、三苫の重い体を引きずり上げた。

捕縄を使って、腕から足まで椅子の背と脚に、しっかりと縛りつける。

そのあいだに、嵯峨は気を失った三苫の口にハンカチを詰め、その上からガムテープを巻きつけた。

息ができる程度に鼻の穴をおおい、ついでに目も塞ぐ。

さらに、余ったガムテープを縄目の上から、二重三重に貼り巡らした。三苫は意識を失ったまま、手術直後のフランケンシュタインのように、椅子に固定されてしまった。

結び目を確かめてから、御子柴は嵯峨と力を合わせ、三苫を椅子ごと床の上に、横たえた。

作業を終えたとき、三苫が意識を取りもどして、もがきながら唸った。

しかし、椅子がぎしぎし鳴っただけで、外に漏れるほどの音は出なかった。唸り声も、ほとんど聞こえない。

水間が、テーブルにすがって立ち上がり、半分塞がった目で御子柴を見る。

「すみません、手数をかけさせちまって」

「いいんだ。それより、だいじょうぶですか」

「ええ、なんとか」

御子柴は、床に横たわった三苫に目を向け、声をかけた。

「あんたも、どうかしてるな。被疑者の顔なんか殴ったら、一目で暴力を振るったことが、分かっちまうだろうに」

三苫は、椅子をぎしぎしいわせて唸ったが、それだけだった。

嵯峨は、三苫を椅子ごと部屋の隅へ押して行き、その前に電話の載った小机とテーブル、それにもう一脚の椅子を寄せて、バリケードのようにした。

ちょっとのぞいただけでは、三苫がその後ろに倒れていることは、分からないだろう。

C取調室を出た御子柴は、水間の腫れた顔を見た。

「あなたに、頼みがある。あそこの部屋から、ケータイで電話してください」

そう言って、一つおいたA取調室を指さす。

「だれに電話するんですか」

「フリーライターの、山路啓伍です」

46

水間英人は、A取調室にはいった。

岩動寿満子がミトマ、と呼んだあの暴力刑事に殴られた顔が、ずきずき痛む。

自分でも、よく殴り返さなかったものだ、と感心する。あそこで手を出していたら、どうなったか分からない。

椅子にすわり、あらかじめ登録してあった山路啓伍の番号を、呼び出す。

寝ているかもしれないと思ったが、山路は二度目のコール音で出てきた。

「山路です」

「渋六の水間だ。夜分すまんな。寝てたんじゃないのか」

「いえ、ご心配なく。今打ち合わせで、週刊ホリデーの作業室にいます。何かご用ですか」

「ちょうどよかった。特ダネを提供したい。例の、裏帳簿の一件だ」

「ほんとですか」

山路の声が、急に上ずる。

「これから言う場所へ、すぐに来てもらいたい。裏帳簿にからんで、人質事件が発生した」

「人質事件。すぐに行きます。どこですか」

水間は、腫れた頬をそっと押さえた。

「その前に、条件がある。この事件は週刊ホリデーだけ、というわけにいかない。あんたのルートで、ほかの週刊誌や新聞、テレビ局にあちこち声をかけて、マスコミの連中をできるだけたくさん、集めてほしい。もちろん、東都ヘラルドの大沼早苗もだ」

「それじゃ、特ダネにならないじゃないですか」

不満を言う山路に、水間は一息入れた。

「かもしれないが、これだけは約束する。この事件について、ほかのメディアは警察発表くらいしか、手に入れられないだろう。しかしあんたには、おれが詳しいいきさつを全部話す」

「ほかのメディアが、どうしても必要ですか」

食い下がる山路に、きっぱりと言う。

「必要だ。各社が集まって大騒ぎになれば、警察はこの事件を闇に葬ることが、できなくなる。週刊ホリデー一社だけだと、つぶされるか黙殺される恐れがある。とにかく、騒ぎを大きくするんだ」

御子柴に言われたとおりに、強調する。

山路は、少しのあいだ考えてから、ようやく応じた。

「分かりました。だれがどこで、だれを人質にしてるんですか」

「場所は神宮署だ。ハゲタカのかみさんが、警察庁の朝妻と神宮署の岩動を人質にして、署の副署長室に立てこもっている」

水間が、御子柴から聞かされたとおりに言うと、山路は息をのんだ。

「神宮署。ハゲタカの」

そのまま、絶句する。

「週末の深夜だから、署には今ほとんど人がいない。管内で別の事件が発生して、居残った署員が出払ってるんだ。その連中も、そろそろもどって来る。急いで、手配してくれ」

「了解」

「待て、もう一つある」

水間は、御子柴の最後の指示を思い出し、付け加えた。

「神宮署に着いたら、あんたは建物の右手に沿って署の裏側、つまり明治通りの反対側に、回ってくれ。角の外壁のあたりで、待機するんだ」

「正面玄関じゃないんですか」

「違う。いいか、建物の南側の角だぞ。運がよければ、特ダネが拾えるかもしれん」

返事を待たずに、水間は通話を切った。

深く息をついて、椅子の背にもたれる。

御子柴繁と嵯峨俊太郎は、一階におりた。

「嵯峨さん。わたしは、こちら側の階段を見張る。あなたは、あちら側の階段に詰めてくれますか」

玄関ホールの向こう側に、もう一つ階段があるのだ。神宮署は三階建てのため、エレベーターがない。

「分かりました。副署長室が占拠されたことは、いっさい伏せておくんですね」

「そうです。巡査や当直に聞かれたら、岩動警部の命令だ、と答えることにする。それで納得しなければ、副署長室へ電話させて、岩動と話すように言えばいい」

嵯峨は、下唇をつまんだ。

「そろそろ、副署長や松籟美術館に出動した連中が、もどって来るでしょう。それに、自宅から呼び出された捜査員もいるはずだし、ちょっとした数になりますよ。わたしたち二人だけで、さばき切れますかね」

「たぶん、収拾がつかなくなるでしょう。しかし、それでかまわない。われわれも、その渦に巻き込まれたということで、右往左往していればいい」

御子柴が請け合うと、嵯峨は屈託のない笑みを浮かべてうなずき、フロアを出て行った。

それから一分とたたぬうちに、玄関ホールから通じる廊下に小檜山信介の姿が現れ、せかせかとやって来るのが見えた。

小檜山は、ガラス越しに御子柴の姿を認め、フロアにはいって来た。

「岩動君は、副署長室か」

御子柴は、立って応じた。

「はい、そうです」

小檜山は五十代前半で、副署長のほかに生活安全特捜班の班長も兼ねる、神経質な男だった。ジャケット姿の私服で、頭のてっぺんが薄くなった大きな顔に、細い目に合わせたような横長の、縁なしの眼鏡をかけている。

「松籟美術館の現場には、岩動君ときみがいたそうじゃないか。通報だけして、署へもどってしまうとは、どういうことだ。椎野君が怒っているぞ」

刑事課長代理の椎野洸一は、休みの日に呼び出しをかけられたあげく、肝腎の岩動寿満子が現場から立ち去ったと聞いて、さぞ頭にきたことだろう。

「発砲事件の直後、警察庁の朝妻警視正から岩動警部に、ケータイ連絡があったようです。それで急遽、署にもどることになったのだ、と思います」

小檜山は、ハンカチで額の汗をぬぐった。

「二人とも、わたしの部屋にいるのかね」

「はい。それともう一人、亡くなった禿富警視の未亡人が、ご一緒です」

警視という言葉に、小檜山はびっくりしたような顔をしたが、禿富鷹秋が死後二階級特進したことを、思い出したらしい。

「ああ、禿富警視ね。それで、禿富君の奥さんが、なぜ一緒なんだ。どういうことかね、いったい」

「わたしには分かりません。副署長がお見えになったら、すぐにお部屋に上がるように伝えてほしい、と岩動警部に言われています」

「そうか」

小檜山はあいまいにうなずき、首を捻りながらフロアを出て行った。

それからほどなく、外の駐車場に車がはいって来る音が、聞こえてきた。

続いて、玄関ホールにがやがやと人声があふれ、乱れた足音がし始める。

御子柴は、急いで廊下に出た。

ホールの方から、椎野刑事課長代理を先頭に、署員たちがどやどやとやって来る。

その中には、御子柴の同期で強行犯捜査係長を務める、河井健次郎の姿もあった。

椎野が御子柴を睨みつけ、食ってかかるように言う。

「どういうことだ、これは。岩動はどこにいる」

椎野は、階級こそ寿満子と同じ警部だが、年次は少し上だ。

チノパンにブルゾン姿で、いかにも深夜に呼び出されたのが胸糞悪い、という顔をしている。

「副署長室です。たった今、副署長が上がって行かれました」

御子柴が応じると、椎野は一度も櫛を入れたことのなさそうな、暑苦しいほど豊かな髪を掻き上げ、その指を振り立てた。

「岩動もおまえも現場をほったらかしにして、しかも臨検中の副署長を呼びつけるとは、どういう料簡だ。いくら、警察庁のお偉いさんが来てるからって、非常識にもほどがあるぞ」

背後で、河井がまったく同感だというように、しきりにうなずく。この男も、休みでくつろいでいるところを、呼び出された口なのだ。

御子柴はそれを無視して、椎野の顔を見た。

「わたしは、岩動警部の指示に従っただけで、事情がよく分かりません」

精一杯、要領の悪い男になりきり、とぼけてみせる。

椎野は乱暴に、御子柴を押しのけた。

「よし。おれが直接、文句を言ってやる」

御子柴は、横をすり抜けようとする椎野の肘を、ぐいとつかんだ。

椎野は、気分を害したようにその手を見下ろし、ついで御子柴を睨んだ。

「なんのまねだ」

「副署長室はもちろん、二階にはいっさい上がるな、との命令です」

「岩動から、そんな命令を受ける覚えはない」

「岩動警部は朝妻警視正から、そのようにせよと言われたのです」

椎野の顔に、さすがに不審の色が浮かぶ。

「いったい上で、何が起こってるんだ」

「分かりません。上には行っていないので」

椎野は振り向き、かたずを飲んで見守る河井たちを、見渡した。

署員も、わけが分からないという様子で、立ち尽くしている。

そのとき、玄関ホールで新たな人声と足音が響き、喧噪《けんそう》が伝わってきた。

制服の巡査が、尻に火がついたような勢いで、廊下を駆けて来る。

敬礼もそこそこに言う。

「新聞社やテレビ局が、大勢玄関に押しかけています。一人では、手に負えません」

その言葉も終わらぬうちに、廊下の向こうから押し寄せて来る男たちの姿が、目に映った。

みながみな、手にデジタルカメラやビデオカメラを持ち、血相を変えている。

河井をはじめ、署員たちがあわててそれを押しとどめに、引き返して行った。

椎野が、呆然として言う。

「いったい、どうなってるんだ、これは」

御子柴は、内心ほくそえんだ。

水間がうまく、山路を焚きつけたようだ。

署員と記者たちが、廊下の向こうでせめぎ合うのを見て、椎野は御子柴の方に向き直った。

太い指を、突きつけてくる。

「ここは、おれたちが引き受ける。あんたは副署長室へ行って、様子を見てきてくれ」

「承知しました」

御子柴は渡りに船とばかり、身をひるがえして階段に向かった。

二階に上がり、取調室の方を見る。廊下には、だれもいない。

C取調室をのぞくと、部屋の隅のバリケードはそのままで、三苫利三の体は隠れて見えない。一つおいた、A取調室のドアをあける。

水間英人が、はじかれたように立ち上がり、御子柴を見た。

「山路には、言われたとおり連絡しました。どんな具合ですか、状況は」

「うまくいった。もうマスコミの連中が、下に押しかけて来た」

水間が、ほっとしたように、肩を緩める。

「よかった。これから、どうしますか」

「わたしは、廊下の向こうの副署長室へ、様子を見に行ってくる。あなたは、状況がはっきりするまで、ここで待機してください。手を借りることが、あるかもしれない」

「分かりました」

水間は、またすわり直した。

御子柴はドアを閉じ、副署長室に向かった。

廊下に面した窓は、先刻開いていたブラインドのスラットが閉じられ、中が見えなくなっていた。

ドアの前で深呼吸をし、ゆっくりとノックする。

五秒ほど間をおいて、中から岩動寿満子の声が聞こえた。

「だれ」

「御子柴です」

「何しに来たの」

「椎野代理に、様子を見てこい、と言われまして」

今度は、十秒ほどの沈黙。

窓のブラインドが軽く揺れ、外の様子をうかがう気配がする。

さらに間があいて、内鍵を解錠するかすかな音が、耳を打った。

ドアが、内側に開く。

戸口に出たのは、寿満子自身だった。

中にはいると、コート掛けを背にして立った禿富司津子が、御子柴に拳銃を向けて言った。

「キャビネットの前に、立ちなさい」

一応、驚いたようなそぶりをしてみせたあと、言われたとおりにする。

同じように司津子に促されて、寿満子はさして緊張した様子も見せずに、副署長のデスクにもどった。

ずっと昔から、その席にすわっているといわぬばかりに、慣れた物腰で椅子に腰を下ろす。

司津子は、寿満子に目を向けたまま、ドアに近づいた。

携帯電話ほどの大きさの、黒くて四角いものを握った左の指を器用に操り、内鍵を掛け直す。御子柴は寿満子の目をとらえ、いったいどうなっているのかという思い入れで、眉を動かしてみせた。

寿満子は、毛ほども表情を変えない。

あきらめて、部屋の様子をうかがう。

小檜山信介は、小型デスクのすぐそばに、まるで罰を食らった小学生のように、立ちすくんでいる。

御子柴の左手に並ぶ、書棚を背に憮然とした顔でたたずむのは、野球帽にジーンズといういでたちの、朝妻勝義だった。サングラスは、すでにしていない。

司津子が、御子柴に目を向け、何食わぬ顔で言う。

「禿富のパートナーだった、御子柴警部補ですわね」

御子柴も、そっけなく応じた。

「そうです」

「下の様子を、聞かせてください」

「刑事課長代理の椎野警部をはじめ、発砲事件の現場に出動していた署員が、引き上げて来ました。わたしの同僚の、嵯峨という刑事がだれも二階に上がらぬよう、説得しているはずです。ただし一人では、しのぎ切れないでしょう」

「この部屋で何が起きたのか、みんな知っているのですか」

「知らないと思います。わたしも、今知ったくらいですから」

御子柴の返事に、寿満子がふんと笑った。

皮肉な目で、小檜山を見る。

「副署長。だれも上がって来ないように、署内放送をしたらいかがですか」

そう言って、金庫の脇の小型デスクを、顎で示した。

そこには、ときどき小檜山が署員に連絡事項を伝えたり、どうでもよい訓示を垂れたりするのに使う、署内放送用のマイクが載っている。

司津子が、うなずいて言った。

「そう、それはいい考えね。副署長。この部屋で、現在重要な交渉が進行中であること、したがってだれも二階に上がってはならないことを、署内放送で指示しなさい。もし従わなければ、ご自分と岩動警部、御子柴警部補だけでなく、朝妻警視正の命もなくなりますよ」

拳銃で脅されるまでもなく、小檜山はすぐさまアンプのスイッチを入れて、マイクを取り上げた。

大きく息を吸って、しゃべり始める。

「副署長の小檜山です。署内の諸君にお伝えします。ただ今より、わたしからしかるべき指示があるまで、二階には上がらないでください。現在副署長室で、警察庁の朝妻警視正立ち会いのもとに、重要な交渉が行なわれています。もし、この指示に従わなかった場合は、重大な結果を招くことになります。騒ぎを起こさなければ、交渉はほどなく終わります。繰り返します。別途指示があるまで、署員諸君は全員一階で待機し、二階に上がらないようにしてください」

一気に言ってのけ、スイッチを切った。

それから、あまりに流暢《りゆうちよう》にしゃべりすぎたことを恥じるように、ちょっと頰を赤らめる。

そのまま、小檜山は小型デスクに体をもたせかけ、大きく息をついた。顔色が悪い。

司津子は、満足したようにうなずき、口を開いた。

「それでは、副署長。交渉を続けましょう。もし、あなたが金庫をあけなければ、朝妻警視正の背中に貼りつけた爆薬が、このリモコンのボタンで爆発します。どれくらいの威力があるのか、わたしにも分かりません。警視正一人ですむかもしれないし、この部屋の全員が吹っ飛ぶかもしれない。ともかく、裏帳簿と人の命とどちらが大切か、よく考えることね」

なるほど、そういうことか、と御子柴は理解した。

朝妻は、爆薬を背負っているために動きが取れず、寿満子もまた手出しができないのだ。

小檜山は、小型デスクに体をつけたまま、口元の汗をぬぐった。

小さな眼鏡の奥で、細い目が追い詰められた鼠のように、落ち着きなく動く。

寿満子が、おもむろに言った。

「最初に、外のダイヤルで暗証番号を合わせると、表の扉があくの。それから、鍵で内扉を解錠する、というわけ。簡単なことよ」

ひとごとのような口調に、小檜山はきっとなって、寿満子を見た。

「きみはわたしに、この金庫をあけさせたいのかね」

寿満子は、肩をすくめた。

「しかたがないでしょう。あけなければ、朝妻警視正の体はばらばらになるそうだし。副署長やわたしだって、命の保証はないんですよ」

御子柴はその口ぶりから、寿満子が爆薬の脅しをはったりではないか、と疑っていることを察した。

しかし、むろん寿満子もそれを確かめることは、できないだろう。

小檜山はあえぎ、口を開いた。

「しかし、あの帳簿は」

そこで言いさし、喉仏を大きく動かす。

音は聞こえなかったが、ごくりと鳴ったような気がして、御子柴は拳を握り締めた。

寿満子が、からかうように言う。

「わたしは、そんな爆薬などはったりにすぎない、と思いますよ。でも、わたしにはそれを確かめる手段も、権限もありません。副署長の判断に、お任せします」

やはりそうか、と御子柴は納得した。

そのとき、デスクの上の電話が、突然鳴り出した。

## 47

だれもが、はっとした。

ベルが三度鳴ったところで、禿富司津子が岩動寿満子に言う。

「接続コードを抜きなさい。署員のだれかが、交渉に割り込もうとしているのよ」

寿満子は、デスクの下に身をかがめてコードを引き抜き、右手で掲げてみせた。

電話のベルが止まる。

御子柴繁はふと、司津子が寿満子の身体捜検をしたのかどうか、不安になった。

司津子のことだから、抜かりはないだろうと思う。

しかし、松籟美術館で寿満子は確かに拳銃を、腰のサックに差しもどした。あの拳銃が、今どこにあるのかを考えると、急に不安になった。

司津子が、見つけて取り上げたのならいいが、自分の腰に差している様子もなく、それらしいものはどこにも見当たらない。

司津子が、あらためて小檜山を見る。

「さあ、肚を決めなさい。あまり、時間がないわ。下の連中が、SIT（特殊捜査班）を呼ばないうちに、終わらせましょう」

御子柴は、司津子がSITの存在を知っていることに、ちょっと驚いた。

SITは人質事件や誘拐事件など、凶悪犯罪が発生したときに出動する、本部捜査一課の特殊部隊なのだ。

そのタイミングをついて、御子柴は口を開いた。

「そう言えば、松籟美術館の出動組がもどるのと前後して、署の玄関に新聞、テレビなどマスコミ各社が、押しかけて来ましてね。美術館の一件は、まだどこにも知らせていないはずですし、そもそもマスコミが殺到するほどの、大事件ではない。してみると、こちらの一件、つまり神宮署の方で、副署長室占拠事件が発生したことを、だれかが通報したんじゃないでしょうか」

小檜山が、怒りにとらわれた顔で、御子柴を睨む。

「そんな、ばかな。ここで何が起きているかは、だれも知らないはずだぞ」

「はい。だからこそ、椎野代理はわたしに様子を見てこい、と指示されたわけです。だれが通報したか知りませんが、よけいなことをするやつがいるものですね」

とぼけて言うと、朝妻が割り込んできた。

「よけいなおしゃべりをしている暇はない。わたしは、背中に爆薬をセットされてるんだ。もし爆発したら、わたしだけじゃなくてあなたたちも、無事ではすまないだろう。小檜山さん。ぐずぐずしてないで、さっさと金庫をあけてください」

御子柴は、朝妻をじっと見た。

額には汗が噴き出し、声も緊張のあまりかすれがちだが、この期に及んでもキャリアの面目を保とう、という意識があるらしい。

むろん朝妻も、万が一裏帳簿がマスコミに流出すれば、警察全体が致命的な打撃を受けるだけでなく、自分にとっても命取りになることは、承知しているはずだ。

にもかかわらず、金庫をあけろと主張するところをみると、やはりほんものの命の方が、大切なのだろう。

あるいは、かりに裏帳簿が暴露されても、逃げ切る道はあると信じているのか。

朝妻にせかされて、小檜山は緩慢な動きで体の向きを変えると、金庫の前に膝をついた。

寿満子が、デスクの上で両手を組み合わせ、小檜山の動きを見守る。動物実験を観察する、学者のような目つきだ。

ダイヤルに指をかけた小檜山は、急に熱いものに触れたように手を引き、寿満子を見た。

とめてほしい、と言わねばかりに、喉仏を上下させる。

寿満子は、まったく心を動かされる様子もなく、小檜山を見返した。

小檜山は息を吐き、いかにも気の進まぬ手つきで、もう一度ダイヤルに指をかけた。

慎重に、回し始める。

右へ二度、左へ三度、さらに右へ一度回して、最後に左へ二度。

ハンドルを引くと、金庫の外扉が音もなく開いた。

小檜山は、金庫の前に這いつくばった格好で、額の汗をぬぐった。

「鍵を出して」

そう促す司津子の声も、さすがに少し上ずっている。

小檜山は、ひざまずいたままのろのろと上体を起こし、シャツの胸元に指を差し入れた。

細い金色のチェーンが、引き出される。

その先に、御子柴が想像したよりも小ぶりの、長さ五センチほどのずんぐりした鍵が、つながっていた。もとは金色のようだが、今はくすんだ黄銅色だ。

小檜山は、チェーンを首からはずし、鍵をつまんだ。

それを、金庫の内扉の鍵穴に近づけ、動きを止める。

そのまま、じっと何か考えている様子に、朝妻がじれた声で促した。

「どうしたんですか、小檜山さん。責任は、わたしがとる。あなたはただ、金庫をあければいいんだ」

御子柴は、朝妻に目を向けた。

その、汗まみれの顔を見たとたん、卒然として悟る。

この男には、キャリアの誇りなどかけらほども、残っていなかったのだ。

口では、責任をとるときれいごとを言いながら、脅え切った目がその言葉を裏切っている。

朝妻は単に、自分の命が惜しいにすぎない。それも背中に貼られた、爆発するかどうかさえ分からぬ、爆薬とやらのせいなのだ。

御子柴は、笑い出したくなった。

小檜山は、なおも少しのあいだひざまずいていたが、やおら金庫のてっぺんに手をついて、立ち上がった。

朝妻を見やり、妙に落ち着いた声で言う。

「朝妻警視正。あなた個人の命を救うために、警察全体の威信を危険にさらすことは、わたしにはできません」

「な、何を言ってるんだ、あんたは。わたしを助けることは、すなわち警察全体を救うことなんだ。今の発言が上層部に知れたら、あんたの首は飛んでしまうぞ」

唾を飛ばして言う朝妻に、小檜山は悲しげに首を振った。

「それは、どうでしょうか。おそらく、警察庁の浪川次長のご意見も、わたしと同じだと思いますよ」

朝妻の目が、飛び出さぬばかりに見開かれる。

「あんたのようなノンキャリに、おれたちの気持ちが分かってたまるものか。ぐずぐず言ってないで、さっさと金庫をあけろ」

罵声を浴びた小檜山の顔が、少しずつこわばる。

しかし、小檜山は超人的とも思える自制心をみせ、気味の悪い笑みを浮かべた。

「いえ、あけません。だれにも、あけさせません」

そう言うなり、チェーンごとまるめた鍵を口に投げ込み、ごくりとのんだ。

止める暇もない、一瞬の出来事だった。

朝妻が、悲鳴に近い声を上げる。

「小檜山」

御子柴もあっけにとられ、小檜山が必死になって鍵をのみくだすのを、呆然と見つめた。

食道を抜け、胃の中に落ちて行く黄銅色の鍵が、目に浮かぶようだった。

われに返った朝妻が、岩動を指さしてどなった。

「岩動、吐かせろ。鍵を吐かせるんだ」

とたんに、寿満子の右手がデスクの下に隠れ、次の瞬間拳銃とともに現れる。

御子柴は、唇を引き締めた。

松籟美術館で見た、あの拳銃だ。どこに隠し持っていたのだろう。

銃口が、蛇の鎌首のようにすばやく動いて、御子柴に狙いがつけられる。ひやりとした。


　気がつくと、いつの間にか司津子が背後に回り、御子柴を盾にしている。

寿満子も機敏だったが、司津子の動きはそれを上回るものだった。

司津子が、御子柴の肩越しに言う。

「危なかったわ。もう少しで、ボタンを押すところだった」

　息一つ乱していない。

御子柴は、朝妻の様子をうかがった。

朝妻は、顔に恐怖を張りつかせ、肩で息をしている。無意識のように、背中の爆薬に手を回そうとして、途中で動きを止めた。

司津子が御子柴の背後で、リモコンをかざしてみせたらしい。

司津子は続けた。

「拳銃を捨てなさい、岩動警部。撃っても、御子柴警部補に当たるだけよ」

盾にされたかたちの御子柴は、体中に冷や汗が噴き出るのを感じた。

寿満子に対して、自分が盾の役を果たさないことは、よく分かっている。

いざとなれば、寿満子は躊躇なく引き金を引いて、御子柴ごと司津子を撃つだろう。

寿満子が動かないので、司津子はなおも続けた。

「さっき見たときは、どこにも銃を隠していなかったわね。床の上に置いていた、とは知らなかったわ」

寿満子は、御子柴に狙いをつけたまま、拳銃を握り直した。

「ええ、そうよ。さっき、電話のコードを引き抜いたとき、拾って膝に挟んでおいたの。それを見落とすなんて、やっぱりあんたも素人だね」

寿満子自身も、御子柴越しに司津子の拳銃に狙われながら、まったく恐れる様子がない。

その度胸には、御子柴も内心舌を巻いた。

司津子が応じる。

「警部補を撃ったとしても、わたしには当たらないわ。そのあいだに、あなたを撃つこともできるし、このボタンを押すこともできるわ」

朝妻が、ほとんど泣き声を上げる。

「岩動。拳銃を捨ててくれ。頼むから、捨てるんだ」

寿満子は、さげすむようにじろりと朝妻をねめつけ、口元を歪めた。

「はいはい、分かりました。警視正のご命令とあれば、従うしかありませんね」

皮肉な口調で言い捨て、あっさり上体を起こすと、拳銃を無造作にほうり投げた。

それが偶然のように、小檜山の胸の前に舞う。

小檜山はあわてて、その拳銃を両手で受け止め、右手に握った。

寿満子が、天使のような笑みを浮かべ、猫なで声で言う。

「わたしには、それを使う権限がないらしいわ。権限のある人に、お任せします」

小檜山は、珍しい深海魚でも観察するように、拳銃を見下ろした。

朝妻が叫ぶ。

「岩動。小檜山から、鍵を吐かせるんだ。口に指を突っ込んで、吐かせるんだ。早くしろ」

ほとんど、正気を失っている。

御子柴は、急に意地悪な気持ちになった。

「ご自分で吐かせたらいかがですか、警視正」

朝妻は、ぎくりとしたように御子柴を見返し、唇をなめた。

背後で、司津子が言う。

「そう、それはいい考えね。あなたが吐かせなさい、警視正。どっちみち、その人がトイレに行きたくなるまで、待つ余裕はないのよ」

朝妻は唾をのみ、御子柴を指さした。

「御子柴。あんたがやれ。鍵を吐き出させたら、刑事課にもどしてやる。刑事課の課長代理、いや、課長にしてやってもいい。頼む、やってくれ」

御子柴は、憐れみの目で朝妻を見返した。

この男は、おそらく背中に貼りつけられた爆薬から、恐怖という名の毒素をたっぷりと吸収して、正常な判断力をなくしたのだ。

とはいえ、朝妻のためでも司津子のためでもなく、あの鍵を吐かせて金庫をあけなければ、すべての苦労がむだになる。

御子柴は、小檜山の方に一歩踏み出した。

小檜山が、はじかれたように拳銃を持ち上げ、安全装置をはずす。

「来るな、御子柴。こっちへ来るな」

この男に、引き金を引く勇気があるかどうか、御子柴には分からなかった。

しかし、小檜山は警察という組織を守るために、朝妻個人を見捨てると公言したのだ。朝妻に比べれば、自分のようなノンキャリアの刑事など、吹けば飛ぶような存在にすぎない。

小檜山は、容赦なく発砲するだろう。

御子柴は、ことさら静かな口調で言った。

「副署長。事を穏便に収めるには、金庫をあけるしかありません。口に指を入れて、ご自分で鍵を吐き出してください。お手伝いするのは、わたしも気が進みませんから」

「きみはわたしに、指図する気か。そこを動くんじゃない」

御子柴は、もう一歩踏み出した。

小檜山が、小型デスクに太った腰を押しつけ、ほとんどのけぞる。

「そばに寄るな、御子柴。もう一歩でも動いたら、ほんとに撃つぞ」

心臓が冷たくなったが、御子柴は引かなかった。

「あなたに、人は撃てませんよ。考えてもみてください。あなたが、いくら警察組織に忠誠を尽くしても、警察はあなたを守ってくれない。そのことは、よくご存じでしょう」

目の隅に、驚いたような顔をする寿満子が、ちらりと映る。

御子柴が、そのような考えをこの場で吐露《とろ》するとは、予想もしていなかったのだろう。自分でも、意外だった。

ここまできたら、覚悟を決めるしかない。

さらに一歩、小檜山の方に踏み出す。

小檜山は銃口を上げ、小型デスクに体をへばりつかせた。

「よ、寄るな。鍵は、鍵はだれにも、だれにも渡さんぞ」

わめくように言い、なおも銃口を持ち上げる。

御子柴は、自分でも驚くほど落ち着いた気持ちで、もう一歩踏み出した。

そのとたん、小檜山は獣のような唸り声をあげたかと思うと、銃口を自分の顎に向けた。

銃声が轟《とどろ》き、赤黒いしぶきが天井目がけて、噴き上がる。

同時に、何か生温かいものが顔に降りかかり、御子柴は尻餅をついた。

小檜山の体が、一瞬操り人形のように伸び切り、それからくたりと前のめりに崩れ落ちる。

それきり、動かなかった。

御子柴の目の前に、なぜかそれだけ無傷の細長い眼鏡が、ぽとりと落ちてくる。

## 48

水間英人は、反射的に立ち上がった。

今の、花火がはじけるような爆発音は、銃声ではなかったか。

静かでなければ、気づかないほどの軽い音だったが、同じ階から聞こえたような気がする。

だとすれば、副署長室しかない。

水間はドアを細めにあけ、廊下の様子をうかがった。

人がいないのを確かめ、A取調室を滑り出る。

副署長室の方を見たが、だれも出て来る気配はなかった。

禿富司津子や御子柴繁と一緒に、岩動寿満子が詰めているとすれば、丸腰では心もとない。何か異変があったとしても、自分は身に寸鉄も帯びていないのだ。

ふと、ミトマのことを、思い出す。

寿満子に言われて、御子柴から取り上げた水間の拳銃を、ミトマは自分のポケットに入れた。

さっき、嵯峨俊太郎がミトマを殴り倒したあと、拳銃を取り上げた形跡はない。

だとすれば、あれはまだミトマのポケットに、残っているに違いない。

水間は足音を忍ばせ、C取調室の前に行った。

ドアをあけてのぞくと、部屋の隅に椅子やテーブルが寄せられた、さっきの情景に変わりはない。

水間はドアを閉め、部屋の隅に近づいた。

突然、寄せられていたテーブルが跳ね上がり、水間に襲いかかった。

「この野郎」

どなったのは、テーブルでも椅子でもなく、その陰にうずくまっていた、ミトマだった。

水間は不意をつかれ、あおむけに押し倒された。

まるで、夢を見ているようだ。

小檜山信介の頭は半分なくなり、その残骸が背後の壁や天井のあちこちに、飛び散っている。

御子柴繁は、顔を濡らす返り血を手の甲でぬぐい、体を起こした。

足が震えて、なかなか立てない。こんな結果になるとは、想像もしなかった。

異様な物音に、反射的に振り向く。

朝妻勝義が、応接セットのテーブルに上体を投げ、胃の中のものを吐きもどしていた。

吐きながらも、切れぎれに言う。

「は、早く、か、か、鍵を」

目を移すと、椅子にすわった岩動寿満子がうろたえもせず、しかしさすがに頰の筋をこわばらせて、御子柴を見返した。

一人、何ごともなかったように振る舞ったのは、禿富司津子だった。

司津子は、躊躇なく朝妻の背後に回り込むと、綿シャツとTシャツを一息にまくり上げた。

裸の背中に、灰色をした四角い粘土のようなものが、ガムテープで貼りつけられている。どうやらそれが、司津子の言う爆薬らしい。

「これをはがして、金庫の鍵穴に貼りつけてちょうだい」

司津子は、かたちばかり拳銃を動かしてみせ、御子柴を促した。

朝妻が、苦痛の声を上げるのにもかまわず、御子柴は言われたとおり粘土状の爆薬を、容赦なく引きはがした。

それを持って、ためらわずに金庫に近づく。

小檜山の死体を、まともに見ないようにしてまたぎ、開いた外扉の前にひざまずいた。

すぐ横のデスクで、寿満子がとがった声を出す。

「あんたも、たいしたタマだね、御子柴。まるで、禿富のかみさんと申し合わせたように、いそいそとしてるじゃないか」

それに答えず、御子柴は粘土を揉んで少し柔らかくし、内扉の鍵穴にめり込むくらい力を込めて、上から押しつけた。

司津子が、錠を爆破するつもりだということは、すでに分かっていた。

つまり、これははったりでもなんでもなく、本物の爆薬なのだ。

しかし、実のところボタン一つでこんな粘土が、爆発するものだろうか。いくらか疑問を残しながら、御子柴は作業を終えた。

立ち上がって、司津子を見る。

司津子は、テーブルに上体をもたせかけたままの朝妻に、拳銃を突きつけていた。

もっとも、そんな必要がまったくないことは、頭を抱えて体を震わせる朝妻を見れば、一目瞭然だった。

朝妻は自分の嘔吐物の中に、顔を半分突っ込んでいた。

かすかに、アンモニアのにおいがするところをみると、嘔吐しただけではないかもしれない。それが、部屋に充満する血のにおいと混じって、息が詰まるほどだった。

司津子は、朝妻の襟首をつかんで引き起こし、頭からテーブルの下に突き入れた。

寿満子に言う。

「命が惜しかったら、あなたもデスクの陰に隠れなさい」

寿満子は、ちょっとためらう様子を見せたものの、おとなしく言われたとおりにした。

司津子と並んで、キャビネットの陰にうずくまった御子柴は、小声で確認した。

「どれくらいの爆発力ですか」

司津子が、肩をすくめる。

「分からないわ。爆発させたことがないので」

その超然とした口ぶりから、小檜山が自分の頭を吹っ飛ばしたことなど、歯牙にもかけていないことが、見てとれた。

もしかすると、司津子は禿富以上に感情に動かされない、したたかな女なのかもしれない。

「いくわよ」

司津子が、リモコンを体に引きつけて言い、御子柴は首を縮めた。


ミトマは、水間英人の上に、馬乗りになった。

ミトマの顔にも服にも、はがれ残った黄色いガムテープが、まだくっついている。

水間はわれに返り、顔を殴りつけてくるミトマの拳を、かろうじてかわした。下から胴に抱きつき、追撃を避ける。

ミトマは、それ以上ものも言わずに水間の首をつかみ、恐ろしい力で絞めてきた。

がんじがらめに、椅子ごと縛りつけられたあの状態から、この男が一人で抜け出したとは、とても信じられない。

しかし、現にミトマは水間の上にのしかかり、力任せに首を絞めているのだ。

力比べでは、とうてい勝ち目はない。

水間は、とっさにミトマのポケットに、左手を突っ込んだ。拳銃が指先に触れ、無我夢中で抜き出す。

「手を、手を離せ。土手っ腹に、穴をあけるぞ」

かすれ声で言い、銃口をミトマの横腹に押しつけた。

ミトマが、なおも首を絞め続けながら、せせら笑う。

「撃てるものなら、撃ってみやがれ」

喉仏がつぶれそうになり、水間は空気を求めてあえいだ。

はがしそこねたガムテープが、ミトマのこめかみでひらひらするのが、かすんだ目に映る。

半分意識がもうろうとなりながら、銃口をミトマの太もものあたりにずらした。

ミトマが右手を離し、水間の手首をつかむ。

水間は、引き金を引いた。

引き金は、動かなかった。安全装置を、はずしていなかったのだ。

ミトマは笑い、水間の手から拳銃をもぎ取って、床に投げ捨てた。

あらためて両手を添え、楽しそうに首を絞め始める。

水間は、重い体をはねのけようともがきながら、意識が遠のくのを感じた。

そのとき、かすかにドアの開く音を聞いた。

ミトマが悲鳴を上げ、水間の上から転がり落ちる。

水間は大きく息をつき、床の上に腹這いになった。体が跳ねるほど、激しく咳き込む。

頭の上で、荒あらしい格闘が始まるのを、ぼやけた頭で意識した。

顔を上げると、嵯峨俊太郎がテーブルや椅子をへし折りながら、ミトマと猛烈な取っ組み合いを繰り広げている。

安堵のあまり、一瞬力が抜けた。

嵯峨が、助けに来てくれたのだ。

水間は、目の前に転がる拳銃を拾い上げ、よろよろと立ち上がった。ロードローラーに轢《ひ》かれたように、体中が苦痛に熱く燃えている。

震える手で、安全装置をはずした。

ミトマは手ごわい相手だが、この場は嵯峨に任せるしかない。

そのとき、副署長室の方角から腹に響くような、鈍い爆発音が聞こえた。

水間は、C取調室から、よろめき出た。

足を引きずりながら、副署長室へ向かって突き進む。


ほとんど間をおかず、金庫が爆発した。

天井や壁から、細かい砂塵のようなものが頭に降りかかり、御子柴繁は咳き込んだ。

部屋に、もうもうと煙が立ち込める。

ブラインドが、波を打って激しく揺れ動いたが、窓ガラスが砕け散るほどの、強い爆風ではなかった。
鼻を押さえながら、御子柴は煙や塵埃《じんあい》をすかして、金庫を見た。
内扉がみごとに、口をあけている。
よろめきながら、そばに行こうとした。
そのとたん、いつの間に移動したのか金庫のそばから、ぬっと寿満子が立ち上がった。
埃と、小檜山の返り血を浴びて、顔が赤黒く染まっている。
御子柴は、その場に立ちすくんだ。
寿満子の手には、小檜山が取り落とした拳銃が、握られていた。
その拳銃が、いきなり火を吐く。
御子柴の背後で、司津子が声を上げた。
振り向くと、司津子はキャビネットに背を打ちつけ、そのまま床にずり落ちた。
スーツの胸に穴があき、ブラウスに血が広がり始める。
右手に握った拳銃が、こぼれて床に転がった。
御子柴は反射的に、それに手を伸ばそうとした。
「動くんじゃない」
寿満子の口から鋭い声が飛び、御子柴は体を凍りつかせた。
ゆっくりと、背筋を伸ばす。
テーブルの下で頭を抱え、がたがた震えている朝妻が目にはいり、つい笑いそうになった。

寿満子が、目をきらきらさせながら言う。

「惜しかったね、御子柴。あんなにほしがっていた、裏帳簿がすぐ目の前にあるというのに、手を出せないとはね」

明らかに、その状況を楽しんでいる口ぶりに、胃が熱くなる。

御子柴は、脱力感と戦いながら、両腕を広げた。

「今のうちに、わたしを撃ったらどうですか。マスコミに、この場のありさまを順序だてて、きちんと説明できるならね」

寿満子は笑った。

「もちろん、そうするさ。死人に口なしだよ。ボニータも死んだし、あんたが死ねば小うるさいやつは、だれもいなくなる」

「嵯峨が残ってますよ」

「あんな若造は、なんとでもなるさ。あたしは、安手のギャング映画みたいにだらだらと、演説をする気はないんだ。覚悟しな」

そう言って、寿満子が銃口を上げる。

その瞬間、御子柴の背後でガラスの砕ける、すさまじい音がした。

御子柴は、とっさに床に体を投げた。

壊れたブラインドと一緒に、だれかが頭から飛び込んで来る。

水間英人だ。

そう見分けたときには、水間はガラスをまき散らしながら膝立ちになり、寿満子目がけて発砲していた。

弾ははずれ、寿満子も仁王立ちのまま、負けずに撃ち返す。

水間は、肩を撃たれてくるりと体を回転させ、キャビネットに激突した。

それでもひるまず、拳銃を構え直して立て続けに撃つ。

しかし、撃った弾は二発とも当たらず、しかも三発目からあとはすべて、空撃ちになった。

御子柴は、呆然とした。水間の拳銃には、弾が三発しかはいっていなかったのだ。

とっさに飛び起き、水間の体を支える。

寿満子が大声で笑い、二人にゆっくりと狙いをつけた。

水間も御子柴も、その場に棒立ちになった。

寿満子が、引き金を引き絞ろうとした瞬間、御子柴の足のあいだから乾いた音が、軽く鳴り響いた。

寿満子が、驚いたように大きく目を見開き、ぐらりとよろめく。

赤黒く汚れた額に、それよりもっと赤黒い穴があき、血が噴き出した。

寿満子は、なえかけた力を振り絞るように、腕を上げた。

御子柴とも、水間ともつかぬ方向に銃口を向け、しきりに的を求める。

だが、その力はもう、残っていなかった。

「くそ」

最後に一声ののしり、寿満子はなおも引き金を引き絞ろうとしながら、余命の尽きた朽ち木のように勢いよく、どうと床に倒れ込んだ。

寿満子は、目を見開いたまま、死んでいた。

われに返った御子柴が振り向くと、床に横たわった司津子の右手に、一度落としたはずの小さな拳銃が、握られていた。

「奥さん」

御子柴は呼びかけ、膝をついて司津子の手を握った。

司津子が澄んだ目で、まっすぐに見上げてくる。

「岩動。禿富を、甘く見た罰よ」

それだけ言って、司津子は目を閉じた。

握った手から、急速に力が抜けていく。

顔中を腫らした水間が、肩を押さえてささやいた。

「下から、下から人が、上がって来ますよ」

階段を駆け上がり、廊下を走ってくる足音が聞こえる。

御子柴は、とっさに寿満子と小檜山の体を乗り越え、金庫に飛びついた。

必死になって、中身を掻き出す。

「あった」

いちばん奥に、コピーで見慣れた裏帳簿の束が、収まっていた。

御子柴はそれを抱え、デスクの後ろの窓に突進した。

ガラスを蹴り割り、鉄格子のあいだから外をのぞく。

下で人影が動いたが、暗くてだれとも分からない。

運を天に任せるしかなかった。

御子柴は、裏帳簿を縦にして鉄格子の間に差し入れ、そのまま落とした。

向き直ったとき、破れた廊下の窓から殺気立った署員たちが、どっと乗り込んで来た。

その先頭に、嵯峨俊太郎がいた。

# エピローグ

開いた窓から、鳩の鳴き声が聞こえる。

水間英人は、むいたリンゴを盆に載せて運んで来る、諸橋真利子を見た。

ずっと以前、禿富鷹秋が線路に落ちて左腕を轢断《れきだん》され、修復手術を受けたことがある。そのおり、事故を引き起こす原因となった当の真利子が、かいがいしく禿富のめんどうを見るのを、くすぐったい気持ちで眺めたことを、思い出す。

真利子は、店に出るときの和服ではなく、地味なワンピース姿だった。明るいところで、そういう格好をした真利子を見ると、さすがに年相応のものを感じる。

水間は、見てはいけないものを見たようで、少し落ち着かない気分になった。

真利子が爪楊枝を使って、リンゴを一切れ口に入れてくれる。

ベッドの脇に立った野田憲次が、元気づけるように明るい笑顔を浮かべた。

「それにしても、ひどい目にあったもんだな」

水間は、自由な右手で、首筋を掻いた。

「まあ、たまには、いいだろう。これまでは、おまえがずっとひどい目にあう役を、引き受けてきたんだからな」

実際、これまでに野田は少なくとも二度、命にかかわるほどの重傷を、負っている。

水間をぶちのめした刑事は、三苦利三というのだ、とあとで聞かされた。

その三苦から受けた傷は、見た目ほどたいしたことはなかった。顔のあざも、あとには残らないだろう。

ただし、岩動寿満子に拳銃で撃たれた肩は、鎖骨と肩甲骨の一部が砕けたため、簡単には治らない。ギプスで固定したまま、当分動かせない状態だった。

それでも、左の下腕部と手だけはまめに動かし、筋肉が衰えないように努めている。

神宮署の事件から、すでに十日間がたった。

事件翌日からの新聞、テレビの報道は混乱を極めた。

警察庁の発表は、当初強気に徹した。

神宮署の占拠事件は、元同署所属の故禿富鷹秋警視（死後二階級特進）の妻、司津子が企てたものだった。

司津子は、警察庁の朝妻勝義警視正を人質に同署へ乗り込み、副署長の小檜山信介警視、岩動寿満子警部を呼び寄せて、副署長室に閉じこもった。

その目的は、副署長室に置かれた金庫をあけさせ、署員の極秘個人情報ファイルを、奪い取ることだった。

たまたま、同じ階で渋六興業の水間英人常務から、拳銃不法所持について事情聴取していた、同署生活安全特捜班の御子柴繁警部補が、異変に気づいた。

御子柴警部補は、水間常務とともに副署長室に駆けつけ、二人とも事件に巻き込まれる結果になった。

小檜山、寿満子、司津子の死亡と、水間の負傷については調査中ということで、すぐには説明されなかった。

占拠事件と、それより前のボニータ射殺事件の、両方の現場に居合わせた水間には、当然取材が殺到した。

神宮署は、おそらく警察庁の指示に違いないが、どちらの事件についても勝手に話すな、と水間に箝口令をしいた。

それと引き換えに、水間の拳銃不法所持容疑については、証拠不十分で不問に付す、との条件が与えられた。

これ幸いと、水間も一般のマスコミに対しては、固く口を閉ざした。

その一方で、週刊ホリデーに記事を書く山路啓伍には、洗いざらいしゃべった。

むろん、水間個人の名前は伏せられたし、リークした人物を特定できるようなコメントも、注意深く避けられた。

五日後に発売された週刊ホリデーは、神宮署の裏金作りとその収支を記録した、裏帳簿の存在をすっぱ抜いた。

特集記事には、〈編集部が極秘のルートで入手した〉として、裏帳簿が写真図版入りで、紹介されていた。

御子柴が、副署長室の窓から落とした裏帳簿を、山路が無事に受け取ったのだ。

同時に記事は、それを巡って発生したいくつかの犯罪、たとえば熊代彰三殺し、松国輝彦と笠原龍太の殺人事件、ボニータの射殺事件などの真相にも、するどく肉薄した。

そうした犯罪の背景に、寿満子と朝妻が密接に関わっていた疑いが、説得力をもって指摘された。記事では仮名になっていたが、二人の人物をそれと特定することは、きわめて容易だった。その特集を見た新聞、テレビは当然のことながらいきり立ち、神宮署と警察庁に取材攻勢がかけられた。

対応に苦慮した警察庁は、三日間の猶予を許されて調査を行ない、その結果を記者会見で発表した。

正確には、調査というよりつじつま合わせの作業、と呼ぶべきだろう。

新聞報道によれば、こういうことだ。

神宮署の裏帳簿について、警察庁はその存在を承知していない。副署長の、故小檜山信介警視が独自の判断で、裏金作りを行なっていたと思われる。

警視庁管内では初めての不祥事で、まことに遺憾なことと認識している。

ただし、他の署で同様のことが行なわれた、という報告は聞いておらず、神宮署だけのことと思われる。

だいぶ以前、警視庁を除くいくつかの警察本部で、不正経理疑惑が問題になって以来、いわゆる裏金作りと呼ばれる行為は禁止され、行なわれなくなった。

神宮署の帳簿も、何年か前までの記載で中断しており、現在そのような不正経理は行なわれていない。

週刊誌によれば、裏帳簿なるものには朝妻勝義警視正をはじめとする、複数のキャリア警察官が裏金の提供を受けた、との記録がある。そのほか、警察庁次長の浪川憲正警視監を通じて、警察庁そのものにも上納金が納められていた、という。

朝妻警視正など、何人かの警察官は裏金の受領を一部認めているが、警察庁への上納金については、そのような事実は確認されていない。

おそらく、故小檜山警視が他へ流用したものを、上納金に見立てて処理したもの、と推定される。

このような背景から、小檜山警視は不正経理の記録が公になれば、責任を免れることはできないと判断し、自死の道を選んだものと思われる。

朝妻警視正の指示で、さまざまな不正行為に手を染めていた岩動警部は、副署長室にいた禿富司津子、御子柴警部補、水間常務の口を塞ごうと発砲し、逆に禿富夫人に射殺された。

したがって、小檜山警視、岩動警部の死の原因に関しては、疑問の余地がない。

裏帳簿が、なぜ外部に流出したかについては、現段階ではまだ解明されていない。

事件の直後、副署長室にかけつけた署員の証言によると、重要書類が収納されていた金庫は爆破され、開いたままだった。

しかし、その中に問題の裏帳簿はなかった、という。それがいつ、どのような方法で持ち出されたかは、今のところ判明していない。

ちなみに朝妻警視正以下、裏金を受け取っていた警察官は懲戒免職、ないし無期停職とする。

浪川警視監は、今回の不祥事の責任をとって次長を辞任、長官官房人事課付とする。

以上が、発表の概要だった。

寿満子所持のものも含めて、現場で見つかった三挺の拳銃は、いずれも出所が明らかにならぬまま、証拠物として押収された。

むろん、水間が持って行ったコルト・ベストポケットも、その中に含まれていた。

野田が言う。

「おまえも、腕が悪いぞ。三発撃って、三発ともはずすとはな。しかも、相手は的の大きな岩動だ、というのに」

水間は、瞳を回してみせた。

「おれだって、岩動に一発もお見舞いできなかったのは、痛恨の極みだった」

そばから、真利子が口を出す。

「でも、当たらなくてよかったのよ。もし当たっていたら、釈放されてこんな風に療養するわけには、いかなかったでしょう」

「確かにそうだ」

水間は、いつも世話になっている円山病院で、入院加療中だった。

一両日中に、リハビリが始まる予定だ。

野田が、しみじみと言った。

「神宮署も、いくら警察庁の指示とはいいながら、おまえを釈放するはめになったときは、泣くに泣けない気分だったろうな」

「気にすることはないさ。どうせ神宮署の幹部は、総入れ替えになるだろう。ハゲタカのだんなが聞いたら、泣いて喜んだだろうにな」

水間が言うと、真利子もうなずく。

「あの人のかたきを、奥さんが討ったというのも、因縁よね」

水間は目をそらし、禿富鷹秋が死んだときのことを、思い起こした。

真利子を盾にした寿満子に、弾を浴びせようとした禿富を撃ったのは、水間自身だった。

真利子を助けるためには、しかたがなかったのだ。

結局は、それが致命傷になったといえるが、最後に禿富を楽に死なせてやったのは、真利子だった。

そして禿富は、真利子にとどめを刺されることを、明らかに望んでいた。

しかし。

水間は、そして間違いなく真利子も、寿満子こそが禿富のかたきだ、と信じている。

その考えに、揺るぎはない。

真利子が言うとおり、司津子が寿満子を撃ち殺したのは、夫のかたき討ちに違いなかった。

それと同時に、銃口にさらされた御子柴と水間を救う、必殺の一弾でもあったのだ。

野田が、暗くなった雰囲気を引き立てるように、明るく言う。

「それにしても、禿富夫人はすごい腕をしてるじゃないか。御子柴警部補の股ぐらから、岩動の額のど真ん中を、撃ち抜いたんだからな」

「あれはまぐれというより、ハゲタカのだんなの執念だな」

水間が応じると、真利子が口を挟んだ。

「少なくとも、まぐれではないわね。あの奥さんは、十年かそこら前に国体のピストル競技で、優勝したことがあるそうよ。どこかの週刊誌に、そう出ていたわ。もとは、自衛官だったんですって」

水間と野田は、顔を見合わせた。

まったく、知らなかった。

警察官の禿富と、自衛官の司津子がいつ、どこで、どうやって知り合い、所帯を持ったのか、想像もつかない。

そして、なぜ別居するにいたったかも。

水間は、ため息をついた。

「あのかみさんとは、だんなの葬式のときに会って以来だったが、あんな修羅場に耐えられる女だとは、思いもしなかった。御子柴のだんなの話では、ハゲタカ以上に底の知れない女だ、というんだがね」

そのとき、サイドテーブルの上に置いた携帯電話が、ぶるると震えた。

右手で取り、耳に当てる。

「これから、ちょっとのぞきに行きたいんですが、お邪魔ですか」

御子柴繁だった。

「どうも。かまいませんよ。野田と〈サルトリウス〉のママが、見舞いに来てくれてますが」

「そうですか。じゃ、あと三十分くらいで、顔を出します。嵯峨君も一緒です」

通話を切ると、野田が目顔でだれだ、と尋ねる。

「御子柴のだんなだ。見舞いに来るとさ、嵯峨警部補と一緒に」

野田も真利子も、頬を緩めた。

「あのだんなも、不思議な男だな。小心翼々としてるくせに、いざとなると胆がすわる。今度のことでも、キャリアの連中に後ろを見せなかった。警察社会じゃ、なかなかできないことだ」

野田が言い、真利子もうなずく。

「あの、あそこだけ妙に派手なネクタイが、なんとも言えないわよね」

水間も野田も笑った。

病室を出て行く二人に、水間は声をかけた。

「大森マヤに、礼を言っておいてくれ。りっぱな花が届いたんだ」

真利子は、病室の隅に飾られた花籠を見て、にこりと笑った。

「分かりました。明日にでも、来るように言います」

二人が帰ってから、正確に三十分後に御子柴と嵯峨が、やって来た。

くたびれたスーツに、黄色いペイズリのネクタイを締めた御子柴を見て、水間は笑いをこらえるのに苦労した。

嵯峨は、いつものようにノーネクタイで、こざっぱりしたジャケットとスラックスに、身を固めている。

御子柴は、手にした果物の籠をテーブルに置いて、水間を見た。

「どうですか、具合は」

「まあまあです。そろそろ、リハビリを始めます」

嵯峨が、しげしげと水間の顔を見て、にっと笑う。

「だいじょうぶ、顔色がいいですから」

嵯峨とゆっくり話すのは、事件のあと初めてだった。

「あのときは、いろいろと助けていただいて、ありがたかった。感謝してます」

すなおに礼を言うと、嵯峨は照れくさそうに指を髪に突っ込み、しきりに搔き上げた。

「いや、それには及びません。たいした働きもできなくて、すまなかったくらいです」

「三苦刑事は、どうなりましたか」

あの日、三苦利三は嵯峨にさんざんに叩きのめされて、三日ほど自宅で休養しなければならなかった、という。

「岩動警部が死んだ、と分かったとたんに風船がしぼんだように、元気がなくなりましてね。あの日、署にいたことすら忘れてしまった、という風情です。都下多摩市へ、配置転換になることが内定した、と聞きました」

嵯峨が言い終わるのを待って、椅子にすわった御子柴が口を開く。

「礼といえば、わたしもあなたに礼を言わなければならない。あのとき、あなたが窓ガラスを破って、副署長室に飛び込んで来なければ、わたしは岩動に撃たれていたでしょう。あなたが、岩動と撃ち合ったおかげで、秃富夫人も銃を拾う余裕ができたんです」

水間はくすぐったくなり、右手で鼻の頭を搔いた。

「あれで、岩動に一発でも命中させていたら、おれも面目が立ったんですがね」

嵯峨が手を振る。

「秃富警部補と、松国警視正のかたきを討てたのは、奥さんをはじめ御子柴さんと水間さんが、力を合わせたからでしょう。わたしも、多少のお手伝いができて、うれしかった」

　御子柴は、指を立てて振った。

「しかし、まだ何も解決しちゃいない。警察庁は、裏金作りの運営とシステム管理の罪を、死んだ小檜山警視一人に押しつけよう、としている。小檜山警視は、歴代の神宮署長の了解と奨励のもとに、裏金作りに励んできたんです。署長はすべてキャリアだから、間接的に警察庁の指示を受けていたといっても、過言ではない。現に裏帳簿には、プールした裏金の一部が朝妻たち個人だけでなく、浪川次長を通じて警察庁自体にも流れていた、と記録が残っています。これは、警察庁の威信に関わる、由々しき不祥事です。それを追及するのは、おそらく週刊ホリデーと二、三の週刊誌くらいのもので、大手の新聞やテレビは黙殺するでしょう」

「東都ヘラルドは、どうですか」

　水間の問いに、御子柴は首を振った。

「だめです。大沼早苗は、そういう東都ヘラルドの姿勢に失望したとみえ、昨日辞表を出したと連絡してきました」

　水間は、枕に頭をうずめた。

「すると、何も変わらず、ですか」

「神宮署を、総入れ替えする準備が進められている、と聞きました。わたしも嵯峨君も、配置転換を余儀なくされるでしょう」

「どこへ回されるんですか」

「分かりません。渋谷とも渋六興業とも、縁のない署でしょうね。まあ、三苦君のように都下なんとか市、ということはないと思うが」

水間は、急に冷たい風が胸の中を吹き抜けるのを感じて、小さく身震いした。

これだけ死ぬ思いをしても、何も変わらないのだと思うと、強い無力感に襲われる。

渋六興業にも、一つの時代の終わりがやってきたような、そんな気がした。

現に、前日見舞いに来た社長の谷岡俊樹が、引退をほのめかしたりした。

水間と野田で、組織を守ってくれと真顔で言い、頭を下げさえしたのだ。

御子柴が、腰を上げる。

「さて、あまり長居をしてもあれだから、そろそろ失礼します。異動先が決まったら、また知らせに来ますよ。渋六も、わたしか嵯峨君の異動先に、事務所を移したらどうですか」

水間は、力なく笑った。

そのとき、また携帯電話が鳴り出した。

戸口へ向かおうとした二人が、なんとなく足を止めて振り返る。

水間は右手を伸ばし、携帯電話を取って通話ボタンを押した。

「もしもし」

応じたとたんに、ぶっきらぼうな声が言う。
「よくやったぞ、水間。ほめてやる」
それきり、切れた。
ぞっとして、着信画面を見直す。
発信元は、〈禿富鷹秋〉となっていた。
頬をこわばらせた水間を、御子柴が蒼白な顔で見つめる。
御子柴にも、だれからの電話か分かったようだった。
開いた窓から、鳩の鳴き声が聞こえてくる。

# 解　説

逢坂剛

禿鷹のシリーズを書き始めたのは、一九九〇年代の末期に近いころ、つまり四半世紀も前のことだ。

それよりもさらに前、一九九〇年代の前半あたりから大沢在昌、今野敏、髙村薫、横山秀夫などの諸氏が、新しい警察小説を次つぎに発表し始めた。それがやがてブームとなって、警察小説というジャンルが形成されたことは、読者もよくご存じだろうと思う。

ちなみに、この場で警察小説と称するものは、警察官を探偵役に犯人探しを主とする、従来型の本格ミステリーのことではない。捜査活動よりも、むしろ警察内部の矛盾や腐敗、確執、あるいは警察官個人の生き方に力点を置く、ハードボイルド・タイプの小説、と考えていただきたい。したがって、昨二〇二二年に亡くなった、西村京太郎氏の十津川警部シリーズに代表される、いわゆる捜査小説はひとまず別格として、ここでは取り上げないことにする。

本稿で論じる、ハードボイルド警察小説の源流は、結城昌治氏の『夜の終る時』（一九六三年）、あるいは『裏切りの明日』（一九六五年）あたりに、求められるだろう。今思えば、わたしが書いた最初の警察小説、『裏切りの日日』（一九八一年）はそのタイトルからして、たとえ無意識無自覚だったにせよ、結城氏の諸作品に触発されたことは、確かだといえる。もっとも、自分としては当時愛読していた、アメリカのハードボイルド作家、ウィリアム・P・マッギヴァンの警察小説、『殺人のためのバッジ』『悪徳警官』『最悪のとき』等の作品世界を、日本を舞台にして再現したい、という気持ちの方が強かった。

正直なところ、わたしはこの『裏切りの日日』で、従来どの作家も書いた形跡のない、公安警察の刑事を主人公にしたことに、それなりの自負があった。加えて、本格ミステリーも好きだったことから、本作の核をなす人間消失のトリックにも、自信を持っていた。つまりこの作品には、ハードボイルド小説と本格ミステリーを、同時に実現しようという大胆不敵な（?!）野心が、込められていたのだ。

ところが『裏切りの日日』は、当時まだ世間で警察小説なるもの、まして公安警察になじみがなかったせいか、話題にもならずに初版で絶版、という憂き目を見た。作者の意気込みに反して、この処女長編は二、三の好意的な書評を除き、ほとんど黙殺される結果に終わった。

その無念が報われたのは、同作で狂言回しを務めた特別監察官、津城《つき》俊輔を再登場させた、『百舌の叫ぶ夜』（一九八六年）を発表してからのことだ。そのときは、すでに初作から五年の月日が、経過していた。この作品も前作同様、公安の刑事を主人公にした警察小説に、トリッキーな叙述スタイルをからませた、さらなる自信作だった。ただ、この時期にしても世間的には、まだ本格的な警察小説の市場は、熟していなかった。

とはいえ『百舌の叫ぶ夜』は、『裏切りの日日』のときと打って変わって、読者の受け入れるところとなった。それどころか、シリーズ化されるまでにいたったのは、われながら予想外の出来事だった。

しかるに、そのシリーズがまだ続いているさなか、オール讀物から新たに警察小説を書いてほしい、という要請がきたのだ。この注文は、わたしにとってはむしろ意外な出来事で、少なからず面食らったものだった。百舌シリーズによって、警察小説ブームに先鞭をつけた一人、と自負していたわたしとしては、今さら別の警察小説を書いてほしい、という注文がくるとは、考えてもいなかったのだ。もしかすると百舌シリーズは、市場をにぎわす警察小説の一つとは、認められていなかったのではないか。

だとすると、ここでわたしが別の警察小説に手を染めれば、逆に現下のブームに乗ろうとしている、と見られる恐れがある。自意識過剰もいいところだが、常にだれも書いたことのない〈テーマ〉を取り上げ、異色の〈キャラクター〉を創出することを目標にしてきた身には、他作家の〈後追い〉だけはしたくない、という思いが強かった。

しかしプロの作家として、編集者の注文に応じられないというのも、情けないではないか。こうなったら、新たな警察小説を書くしかない。ただ書くからには、これまでだれも書いたことのない、読者の感情移入をこばむような悪徳刑事を、主役に据えよう。

その主人公が、さんざん悪いことを繰り返したあげく、最後にみじめにくたばるのだ。もちろん、それまでそうした警察小説が、なかったわけではない。ただ、主人公の悪徳刑事には、そうなった理由（金銭欲や出世欲、あるいは女関係など）が背景にある、という設定がほとんどだった。それをそのまま踏襲したのでは、どれだけ設定を変えたところで、後追いになってしまう。

そこで、そうしたしがらみにいっさい縛られぬ、なぜそんな悪いやつになったのか、だれにも（書いている当人にも！）分からないような、徹底した悪徳刑事〈禿富鷹秋〉が生まれた、というわけだ。その、徹底した悪のキャラクターを貫くためにも、禿富の内面描写はいっさいしない、というスタイルをとる。つまり、物語の視点は常に別の登場人物、それも複数の登場人物にゆだねられ、その人びとの目に映る禿富の行動、表情、発言を克明に記録する、という手法だ。以上のような構想で、シリーズ第一作『禿鷹の夜』の連載を、スタートした。構想どおり、主人公にさんざん悪いことをさせておいて、最後にはみじめにくたばるという、そんな結末にする予定だった。

ところが、連載が中盤に差しかかったころ、オール讀物の編集長から思わぬ注文を受けた。間違っても、最後に禿鷹を殺す結末にはしないでほしい、というのだ。どうやら、編集部や読者から禿鷹のキャラがいい、という意見が出てきたらしい。そのため、ラストで死ぬという設定はないものにして、シリーズ化を目指してもらいたい、という。

とても、読者の共感を呼びそうにないキャラなのに、どういうことかと驚きもし、とまどいもした。とはいえ、そうした「作者を励まそう！」的な反響に接すると、書き手としてはこれ一作で終わりにするのも、さすがに惜しい気がしてくる。とにもかくにも、とまどってばかりはいられない。何か工夫はないものか。

当初から、禿鷹を死なせる結末を考えていたので、まずはそれをないものにしなければならない。そこで苦肉の策、ありきたりとはいえ防刃ベストを用意して、刺されながらも死なずにすむという、少々安易な結末に変えざるをえなかった。よしあしはともかく、作者の計算違いからそうした方向に、急転回を余儀なくされたわけだ。

その結果、最終的に五作も書き継ぐことになり、作者としてもいささか苦笑を禁じえない、うれしはずかしの誤算を経験した次第だった。

人気が出てくると、書き手自身が主人公にだんだん感情移入して、筆が甘くなることが多い。主人公の内面描写を、徹底的に排除したのはそれを避けるため、といってもよい。同時に、禿鷹と競り合う副主人公のやくざの幹部水間、あるいは禿鷹と親密になるクラブのママ、といった脇役の禿鷹に対する観察や心情を、より綿密に書き込まなければならなかった。言い換えれば、これは主人公を除く登場人物の多視点による、三人称小説ということになる。読者は、その複数の観察者の目を通して、禿鷹に対する感情を共有するわけだ。少なくとも、作者はそういう効果をねらって書いた、と考えてもらっていい。

この書き方は、ダシール・ハメットの『マルタの鷹』と『ガラスの鍵』に用いられた、主人公を含む登場人物のすべてについて内面描写、心理描写をしないという、きわめてストイックなスタイルから、思いついたものだ。つまり、禿鷹の登場する場面には、かならず報告者として他の登場人物がいる、というかたちになる。禿鷹一人だけ、という場面は基本的にないはずで、もしあったとすれば読者の多くは、違和感を覚えるだろう。こうした小説作法上の工夫は、作家ならばだれでも考えているわけで、ことごとしく書くまでもなかろう。

本来、作者としての立場からすれば、シリーズものを緊張感をもって書けるのは、おおむね三作程度まで、と思っている。むろん、プロならばキャリアと技術で、もっと長く続けることは可能だし、それは多くの作家も同じだろう。

ただ、主人公に対する愛着が深まりすぎないうちに、シリーズを終えるのも一つの考え方だ、という気もする。シリーズが何年も続くうちに、世の中がどんどん変わっていくのに、主人公やレギュラーの脇役がほとんど年をとらない、という設定にも無理が出てこよう。わたしの場合、百舌シリーズでは第三作、禿鷹シリーズでは第四作で、主人公が死んでいる。それによってシリーズに、決着をつけるつもりだった。

ところが、それでも続けてほしいという要望があり、結局〈百舌〉では主人公の死後四作、〈禿鷹〉でも一作を書いた。いずれも、生き残った複数の副主人公を狂言回しに、書き継いだわけだ。書く立場からしても、それはそれで新しい緊張感が生まれてきたから、不思議といえば不思議な気もする。また作者からすれば、主人公ないし主要人物が死ぬことで、かれらの存在を永遠化できるような、ひとりよがりな気分を味わえる、という副産物もあった。

作家が自分の小説を解説したり、手の内を明かしたりするのは、いかがなものかという気もする愚行だが、わたしも今年（二〇二三年）の秋で傘寿を迎えることを理由に、どうか温かく笑殺していただきたい、とお願いする。

単行本　二〇一〇年一月　文藝春秋刊
本書は二〇一二年七月に刊行された文春文庫の新装版です。
ＤＴＰ制作　言語社

文春文庫

兇《きょう》弾《だん》

禿鷹《はげたか》V

定価はカバーに表示してあります

2023年5月10日　新装版第1刷

著　者　逢《おう》坂《さか》剛《ごう》

発行者　大沼貴之

発行所　株式会社 文藝春秋

東京都千代田区紀尾井町 3-23　〒102-8008
TEL　03・3265・1211㈹
文藝春秋ホームページ　http://www.bunshun.co.jp

落丁、乱丁本は、お手数ですが小社製作部宛お送り下さい。送料小社負担でお取替致します。

印刷製本・凸版印刷

Printed in Japan
ISBN978-4-16-792046-3